图书在版编目（CIP）数据

较量／褚坚著．—北京：群众出版社，2016.6

ISBN 978－7－5014－5463－1

Ⅰ.①较…　Ⅱ.①褚…　Ⅲ.①长篇小说—中国—当代　Ⅳ.①I247.5

中国版本图书馆 CIP 数据核字（2015）第 271063 号

较　量

褚　坚　著

出版发行：群众出版社
地　　址：北京市丰台区方庄芳星园三区 15 号楼
邮政编码：100078
经　　销：新华书店
印　　刷：北京兴华昌盛印刷有限公司

版　　次：2016 年 6 月第 1 版
印　　次：2016 年 6 月第 1 次
印　　张：10.375
开　　本：880 毫米×1230 毫米　1/32
字　　数：310 千字

书　　号：ISBN 978－7－5014－5463－1
定　　价：35.00 元

网　　址：www.qzcbs.com
电子邮箱：qzcbs@sohu.com

营销中心电话：010－83903254
读者服务部电话（门市）：010－83903257
警官读者俱乐部电话（网购、邮购）：010－83903253
文艺分社电话：010－83903973

目　录

引　子

G 市是一座历史悠久的南方古城，拥有两千两百多年的深厚历史文化底蕴，素有“物华天宝、人杰地灵”之美誉。齐亮对这个城市简直太熟悉了——这是一座风景秀丽的山水之城，章江穿城而过，城外青山叠翠，城内湖泊点缀，拥有“湖在城中、城在湖中”的花园城市景观。

然而这一切，曾经在茫茫的夜幕中消失。看不到星河般的灯火，找不到江水似的人流，闻不到弥漫的酒香果味，听不见欢歌笑语……齐亮久久地伫立在章江桥上，表情凝重，遥望远方。脚下湍急的江水伴随着沉入水底的漩涡拉开了他的思绪。那是几年前的夜晚，恐怖笼罩着 G 市，黑暗中潜伏着隐隐杀机，寂静中风冷树鸣，令人毛骨悚然……

第一章　越狱行凶

故事发生在二〇一二年四月。

夜，死一般寂静。

雨还在下，但明显地变小了，变成如牛毛细丝般，飘飘洒洒，撩得人脸上凉飕飕的。市中院党委扩大会议一散，齐云院长就匆匆离开会议室，跟着摩肩接踵的人流，走出闷热污浊的氛围。他是个高大结实的男子，看上去只有五十多岁，但实际年龄已经过六十了。在会上，市委副书记弘京代表组织部门宣布因年龄原因免掉他中院院长的职务，所以这也是他最后一次参加党委扩大会议。他早就答应同儿子齐亮一起过一个愉快的周末，但不是儿子忙就是自己忙，两人总凑不到一块。自从爱人亡故后，他既做父亲又做母亲，父子俩几年来相依为命。昨天儿子打电话和他约好明天一早去御景湾水库钓鱼，他非常珍惜这种周末的欢乐时光。

现在可好，退休了，可以彻底放松了。像往常一样，齐云星期五一下班就感到如释重负，终于可以摆脱一周来的繁忙公事：开会，约见，批阅没完没了的案卷、公文，有时候还得穿上制服参加审判、讨论案情、出席各种社会活动。

行色匆匆的他，稍不留意就踩到了地上的积水，溅起的污泥将质料很好的衣服弄脏他也毫不在意。几分钟后，一辆黑色帕萨特稳稳地停在他身旁。如果在平时，钻进轿车，屁股一沾座位，疲惫不堪的身体像散了的骨架似的瘫软在座椅上，他会闭上干涩的眼睛偷空打个盹儿。但今天他怎么也睡不着，免去职务的失落感，像幽灵一样久久缠在心头难以去除。他知道这一天早晚要到，可是真正来临时又很难面对。轿车很快就要到家了，思绪烦乱的他叮嘱司机干脆把他送到离家不远的羊心湖湿地公园边，他想在那里散散步，透透气，清醒清醒大脑。

"领导，已经很晚了，又在下雨。"司机知道领导心情不佳，好意提醒道。

"不要紧，只是下小雨，给我一把伞。"他下了车，撑着雨伞在蒙蒙细雨中独行。

此时，夜色笼罩，水雾茫茫的羊心湖湿地公园游人稀少，蜿蜒曲折的小径在昏暗的路灯下依稀可辨。这里的一草一木对齐云来说非常熟悉，他几乎每天都要来此活动活动筋骨，呼吸一下新鲜空气。唯独今天他没有心情观赏大自然风景，而是心事重重地埋头躲进偏僻的树林里，希望逃避去职的烦恼。他走了一阵，忽然感觉不对劲儿，但已经迟了，一把闪着银光的匕首顶在他的颈上。

"久违了，法官先生！"

齐云简直不敢相信自己的眼睛，没想到持刀者竟是几年前被自己判了无期徒刑的陈小虎。他惊愕得合不上嘴："你?"

"嘿嘿，没想到吧！"陈小虎冷笑着，面目狰狞，阴森森的目光直逼老院长。紧紧压住颈动脉的锋利刀刃在慢慢淌血。

很快镇静下来的齐云心知不妙，依然恢复了往日的尊严，他义正词严地怒斥道："你不要太猖狂！你想干什么?"

他一面试图与歹徒周旋一面去摸口袋里的手机。他知道任何反抗在如此凶狠的歹徒面前恐怕都是徒劳的，但作为一个与违法分子斗争了一辈子的老法官岂能被这穷凶极恶的歹徒所要挟，他想留下对方犯罪的证据。然而不幸的是，那把闪着寒光的匕首非常利索地刺进了他的脖子，鲜血喷溅了凶犯一身。

“哼！我想干什么？我想要你立刻到阎王爷那里去报到！看你还怎么让我蹲一辈子大牢。”凶犯发出刺耳的狞笑。

齐云手脚一阵痉挛，那只握住手机的手再也无力把它拨通。这位与邪恶斗争了一辈子的正义法官，不幸在离开岗位这一天失去了宝贵的生命。

陈小虎使劲儿抹掉脸上的血迹，却无法闭上齐云无比愤怒的双眼。那正义凛然的目光像针刺一样，扎得他浑身难受，无法避开。他有些心虚，有些底气不足，仿佛又回到了几年前的被告席上。

几年前的一个夏夜，天才蒙蒙亮。他蹑手蹑脚地摸进一家庭院，企图偷些值钱的东西。不料，意外发现一个非常漂亮的女孩儿穿着薄如蝉翼的睡裙，躺在一张竹床上在院子里乘凉过夜。对方洁白柔嫩的肌肤、娇憨甜美的睡态勾起了他心中的欲火，一时间，他忘乎所以，色胆包天，不顾一切地扑了上去，强行奸污了这个花季少女还把她打伤。然而异常的声音也惊醒了孩子的父母和左邻右舍，呼救声四起，他成了过街老鼠人人喊打。但他凭着一身好功夫，硬是趁着主人心慌意乱之际，大打出手，夺路逃出了院子。眼看就要逃之夭夭，谁知半路杀出了个程咬金，碰上刚下晚班路过此地的民警赵文华。陈小虎立刻成了被追逐的目标，他左冲右突与几个追捕者拉开了距离，但从左路摸上来的赵文华离他不过一箭之地且步步紧逼穷追不舍。陈小虎打定主意，准备拿这个追捕者开刀。突然，他一闪身钻进了一个巷子，隐蔽在巷口左侧的垃圾箱中，追上来的赵文华从他身边经过，手电筒四处照射。陈小虎计算着对方的脚步——大凡右手使枪的人，迈出左脚时最易失去平衡，而他就瞅准这一瞬间，对方的左脚刚离开地面，陈小虎猛然跃起朝对方的右脚腕处狠命踢出一脚，一只手唰地夺过已经打开保险的手枪。赵文华重重地摔倒在地上，手电筒在夜空中划了道弧光飞了出去。陈小虎迅速骑到他的背上，揪住他的头发，低声喝道：“你活得不耐烦了！让老子好好教训教训你！”陈小虎刚想用枪托向它主人的太阳穴上砸去，然而意想不到的事情发生了，刚才还行动迟缓的赵文华，突然像猫一样机敏。说时迟那时快，他用手肘向压在身上的歹徒胸部狠命一击，同时一个鲤鱼打挺，迅速站了起来，劈手攥住对方的手枪猛力一拧，来势迅猛凌厉，不等对方明白过来，枪已易手。紧跟着赵文华就势用膝盖向陈小虎的胯间顶去，睾丸被顶个正着。陈小虎一声惨叫，按住腹部蹲在地上，赵文华不等他反应过来，又以非常老练的手法将其铐住。这几个动作几乎是一气呵成，毫无破绽。陈小虎明白今天遇上了克星，任何企图逃脱的做法都是徒劳的，只得束手就擒。

虽然陈小虎的家人费尽心机，出了不少钱，为他聘请了一流的律师，企图为他减轻罪刑。但眼前的这位法官不吃这一套，力排众议硬是把他送进了牢房，让他度过了几年难熬的铁窗生涯：肮脏秽臭，蚊虫叮咬，残羹剩饭。非人的折磨，牢头狱霸，他都不在乎，最使他无法忍受的是囹圄中的孤寂。这日子总算熬到头了，多亏龙爷的策划与帮助，才终于令他逃脱了那可怕的监狱，脱掉那身破烂、肮脏、秽臭的囚衣。大仇已报，陈小虎感到心里轻松多了。但他更希望能洗个澡，理个发，搞点儿美味佳肴，举杯豪饮，沉入醉乡。如果此时能有个女人陪着，那更过瘾。他被想象中的好事弄得激动地颤抖起来。

当年满怀抱负的他，做梦也不曾想到自己会堕落到今天这个地步。

高中时，他总是睁着一双热诚的眼睛向往着未来，把理想的楼台在心里筑成宫殿般宏伟壮丽。他也曾幻想当一名建筑学家，把世界建成富丽堂皇的乐园。而自己就在那乐园里过着幸福快乐的日子，携同朋友，携同爱人……然而命运多舛，高考落榜把他美妙的希望摧毁了。社会上工作难找，世代为农的家庭日子过得像负载的蜗牛，沉重的经济负担把他渴望学习的机会碾碎了。更让他傻眼的是未婚妻娘家的贪心，硬逼他交六万块彩礼钱。嘿！六万？这对于连温饱也困难的他无异于雪上加霜。一怒之下，他卷起铺盖流浪进G市打工。

钱在人的生活中如果占了主宰地位，精神世界便会被贪欲充塞。钱是生活的车轮，也是灵魂的赌注，不少人为了钱，什么人格、道德、尊严和面子通通可以输光。陈小虎流落到G市后，才知道繁华的现代都市生活并不像他想象的那么如意，生存的竞争比农村激烈十倍，人们为了钱急红了眼，什么下流龌龊的手段都用。生存的空间狭小得很，想要暴富几乎不可能，更何况城市物价、房价天天上涨，压得他寸步难行。生活虽然压迫人、围剿人，但也常常推动人努力，在被逼得无路可走的困境下，陈小虎虽然没有学历文凭和一技之长，却凭着身体素质强悍，加上原来在农村学了两套三脚猫功夫，竟然被机遇推上街头，开始耍拳、弄棒、卖假药的生涯。一次偶然的机会，几个地痞流氓寻衅闹事，说侵占了他们的地盘，抢了他们的饭碗，强迫他交保护费。逼急了眼的陈小虎抱着豁出去的念头当场大打出手，打倒几个。虽然与之结下梁子，但他居然名声大震。经过几次血的较量，一些地痞流氓慑于他的凶狠玩命，不敢轻易招惹这只下山虎，后经龙爷出面调停，双方摆平，义结金兰。活生生的血的教训，使他终于明白这个世界的生存法则是强者为王，勇者称霸。几年来他硬是凭着这个信念摸爬滚打，风里来雨里去，过着刀尖上舔血的日子，在G市站住脚。有几次他因打架斗殴被公安局送去劳动教养，监狱里的残酷折磨更把他锻造成一只凶狠、残暴的猛虎。他回想起自己的经历，简直荒唐可笑，就像做了一场噩梦似的……

空旷的夜空中传来一阵发情的公猫叫声。他猛然警觉，得尽快离开杀人现场。湿地公园树林里静悄悄的，不见人影。他迅速把尸体抛进羊心湖。干完毁尸灭迹的活儿，他逃离湿地公园，走到藏匿摩托车的地方，发动马达，淋着蒙蒙细雨向市郊驶去，很快消失在黑暗中。

当城市的景观灯停止了闪烁，仅有路灯和交通指挥灯的信号依旧亮着的时候，夜便显出了她特有的温柔和静谧。一辆桑塔纳警车顶着绵绵细雨，飞快地驶离G城监狱往市区赶来。

“齐亮，我看陈小虎这次越狱不会那么简单，搞不好有人策应。这种人渣上次判他无期实在是太便宜他了。”坐在车里的市公安局刑侦支队重案大队队长赵文华同他的助手齐亮讨论着案情。前者是一位微微发福的中年人，如果不是那双锐利的眼睛，在他身上几乎找不到半点儿刑侦大队队长的影子。而后者恰恰相反，轮廓分明，鼻如悬胆，身材笔挺，瘦削中透出刚健，是个热情、机警的英俊小伙。

“我也这么想，否则陈小虎哪里能那么顺利，轻易将看守的狱警打晕，而且监狱的监控值班人员偏偏在他逃跑时玩忽职守，他才得以转眼跑得无影无踪，武警在周边搜寻十几个小时也无果。”

让人更奇怪的是负有重大嫌疑的监狱长，在陈小虎从监狱出逃后，独自一人在自己办公室自杀身亡。种种谜团令人费解。所以一大早赵文华就同助手赶到现场了解案情，希望能摸出一点儿线索，忙乎了一整天，到晚上十点多钟才赶回来。让赵文华困惑不解的是，如果没有人在外面用车接应，陈小虎插翅也难逃。从现场勘查的情况看，是摩托车的痕迹，可本市像这样的摩托车少说也有上万辆，车海茫茫怎么去查？但他暗暗下决心，天网恢恢、疏而不漏，不管这只害人虎逃到哪里，也要将其绳之以法。他揉了揉乏累的双眼，打了一个哈欠，看样子今晚又是一个通宵甭睡了。车子已驶近市区，齐亮突然一踩刹车，惯性把睡得迷迷糊糊的赵文华惊醒。

“怎么啦？”

“前面大概在治安检查。”他把警车慢慢停在一长串待查的车辆后面，几个全副武装、荷枪实弹的警察举着“停”字红灯，示意过往车辆停下检查。“我下去看看。”说完，赵文华跳下车走到治安卡点，向执勤民警了解情况。没发现什么可疑迹象，他正打算返回车内，忽然发现对面排队待查的车辆中有一辆摩托车很奇怪，车手身着一袭黑衣，里里外外包裹得严严实实，头盔下仅露一对眼睛。仔细一看车牌，虽然是本市的，但磨损得很厉害，他心中犯疑，立刻上前盘查。

“同志，请出示你的驾驶证。”他礼貌地行个礼，说道。真是冤家路窄，就在赵文华来到卡点了解情况时，犹如惊弓之鸟的陈小虎立刻就认出了刑侦大队队长熟悉的身影。在服刑时他曾多次暗暗发誓，有机会出来后，第一件事就是要干掉齐云和赵文华，但眼下还不到时候，他思索片刻，觉得没有必要去招惹这个煞星。他想碰碰运气，看看能不能躲过这个难关，他低头弯腰，紧紧握着扶手，驾着车慢慢前移，不敢熄火，时刻准备找机会逃遁。他见赵文华又转身回来，向摩托车靠近，犹疑的眼光来回巡视自己。“不好！看来今天运气差，真是躲不掉这个瘟神！”他心里默默地数着：“一、二、三……”

“同志，请把驾驶证拿出来。这么晚了你到哪里去？”赵文华对着车主连声询问。陈小虎突然将摩托车对准渐渐逼近的赵文华，一咬牙，心想老子跟你拼了！陈小虎猛加油门，赵大队长来不及躲闪，整个身躯被撞飞数米。

在卡点执行盘查任务的警察被突然的变故惊呆了，稍稍慌乱之后，马上调整过来，围堵摩托车，并朝天鸣枪警告心慌意乱夺路逃窜的陈小虎。

三声枪响把正在打瞌睡的齐亮惊得通体冰凉，头皮发麻。他意识到出事了，马上就明白应该怎么办了，立刻像头惊醒的雄狮，以无比娴熟的动作发动汽车，拉响警笛，迅速进入堵截行列。

一时间，现场犹如警匪大片，负隅顽抗的陈小虎仍作困兽犹斗之状，不顾警告，开着摩托车死命逃窜。他左冲右突，来回躲闪，很快避过多名警察的阻挡，越过几个路障，突出重围，风驰电掣地驶向高速公路。齐亮也不甘示弱，驾驶着警车，啸声凄厉，一路紧逼。蒙蒙细雨变成倾盆大雨，摩托车车速明显降低，很快被警车咬上。齐亮担心摩托车滑倒，有生命危险，不敢靠得太近，始终保持一段距离，并通过车载话筒喊话劝降。陈小虎大概看出警察的顾虑，不仅不停车投降，反而更加猖狂，加足油门，大有一副拼命三郎之势。两车在雨中追了几十公里，陈小虎见无法甩掉警察的追捕，且后面跟上来的警车越来越多，就这样“飙”下去，肯定是死路一条，与其坐以待毙不如试试运气，他打定主意，准备险中求生，弃车逃离。见高速公路已进入曹河大桥，正是机会，他把牙一咬、心一横，摩托车瞬间撞向公路铁栏杆，只见人车分离，陈小虎在空中转了三百六十度，掉下水深浪险的曹河。齐亮被眼前的险情惊呆了，手疾眼快，猛踩制动，四轮滑出几十米，警车撞到人行道的台阶上才停住，巨大的惯性使驾驶座位上的齐亮头部撞伤昏了过去。

第二章　弱女失贞

他终于如愿以偿了。

望着压在身下的胴体，一种同他性情格格不入、从未有过的犯罪感和羞耻感袭上心头，使他茫然若失。他曾向她发泄全部的孔武阳刚，却毫无结果，一点儿也没能触动她。我现在如同行尸走肉，他想，她已经把我杀了。

徐信义有生以来——实实在在地第一次感到软弱、空虚、凄惶、踌躇不安，对自己毫无信心。虽然他玩弄过多个女人，但今天蹂躏的女性仅有十八岁，这使他有点儿兴奋，还使他没有完全泯灭的良知稍稍有些不安。当然令他更加兴奋不已的还是这个小妖精竟有着自己始料不及的刺激。他竟然像个头次进妓院的老粗一般笨拙和粗鲁，他感到全身虚脱，只有一种欲望，想喝水。

刘莹莹的樱桃小嘴不停地亲吻戴在纤纤细指上镶有蓝宝石的金戒指——这是他对她的回报。她凝视着鼾声如雷的干爹——G 市柳江派出所徐所长，这个道貌岸然的伪君子今天终于暴露出了丑恶面目。她露出胜利者的嘲笑，想不到这条发情的色狼竟然这么不中用！哼！再强的男人也不过如此。她记不清自己是第几次有这种感觉了，可她却清楚地记得那可怕的第一次……

那是两年前的某一天上午。

天气异常炎热，教室里的空气逐渐变得浊闷，窗外树上的枝条全都低垂，叶子纹丝不动，每个人身上的汗味在课堂上久久不散……刘莹莹怎么也无法集中自己的注意力，尽管老师的课讲述得娓娓动听，她一句也听不进去。这该死的天气像是故意与自己作对，越怕热浑身上下越感觉热。门卫大概又睡着了，怎么还不打下课铃？她时不时看看阿彪送给她的苹果手机，恨不得熟悉的微信赶快召唤自己。

下课铃终于响了。焦躁不安的刘莹莹不等老师宣布下课，就像笼里的鸟，跳起来，三步并作两步抢先跑出教室。只见一位人高马大、虎背熊腰、满脸络腮胡子、年龄在二十五六岁左右的男子，笑嘻嘻地站在校门口。她跑出来，阿彪赶紧上前，递给她一杯冰激凌："给！压压火气，先凉快凉快。"

"真把我热死了。"莹莹接过冰激凌，报以感激的目光和童稚的微笑。

阿彪望着姑娘那双美丽、纯洁、仿佛要窥穿人心灵的眸子，不得不承认这是一双他之前从未见过的会说话的眼睛。他感到从心底泛起一股酸溜溜的滋味，突然一个邪恶的念头在脑海里闪现。莹莹见蓄着平头短发的阿彪两只痴迷的小眼直勾勾地盯着自己，同学们在后面窃窃私语，她感觉浑身像扎了芒刺一样很不自在。

"彪哥，我要上课了。"她把吃剩的冰激凌往地上一扔。

"哎呀，还上什么课?"不待她同意，他拽住她的胳膊就走。

"你把我弄痛了。"莹莹娇俏地噘起小嘴，用力甩开他的手。

阿彪唯恐到口的雏鸡飞掉，岂肯错失良机，赶紧勾住她的腰，推推搡搡，硬是把她拉到街上。

莹莹看似半推半就地跟着他走，实则非常乐意。甭说外面的花花世界精彩纷呈，就是教室里的浑浊空气也让她受不了，像现在这样有吃有玩多痛快。她一边往嘴里扔多味花生，一边四处观望繁荣华丽的商场。

“我们到网吧去吧?”

“天天上网都腻味透了。”

“不如看电影去?”她看到挂在当街的一幅电影广告脱口而出。

“看电影更没什么意思，现在的电影没什么刺激镜头。”他假装想了想，一会儿像发现新大陆似的说，“不如我带你去一个更神秘的地方。”

“真的?”她用期待的目光注视着他。每次领她出来总会有新鲜节目，这回他又会玩什么新花样?

“怎么不是真的，就怕你没有这个胆量!”他故意激她。

“只要你领着，我就敢跟你闯。”少女争强好胜的心理占了上风。

“好!不愧是女中豪杰!我带你去。”他别有用心地用赞美来满足姑娘的虚荣心。一招手，当街一辆的士停在他们面前。“进去吧。”他耸耸肩，哭一样地龇牙笑笑，为其打开车门。

他坐在前座指挥司机开车，出租车在车流中自由穿梭，马路两旁的高楼大厦向后闪去……从反光镜里映出莹莹一副天真活泼的模样，阿彪内心按捺不住一阵淫笑，他为即将捕获的“猎物”在一步步向陷阱靠拢而欣喜若狂，恨不得立刻生吞了这只“猎物”。二十几分钟后，他们到达市郊一个非常偏僻的城中村。莹莹看看四周有些失望，猜不透他葫芦里装的什么药，现在只能骑驴看唱本——走着瞧了。阿彪就像牵条小狗似的拉着她，在城中村转来转去。两人来到一家新盖的三层楼房前，阿彪塞给房东一沓钞票，鬼鬼祟祟地在他耳朵边嘀咕了一阵儿。房东老头立刻咧开大嘴，露出被熏得焦黄焦黄的大牙笑了笑，连声说道：“这里安全，这里非常安全。”他又很客气地把他们带到一间布置得比较干净的房间里，拍拍床沿说是刚换的床单，离开房间时随手把门也关上了。

她望了望眼前陌生的一切，感觉非常新奇又有点儿害怕。

“怎么不坐?”他拉上窗帘，使本来不亮的室内显得更加幽暗。

“这是谁的家?干吗带我到这里来?”

“你管它是谁的家，现在这里就是我们的家。”阿彪心跳加速，欲火中烧，迫不及待地抱住莹莹，一张臭嘴拼命往她脸上靠。

“不是说带我来寻找刺激的吗?”她有些猜到了他的险恶用心，用力躲开他的亲吻，双脸烧得通红，同时一种被欺骗的感觉激起了她的愤怒，“你不是说带我来寻找刺激吗？怎么到这个鬼地方来了！”

“哎呀，我的小姐，你急什么，马上就会有奇迹发生，你还怕没有刺激……”说着他发出阴惨惨的淫笑。

莹莹如梦初醒，顿时感到孤单、害怕。一种避险的本能使她转身想逃离，谁知门早已被反锁，此时她真尝到了叫天天不应、叫地地不灵的滋味，恨不得地上有条缝能钻进去。

阿彪如同老鹰逮雏鸡一般猛扑过来，两手紧紧搂住莹莹的细腰，猥琐地在她耳边逗弄，在她身上疯狂地摸摸掐掐。莹莹感觉整个大地在晃动，生命似乎在坠向无底的深渊，绝望、恐惧像滔天的巨浪一样涌来，仿佛要把她拍烂扯碎。

“不要……不要……彪哥……我求你啦！”她试图用自己的哀求来唤醒野兽的良知。然而，这条发情的色狼丝毫没有半点儿收敛，反而变本加厉。

莹莹被对方摸得浑身不自在，脸耳燥热，心跳加快。她再次试图用力挣脱他的怀抱，但那双恶魔一样的爪子非但摆脱不了，反而更加肆无忌惮地伸进女性最羞涩的部位。眨眼间，胸前的最后堤防被冲破，那对发育成熟的乳房倏然暴露无遗……她惊呆了！满面羞愧！两手紧紧捂住脸，发出痛苦的吟泣声！

他被眼前美丽的胴体惊呆！兴奋地张开大嘴，恨不得马上占为己有。一时间，种种野蛮方式在他大脑皮层剧烈冲刺，他粗暴地将莹莹抱到床上，立刻像头发情的野兽，三下五除二撕掉身上的人皮，对莹莹实施蹂躏……

很快这个引她入地狱大门的男人，疲惫地像条狗趴在床上进入梦乡。莹莹却毫无睡意，她泪流满面，想起了家，想起了学校，她弄不清未来的道路与命运将会怎样。

“046、046、046……”放在床头柜上的无线电台急促地呼叫徐所长，很快打断了她对往事的回忆。

她看着正在用手机打电话的一丝不挂的老男人，心里突然萌生了一种莫名其妙的厌恶。她赶紧跳下床，躲进卫生间，拼命用水冲洗身上。凉水刺激了混沌的大脑，让她想起这些年自己的经历：舞厅的骚首弄姿、宾馆的风流快活、茶座的休闲惬意、“KTV”包房的劲歌狂舞、对网吧游戏的迷恋，当这些生活都使她腻味时，男人就成了她的口香糖。有时她出卖自己，但更多的时候她买“口香糖”，一旦到口后，她便反复咀嚼，直到无味方肯吐掉。她再也不是那个天真烂漫的小姑娘。一生中她头一次感觉自己像个妓女，精神空虚得像一发用过的弹壳。她赤身裸体地站在花洒下面，任凭自来水冲刷，让自己陷入麻木之中……

徐信义听到110指挥中心传来的信息：越狱的陈小虎已经在追捕过程中车祸身亡。压在心头的石块终于可以放下了。说实话，他并不害怕陈小虎出来报复自己，仅仅担心陈小虎越狱后如果走投无路会找他帮忙。这个人渣是个非常危险的祸害，谁沾到谁倒霉。现在他自然灭亡，这是最好的结局。他心里不禁对龙爷一箭双雕的计划深感佩服。患得患失的他，立马被眼前的好消息调动起来，赤条条地躺在床上，不停地用手拨弄早已蔫掉的阳具。说实话像他这把年纪本不该到外面寻花问柳，尤其是家里还有一头不明事理的“母夜叉”时时盯着自己，只是每次见到这美妞他都控制不住冲动，恨不得立刻将她占为己有。昨天他特意用私房钱买了一枚较为名贵的戒指，了却了自己一桩心愿。代价虽说高了点儿，但他觉得还是挺值的。这个小妞别看年纪轻轻，做爱却非常老练。自己床上的功夫不行，但她在床上却能善解人意让你欢心。你想想她能让阿彪那样的野马力竭虚脱，可见技艺超群。

“你怎么还没走?”刚出浴的莹莹走出卫生间，见他还在手淫，知道他还有非分之想，便抓起那烟味扑鼻的制服，往赤身裸体的他身上一扔，“快套上你的遮羞布，滚蛋吧！再晚点儿，让你家的母老虎知道了，又要让你跪洗衣板了！”

徐信义经她一提醒，赶紧三下五除二穿上制服，连招呼也没打就离开了莹莹的蜗居。

第三章　幕后操控

阴沉的天空下着灰蒙蒙的小雨，淅淅沥沥。屋檐上流下的水滴“滴答滴答”有规律地响着，一声声打破了医院的寂静，把昏昏沉沉的齐亮唤醒。一股浓烈的药味儿直冲鼻孔，这里格外幽静。

他睁开眼，见身上盖着雪白的被子，整个房间一片雪白。他恍然明白自己是躺在医院病床上。尚晴坐在床边凳上，大概她陪了自己一夜，疲倦得支持不住了，耷拉着脑袋趴在他脚下睡着了。

这姑娘是公安大学毕业的高材生，通过公务员考试，在刑侦队当警察已经快三年了，都二十五岁了，还没找婆家。她天生一头乌黑的秀发，脸庞清秀俊美，双眸如水；窈窕身材，皮肤白净；加上性格开朗，按道理这么优越的条件应该有不少男孩儿追求，可总没见她有意中人，眼看就要成为剩女了。在支队常听人背后议论，她好像对自己有点儿意思，接触中时不时向他放电。齐亮对她也非常有好感，不久前还到过她家，出席她的生日派对。

他侧目望向窗外，可以看到外面美丽的花园、草坪、池塘，更有小桥流水；弯曲的小径旁穿插桃树、梨树、柚子树，还有茶花、桂花、月季花，异彩纷呈，幽香四溢。看来自己住的是一间特号病房，宁静幽雅的环境与外面喧嚣嘈杂的街市判若两重世界。齐亮实在忍受不了这种幽静。他回想起昨晚那场遭遇战，简直就像警匪大片，惊心动魄，险象环生。他忽然想起来，不知道赵队的情况如何。他挪动双腿，活动了一下，不料惊动了尚晴。

“你总算醒过来了。”她满脸倦容，不无歉意地说，“瞧我，不知怎么就睡着了。你不要动，医生讲你受了撞伤，属轻度脑震荡，要静养几天。”

“我看你还是回去睡觉吧，我这里不需要人照顾，我想去看看赵队的伤势如何。”

“你别去啦，医生正在急救室抢救，他还没有脱离危险期。”

“但愿赵队能挺过这一关。另外你帮我打个电话给家里，我和老爸约好今天去钓鱼的，让他别等了，就说我临时有事，不要告诉他我在医院。”

尚晴听了并不吱声，而是转过身子，眼泪吧嗒吧嗒直掉。

“你怎么啦？”他带着满腹狐疑问道。

“我没什么，你先安心把伤养好再说吧！你父亲那里我已经通知他了。”

“他怎么说的，没留下话来？”

“没有，大概他去钓鱼了。”她怀着惴惴不安的心欺骗他。

突然他想起什么：“糟糕！鱼饵还放在我办公室，我还得打电话告诉他。”说完四下寻找手机。

尚晴赶紧拦住他：“你的手机摔坏了，我已经打电话告诉他了。”

他看着神色不安的尚晴，脸色极不自然，心里闪过一丝疑惑：我没有告诉她鱼饵藏在什么地方，她怎么知道的？何况我的伤势并不重，她两眼为什么哭得红红的？莫非我父亲有事？

“你把手机给我！我想还是跟他通个电话妥当些。”他没有理会她的情绪，依然连连催促。

尚晴终于忍不住，咽咽呜呜地说：“齐院长……他……他……”

“他怎么啦?!”齐亮心中猛然一紧，一种不祥之兆死死拽住他。

“他遇害了！”她说完，用两手捂住脸伤心地哭起来。

“什么？他遇害了？不可能！他怎么会遇害？”齐亮突然感到如五雷轰顶！头晕目眩！他一下子从床上直起脊梁，目瞪口呆，愣在那里，好半天回不过神来。

“齐亮！你怎么啦？你不要吓我！”尚晴惊讶地用双手扶住他的肩膀，拼命摇晃，两眼直视着他，瞳孔里充塞着焦急和关切。

齐亮猛听到父亲的噩耗，一时气急攻心，悲痛万分。稍稍片刻，眼泪慢慢流下，他攥紧拳头狠命捶着床沿：“爸爸，我不相信你真会离开我！”

“快告诉我！是谁害死了我父亲？”他突然不顾一切地抓住她的胳膊。

“齐亮，你冷静一点儿！听我慢慢告诉你……”

他真没有想到，昨晚追捕中掉进曹河身亡的陈小虎竟然是杀害他父亲的凶手。“你敢肯定凶手就是他？”

“昨晚他在羊心湖公园行凶时有人看到并报了案。陈小虎越狱后干的第一件事就是谋害你父亲。他得手后，刚想逃离，碰巧在路上遇到你们，又被赵队认出，所以就开摩托车撞过去，以后的事你都知道了。”

“我想去看看他。”他不顾一切起身下床。

尚晴赶紧拉住他，劝道：“我看你还是先不看的好。”

“为什么？”

“法医正在做司法鉴定……我看你现在当务之急是节哀顺变，先克制一下自己的情绪……”

她好说歹说才劝住心乱如麻、黯然失魂的齐亮。

他躺在床上，强压失去亲人的痛苦，脑海里却不停地思索：刚出狱的陈小虎按常理应该疲于奔命，而不是寻仇于父亲。作案时间和地点摸得这么准，会不会有人利用陈小虎，让他充当杀手？这是一个精心策划的阴谋！如果真是这样简直太可怕了！他有点儿不敢想，毫无疑问陈小虎没有这个脑子，在他背后肯定有高手操纵。如果有，这个人绝不是一般的鸡鸣狗盗之辈，更不可能是在前面冲杀的亡命之徒。那会是谁呢？

齐亮果然没有猜错，在幕后控制陈小虎的人，正是G市不同凡响的大人物。在他还没有粉墨登场之前，不妨先深入其巢穴，剥开画皮，看看他的丑恶面目。

一幢三十层高的建筑非常醒目地矗立在G市中山大道最繁华的商业街区，一只白色“天鹅”闪着晶莹的亮光，在夜空中翱翔，同红绿相间的霓虹灯嵌成的几个大字“白天鹅娱乐厅”一起骄傲地垂挂在那清一色的茶色玻璃上。从娱乐厅里荡出轻盈舒缓的音乐，为都市里的夜色增添了一种迷人的风光。站在这座装饰华丽、别具一格的娱乐厅前，就可以窥视到主人莫测高深的气派。门前的招牌上写着：尽情享受，尽情逍遥，优惠价80元。旁边侍立着一位身着白衣白裤，头戴白帽，脚穿白皮鞋的侍应生。只要有人踏上大理石的台阶，侍者眉清目秀的脸上立刻就会堆出灿烂的微笑，戴着白手套的手摆出一个“请”的姿势。电子控制的自动门会无声地拉开，立时一间装潢华丽、铺着地毯的特大舞厅展现在你眼前。两旁站立着衣着性感的妙龄少女，个个奇香扑鼻，笑逐颜开，热情有余，恨不得要吞吃掉你。那种氛围，那种环境，立刻就会让你产生一种飘飘然如临仙境的感觉。

在美女的引领下来到二楼的舞池，一群群穿着奇装异服的少男少女伴着震耳欲聋的迪斯科乐曲摇头晃脑，兴奋地叫个不停。这种群魔乱舞、鬼哭狼嚎的舞厅是比较低档次的。上去两层，舞厅里的灯光比下面幽暗许多，这里的环境显得更舒适、更温馨。朦胧中，节拍缓慢、优雅舒缓的音乐旋律下，不同年龄、衣冠楚楚的俊男倩女，或勾肩搭背，或互相拥抱，或脸贴脸，踩着舞步，跟着节奏，轻歌曼舞。再上两层，出了电梯，才发现整整一层就像一个大包间，装饰典雅的舞台上架着一台“星海”钢琴，一个年轻貌美的女钢琴师弹着西方古典音乐，仅有一两对风流潇洒的绅士小姐踏着令人销魂的旋律翩翩起舞，仿佛灵魂伴随着迷人的旋律融化在美妙的感觉之中。几个风骚性感的“小姐”坐在舞台对面的吧台边上寻觅着她们的“猎物”。不仅如此，在舞台的右边有几个单间，里面有按摩桑拿设施，这是为有特殊要求的顾客提供特殊服务的。

总之在这幢大楼里吃的、玩的、看的、乐的应有尽有，其实真正让人惊讶的是这座大楼的主人。

在这座威风凛凛的高层建筑后面是一片茂密的竹林，沿着曲径通幽的小道，尽头藏着一座神秘的红色小洋楼，小车可以径直开进，一条花团锦簇、奇香扑鼻的过道尽头是一个古色古香带小院的公寓。穿过两道带有监控录像的金属安全门，一个彪形大汉正履行保安职责。踩着厚厚的红地毯，一直往里走，沿途走廊摆放着名贵的花鸟盆景，顶头一间古朴优雅的客厅映入眼帘。主人此刻正躺在竹藤摇椅上闭目养神，肥胖的身躯随着摇椅一上一下有节律地摇摆，圆圆的头颅仅剩下几根头发，亮出红红的秃顶，脸上肌肉轻轻痉挛着，挤出几根横线，像要哭又像要笑，眉梢下两只小眼充满复杂的情绪。身旁趴着一条令人生畏的凶猛的藏獒。

此刻摇椅上的人心里久久不能平静，回想往事历历在目：二次判刑，牢狱生涯把一个机关会计改造成另一个人。失去自由的牢狱生活和繁重的体力劳动不仅没有洗刷掉他的罪恶，相反使他变得像狐狸一样狡猾，像狼一般残忍，人犯中弱肉强食的生存哲理早就把他铸就成蛇一样狠毒、泥鳅一般溜滑。几十年来风风雨雨，闯荡江湖，拼搏黑白二道，精通偷、抢、骗、杀的技巧，摸熟吃、喝、嫖、赌、毒的门槛。一次次挫折失败让他变得谨慎多疑神经过敏，稍有风吹草动就会坐立不安。如今在这个社会他谁都不信，只相信自己。随着年龄与日俱增，他的身体已经大不如从前，所以他明白自己赤膊上阵冲冲杀杀的年代已经过去，现在只能躲在幕后操纵指挥。这些年他表面上洗心革面不沾违法的事，像一个正正经经的生意人，背地里却把本市的地痞流氓、鸡鸣狗盗之流、骗子打手、毒嫖赌鬼们统统纠集在一起，模仿意大利黑手党，建立黑社会组织。这就是余飞龙的梦想。当然他不仅这样想，而且也在一步步付诸行动。多年身陷囹圄失去自由的生活使他极端仇视这个社会。虽然现在他吃穿不愁，生活糜烂奢侈，个人财富够他享受一辈子，但他咽不下这口气。再怎么有钱，社会上的人都瞧不起他，往往用一种异样的眼神看他，说这个刑满释放犯如今成了暴发户，赚的都是不干净的昧心钱。所以他要干一番惊天动地的事业，让自家兄弟们也瞧瞧我余飞龙是有头脑、有才干、有魄力的领袖人物，绝不是从牢里放出来的无名鼠辈。这么多年，凭着经营“白天鹅娱乐厅”，以在这里吃、喝、嫖、赌作为交朋结友的平台，纠集了一帮狐朋狗友。遗憾的是，大部分都属于酒囊饭袋之流，只能冲冲杀杀，真正能够替他分忧效力的只有三员干将。

大弟子徐信义，此人工于心计，胸有韬略且奸诈过人，称得上自己的得力军师，二人在一起不知谋划了多少坏事。这次营救陈小虎又指使其去杀齐云就是他们新近的杰作。更何况徐信义还有一身“老虎皮”作掩护，让人敬畏三分。不足之处是太好色，在他的淫威下不知糟蹋了多少良家妇女。二弟子陈小虎，算是一员虎将。叫他杀个人吧，眉头都不会眨一下，缺点是勇多于谋且难以驾驭。最小的弟子是阿彪，此人无论智勇都称得上是自己的左右手。他先前只是个专门从事撬门扭锁的二流蟊贼，后来经人介绍拜师在高人门下，学了一些旁门左道的邪门功夫，三拳两脚一般人还近不了身，连陈小虎都有点儿惧他，慢慢地在江湖上也混出了点儿名气。阿彪因故意伤害罪被关进监狱从而认识了余飞龙，二人一拍即合、臭味相投。一个需要黑保护伞，一个需要人鞍前马后为其卖命，互相利用，互相依赖，狼狈为奸。

最近余飞龙北上京津，考察了一下当地的房地产市场，看看有什么赚钱的商机。不管怎么说，作为亚东兴隆房地产开发有限公司董事长，首先要考虑的公司主业是房地产，因为做正当行业才能在这个社会立足，站稳脚跟目的就是为了赚钱。跟共产党打交道必须有合法的外衣作伪装，否则上不了台面，会被政府取缔、受到法律的制裁。倘若你的一举一动处处受制于政府，那怎么受得了，所以灰色产业在本公司行不通，上不得台面的事他不会干。何况现在不是杀人劫财的年代，现在靠的是官商勾结发财，靠的是想方设法踩红线、钻空子，而那些血淋淋的暴力打杀与毒品尽量不沾。当然也有例外，比如这次杀齐院长，也是迫不得已。这位疾恶如仇的大法官，软硬不吃，油盐不进，为了一个钉子户就是不肯让法院执行庭执行强拆，还美其名曰保护弱势群体。现在正是基建的好季节，却弄得一块地迟迟不能开工，一天光银行利息就有好几万。早就想把这个老家伙除掉了，陈小虎和我坐大牢都是拜他所赐，这回老账新恨一起算，看你还能不能挡我的财路！之所以选陈小虎充当杀手，也是一箭双雕。陈小虎归案后一直没有把自己供出来，这本来是件好事，谁知，这小子总是以此为借口，不停地讹诈他的钱财打点狱警，甚至威胁让救他出来，否则就要反水，检举揭发，立功减刑。妈的！做老大的岂容手下造反？他暗暗下定决心，无论如何也要把这两块绊脚石除掉！他同徐信义密谋此事已经很久，终于找到机会打通了监狱长的关节，冒着极大风险把陈小虎救了出来，只是不知道他得手了没有。那边贿赂监狱长他倒不担心，一直是陈小虎本人单线联系，这边阿彪应该做得手脚干净。听说这两天他就要回G市，眼下正是用人之际，陈小虎已经成了殉葬品，阿彪无疑就是当前在自己帐前效力的最好的马前卒。

突然一个声音闯入，进来的保镖见余飞龙细眼微闭，狐眉舒缓，嘴角歪裂，垂涎流溢，不敢过分惊扰他，只是小心翼翼地咕噜了几句。“龙爷！彪哥回来了，他在书房等你。”龙爷一听来了精神，想曹操曹操就到，他赶紧从摇椅上站了起来，趿着一双拖鞋步出客厅。出身于账房先生的余飞龙，似乎改不了附庸风雅的酸腐习俗，喜欢把书房当成会客室，给人一种“学富五车”的印象。早已在书房静候的阿彪见余飞龙进来，立刻站起身。

“龙爷！”

“阿彪！”

两人像是阔别多年、久别重逢的老朋友一样，互相拥抱着对方。

“老板，按照你的指令，已经把什么都弄得妥妥帖帖……”

“你没留下什么尾巴吧？干我们这种事的人，可不允许留给警方半点儿蛛丝马迹，否则可要把脑袋赔进去的。”说完，余飞龙眼睛死死盯住对方。

阿彪看着他的眼神内心不禁打了个寒战，赶紧补充道：“老板，我办事你还不放心？做得干干净净！”

余飞龙拍拍他的肩膀，称赞道：“这才像跟着我干大事的人，不过这一趟买卖连陈小虎都搭进去了，并不是很划算。”说完竟然挤出几滴纵横老泪。

“司马昭之心路人皆知”，阴险狡诈的阿彪对余飞龙这种惺惺作态的样子早已司空见惯，他顺着对方故意宽慰道：“此事也怪不得你，小虎死了固然可惜，但他毕竟是关在笼子里的老虎，日子久了难保不供出咱们来。现在既然让他干掉了我们的死对头齐云和赵文华，其实是一举多得的买卖，非常划算。”

余飞龙知道阿彪与陈小虎有矛盾，所谓一山不容二虎，站在他的立场想是巴不得陈小虎早早去见阎王。“难得阿彪老弟能如此体谅当家人的难处，鄙人出此下策完全是迫不得已。”说完非常适时地转换话题，“老弟这一趟北上肯定收获不小吧?”

“小弟正要汇报此事。已经摸清了，这次招投标北方那边最有实力的是金鹏房地产开发股份有限公司，为首的是一个叫‘七哥’的人。他打算……”说着凑在余飞龙耳边如此这般地窃窃私语一番，献出一条酝酿已久的“锦囊妙计”。素来狡黠而又精细的余飞龙听后不禁喜上眉梢，冲着满脸诡异的阿彪哈哈大笑。

旋即他又故作不信地问道：“你真有把握得手？这次招投标无论如何我们必须中标，前期我们已经投了不少钱，凤凰花园那块地是志在必得。”

“老板，你放心！我阿彪一直盯着所有招投标的参与者，他们的一举一动均在我的掌控之中，干这种事我早已成竹在胸，不怕他们不进我们设的陷阱。”说着从包里取出一沓计划书，“这是我费了九牛二虎之力从政府官员手中买来的，几大公司的标底我们一清二楚。”

阴险狡诈的余飞龙虽然对陈小虎惊动了公安略感不安，认为眼下应稍稍有所收敛，然而其贪婪猖狂的本性又驱使他甘愿继续冒风险。这个社会有钱能使鬼推磨，钱财能解决的事就不是事。看样子吴副市长那边还得抓紧进行，拆迁必须加快进度。有市政府的鼎力相助，有吴副市长这把尚方宝剑，看这帮上访户还能闹得起来！刚才自己问阿彪做事是否会给警察留下痕迹，只不过是略施恩威并重的小计罢了，对部下可不能太放纵。现如今对方能顺着自己的意愿剖明心迹，足见这个弟子对他还是很忠心的，大可放下猜忌之心。当然从某种意义上讲，余飞龙不光欣赏他的忠，更欣赏他的聪明才智。为了不让对方小瞧自己的智慧，余飞龙佯装思索，故意慢条斯理地说：“此事关系重大，容我仔细斟酌一下再行动也不迟。”说完又以关心的口吻提醒部下，都出去几天了，该去看看莹莹怎样了。阿彪经他提醒，脑子里已装不下任何东西了。他匆忙告别余飞龙，魂魄早已被莹莹勾去。

夜风习习，徐徐送爽。一场大雨过后，空气中的负离子增多。齐亮此时感觉身体已经复原，打算明天无论如何也要离开医院，支队还有很多事等着他去做。局里同事肯定又在挑灯夜战。要不是尚晴守着不离开半步，他早就开溜了。此刻他翻来覆去睡不着，愤怒、耻辱啮咬着他的心。作为一个有多年实战经验的侦查员，竟然没有亲手抓捕杀害父亲、撞伤赵队长的越狱犯，想想十分遗憾。他用手揉揉胀痛欲裂的头颅，机械地在床上摆动两条腿。窗外银光泻地，花香弥漫。齐亮轻轻下床，避开护士，摸索着走进庭院。弯曲的小径旁，果树枝叶繁茂，皎洁的月光从树叶间隙洒下，斑驳错落。突然一丝细微地呻吟击破夜空，他隐约发现一个穿白大褂的单薄女性靠在树旁低声抽泣。他仔细一瞧，大吃一惊！原来是肖婷——赵文华的妻子。难道赵队长也出了意外？白天多次追问尚晴，她吞吞吐吐不肯说出实情，看来赵队长的伤远比自己想象的要严重得多。肖婷此刻已经发现了他，赶紧止住哭泣："你怎么还不睡?"

"我睡不着，出来走走。"齐亮惊讶于眼前的肖婷，几天不见，她已是身心憔悴，形销骨立。

"肖医师，请你跟我说实话，赵队伤势到底怎样?"

肖婷呆呆地愣着，眼里闪着泪花，她模样俊俏，愈加让人怜爱。

他见她不忍心道破实情，心里更加着急，情不自禁地抓住她的肩不停地催促："快告诉我！赵队怎么样？你再不说，我可要去抢救室找他了！"

她像见到亲人一样，忍不住扑在他怀里不停地呜咽啜泣。"老天爷为什么对我这样残忍，夺走了我最后的希望！他……他……他已经牺牲……"

"什么，他已经牺牲?"他不禁为之一震，"不久前我们还坐在车里讨论案情，转瞬间，我与他已是阴阳两界。"他似信非信，喃喃自语。

突然，肖婷猛然推开他，用双手捂住脸："天哪！我该怎么办?"

他很快清醒过来，意识到最悲痛的莫过于眼前这位女性。陈小虎，你又欠下一笔血债！真可惜让你死得太便宜了！他握紧拳头狠狠朝树干砸去。一股钻心的疼痛让他感到自己有义不容辞的责任保护这位孱弱的女子。他掏出纸巾，递给她。肖婷抬起黯然神伤的大眼，遇到关切的目光，心里充满感激。二人四目相对，默默无语，彼此都在抚慰对方的心灵——一个失去父亲，一个失去丈夫。任何安慰的语言都是多余的。她接过纸巾，擦干眼泪。

“齐亮，你是病人，应该回去睡觉。”她终于从巨大的悲痛中清醒过来，开始履行医生的职责。

“肖医师，你无论如何也要挺住，一定要节哀顺变！你放心，我父亲和赵队的仇，我一定要报，绝不能让他们白白牺牲！”说完大步流星地往医院门口走去。

“你到哪里去?”肖婷想一把拽住他但没拽住。

“我现在就回队里！”话音刚落，背影就消失在茫茫夜色中。

第四章　高官受贿

吴方副市长拖着疲惫的身躯回到家，已是深夜十二点了。他换上拖鞋，打开房间里的灯，见妻子坐在客厅沙发上，把他吓了一跳。

“你怎么不睡觉坐在这里？不看电视，不开灯，把我吓一跳。”

“你以为我愿意，还不是为了等你。电视上没什么好节目可看，我正在手机上用微信聊天。”齐虹起身帮丈夫脱去外衣，挂到衣帽间。

“看不出来，你还挺时髦，那是年轻人玩的东西。”

“不管怎么样，我也得与时俱进呀。换洗的衣服在浴室放好了。瞧你，满身烟味。”她把丈夫推进浴室。

“你可要当心，不要陷得太深，微信这个东西虽然是新鲜事物，但也是一把双刃剑。”他把浴室门关上，好意提醒她。

吴方躺进热气腾腾的浴缸，放松筋骨，闭目养神。忙碌了一整天，泡泡澡赛过活神仙！这得感谢贤惠的妻子，每天不管下班多晚都放好热水等他沐浴，所以他不管有多少应酬，从不在外面过夜，不管有多少朋友，从不近女色。这几乎成了他们十几年夫妻生活的默契。可今天，他躺在硕大的浴缸里，任凭翻滚的水敲打赤裸的全身，久久不能平静。他在考虑如何将大伯——齐云院长不幸遇害的噩耗告诉她。

身着贴身肉色睡衣的齐虹，身材保持得特好，说什么也看不出已经四十出头。她的模样算不上漂亮，但白润的皮肤和修长的四肢弥补了长相的不足，加上文质彬彬，戴一副金丝眼镜，愈发凸显气质不凡。更何况她是个上得了厅堂、下得了厨房的大学副教授。这就是十几年来吴方对她始终不离不弃的原因。像往常一样，老公沐浴她都要在外面守着。她不是在卖弄风骚性感，而是担心像老方这把年纪洗澡最容易中风，怕他发生意外。刚才进去洗了半天也不见老公出来，她开始担心，她大声叫了几句，里面应了，她才放心。不一会儿，吴方沐浴完毕，两人上床，齐虹就把余董事长来家里造访的事说了一遍，并把灯熄灭。

“他没说干什么来?”

“没有，只是送了一罐茶叶。”

“你以为他单单来送茶叶，他眼睛盯着凤凰花园那块地呢。这老家伙眼睛毒得很!”

“干吗那样糟践人家?”

“这里面的事你不懂。茶叶呢?”刚睡下，他想想又起来问道。

“干吗那么急? 在客厅茶几上搁着。”

吴方重新把灯打开，起身到客厅，拿着那只装饰精美的茶叶罐凑在灯下，仔细瞧瞧外包装，看不出有什么破绽——正宗的特级西湖龙井，有出厂时间，有保质期，有防伪标签。他又放在手上掂掂，放在耳边摇摇，放回原处。走了几步，又回头，还是不放心，他到书房拿了一把裁纸刀把它撬开，不禁倒抽一口凉气，里面满满一罐美金。他赶紧倒出来，扎得一小捆一小捆的，摊在桌上，数了数，整整三十万。他虽然有点儿预感，但仍对余董的大手笔颇感意外。

“这大半夜的，还让不让人睡觉?”齐虹从卧室出来，见桌上的美金，十分震惊。

“我早说了，事情不会那么简单……”

“老公我给你添麻烦了!”她对自己的疏忽深感内疚。

“这怨不得你，他若有心，防不胜防。只是我没想到，余董对凤凰花园这块地也有兴趣……”

“既然他这么诚心找你帮忙，何不给他开绿灯？现在市里搞旧城改造，大力推进城镇化，不都是要靠这些房地产大佬去开发，总不能政府自己投钱。”她插嘴道。

“给谁不是我一个人说了算的。搞房地产需要实力，现在强调公平竞争，国家政策规定，土地出让要挂牌、走招投标正常程序。G市本地的房地产公司有那么多，还不算外地的，馅饼就一块，怎么可能让他一家吃独食？何况，他手上已经有一块地，因为摆不平一个钉子户，弄得钉子户三天两头在市政府上访。”

“照你这么分析，余董那里没戏？”

“也不能这么说，机会还是有的，事在人为，就看怎么操作。”

“那你就给他点拨点拨。”

“现在还不到时候，先放放再说。”

“这些美金怎么处理？”

“找机会还给他。”他又补充道，“这种人还是少跟他打交道……”

“你说得对，商人总是利益为先，我们又不缺钱，说不定他哪一天翻手为云，覆手为雨。”

“这才像我老婆，明事理！”他不禁夸道，打了一个哈欠，看看表，“都快两点了，睡觉吧。”他在考虑今晚还要不要告诉她大伯遇害的事情，话到嘴边，又吞了下去，算了，还是明天再讲，否则今晚真不要睡觉了。

两人返回卧室，熄灯就寝。躺在床上，吴方翻了个身，才注意到身旁的她传来熟睡的呼吸声。今晚他丝毫没有拥抱妻子的念头，而是翻来覆去睡不着，考虑如何处理这块烫手的山芋。他想起认识亚东兴隆房地产开发有限公司董事长余飞龙的过程。那是在前年政协会议上，根据会务安排分组讨论，他作为这个组的组长主持本组发言，当轮到余飞龙发言时，他讲到大力发展本市房地产业，助推城镇化，一些观点颇有新意，比较符合吴方理政的思路。他感觉余董不简单，不仅是个实干家，而且经商理念很有创新。会后两人又一起交流观点进行互动，并互留联系电话。后来因为工作忙，倒是余董主动邀请他吃了几次饭，一来二去，慢慢彼此熟悉起来。余飞龙从不主动找吴方帮忙，只是在融资遇到一点儿麻烦时，请他给有关部门打了一下招呼，算是帮他顺利贷到款。

突然齐虹的手机铃声把她吵醒，是堂弟齐亮打来的。电话那头传来悲悲切切的哭声，他把父亲遇害身亡的噩耗告诉了姐姐。齐虹被突如其来的天灾人祸惊呆，一时间很难接受失去亲人的事实，号啕大哭不能自已。吴方在一旁束手无策，只能好言劝慰妻子，明白今晚无论如何是甭想睡了。

醒目矗立的亚东兴隆房地产开发有限公司办公大楼。一大早就迎来了一位不速之客，大楼保安耐心劝阻，也没有阻止他的脚步。他好不容易闯进大楼，在办公区域来来回回寻了好几遍，保安确实没有欺骗他，公司市场开发部的经理熊彪的确不在办公大楼。打电话占线，发信息无回音，他明白对方是在故意躲自己。眼看银行借款已经到期，十个坛子八个盖，拆东墙补西墙的办法也无法填平银行账上一千万的窟窿。他真后悔去年这个时候同熊经理去澳门赌场碰运气，结果一玩就上瘾，不仅把带去的五百万贷款输得一干二净，而且为了捞回本金，他返回银行又私自提取五百万现钞救场。谁知道，依然是血本无归。整整一千万！简直是个天文数字。这个熊经理，也就是人称阿彪的，果然是个人物，当时胸脯拍得咚咚响，自己一时大意，竟然相信了他，上了他的贼船……这下可好，堂堂一个国企老总与一个专靠坑蒙拐骗起家的地痞流氓的命运捆在一起，说出去都要被人笑掉大牙。就在他垂头丧气准备离开时，眼前一亮，那不是熊经理吗？终于逮住你了，看你还跑！阿彪正在办公大楼门口台阶上跟一个女职员讲话，看样子刚从外面回来。也许他不是故意躲猫猫，他重新燃起了希望。

“我说老兄，你怎么找到公司来了？”阿彪打发公司女职员走后，主动跟他打招呼。

“你以为我愿意！如果不是上面催得紧，我懒得理你。”

阿彪把陈奇拽到角落，看看办公大楼门口四周无人，立刻脸色一变。

“你还真为了那点儿钱赖上我了，催债都催到家门口来了。”

陈奇明白遇上了无赖，算他倒霉，如果真把对方逼急了，他一个混世魔王，天不怕地不怕，当甩手掌柜，你找谁要钱去？说不定真是要做冤大头，替他背黑锅。

他擦擦头上的冷汗，即刻换了一种妥协的口吻："我哪敢跟你逼债，这不是来跟你商量嘛。你说得轻松，那不是一千、一万而是货真价实的整整一千万，对我这个工薪阶层来说简直就是天文数字，我就是倾家荡产、砸锅卖铁，都凑不齐这么多钱。所以，你要体谅为兄的难处。我坐到今天这个位置也真不容易，如今我每天上班都如坐针毡，被那一千万压得气都喘不过来。你还别说，我现在连上吊的心思都有……"

阿彪心想：既然你想自杀，怎么不早早了结这副皮囊，省得活在世上受罪！嘴里却安慰道："陈兄千万不要想不开，钱的事好办，车到山前必有路，像仁兄这种福相保不定有哪路神仙相助。"

他这是饱汉不知饿汉饥，在一旁说风凉话，完全一副事不关己高高挂起的态度。对这种无赖，他只好苦苦一笑，顺着他的话茬儿说道："熊经理既然讲到神仙相助，何不让你的老板替我们解一下围、应一下急。这区区一千万对他来说真是九牛一毛，算不得什么。"

阿彪赶紧截住他的话题："你千万不要打他的主意，他是个铁公鸡，一毛不拔，不要说一千万，就是一个子儿他都不会给你。他对自己的儿子都吝啬得要命，何况我们这些替他卖命的打工仔。其实你不要看我们余董事长出身偏门，平日里，他最恨赌博、吸毒，时常教训部下赌博、吸毒偶尔玩玩可以，千万不可上瘾，否则倾家荡产。你好好想想，他可能帮助忤逆他旨意的部下吗？"

"听你这么说，你的老板可真是个好领导，对部下约束得紧。"

"他完全是个伪君子，表面装得道貌岸然，肚子里肮脏得很。什么黄、赌、毒，哪样少得了他？不准我们在外面乱搞，那是怕我们有损公司形象，黄了他的生意。你以为他真是为你好……"阿彪突然发现自己说漏嘴了，不应该跟他说那么多，毕竟他不是圈子里面的人，赶紧刹住话题。

"你有什么高招能填平那该死的一千万？"

陈奇四下瞧瞧周边无人，走近两步，俯在熊经理耳边，如此这般嘀咕一番。

阿彪听完他的所谓高招，吓了一大跳，把他推开，眼睛瞪得忒大，紧紧注视着他的脸上上下下打量，仿佛不认识他似的。难道这个世界真变了，老实人都有捅天的念头？看样子那一千万真把他逼急了。他不由得动了真感情，同情这位仁兄眼下的处境，后悔不应该把老实人拉下水。阿彪即刻拉着他离开公司，小声吩咐道：“这里不是谈话的地方，我们找一个僻静处，到斜对面咖啡馆坐坐，说说你的具体计划和细节。”

陈奇跟在他后面离开了大楼。

第五章　金库失窃

清晨，春雨潇潇的南方到处都是湿漉漉的，G 市既充满了勃勃生机，又潜藏着骚动不安。一辆乳白色急救车冒着绵绵细雨驶入本市解放大道。市里所有的大银行几乎都集中在这条大街，素有“金融一条街”之称。银行一般都是早上八点开始营业。这里是单行道，才早上七点，车辆和行人显得格外稀少。急救车停在气势恢宏的建设银行大厦前，跳下五个医生模样的男人。他们个个身穿白大褂，戴着大口罩，手提红十字药箱，匆匆登上银行大厦的台阶。

还不到营业时间，一楼营业部大厅的玻璃门紧闭着。领头的戴金丝眼镜的高个男子敲敲门，把一个蓝色证件贴在玻璃门上，银行保安看清是市卫生防疫站的证件后，打开玻璃门。昨天下班前，市卫生防疫站来电话通知“今早派人来打预防针”，没想到来得这么早。

五个人鱼贯而入，领头的戴眼镜男子用沙哑的嗓音说：“目前我市正流行 H7N9 禽流感，我们接上级指示到这里来进行预防工作，请大家配合我们用这种一次性的纸杯倒上水。”

这种例行的预防措施，最近在本市时有发生。何况，前几天市卫生局就发文通知银行，这两天市卫生防疫站同志会来这里进行禽流感防疫工作，请银行尽早准备，所以银行职工比平时来得早，静候他们的到来。这时，保安和职工们按照他们的吩咐把一次性的纸杯倒上水。这五个人打开药箱，拿出滴管和药品，熟练地在每个人的纸杯中滴入预防药液后，很尽职尽责地监督所有人喝下。

十几分钟后，银行营业部经理陈奇从十楼卫生间出来，想乘电梯到一楼检查营业员的准备工作，一按电梯开关，发现停电，只好从楼梯下去。等他气喘吁吁地走进一楼营业部，脸上闪露出诧异的神色，他瞥见玻璃门后的大厅内，职工、保安均东倒西歪地趴在桌上，仿佛睡着了似的。陈经理有些奇怪，下意识地朝大门望去，一辆乳白色急救车飞速驶离门口，很快消失在细雨中。

陈经理感到不妙，赶紧走进大厅，一股寒气从脊梁掠过，保安和职工们昏迷不醒，现金出纳台和保险柜都被打开，钞票被一扫而光——银行被劫！陈经理吓出了一身冷汗，颤抖的手死命按住警报器，整幢大厦都响起了令人恐慌的凄厉警报声。

不到五分钟，G 市公安局 110 指挥中心已经处于紧急战备状态，强大的无线电波把指令传到各地：车站、码头、机场、各路关卡、哨所、检查站、联防点。一时间，铁路、民航、水上、武警、交通，各警种全力配合，在全市撒下天罗地网……

夜深了，在这座拥有几百万人口的城市，还有人不甘寂寞，还在一个劲儿地骚动、喧嚣。人们的呼喊声、脚步声和嘈杂的高音喇叭声，互相交织，互相冲撞，似乎不把这地方闹个天翻地覆是绝不会罢休的。

也许是听多了、见惯了的缘故，地处市中心的 G 市公安局却显得分外平静，平静得就像坐落在另一个世界里。漆黑中栖息的办公大楼，只有门口那红色的灯光下有名执勤的武警在走动。时钟敲过四下，已是凌晨四点，在市局局长办公室，桌上的电话陡然响起，几乎同时对讲机、手机也紧急呼叫起来，刚打了个盹儿的分管刑侦的唐安民副局长一下子被惊醒。他匆匆听完报告，便急忙推开隔壁房门。

较量

会议室里，已经通宵达旦苦战了几天几夜的刑警战士们七倒八歪地躺了一地：刑侦队支队长李一鸣、政委刘平、重案大队副队长文斌、教导员丁晓波、警长童云清、舒迟……

唐副局长心头一热，欲言又止，默默地注视着部下，几天来全市八千多名公安民警为了陈小虎越狱案没有睡过一宿安稳觉，没有吃过一顿应时饭。按照市局“4·23”专案组侦破指挥部制定的几套方案：封锁交通要道，检查过往车辆，对重点目标伏击守候，跟踪调查，锁定嫌疑对象……刑警、交警、治安警、特警各警种互相配合，不分白天黑夜地排查摸底。然而，陈小虎刚刚拒捕车祸身亡，昨天上午又发生银行抢劫案。整整五百三十万巨款被劫走，作案的劫匪非常内行地把银行监控破坏，并且能够迅速逃离，转眼间犹如遁入海底的鱼虾消失得无影无踪。刚才直属分局传来搜索信息：半小时前，在森林公园偏僻的沼泽地上发现劫匪遗弃的急救车，而那部车经查是一辆早已报废的改装车，全车显然作了技术处理，没有任何侦查价值。现在是信息社会，我们在研究违法犯罪分子，他们同时也在研究我们；双方都在借助当前最前沿的科研成果、最现代化的武器装备、最先进的高科技手段。俗话说：道高一尺，魔高一丈。你要打猎必须有猎人的本领，否则有可能被野兽吃掉。

唐安民迟疑片刻，还是轻轻退出来，随手掩上门，慢慢走到楼前凉台，舒展筋骨，扩张胸肌，做了几下深呼吸动作，点燃香烟，凝神沉思。不久前，市委征求他的意见，想让他做调研员。自己还有两年就到六十岁了，先退居二线，把位子空出来让年轻人上，这是大势所趋。说实话，要他从副局长位置退下来还真有点儿舍不得。现在的人绝大部分都是势利眼，在台上他对你毕恭毕敬，下了台对你横眉冷眼。他干了一辈子公安，从民警到派出所所长，从处长到刑侦支队队长，从分局局长到市局副局长，一步一个脚印，踏踏实实。不管是普通老百姓还是上下级，对他的工作应该都是肯定的，虽然也有差错，但自我感觉还是不错的。在家里老婆小孩儿都很尊重他。可以这么说，他算得上是事业有成，家庭幸福。调研员虽然升了半格但毕竟是虚职，哪里有副局长位置实在。人人都劝别人想开点儿不要恋权，但轮到自己在重要位置，哪个不是恋恋不舍。

他想了想还是拨通了刑侦支队办公室的电话，让刑科所长马立标到他办公室来一下。不一会儿，马立标拿着物证鉴定书进来向领导报告：据初步分析劫匪给银行职员喝的药是一种具有强烈效力、使人中枢神经很快麻痹的无色无味的毒剂。在市场上看不到，可以肯定是外来品，据说广东那边黑市可以搞到……

“看来这些家伙真狡猾，居然引进外国产品作案。”唐局接过话茬儿，递给马立标一根“中华”烟，自己也点燃一根，示意他坐在沙发上。在市局，马立标虽然是他的部下，但因为他是自己做刑侦支队支队长时从中国刑警学院毕业生中挑选出来的，又是他的入党介绍人，所以感情上更亲近些，而且，这次干部调整，有可能把他充实到副支队长位置。

“你昨晚又是一个通宵没睡吧?”

“你不也是。”

“我在办公室眯了几个钟头，年纪大了睡不着，不比你们年轻人总睡不够。怎么样，这次局里干部调整有什么打算?”他故意把话题引到这上面来。

马立标知道唐局长关心他，这次干部调整，领导有关照他的意思。这在一般人看来几乎是求之不得的好事。他猛吸了口烟，徐徐吐出，一些话面对两鬓斑白的老上级憋在心里无法倾诉。

毋庸置疑，在G市公安局唐安民不仅是他从事公安工作的引路人，更是他敬重的老领导、老前辈。不过他们之间关系虽然很好，但碍于彼此间地位悬殊，二人除了工作上有接触外，私下里也鲜有往来。加上马立标性格倔强，用现在的话来讲就是“情商低、智商高”，平时一门心思钻技术，从来不懂拉关系、走门路，大学毕业后就在市公安局刑侦队搞技术，一干就是二十年，到现在还是个副科级。本来这次碰到个好机会，刑侦队被升格为支队，由正科级单位调整为副县级单位，按道理水涨船高，他这个刑科所所长顺理成章自然应该跟着提升。谁知新来的局长准备借这次机构调整对干部晋升进行改革，凡是上一个台阶无论何人都要统一考核，采取竞争上岗、民主测评的形式，打破过去论资排辈、基层提名、党委拍板提拔干部的惯例。本来干部体制改革是件好事，可以让能者上、庸者下、平者让，但马立标未必考得赢最近陆陆续续分进来的硕士生、博士生。他人到中年，四十有五，正是上有老下有小、家庭负担特别重的时候。尤其是电脑的应用更是年轻人的专长，所以这次干部调整从哪方面来看他都不见得占有优势。正因为如此，面对唐局长的关心他愈加感到无奈和力不从心。怪只怪自己过去错失了良机，没有听爱人的劝说早点儿到唐局长这里活动活动。搞刑侦工作这个行业，历来也有这么一个不成文的游戏规则：那就是提拔重用向一线侦查员倾斜。一般来讲侦查员容易出成果，他们在台前风风光光，我们搞技术的只能在幕后做绿叶陪衬。破了案，新闻媒体、上级领导、普通百姓、各种焦点都对准侦查员。无疑立功受奖，提拔重用也总想到在一线奋战的侦查员。这还仅仅是客观原因。主观上，以他的个性，不愿凭关系帮助个人升迁。无奈当今社会仕途险恶，人心不古，动辄靠金钱、靠背景、靠权势、靠关系、靠拼爹。谋事干活儿，往往是稍有利益趋之若鹜，偶遇危难避之不及；提拔重用，往往是忠厚老实者无人问津，见风使舵、溜须拍马者仕途通达。

唐安民见他一个劲儿地抽烟，半天不吭声，多少也明白他的难处。其实局党委在研究这次干部晋升方案时，不是没有考虑像老马这种有多年实践经验的中年骨干的实际情况，只是方案还在上报市委组织部门待批阶段，目前还不方便在他面前透露过多的细节，只好转换话题关切地问道：“你儿子怎么样?”

“正在为这事头痛。小孩儿不争气，去年高考没考上，复读成绩跟不上，经常逃学，整天跟着一帮年轻人在网吧鬼混，我担心他学坏。”

“那你真要加以重视。现在社会很复杂，小孩儿思想单纯，很容易学坏。既然书读不进去不如学点儿手艺，掌握一门技术将来好就业。”

“我也想这么办，可我老婆想不开，硬逼着小孩儿参加高考，为这事我们经常吵架。”

“这样下去也不是办法，不如哪一天有空我来劝劝晓芳。”

“有唐局出面，她一定会听。”马所长的爱人徐晓芳是经唐局长介绍认识的，如果唐局长出面说话应该很有分量。

唐局长的手机又在不停地响，马立标知道领导很忙，经请示离开了局长办公室。这时天已大亮。他想上班还早，不如躲到值班室打个盹儿。刚爬上床，手提无线电台不停传来呼叫：110 指挥中心命令刑侦支队刑科所所长马立标尽快赶赴重案现场，郊区分局所辖地老干休所宿舍出现人命案，两个老干部被杀死在屋内……

三十分钟后马立标开着警车赶到案发现场。分局、派出所侦查员早已在勘查忙碌。一般情况下，按属地管辖范围，由分局刑侦大队处理就行，看今天这个架势，市局、分局领导都在，肯定是特大案件。他急急忙忙与唐局长等领导打过招呼后立刻进入角色。

第六章　智擒蟊贼

刑侦支队支队长李一鸣勘查过大大小小无数个犯罪现场，依然被眼前的血案所震惊。死者是一对老夫妻，身份比较特殊，男的是部队副师职退休老干部，女的是本市税务局副局级退休老干部。从现场勘查的情况初步分析是一起典型的仇杀案。男的身中八刀，女的挨了十刀，且刀刀致命。法医鉴定，死亡时间为昨晚凌晨一点左右。问题的症结在于凶手作案动机非常明显，但现场处理得干净利落，几乎没留下什么有价值的痕迹，看得出来是行家里手干的。从对家属的调查看，受害者家里并没有丢失什么钱财，仅仅女受害者手上少了一个玉手镯。经初步侦查：两位老人已退休三四年，小孩儿不在身边，平日里为人处世低调理性，待人接物恭敬谦让，与周边群众邻里关系融洽，在单位上跟同事、朋友也没有什么矛盾过节，夫妻间相敬如宾感情非常好。李一鸣想不通的就是这样一对模范夫妻竟然遭此毒手，凶手肯定与死者有不共戴天之仇。他暗暗下定决心，无论是为公为私，都要尽快把此案侦破。因为据可靠消息，市委组织部已提名让他接替退居二线的唐副局长，担任分管刑侦工作的副局长，这可是上了一个大台阶。而偏偏就在这关键时刻，本市接二连三出现大案、要案，件件要命，桩桩称奇，无一不让人揪心费力！讲起来天网恢恢、疏而不漏，但真要把这些亡命之徒统统绳之以法，还是要付出巨大的警力和物力的。现在基层警力明显不足，正常经费开支缺口很大。平日里除了正常破案，还要承担许多额外的工作，诸如警卫、维稳、执勤、巡逻、开会等。队里一大堆开支：许多药费单子、汽油发票、餐费收据等，都没办法报销，刚才刘政委还在为此事犯愁，跟自己商量着该怎么办。现在上面抓得很紧，不准私设小金库，违反财务纪律的事谁敢干？尤其是在此节骨眼儿上，更不能踩“红线”。文斌见李支队长精神恍惚、心事重重的模样，以为这几天案子太多他没休息好，赶紧走过去为其点着了一根烟。

“小日子过得不错嘛，抽起了中华烟。”李一鸣故意开玩笑道。

“谁像你两个钱都放在银行吃利息。”文斌知道李支队长平日里不怎么乱花钱，也没有烟、酒、茶的嗜好。

“你们大队一下躺倒两个领导，一个牺牲，一个受伤住院，你这个副大队长可要把担子都挑起来啊！”

“你不要临时赶鸭子上架，上级不正在考虑之中嘛。”文斌突然感到自己话说得太情绪化，赶紧弥补，“不过你放一万个心，这段时间我会把队里的工作抓好！”

李一鸣岂能不知道他的小九九，这次干部调整局党委已决定，老赵牺牲了，空出来的重案大队大队长的位置就在文斌和齐亮当中产生，但从上周群众测评的情况看，齐亮十拿九稳，估计这两天就要公示。这几乎是不公开的秘密。在中国只要涉及干部任免，小道消息往往比官方消息来得快、来得准。李一鸣当然理解文斌的心情，论个人感情他更倾向于文斌，但从工作考虑，他还是感到齐亮似乎更成熟些。事已至此，他只能宽慰道：“你也不要有什么情绪，提拔的机会以后总是会有的。”

不管怎样文斌还是蛮感激这位顶头上司的，平日里他没少关照他，这次是他自己不争气怨不得领导。他抽完一根烟心情也比刚才好了很多，见该做的工作做得差不多了，打起精神指挥收队。文斌见尚晴已做完手头上的工作，就主动邀请她坐自己的车回家。在路上，他一边开车一边没话找话，希望博得美女的青睐。一直以来他和老婆的关系就不怎么融洽，如今都闹到要离婚的地步了，半年多都没有性生活，夫妻关系名存实亡，所以他开始关注本局的女同胞。

尚晴坐在车上很快就睡着了。几天来她疲倦得要命，文队讲什么她一句都没有听进去。她很奇怪，他最近老用一种异样的眼神盯着自己。凭一个女人的直觉总感到对方不怀好意，言谈举止怪怪的。其实，如果他不是队领导，平时她真懒得搭理他，刚才出于礼貌才上了他的车。不知道齐亮现在怎么样了，这回算是命大，没有被陈小虎的车撞到，否则后果不堪设想。这个愣家伙干什么都很拼命，看来自己确实爱上他了，一闭眼满脑子都是他的影子。虽然从认识到相爱他们已走过了几年，但他是她的初恋。记得大学毕业前夕，在G市公安局实习，带她的老师就是齐亮。刚一见面他就给自己留下了深刻印象，举手投足都让人倾慕不已，也许这就是人们常说的眼缘。人生最美就是初遇时的一见钟情，那种感觉微妙又美好。上个月她带他出席同学聚会，得到一片赞叹，大家都夸她好眼力。家里父母也很满意，劝她早点儿把婚事办了。可是他，时冷时热让人瞧不明白。以她的条件不知道有多少男的追求，而他正相反，总是她主动。人就是这样怪，容易得到的偏偏看不上，难以追求的喜欢费尽心机。尚晴在车上打了一会儿盹儿，感觉还是放心不下齐亮，打他的手机又不接，匆忙找个借口下了车，往医院赶去。

她下车时，一股冲动涌上文斌心头，他想抓住她的手，把她拉过来，吻她。但，这些只停留在想象之中。从后视镜中看到她离去的背影，他发动了车子。

齐亮匆匆赶到刑侦支队，办公室空无一人。他估摸着同事们都在外面忙，端起茶杯咕咚咕咚狠狠解了一顿渴，准备打开电脑浏览每日刑案，桌上的电话铃响了，是衡川东路派出所彭伟副所长打过来的。马立标的儿子在网吧打架，被人送到派出所处理，小孩儿不敢告诉父亲，而是让派出所打电话给他为其保释。一小时后，齐亮开着轿车把马军从所里保释出来。在回家的路上，他看着头部扎满绷带的马军心情十分沉重。马所长一家他了解，夫妻两个都很要面子，望子成龙心切，总希望儿子能考上重点大学。偏偏事与愿违，马军不争气，见了书本就打瞌睡，父母在他身上操了不少心，各种方法都试过，怎么都不见效。马军现在有了逆反心理，整天躲进网吧玩游戏，父母逼急了他就离家出走。看来有空要找老马谈谈孩子的教育问题。

又碰上市区停电。汽车在漆黑一片的道路上疾驰，很快到了老马家。他没下车，叮嘱马军几句后，掉转车头往局里赶，没走几里，发现小孩儿的手机掉在车上了。真是越急越出错。他只得返回，摸着黑上楼。老马家的门虚掩着，这孩子也太粗心了，门都不关。借助手机的微光推门进去，屋内寂静无声，黑洞洞的。老马两夫妻应该还在局里加班。

他对着屋里直喊："马军，马军，你在哪里?"突然他感到有点儿不对劲，一个侦查员特有的嗅觉让他立刻警觉起来。他感到危险在悄悄逼近，没有任何犹豫，他迅速关掉手机。他很快选了一个最佳的位置将自己隐蔽在黑暗中，眼睛开始慢慢适应周围的环境，目光不断地搜寻屋内可疑的一切，希望捕捉到目标；两耳凝神细听，希望听到可疑动静；大脑在飞速运转。没有武器的他没有考虑自己的安危，却始终挂念马军的安全。经过一番目光搜索，凭经验，他判断对方是极度危险的人物，且至少有两人以上，而且可能带了武器。看来对方的目标是马军，早已守候在此多时。屋内空气异常沉重，双方都在寻找战机，看谁争得主动。

齐亮没判断错，他们的确是冲着马军来的。

歹徒甲，一只手拼命捂住马军的嘴，另一只手握住匕首紧紧顶住他的腰，全身猫在厨房的角落。极度恐惧的马军，双手被捆着，吓得大气都不敢出，面露绝望之色。歹徒乙，两手高举铁棍，呈丁字状站着，身体紧贴卧室衣柜，眼睛死死盯住客厅，看架势齐亮的出现令他们很意外。

四人占据三间屋子，呈品字状对峙。齐亮的优势在于非常熟悉地形，马立标的家他经常光顾，屋内的摆设他闭眼都能摸得到。不利因素是自己没有武器，人质又在他们手里。齐亮估计对方的武器是刀具之类，应该没有枪，但也不敢大意，毕竟马军在他们手里。他觉得不能再犹豫了，采取软攻。他对着屋内喊话："各位兄弟！大家都是道上出来混的朋友！出门在外都是求钱财，有事好商量。好汉来到这里就是一家人，何必动家伙。如果马军借了你们的钱，我可以替他还。如果是其他的事，我可以做主，总之还你们一个公道，包你们满意。”

“你真能做主?”

齐亮一听，有门道了，赶紧答话：“我是他叔，你们把灯打开！万事好商量！请不要为难小孩儿！”

两人嘀咕了一阵，“叭”的开关一响，屋内立刻通亮。

齐亮惊讶于两个歹徒之年轻，看模样比马军大不了多少，大约十六七岁。看看现在的社会成什么样子了，这么年轻就敢拿刀往人家家里闯。他打定主意想好了制伏这两个小蟊贼的对策。

他拱手作揖：“敢问两位小兄弟，小侄何事冒犯？容在下好好教训他！请高抬贵手！”

歹徒甲见齐亮没有恶意，收回顶着马军的匕首，大大咧咧地嚷道：“你家侄子借我们五万块钱不还。”

“不是五万，是五千。”马军急忙争辩。

歹徒甲朝他甩了一巴掌：“借五千还五万，这是道上的规矩。”

“你把借据给我，钱在里屋，派一个人跟我去拿。”

歹徒甲不等同伙反应过来，扔下马军，抢先一步：“我跟你进去！”

齐亮见目的已经达到，马军暂时脱离他们的胁迫，于是他一个箭步冲上前去，对准歹徒甲鼻梁一记勾拳，狠命一击！紧跟着，左手单掌空中一道弧旋、唰地一记斜劈，斩向歹徒乙的脖子！两下动作几乎一气呵成，令对方猝不及防，双双躺倒在地。蹲在一旁的马军惊得目瞪口呆！

几分钟后，110 警车赶到现场。齐亮把人犯交给当地警方，做完调查笔录，叮嘱马军几句，就离开了马家。

第七章　袒露心扉

夜色迷蒙，星光渺无，天空黑得像个大锅底，空气显得异常沉闷、燥热，看样子一场大暴雨即将来临，外面的行人已逐渐稀少。

白天鹅娱乐厅内灯火通明，一架架闪着奇异绿光的电子飞碟在大厅中来回盘旋，一帮玩得汗流浃背的青年男女不断搜寻呼啸着冲下来的目标。三个一群，五个一伙，姑娘、小伙子围绕着七八台电子游戏机疯狂地摇着操纵杆，“嘟嘟”的击靶声充斥着整个娱乐厅。市公安局刑侦支队重案大队副大队长齐亮和他的助手尚晴推门进来。坐在小吃部后面的吴胖子吴经理，看到便衣警察进来，赶紧起身招呼他们。齐亮略一点头算是回答，锐利的双眼迅速在人群中搜寻着。玩兴正浓的渔霸猛一抬头看见齐亮，赶紧低着头拼命往人群里钻。齐亮很快就发现了目标，疾步追了过去。渔霸见对方发现自己，更是像泥鳅似的在人堆里穿来穿去。齐亮做了个手势，他和尚晴两人分头包抄。渔霸一见不妙，撞开大门，马上开溜，偌大的黑夜犹如墓地一般很快吞没了他的身影。

他拐进一个巷口，趴在墙壁上呼呼地直喘粗气，见“条子”没有跟来，心中的恐骇顿然消释，用手背擦了一下额头上的汗珠。过了一会儿，他悠然自得地吹起了口哨，往巷子另一端走去。

突然，一道雪白的手电光像一柄闪光的利剑刺穿黑幕。他的眼睛被刺得睁不开，他用两手遮挡着，刚想返身逃跑，“不许动！”威严的声音从身后传来，不等他回过神来，双手就被“铁钳”扭到身后铐住。齐亮就像捉小鸡一样把他攥到墙根：“臭小子，我看你往哪里跑！”他向尚晴丢了个眼神，尚晴用力朝他的腿上踹了一脚，用手抓住他的头发。

“我哪里敢躲你们，这几天公司派我到四川出差了。”

“你不要侮辱我的智商！堂堂街区一霸会那么老实，不找点儿发财的歪门邪道，却整天一门心思替别人的公司跑腿打工，鬼才相信！你那些瞎编的胡话留着去糊弄刚出道的小警察吧。”

渔霸虽然年纪不大却是老江湖，哪里会听不出他的话外之音。他当然知道警察找他的用意，没办法，如今在道上混不能一条道走到黑，得多留几手，先蒙蒙看，闯过眼前的难关再说。于是他装出一副可怜兮兮的模样，狡黠的眼睛透过缕缕乱发斜睨着齐亮，眼球骨碌碌转了几下，哀求道：“齐队，尚警官，让我慢慢说……”

齐亮一示意，尚晴松开手。

渔霸站起身来，四下张望了一会儿，然后故作神秘地对他们低语道：“不瞒二位，小的这两天确实打听到陈小虎从监狱里逃出来了，还听说他杀了法院院长……”讲到这里他心知讲快了，赶紧用手打了一下嘴巴，“我该死！”他贼眉鼠眼地溜了一下齐亮，尚晴气得在他的头上敲了一下：“你在胡说什么！”

齐亮示意尚晴克制情绪后，让渔霸继续交代。

“听说，还撞死了个警察……”

齐亮“哼哼”冷笑两声：“你说的这些，这两天满大街谁不知道?”齐亮猛地捋开他的衣袖，指着胳膊上面的针眼怒斥道：“我警告你！你吃粉，还吃出邪门来了！我今天完全可以拘留你，信不信?”

“别……别……别这样！”渔霸顿时吓得面如土色，赶紧抽了自己两个嘴巴，跪在地上脑袋像捣蒜泥一样不停地叩头求饶。

“你老实说！”

“我说，我说……这次帮助陈小虎越狱的可能是本市的……”

“你知道叫什么名字吗?”

“不知道。”

“又在装傻!”

“真不知道，你想想，干这种惊天大案是要杀头的，肯定是独来独往。我如果有半点儿撒谎，随便你怎么修理我。”

“你想耍滑头，企图瞎蒙我们是不是?你给我听着，以后每个周末到这里来碰一次头。”

“你让我做‘勾子’我不干，到时我会被人大卸八块丢到塘里喂鱼!这是小人做的事，杀我一千刀都不会干!”

“我是看你小子还有点儿人性才拉你一把，你不要执迷不悟!你如果再稀里糊涂混下去，说不定被人玩了，脑袋都不知道怎么掉的!”

这时天边响起了一声闷雷。齐亮知道马上要下雨了，自己还有些紧要事要办。他放开渔霸，约好下次见面的日子。等渔霸离开后，他把车钥匙扔给尚晴，交代她:“你自己开车回去，我到附近转转，看看还有什么其他线索。”

尚晴知道他是故意把她支走，依然主动邀请他:“天马上要下雨了，我们还没有吃饭，不如一起到我家去吃?”

齐亮婉拒了她的邀请，独自一人消失在人流中。尚晴极不情愿地开着车回家，一路想着，他的魂或许又被哪个狐狸精勾去了。

从远处传来的雷声渐近。乌云把整个天空盖住，黑暗中刮起了大风，街道两旁大树拼命摇曳着，狂风卷起的灰尘扑面而来。齐亮眯着眼睛，一路小跑想赶在雷雨前到达目的地，谁知刚跑一会儿，电闪雷鸣，豆大的雨珠闪着亮光，不断地敲击着柏油路面。

齐亮用手遮住头顶，一路小跑，总算跑到了赵文华家，雨水却把衣服浇了个透。看到自己这副狼狈模样，他真有点儿不好意思上去。外面的雨下个不停，稍稍犹豫，他还是走上了三楼。从老赵牺牲到现在他一直心存内疚，两人坐在同一辆车上，偏偏牺牲的是老赵而不是自己。面对烈士的遗孀，他总有一种自己是罪人的感觉。出殡期间他又正好受伤住院，一直以来他总想抽空来看看肖婷，无奈队里的事情太多，不知不觉一晃距离老赵牺牲已经有一段时间了，不知这些日子她是怎么过的。面对突如其来的灾难，一个柔弱的女子能否撑得住？他按响了肖婷家的门铃。

肖婷把门一开不觉一愣，见齐亮像刚从水里打捞起来的落汤鸡似的站在门口。他对着她做了个滑稽的鬼脸，故意幽默地问道："肖医生，我能进去吗?"

她双眸一闪，玉齿微露，红唇轻启，用甜润的嗓音嗔怪道："看你这个冒失鬼，还不快进来，小心别着凉。如果感冒了，看你怎么向尚晴交代。"她边说边把他让进屋。

"快到卫生间去冲个澡，把衣服换了。"她不仅是个主人的角色，俨然姐姐吩咐弟弟一般，还赶紧从柜子里拿来老赵的衣服给他换。

"还没吃饭吧？我也是刚下班，才洗过澡，你就来了，正好你洗澡时我来烧饭。"

齐亮走进屋就发现她已经从那场噩梦中走了出来，并没有像他预测的那样凄惶度日。刚出浴的肖婷有着一种成熟女性的美：她穿着一件宽松的睡裙，一条手帕扎住披散下来的长发，清秀、俊美的脸略微有些苍白，浑身散发出一股浓烈的芬芳。望着这位风韵极佳的少妇，他好像才认识她。他惊讶自己以前为什么从没留意肖婷的美。

她被他盯得有些不好意思，将干毛巾抛在他头上。

"还不快进去，洗完澡好吃饭。"说着把他推进卫生间，关上门。她自己围上围裙在厨房里忙乎起来。

不一会儿，齐亮洗罢澡，走出浴室，见肖婷已经把饭菜准备好了，食欲大增。

"你动作蛮快啊。"

"今天你还真有点儿口福。我在菜市场碰到一条大鲑鱼，还担心吃不掉，正好你来了，尝尝我的手艺如何?"

他走到香喷喷的餐桌前，也不讲客套话，端起肖婷为他盛的饭狼吞虎咽起来。忙了一天，他到现在才感觉饿了。

肖婷边吃饭边与齐亮聊天："怎么没带尚晴一起来，看得出她是真心喜欢你。”

“你们都别瞎猜了，我不一定是她喜欢的菜，平时我们走得近完全是工作原因。”

“那也不一定。不是我说，她的年纪也不小了，再拖下去就要成剩女啦。从各方面看你们是天生的一对。你也是，过去的事就让它过去，不要老放不下。”

齐亮知道她在好心提醒自己不要再纠缠过去，可是他怎么能够忘记初恋对自己的伤害！

那是在几年前，他通过自己的努力终于考上了重点大学——中国刑事警察学院，实现了自己想做一名警察的愿望。他在学院读书期间，各门功课都出类拔萃，尤其是射击和擒拿格斗，在全校名列榜首，加上模样和身材出众，一时间获得了不少异性的青睐。在众多的追求者中，有一个在财经大学读书的姑娘，不仅人长得美丽大方而且非常黏人。一个情窦初开的年轻人哪里经得住漂亮姑娘的纠缠，很快英俊潇洒的齐亮就被楚楚动人的乔珊珊俘虏——双双坠入情网。就在两人陶醉在甜蜜的幸福当中时，乔珊珊的家人出来干涉，认为齐亮是单亲家庭，不能和他走到一起。由于父母的坚决反对，热恋中的乔珊珊不得不忍痛割爱，屈服于家庭的压力，转而嫁给门当户对的文斌。内心受到伤害的齐亮从此看到美丽姑娘就敬而远之，对爱情也退避三舍，一旦谈及婚姻，总是像触电一样陷入恐惧，大概是婚姻的成本让他感到不安。

肖婷把沏好的茶递给坐在沙发上的齐亮，自己也端起茶杯陪坐在对面。

“你是一朝被蛇咬见了绳子都害怕。其实人与人是不一样的，我看尚晴不是乔珊珊，她对你的爱应该很专一，平日里没少念叨你，局里的同事都说你们很有缘。”

“是否有缘分不是别人怎么说，而是要看自己的感受。有的人看一眼魂牵梦绕，有的人天天在一起形同陌路。爱一个人如对镜自照。自己的心性、决心、修为深浅都被分毫不差地映照出来，怜爱对方更像是爱怜自己。所以，如果我们之间的感情没有使我们彼此变得更美好，或者没有唤起对方同等程度的爱，那我确实感到抱歉，是自己不够好，不足以吸引对方。"

"吃一堑长一智，看来你对爱情有了更深的理解。你知道吗？乔珊珊与文斌的婚姻其实也不幸福，据说两人老吵架。"

"你又八卦了，人家夫妻俩的事你怎么知道?"

"是真的，原来老赵在世的时候，她没少往这里跑，经常是一把眼泪一把鼻涕地告文斌的状，说他朝秦暮楚。她还常常跟我们说对不起你，谈到你总是充满愧疚，看来她对你情缘未了。"

"我也听说了她的婚姻不太幸福。乔姗姗是个不拘小节的人，婚后虽然已经为人妻为人母，但依然按照自己的喜好随心所欲地生活。而文队是个非常细腻、讲究生活情调和生活品质的人，两人性格差异很大，生活在一起难免不发生冲突。所以说婚姻对有些人来讲是爱情的结晶，对另一些人来说，又可能是爱情的坟墓。不像你和赵队，虽然没有孩子，但你对他的爱情坚贞不渝，他对你也是呵护有加。"

"你真这么认为?"她用一种异样的眼神盯着他。

齐亮不觉很惊诧，难道他们之间?

肖婷猜到他的意思："你犯不着用这样的眼神看着我，我和老赵之间并不像你想象的那么美满。既然你已经提到这个话题，我不得不坦言相告。说起来你们是亲密战友，但有些事未必清楚，所谓家丑不可外扬。长期以来我和老赵一直分居，感情非常不好。他经常在外应酬喝醉酒，常常夜不归宿。有几次我们闹得不可开交，在同事面前还得强作欢颜。因为他是领导，我做妻子的要处处维护他的领导形象……"备受冤屈的肖婷止不住地淌泪，喉咙哽咽得说不下去。

齐亮默默不语，他觉得这个女人真有点儿让人捉摸不透。他不相信赵队长是这样的人，心里不禁为他暗暗叫屈。

"我知道你不会相信。"她说着又从卧室拿出一封信，递给他。"你看看这个就会明白我说的句句是实话了。现在老赵英勇牺牲了，在别人眼里他是个英雄，什么都十全十美。而我是英雄的妻子，头上顶着光环，按照世俗应该守一辈子活寡，这样才受人尊敬。但我只是一个普普通通的女人，不想活得这么累，而且我对他确实问心无愧。瞧，这是他在牺牲前写的一封信，你看了就会明白我们结婚五年为什么没有孩子了。”说完，她扑在沙发靠背上不停地呜咽啜泣。

他望着伤心欲绝的肖婷，带着疑虑的目光，从信封里抽出一叠信笺：

亲爱的婷，请原谅我的过错。我知道自己一生中唯一对不起的人就是你。自从我们结婚以来，我母亲一直说你“女人颧骨高，杀夫不用刀，今后会克夫，会绝后”。我当然不信这些话。为了不使婆媳之间难堪，我们结婚后从家里搬出来单独住。但过了三年，我见你一直未怀孕，渐渐有些相信母亲的预言。我们之间的感情也出现了裂痕，常常因为一些琐碎事情发生争吵。后来你告诉我已经到医院做了检查，没有异常现象，建议我去医院检查一下。我当时认为自己是个大男人，又是警察，跑到医院检查那个东西太没面子。自己身体壮得像头牛，家族里也没有这种遗传基因。所以，更加相信了母亲的话，认为一定是你有毛病不会生小孩儿。我内心一直纠结于此事，始终不肯信任你。结果在一年前，我因一念之差，借着酒意与另一个女人发生了性关系。后来见你依然无微不至地关心我，内心总感到非常内疚。这种感情的折磨对你实在太不公平，于是我偷偷跑到医院做了检查。上周检查结果出来了，证实是我的原因不能生小孩儿。我更是受到了良心的谴责。考虑再三，为了不耽误你的青春，尤其是不让你蒙受我母亲的责难，我已经向法院提出了离婚申请。从明天起，我将搬到办公室住。

“他牺牲一周后，我才收到法院的传票。不久，在抽屉里发现了这封信。”她一边哭，一边向他解释。

“你替我想想，此时此刻我还能说什么？我能责备一个怀着自责心理却连解释的机会都没有的丈夫吗？我能不原谅一个为抓捕歹徒而光荣献身的英雄吗？他在外面是一个惩恶扬善、维护正义的英雄，可在家里却是一个稍不顺心就会干出傻事的坏脾气的丈夫。我现在只能说我的命苦。看看，这回果然被他母亲言中。我的命硬，把自己的丈夫克死了。

如今他家里人对我像对敌人一样，见面不是骂就是打，更不准踏入他家半步，整天诅咒我是丧门星。如果老赵没有牺牲或许我会离婚，现在他已壮烈牺牲，作为他的妻子我又怎能在外人面前诉说他的过错。”她痛苦得无法说下去。

此时此刻，齐亮完全能理解她的心情。他自己何尝不惊讶于眼前的事实。你忽然发现其实你并不真正了解你的朋友，他把自己的内心世界对你遮掩得严严实实。

“你知道跟他相好的女人是谁吗?”

“是谁?”

“市检察院出了名的老女人——郑婉秋。她整天盯着老赵献殷勤，真不要脸!”肖婷显出了女人特有的醋劲儿。

他一听，惊诧得眼睛瞪得老圆。怪不得赵队长躺在医院里抢救，郑婉秋哭得比谁都伤心。他终于想起来了，赵队平日里有事没事总爱往检察院跑，寻找各种借口找郑检察长对案卷，有时还故意支走他。当时他真笨，就是没有想到这方面。其实，郑检察长口碑不错。她容貌虽然一般，但身材、气质却上乘；科班出身，专门负责本市重、特大刑事案件的起诉。她业务水平高，工作中从没出过差错，平时待人接物也非常诚恳，属于那种情商和智商都比较高的人。但就是这么一个优秀的检察官，终身大事却屡屡受挫，竟然成为检察院的剩女。现在看来并不奇怪，原来她早已心有所属。不过赵队长在信中并没有提到郑检察长，会不会是弄错了?

“你知道是谁告诉我老赵的信在抽屉里的吗?”肖婷像是猜到了他的疑惑进一步解释道。

“是她?”

“没错，我刚接到法院的传票时心里还一直很纳闷。回到家，她已经坐在客厅等我了。我很奇怪她怎么会有我们家的钥匙。她也不吭声，把钥匙还给我，说在书桌抽屉里有老赵的一封信，看了就明白了。不等我反应过来，她就哭着跑开了。我知道真相后气得几天没上班。老赵牺牲后我一直很伤心，总感觉似乎亏欠他什么，现在算是得到了一种心理平衡。”

“过去的就让它过去吧，要紧的是现在和将来。”

“你认为我的生活还有现在和将来?”

“不管怎么说，你在心里应该已经原谅他了，否则你不会跟我说这么多。”

“是的，我早已原谅他了，毕竟他的牺牲代价太大，我也有些自责。”

“这不是你的错!”

“谢谢你的理解，这是我第一次听到别人这么说。至于今后我怎么生活，只能走一步看一步了，一切随缘。我希望你今后能经常来看看我，像今天这样聊聊天。你看我今天在你面前完全丢尽了脸，但有什么办法，这么多天我一直不知道该找谁来倾诉。现在我把你当作唯一能够吐露真心话的朋友，也顾不上那么多了，你不会轻视我吧?”

齐亮听到这里心里一热，一种异样的感觉在胸中涌动。

“感谢你对我的信赖，我会非常珍惜这种友情的。既然你把我当作朋友，那么我们之间就不存在轻视的问题。”

“我记得老赵曾对我说过，一旦我们家有什么天灾人祸，唯一可以重托的人就是你，看来他说得没错。”

“不要这么说，帮助你们是我应该做的。无论是赵队还是你，都是我最敬重的人，所以你也不要跟我客套，今后有什么事尽管吩咐。”

“能结交你是我和老赵的福分。你吃个苹果吧。”她从茶几上拿起一把十分精巧的水果刀为他削皮。

“不要削了，我该走了，你也早点儿休息。”说完齐亮站起身来叮嘱道，“别想那么多，以后我会经常来看你的，多保重!”

她依依不舍地把齐亮送出屋外，看着魁梧的身躯慢慢走下楼梯才关上门。

第八章　怒惩手下

余飞龙因为昨晚打麻将睡得很晚，醒来时已近中午，还没洗漱就接到徐信义的电话。

“你怎么不接电话？打了几个电话都不接，发信息也不回应……”电话那头传出咄咄逼人的责问。

“不好意思，我昨晚吃了两片安眠药，睡得很沉，刚刚才睡醒。”一看手机，果然有好几个电话没接。他明白徐所长如果没有很紧急的事一般不会主动打电话给他，所以没有计较对方的语气。

“你倒是沉得住气，G 市出了这么大的事，你还睡到太阳晒屁股！”

“出什么大事了？难道天塌下来了？”他对徐所长的冷嘲热讽似乎有点儿不高兴。

“你是真糊涂，还是假糊涂？你千万不要忽悠我说不知道，今天上午中山路银行被劫了……”

“你今天抽空我们碰下头，商量一下对策。”

余飞龙听完徐信义的电话，立刻坐立不安，再也没心思洗漱了，点燃一根烟冥思苦想起来。谁这么大的胆敢在太岁头上动土？不打招呼就在他的地盘上明火执仗地打劫钱财？这不是太不把他放在眼里了？看来这年头，为了不义之财，铤而走险的大有人在。估计不是本市的劫匪，一定是过路的外来悍匪到这里来捞肥财。转念一想，不对！抢劫银行不是等闲之辈干得了的，如果没有事先谋划、踩点、打探、布局等一系列组织活动是不可能干得成的。而且还必须有一帮替你冲杀卖命的铁血兄弟豁出去干，否则不可能成功。看来山外有山，天外有天，G 市是大有能人在，我余飞龙算是大开眼界了，对发生在眼皮子底下的事竟然毫无察觉，应该尽快让阿彪打听打听这帮人的来历。

银行劫案既然不是余飞龙所为，他何必这么紧张？其实，他真正担心的是城门失火，殃及池鱼。如此一来，公安局肯定要把侦查视线扩大到他们这些留有案底的惯犯身上。虽然他不怕与警察打交道，但作为一个已经走上“正道”的公司法人代表、市里面的政协委员，如今有头有脸、有权有势的他，犯不着代人受过，整天跟着担惊受怕，成为别人的替罪羊。更何况，他连这个在他地盘上大闹天宫的孙猴子是谁都不知道，就要跟着受株连，岂不是太窝囊了。

整整一个白天，余飞龙茶饭不思，坐卧不安，期盼徐信义会给他准确信息。

已近半夜，徐信义终于来了。余董事长为了避人耳目，把他引进密室，不敢怠慢这位身披警服的贵客。他知道干他们这种见不得光的事情，徐信义的作用往往是无法估量的，所以每次都要亲自为对方泡上一杯他最喜爱的大红袍，这次也不例外。

徐信义端起茶杯慢慢呷了一口浓茶，望着他对面熟悉的脸庞，内心在斟酌如何向余董道出实情。他知道余飞龙企望他说出更好的消息，但其实外面发生的事情远比他想象的严重。上午，他还误会余董搞这么大的行动竟然不跟他打声招呼，现在种种迹象表明，在自己家门口干这种打劫钱财的惊天大案，是阿彪忤逆主子、背叛组织、勾结外人、私自做下的一单大买卖。手下人的背叛，对于一向很自负的余飞龙来说不啻是一记闷棍。正因为如此，他在考虑如何开口。

余飞龙静候了半天，好不容易才盼到菩萨张开金口，待徐信义把事实经过一一述说清楚时，他几乎要晕过去了，真是家贼难防。他实在没想到背叛他、私下干出这么一票的偏偏是他最信任的三弟子——阿彪。他不禁怀疑徐信义情报的真实性。许久他都隐忍不发，用一双怀疑的眼光死死盯住对方，希望窥探出深藏在里面的秘密。

这老家伙可真沉得住气，不愧是老江湖。徐信义猜出对方在怀疑什么。他懂得对付老狐狸必须用老猎人的办法，以静制动。当然他也体谅余董的难处，在部下面前总要留点儿尊严。

徐信义以退为攻的策略果然奏效，余飞龙渐渐开始相信徐信义的情报。根据他的观察，徐信义不可能拿假情报忽悠自己，更不可能跟他开这么大的玩笑，借他的手除掉阿彪。他们之间没有利害关系，谈不上深仇大恨。此时此刻，他才意识到危险已向他袭来，他恨不得立刻宰了阿彪以雪心头之恨。“这个不知天高地厚的蠢驴，给你三分颜色就开染店，为区区几百万惹祸上身。”他在心底骂道。

徐信义见余董面露杀机，知道自己是时候释疑解惑了。他劝解道：“现在当务之急是如何解围。”

“你有什么良策，不妨说来听听。”

“我哪里有什么高招，还是那句话，最安全的办法是死人不会开口，雇个杀手除掉他！”

“恐怕行不通！阿彪不仅会武功，而且还有一帮狐朋狗友给他当保镖，弄不好杀犬不成反被害。给他些钱让他跑路，匿迹隐形，中国这么大，看警察怎么找他？”

“跑得了和尚跑不了庙，阿彪是个孝子，上有老下有小。他虽然凶神恶煞，但却对母亲百依百顺，对老婆、小孩儿怜爱有加。”

“你说阿彪是个孝子？这就有戏。”

余飞龙觉得此计甚妙，不妨试试。

他打开手机，吩咐秘书把熊经理叫到董事长办公室。徐信义见他把电话挂了，就起身告辞：“他来了我不方便在场，我有事，还是先走一步。”

余飞龙点点头，亲自把他送出暗室，待他走后，步出小洋房，独自一人乘电梯到二十八层董事长办公室等候阿彪的到来。

已经是下半夜了，阿彪刚刚睡得迷迷糊糊就被公司黄秘书的电话吵醒，说是董事长有急事找他商量，让他现在就去董事长办公室。

“妈的，还让不让人睡觉了？什么破急事，上午还碰了头，怎么到晚上又有事！”

他一边骂骂咧咧，一边起身穿衣服，虽然心不甘，情不愿，依然不敢怠慢，急急忙忙驾车前往公司大楼。在路上他想，老板为何事深更半夜传他去，难道是银行的案子泄露了？不对，上午他还交代我去打探消息，应该对我还很信任，否则就不会让我去外面摸底。奇怪的是，平时有急事他会亲自打电话给我，不会让黄秘书电话传唤，肯定是公司业务上的事，是不是哪个拆迁户又弄得老板头痛了？

走进宽敞明亮的董事长办公室，秘书小黄不在，只见余飞龙一个人躺在靠背椅上闭目养神。他像往常一样小心翼翼地走近办公桌，不待他开口，老板就像惊醒的睡猫一样，一下子睁开眼睛，示意他把门关上。

余飞龙一反常态，不等他坐稳，劈头就问：“上午叫你打探银行被劫的情报，去了半天怎么没有动静?”

阿彪吓得站起来，不知如何回答老板的问话。

“你怎么不说话，是不是背着我干了见不得人的勾当？你说呀！”余飞龙两眼死死地盯着他，恨得牙直痒。

完了，看来龙爷已经知道了事情真相，否则不会是这种态度。阿彪因为毫无思想准备，被他一连串的发问吓蒙了，只能立在那里毕恭毕敬、点头哈腰。

余飞龙脸色突然一变，从抽屉里拿出陈奇的照片朝他脸上狠狠一甩：“看看你和他干的好事，警察都盯上你了，在G市想欺瞒我余某的人还没有出生。你也不动动脑筋想想，即便我能放过你，警察能放过你?”

企图瞒天过海的阿彪终于知道了老板的厉害，心想眼下只能恳求他放自己一马，躲掉这一关再说。他跪在地上，不停地叩头求饶：“我该死！我该死！千不该，万不该，怪就怪陈奇老浑蛋灌了迷魂汤给我喝。我一时鬼迷心窍，中了他的奸计。”

余飞龙知道他在演戏，但不会戳穿他的把戏。他懂得对部下的掌控在于恩威并重、刚柔兼济，尤其是对阿彪这种硬汉，更不会把事情做得太绝，于是顺驴下坡，走到他身边把他拉起来。

“阿彪老弟，你这是何必！起来说话，起来说话，不是我说你，如果真缺钱用，犯不着冒这么大的风险。你看看现在警察盯上你了，多危险！”

“警方已经掌握证据了？”阿彪问道。

“那倒没有，如果真的证据确凿，你还能坐在这里喝咖啡，早蹲监狱受皮肉之苦了。现在，我担心影响……”余飞龙故意欲言又止。

“你担心影响公司的发展和生意？”阿彪接过他的话茬儿。

“老弟，这回你总算说对了。你可有什么好办法摆脱目前的困境？”其实他早就想好办法了，却故意这么说。

阿彪明白了主子的意图，再次跪下，跪求老板照顾妻儿老小。

“你放心，你的妻儿老小就是我余某人的妻儿老小。万一你被警察逮住，他们的日常用度、所有开销都包在我身上。”他当着阿彪的面赌咒发誓，把胸脯拍得咚咚响。

“大哥，你放心！有你这句话，纵然有天大的罪行，杀人不过头点地，都由我阿彪一人独自担当，绝不牵连公司，更不可能牵连大哥。”他马上连称呼都改了。

余飞龙见目的已经达到，即刻装出一副痛心疾首的模样。

阿彪知道主子怜悯他是假，清除他是真。因为事出有因，也因为太突然，龙爷的这一记闷棍打得他有点儿晕头转向。他有些后悔，不该吐露真相，但是想反悔已经来不及了，老奸巨猾的余飞龙从来不给对手还手的机会，这不，他马上从抽屉里拿出一份合同递到他面前。

“阿彪老弟，咱们虽然亲如兄弟，但在门面上还得公事公办做给旁人看，所以还请你办一下手续，把这个合同签了。”说完又补充道，“其实这不过是一张纸，你还是公司的人。你的那一份薪酬照样领。”

阿彪似信非信，但也无奈，只能违心地把字签了。

余飞龙总算松了一口气，阿彪突然感到他已经是个外人了，在这里似乎显得有些多余，即刻起身准备离开。余飞龙把他按住，从保险柜里拿出十万块钱交给他，吩咐道：“明天到街上去帮老娘和小孩儿买点儿东西。”同时他又好像想起了什么，附在阿彪耳旁小声交代一番。阿彪听了连连点头称是，心想看来龙爷并没有把我当成外人，还是像以前一样让我替他办差，也许是自己多心了。那份合同完全是做给外人看的，不怕一万就怕万一，有备无患嘛。也许龙爷的做法自有他的道理。阿彪在内心不停地为主子今晚的行动做着解释，也就很坦然地接受了离开公司的事实。

等阿彪离开办公室，天已大亮。余飞龙马上打电话给秘书，让她通知公司中层管理职员今天上午召开大会，宣布熊彪经理被开除的决定。

第九章　黑道劫财

渔霸一路奔跑，刚踏进屋里的台阶，雨点就跟着他的脚步下来。他靠在门槛上喘了一口气，心头如释重负。好险，差点儿让条子关进局子里，现在总算到家了。他从口袋里掏出一支烟，点着火，狠命地吸了一口。要不是老子口紧，真的被关进大牢可就玩完了。眼前的麻烦算是对付过去了。不知道什么缘故，公安最近老是盯着自己，隔三差五地就想从他身上挤出点儿情报，好像自己真有什么把柄在他们手上捏着似的。好在我渔霸不是什么无名鼠辈，人家随便两句大话就会吓得尿裤子的人。让人揪心的是 G 市这段时间经常扫“黄”，如今拉皮条的生意也不好做了。干这一行简直就是提着脑袋玩命，今天不知道明天会怎样，所以连睡觉都要睁着眼睛。他进到屋内，老婆早已经把饭菜做好，桌上摆好碗筷，人上晚班去了。在外面稀里糊涂忙活一天，到家才感到还是家里安全。正当他吃得津津有味、自斟自酌时，手机不停地发出信息：货已到，速接站。

在连接南北水陆交通的枢纽 G 市，火车站终日人来车往、络绎不绝。北上的 T405 次列车刚进站，月台上很快就挤满了带着长途跋涉的征尘、肩背手拎各式各样行李的旅客，摩肩接踵，涌出车站。

渔霸一肚子的气恼和失望。信息交代得很清楚，28 号到，连续接了两趟都没见人影，手机又联系不上。整整两天的奔波劳累几乎要把他压倒，浑身提不起一点儿劲儿。他明白毒瘾又上来了，赶紧躲进卫生间，在自己胳膊上注射了一针。突然手机传来信息：客人到了。他立马赶到车站出口，在出站人流中搜索，找寻那特殊的标记——胸前别一枚“佛”字徽章。然而没有，一张张不同表情、不同神色、不同年纪的面孔；一套套不同颜色、不同款式的服装；还有各式各样的行李箱，就是没有那特殊的接头暗号。手机不停地传出：“你所拨打的号码已关机。”他两眼紧紧盯着出口，目光跟着渐渐稀少的人群，仍在焦急地搜寻。失望的情绪在渔霸贪婪的心里交织成一团乱麻。真是见鬼了！人到了可就是找不到，手机也不开。正当他一筹莫展时，一个北方话音钻进他的耳膜：“黄先生，让你久等了。”

渔霸——黄和平回头一看，不由得欣喜万分，原来是老熟人。这是一副精明的面孔，年龄在四十岁左右，穿着一套笔挺的西装。

“哎呀，你可让我等得好苦！怎么就你一个人，其他人呢？”渔霸带着满腹疑惑去接他手中的行李。

他没有正面回答问题，而是神秘兮兮地说：“等会儿就知道了，你开了车来吧？”

渔霸点点头，并没有把随身携带的密码箱交给对方，而是依然拎着，带着他走进地下停车场，钻进面包车。他心里嘀咕道：早知道你是一个人，我就不会开这么大的车来了，不是“货”办齐了吗，怎么不见踪影？

周二苟待渔霸坐进驾驶室发动车后，很有礼貌地点点头，不无歉意地说：“小老弟，这几天把你累得够呛吧？”

“还说呢！”因为都是熟人，渔霸感觉对方有故意捉弄自己的意思。他心里嘀咕道：发了财就跟我耍心眼儿，好戏还在后头呢，等着瞧！

周二苟感觉自己过于小心谨慎的行为可能让对方误解了，赶紧解释道：“为了保险起见，我是在前一站下的车，把‘货’都安顿在市郊了。”

“看不出来，几年不见大哥又长进了许多。”

“这年头风声这么紧，不多留个心眼儿，还怎么在道上混！”

“大哥教训得是！难道你们那边也经常搞‘统一行动’？”

“废话，全国都一样。我们这是到哪里？是先验‘货’，还是……”

“我怎么会信不过大哥，你还是先在宾馆住下歇歇脚，晚上小弟为你接风洗尘。不过我们这里是小地方，如有照顾不周的地方你可要担待一点儿。”

“我是到这里干事的，吃住无所谓，一切听你安排，关键是安全。”

“这你放心，包在我身上。”渔霸拍拍胸脯。

天色已大亮，忙着上班、上学的人越来越多。面包车在车水马龙中艰难地行驶，透过车内的反光镜，周二苟毫无表情的脸极清晰地落入渔霸眼里。来者不善，善者不来。看来，“七哥”之所以派他手下最得力的干将来 G 市，是想进一步扩大这里的卖淫嫖娼市场，垄断妓女货源。

他们的车终于来到并不引人注目，却装修得十分豪华的羊心湖宾馆门前。渔霸把周二苟送到一间预先订好的总统套房。

“周大哥，现在该把姑娘交给我了吧？”渔霸见对方仍在犹豫，补充道，“放心，这里很安全。”

虽然彼此间都很熟悉，但依然按行规相互对接了交易暗号。周二苟见接头暗号没错，才告诉他，为了保险，他把十八个姑娘都安顿在距市区不远的小旅店里了。渔霸这才打开随身携带的密码箱，周二苟眼睛一亮。

整整十八个美若天仙的姑娘，这下 G 市娱乐场所又要骚动了。几天的劳累一扫而光，渔霸克制住内心的喜悦，从放得整整齐齐的一大沓照片中，挑选了一两个中意的，想捷足先登尝尝鲜。“你放心，绝对正宗的行货。我可以挑几个靓一点儿的让你尝个新鲜……”周二苟窥破他的心思，在一旁补充道。待渔霸验货完毕，周二苟才把十八个姑娘的身份证和旅店钥匙统统交到渔霸手中，渔霸也按规矩付他一半钱，接到人后付清余款。两人交割完毕，又互相交流了两市娱乐场所的行情。渔霸感觉客人此刻应该休息了，就说：“周大哥一路上旅途劳顿，稍稍休息一下，待会儿我再来陪你。”说完不知从何处招来两位漂亮小妞。

周二苟眼睛一亮，立即卸去了刚才那谨言慎行的伪装，露出一副淫荡龌龊的模样，恨不得生吞了站在面前的尤物。

看看，露馅儿了吧？还装？龟孙子！渔霸想起这几天被对方玩弄于股掌之间，气就不打一处来，等一会儿就让你知道什么是蜘蛛精戏弄猪八戒。

周二苟把渔霸送出屋外，锁上门，挂了一块“请勿打扰”的牌子在门把手上。屋里的两位姑娘蜂拥而上，三下五除二，瞬间就把他的衣物扒了个精光……

有动静?！门上的锁孔有被钥匙捅拧的声音，酣睡的周二苟突然被惊醒。他侧耳细听，猛地从床上跳起来，像一只敏捷的猫，顾不得赤身裸体，迅速套上裤衩，轻巧地攀上壁橱，身体紧贴在橱顶上，注视着屋内的动静。

门上的暗锁又轻轻响了几下，终于被捅开，进来一高一矮两个人，都穿着一样的黑色西服，高的像一只精瘦的猴，矮的像只臃肿的癞蛤蟆。

“咦，怎么没有人?”

二人先后在房间四处寻找，均不见踪影。瘦猴打开橱柜门伸出脖子往里窥探，突然下颚被狠狠踢了一脚，整个身体像门板一样仰倒在地上。

正在里屋搜寻的癞蛤蟆听到“嗵”的一声，猛转过身来，一个身影嗖地从外屋弹射进来，跟着挥手一拳。他被突如其来的袭击打伤左眼，往后踉跄几步。周二苟毫不放松，当胸又是一拳，将其打倒在地，揪住衣领刚想问话，脑后突然被人狠命一击，昏倒在地。一个长得虎背熊腰、人高马大、满脸络腮胡子的力量型人物，手持木棒，嘴里连连称赞：“想不到这北方佬还真有两把刷子。”

天刚擦黑，已经把“货”——十八个姑娘，安全送到下线手上。渔霸如约返回宾馆准备为周二苟接风。他来到总统套房，见门上仍然挂着“请勿打扰”的牌子。他环顾左右，没有发现可疑现象，然后按约定给周二苟发了个信息，半天没有动静。他只好轻敲几下门，还是没反应。他逼不得已打他的手机，半天没人接电话。怎么睡得这么死，不会被那两个狐狸精玩“双飞”玩得休克了吧？他迟疑片刻，用手扭动门把手，门竟然开了。咦，门没锁？渔霸心里暗暗犯疑。屋里没有灯，黑得令人发怵。他诧愕惊异，顿生疑心。他摸索着走到开关前，揿亮灯光一看，不觉大吃一惊。只见周二苟头发凌乱不堪，脸色苍白惊恐，上身衣服被撕破，浑身血迹斑斑，四肢被捆绑着，横躺在床上，口里塞满臭袜子，正用惊恐焦灼的目光盯着自己。他急忙解开绳索想问个究竟，后面的门“吱呀”一声关上了。

“黄先生，久违了！”口气相当礼貌，却令他胆战心寒，魂飞魄散。昏黄的灯光照到阿彪狰狞的面孔时，他明白了，是“白天鹅娱乐厅”所为，这不明摆着是黑吃黑嘛。一柄闪着寒光的匕首顶住自己的咽喉，他顿时吓得浑身颤抖，面如土色。

“朋友，别……别这样……有话好好说……有话好好说……”他不停地求饶。

这时从里屋走出一个模样极像猴子的男人，拿棍子在他脑后用力一击，他昏死过去。

阿彪叫手下把他捆起来。自己搬了一把椅子坐在旁边，一只脚踏在渔霸胸脯上，让手下将一盆冷水浇在他头上。他很快苏醒过来。

阿彪神气威严，目光残忍，厉声逼问：“你把那些姑娘藏到哪里去了？快说！”

渔霸脸色惨白，骨软筋酥，全身打战，畏缩成一团，惶恐地支吾：“我……我不知道什么姑娘！”

“什么？你敢跟老子玩阴的！”踏住的脚猛一用力，只听“叭”的一声，钻心地痛。渔霸知道自己的肋骨被踩断了，他感到有些受不了，但知道如果交代了那单生意肯定黄了，那可是上百万的利润啊！他猛吸一口气，咬紧牙关，准备孤注一掷，舍命一搏。“我……我真不知道有什么姑娘。”

“你还敢嘴硬！你今天不老实交代把那十八个姑娘藏到哪里去了，老子就踩死你。”那铁柱一样的腿直压得他喘气都喘不出，看来，该死的北方佬把什么都招了。

“都是道上的兄弟何必伤筋动骨，置人于死地！”渔霸痛得龇牙咧嘴，紧张、惶恐、畏惧的汗水从额头上淌下。

阿彪移开脚，两眼射出狞恶的目光。“这滋味不错吧？你要继续跟老子玩阴的，我今天就陪你玩玩看！”他嘴里一边骂骂咧咧，一边用刀柄在渔霸前额像捣蒜一样不停地死劲儿戳。鲜血像细水柱一样喷溅出来，他又昏死过去。

阿彪气得眼冒金星，没想到这家伙的骨头还挺硬。这时被捆绑在床上的周二苟看到他们的残暴恶行，吓得口吐白沫，浑身哆嗦。

阿彪见硬的不行，想变换一种花样整他。“彪哥，干脆做了他算了！”猴子在一旁插嘴道。

“胡说！我们是来求财的，又不是来要人家命的。如果他死了，我找谁要‘货’去?”不过猴子的一句话倒提醒了他。“货”在渔霸手上，下手不能那么重，但周二苟可以放放血，给他一点儿教训。他眼珠一转，朝手下一使眼色，然后盯着周二苟发出阴惨惨的狞笑，一步步向已经吓得魂不附体的周二苟靠近。瞬间，周二苟像砧板上的肉一样任人宰割——浑身上下没有一块好肉。“哎哟，哎哟”一声声撕心裂肺的嚎叫之后，他很快昏死过去。

“畜生！畜生！禽兽不如的家伙！”渔霸目睹他们的凶残暴戾，脑海里瞬间一片空白，随着全身疼痛加剧，他的内心也颤抖不已。

“你既然不想说，老子就让你见识见识，看看你的同伙是什么下场！”阿彪恶狠狠地提醒道。

此时电闪雷鸣，窗外暴雨如注，整个世界天昏地暗。渔霸感到一种难以摆脱的噩运朝自己袭来……

雷在低低的云层中轰响，猛地电光一闪，那耀眼的蓝光划破了黑沉沉的夜空，瓢泼大雨向着G市倾泻，整个大地都在颤抖着、喘息着。最近余飞龙老是患失眠症，躺在床上就会不断地做噩梦，梦见自己被警察绑赴刑场，梦见自己被仇家大卸八块。只要稍有风吹草动，他立马就绷直身子，竖起耳朵，再不放心干脆就跳下床头，把卧室门打开一条缝，朝外面窥探半天，等确定无事后再上床睡觉。像这种胆战心惊、疑神疑鬼的折腾，有时一个晚上要发生好几次。此刻他躺在宽阔的席梦思床上，四周听不到别的响声，只有震耳欲聋的雷声夹杂着大雨滂沱的杂音。他两眼盯着吊灯，辗转反侧，久久不能入眠。前几天他获取了一条很重要的信息：雄踞北方某大城市的他的结拜义弟——人称“七哥”的，派来手下，将十八个漂亮女孩儿卖到G市娱乐场所。他担心那批女孩儿会落入警方之手，于是他已抢占先机，派阿彪赶去劫“货”，而且想通过这次行动弄清对方在G市的下线是谁。他没想到他的所谓义弟手伸得这么长，竟然跑到他的地盘上抢饭吃。他鼻孔里发出一阵奇怪的冷笑。所谓人无横财不富，马无夜草不肥，不出几个月，那些嫖客就会送几十万到自己手中。想到这里，他不禁兴奋得愈加睡不着。他跳下床，穿上睡袍，趿着拖鞋，走出卧室。他来到楼下一间装修十分奢侈的厅堂，这里摆放着清一色的红木家具，内行一看就知道价格不菲。中央围着一圈人在打麻将，赌兴正浓。这些人都是龙爷的狐朋狗友，见龙爷进来纷纷收手，站起身来。

“接着玩，接着玩，我只是下来走走看看，你们继续……”

龙爷的突然光顾使赌徒们吃惊不小，以为又要采取什么“突击行动”了，后来见他兴致很高，没什么异样，就也不客气地依旧吆三喝四起来。

此时一个用人在龙爷耳边嘀咕几句，他点头默许，让他把人带进来。不一会儿，莹莹被下人带进大厅。围坐在桌前的赌徒立刻被她的美貌所惊艳，个个目不转睛地盯着她看，哪还有心思打牌。

“我的小宝贝，几天不见，愈发出落得漂亮了。”余飞龙说完两只鼠眼色迷迷地围着她转，当着属下的面，双手轻佻地在她身上乱摸。

“来，来，来，先玩两把，玩两把。”两位知趣的赌徒赶紧起身让位。

莹莹当仁不让，坐在上首，龙爷紧挨着她坐。起初，这些常年在赌场上驰骋的男子汉并没有把这个小丫头放在眼里，以为送上了一碟任人宰割的“小菜”。岂知，几圈下来，他们才明白遇到了高手。只见她那十指尖尖、纤细如葱的手，犹如魔术师一般变幻莫测。桌上的男士们纷纷败下阵来。

“哈哈！点到为止。点到为止。没想到小丫头调教几个月竟然长进这么快？行，我龙爷没白教你。好了，让他们玩去吧，我们进去。”他不由分说，拉着玩兴正浓的莹莹来到楼上卧室。他不等关门，一股强烈的欲火就从心底蹿起来，双手即刻伸向那性感诱人的乳沟：“今晚我们玩个新花样……”

天刚亮，阿彪就敲开了余飞龙的卧室。莹莹发现有人进屋，羞得无地自容。她赶紧用毛毯裹住赤裸的胴体，跳下床钻进卫生间。

阿彪丝毫不为眼前的窘态所动，对熟悉的肉体落入眼帘发出一丝不易察觉的淫笑。他一面殷勤地伺候全身赤裸的龙爷更衣，一面汇报行动的结果。

“干得怎么样？”

“出了一点儿小意外，姑娘已经被分到各个店里去了，但钱拿到了，整整一百万。人也带来了一个，麻烦的是重伤一个。”

“干得干净利落吗？”

“我办事您还不放心？”

余飞龙见钱到手，眉开眼笑，只是可惜那十八个姑娘，追问道：“那么多的姑娘他独自安排妥当，难道追不回来？”

“恐怕很难，他把她们全部交给下线了。”

“可信吗？下线是谁交代了没有？”

“应该是真的。下线是……”他凑在龙爷的耳旁小声嘀咕了几句。

余飞龙听了大喜，这可是意外收获。虽然丢了十八个姑娘，但无形之中截获了一条重要线索，对今后的生意可是大大有利。这样一来“白天鹅娱乐厅”就不愁漂亮女孩儿了。他眼珠一转，再三叮嘱阿彪，此事要保密，千万不要跟任何人提起，不到万不得已这条线不能动，留着今后有大用处。

“你把他关到哪里了？”

“地下室。”

“去看看。”阿彪随龙爷一起来到地下室。

五分钟后，莹莹仍在淋浴。一会儿热水，一会儿冷水；然后又是热水，又是冷水。她咬紧牙关，让冷热水交替刺激她的身体，直到神经末梢变得麻木，她才走出浴室，手拿吹风机不停地烘烫湿乱的披肩发，一不留神脚底下滑了一下，身体前倾撞在桌子角上，突然听到卧室橱柜“吱呀”一声往一边移动，后面露出一个黑洞洞的暗室。她感到心惊肉跳，显然这个屋内藏着许多不为人知的秘密。刚才的一个偶然动作让自己撞到了暗室的开关。虽然害怕，但猎奇的念头却驱使她想探个究竟，借着手机的亮光，她一步一步靠近危险境地。

经过严刑拷打，渔霸的身体对疼痛已经没有感觉了，血肉模糊的五官肿得连自己都不认识了。他静静地躺在昏暗、潮湿的地下室，想着这一票干得真是不值。钱没捞到不说，连自己的老板都供出来了，还不知道这条贱命能不能保住，关键是还不知道自己错在哪里。

朦胧中，一个声音闯入他的耳膜，细微但很真切。

“渔霸老弟，渔霸老弟，醒醒。渔霸老弟，我们龙爷亲自来看你了。”

“伤得这么厉害，这是谁干的？赶快叫医生来看！”余飞龙假装不悦。

“是，是，是。”阿彪赶紧解释，“是手下人误会了，不小心伤了老弟。”

“真不好意思，是余某管教不严，让老弟受苦了。多有得罪，还望老弟谅解！”

渔霸被眼前的气氛弄得迷惑不解，搞不清主仆二人唱的是哪出戏。

三人经过一番寒暄客套，算是把谈话的气氛调节到该进入主题的时候了，余飞龙朝手下丢了个眼神，阿彪心领神会，立马说清来意，威逼利诱，连哄带骗，什么手段都用上，企图策反对方。

渔霸经过一晚上的折腾，早已大汗淋漓、身心疲惫，双唇干而发紫，根本无力反抗。既然已经身陷囹圄，只能任其摆布。所谓好汉不吃眼前亏，先过了这一关再说。他答应加入他们一伙。

这一切的一切都落入莹莹眼帘，她禁不住浑身一阵战栗，刚想抽腿转身，头上被人重重一击昏了过去。

第十章　重伤被俘

齐亮刚进办公室，刑侦支队支队长李一鸣就把他叫去了。

“来，介绍一下，这位是省厅经侦总队的张副总队长，这一位你应该认识，是市局经侦支队的廖大队长。”彼此寒暄过后，李支队长继续说道：“根据省厅、市局所掌握的情报分析，中山路银行劫案与银行内部……”廖大队长从公文包里拿出一张照片说：“就是这个人，营业部经理陈奇，站在他旁边的人就是和他一起去澳门赌博的亚东兴隆房地产开发有限公司市场开发部的经理熊彪，绰号为阿彪的……”

齐亮插话：“我知道这个人，但我们还不想这么早拘捕他。”

“为什么？”李一鸣问。

“他与我市前不久发生的陈小虎越狱案有关，我们想放长线钓大鱼，所以没有惊动他。”

“那你有没有布置力量控制他？”

“还没有来得及汇报，正准备派人去。”

李一鸣有些不满意齐亮的回答。他挥挥手：“你去吧。”临走前他特别交代，赶快派人盯住他们。

齐亮明白上级不满意自己行动迟缓，但他确实有苦衷。种种迹象表明，本市发生的几起重特大案件像是有人在操纵，而且作案手段高明，现场几乎没有留下什么有价值的痕迹物证。这给破案带来了很大困难。上级一天天催促他们抓紧时间破案，作为专案组的组长压力之大可想而知。从刚刚得到的情报分析，阿彪很可能又参与了银行劫案，这正是我们拘捕他的好时机。他想到这里抓起桌上的无线电台，就离开了办公室。

尚晴见齐队长神色严肃地急匆匆离开，知道李支队长一定批评了他，心里很为齐亮抱屈。她知道李一鸣刚离婚不久，以女性独有的第六感觉，她觉得这位领导钟情于自己。也许是出于情敌之间的妒忌，他往往对齐亮过于苛求。所以她就是在这种心理支配下，气冲冲来到支队长办公室，见李一鸣正在跟两个下属谈话，赶忙闪身躲避。李一鸣已经看见她了，赶紧招呼："小尚，有事吗?"

"嗯，没什么事。"她突然觉得自己太唐突了。

"你不要走，我正好找你有事。"

两个下属非常知趣，长话短说立马离开办公室。

李一鸣望着气喘吁吁的尚晴说："怎么不高兴了，是谁欺负我们支队的美女了?"

他打开柜子专门为她冲了一杯咖啡。

"没有人欺负我，是有些领导对部下不公。"她孩子气地说。

"原来你是专门打抱不平来了，你不会说我吧?"他半开玩笑地说。

"就是你。"

"有这么严重，哟，我还是第一次听到有人这么讲我呢。欢迎批评指正，说说看，我对谁不公平?"

"对谁你心里最清楚。"

"我猜猜看，你是说我对你们大队长?"

"那可不，我们队长最近为破案忙得几天几夜都没有睡过安稳觉，更没吃过一顿舒心饭，你还……"

李一鸣笑笑，他对眼前这位美女警察确实有爱慕之心，但还不至于公私不分。他明白她大概把自己对齐亮要求严格看成是苛求他了，这确实是天大的误会，可是作为一个男人，见自己追求的对象这么偏袒别人，心里确实有些不好受。

他正要凑过去跟她说几句体恤话解释解释，不料尚奇走了进来。他见妹妹坐在李一鸣办公室，心里就不高兴，他知道这位离了婚的上司有意追求她。他这个当兄长的是不高兴妹妹嫁一个“二锅头”的，但又碍于他是顶头上司不敢过分得罪他。他故意问道：“我看见齐队长带一帮人都出去了，你还待在这里干什么?”

“李支队长找我有事。”

“哦，是这么回事，前几天我们支队为老赵的遗孀募捐，筹集了一笔款子，想委托她交给肖婷。”说着李一鸣从抽屉里拿出一个红包交给她，总共三万五千元。李一鸣见尚副政委丝毫没有离开的意思，反而拿了一张报纸坐在沙发上看，实则是监视他们，只得不情愿地打发她走了。

这时桌上无线电台传来齐亮沙哑的呼叫声：“羊心湖宾馆经理报案，说有顾客被殴打致重伤……据受害者描述，阿彪有重大嫌疑……”

李一鸣同唐副局长等领导赶到现场时，刑科所的同志正在进行现场取证，调取监控录像。马立标放下手上的工作，向领导汇报现场勘查的情况。

智者千虑必有一失，齐亮正为自己的失误懊悔不已。他脸色铁青，眉头紧锁。一生中他遇到的离奇案子多的是，却没有一件让他像今天这样不是滋味。他忘不了第一次见到伤者时所感受到的强烈震动，周二苟全身被打得血肉模糊，昏迷不醒，惨不忍睹，看得出打手是个丧心病狂的家伙。他暗暗发誓一定要把此案拿下。重案大队一行到达后，反馈来的都是一些杂乱的信息，接连几天过去，局面依然没有打开。怎么办?

那么，漏洞在哪儿? 即使再刁的老手，作案也难免会留下蛛丝马迹，遗憾的是旅馆监控遭到破坏，要恢复得有段时间。在医院，根据伤者的描述画像，和拿照片给伤者辨认，专案组经过缜密分析形成一个共识：在一团乱麻中反而处处都是节点，必须抽丝剥茧，找出关键点，基本确认阿彪有重大嫌疑，现在的关键是抓捕失踪的阿彪。

“小尚，我们走。”

“去哪儿?”她问已发动车子的齐亮。

“去阿彪家里，问问他的老婆，看看有什么新线索。”在路上他特别叮嘱尚晴，有些案情不宜对专案组以外的同志透露。凭直觉我们局里内部可能有不法分子的眼线，否则，为什么我们每次采取统一行动前，对手都抢先一步，说不定坏人就隐藏在我们身边。

“阿彪经常出入白天鹅娱乐厅，会不会他也在那里兼职？而且白天鹅娱乐厅的吴经理，人称吴胖子，我看也不是什么好东西。”尚晴提醒道。述者功夫独到，闻者反应敏捷。齐亮一拍脑门，对呀，我怎么没想到这层，看来是应该对白天鹅娱乐厅采取措施。

“你看是不是突击搜查娱乐厅?”她问。

齐亮摇摇头：“这样做不妥。一者容易打草惊蛇，二者我们没有确凿证据反而会陷入被动。更何况白天鹅娱乐厅真正的后台是亚东兴隆房地产开发有限公司董事长余飞龙，他是市政协委员，跟市里的领导关系密切，此人背景很复杂，后台比较硬。如果我们冒冒失失去调查很容易被他反咬一口。不过我们可以暗中布置力量，对娱乐厅进行监视。我们现在可以到劳改农场查查吴胖子的档案，他不是判过两次刑嘛，说不定能找到更有价值的线索。”说着话，他掉转车头直奔劳改农场。

李一鸣出席郊县的综合治理现场会，回到G市已经很晚了。他开了一天的会，因为放不下支队里的事情，谢绝了县里的同志为他订的房间，就急匆匆地连夜赶回，路上又碰到大暴雨，车子不敢开快，到市里时沿街店面早已打烊。李一鸣肚子真有点儿饿，想吃夜宵，跑了几条街，好不容易寻到一家咖啡馆有灯光。这是一家通宵咖啡店，也许正因为店小，才靠延长营业时间来与大咖啡馆竞争。他进去后见里面的人还真不少，有下晚班的白领，有低头聊微信的学生，更有窃窃私语的情侣，他拣了一个清静的角落，要了一杯热咖啡、两块蛋糕。

不一会儿，郑婉秋推门进来，眼睛扫了一下店里的顾客，走到李一鸣身边。

“可以吗，先生?”郑婉秋彬彬有礼地指了指对面的空位。

“请便。”

一股淡淡的香水味扑鼻而来，随着袭人的芬芳，这位衣着大方的中年女子挎着提包款款而来坐到他对面的空位上。她的声音如莺啼燕啭，而且说的是地地道道的普通话，低头抬眼的表情美艳得令人忘记她是个检察官。然而李一鸣对这一切浑然不觉，只顾低头沉思。下午齐亮打电话告诉他，在羊心湖宾馆作案的凶手通过照片辨认已经找到，名叫熊彪，绰号为阿彪，是个多次作案的打手，现在的公开身份是亚东兴隆房地产开发有限公司市场开发部的经理。但他为什么要重伤周二苟？难道仅仅是为了那十八个姑娘？还有G市盛传的黑社会组织是否真的存在？等等。这些都值得我们重新考虑对策。他不禁皱起双眉。

对面的郑婉秋自顾自地坐下后，要了一瓶青岛啤酒、两碟凉菜，往杯子里斟满，端起来，一仰脖喝干了酒，又倒了半杯，放在面前，似乎是在欣赏玻璃杯里冒泡的液体。然而，她的一双眼睛却盯着他看。她饶有兴致地凝视那端正的面容，玳瑁眼镜后面那对明亮的眼睛，结实的肩膀，冥思苦想的学者模样。她感觉自己在欣赏一幅人物肖像画。

过了好大一会儿，正在绞尽脑汁盘算下一步行动的李一鸣才偶然抬起头来，起初只是漫不经心地瞟了一眼，等他看清对方时，慢慢将眼光拉直，瞬间接触到异性灼热的目光，令他十分震惊——这不是郑检察官嘛！

“为什么一个人喝闷酒?”他没话找话，想跟她套近乎。这女子身上散发着一种高雅的气质，是他过去鲜有机会接触的。

“你不也是一个人。”她对眼前这位身着夹克衫，肤色白皙，文质彬彬的成年男子产生了好感。

“这么晚，你一个人出来喝酒，家里人一定会担心的。”出于职业的本能，他好心提醒。

“你担心我的安全?”她故作惊讶。

“像你这么气质独特的美女，每个男人遇见都会以护花使者自居。”

“你这样说，我是不是可以理解为你想送我回家?”她很高兴获得他的赞美。

“如果你不介意的话，我很愿意为你效劳。”

“非常感谢！我家离这不远。”郑婉秋虽然很希望他送，但出于女性的矜持还是婉拒了他。

“那方不方便留下联系电话?”李一鸣见对方拒绝他的好意，心里更是敬重她。

“没问题。”此话正合她意。

两人几乎在同一时刻拿出自己的手机，互相记下了对方的联系电话。李一鸣吃完点心，抢着为其买了单，就匆匆离开了咖啡店。

如果每个星期都能见到他就好了，郑婉秋心里居然像少女般雀跃不已。

李一鸣刚把车子开到局里，就听到老马报告喜讯，伤人现场留下的指纹与银行保险柜上留下的指纹为同一人，这充分说明熊彪即阿彪在两起案件中有重大作案嫌疑。专案组连夜开会商议对策，经各路调查人员收集到的种种信息汇总表明：阿彪是个非常危险的人物，必须对其采取果断措施。

拘捕组迅即出击，一张无形的网撒向犯罪嫌疑人可能出没的地方。

天黑得像倒扣的铁锅，群星全被乌云封闭着。夜，闷得难受，树不摇，叶不摆，一丝风也没有。此刻已是二更，东湖公安分局副局长刘丰收带领几个侦查员忍受着炎热、恶臭和蚊虫的叮咬，圆睁着布满血丝的双眼，张网以待。他和分局的其他同志已经在这个地方蹲坑守候十几小时了，专等市局刑侦支队的同志来，然后伺机收网。

离阿彪妻子开的服装店一街之遥，一间充满靡靡之音的酒楼上，不时地传出猜拳行令的怪叫，夹杂着女人的浪笑。酒楼里，几个亭亭玉立、模样妖艳的小姐，周旋于灯红酒绿之间，光怪陆离、幽暗鬼魅的壁灯把惨淡的光芒投射在杯盘狼藉的酒桌上。阿彪醉眼蒙眬，怀里坐着一个袒胸露背、风骚性感的女郎，对面是狼吞虎咽地撕咬着鸡腿的瘦猴，笨拙的癞蛤蟆正拿着酒杯狂饮。

瘦猴——杨江，对着阿彪不服气地说：“彪哥，龙爷干吗对渔霸那么客气？不仅放他一马，给他生路，还白白送他二十万，像活菩萨似的供着他。”

“你懂个屁！这是龙爷收买人心的绝招。这小子留着还有点儿利用价值，先给他一点儿甜头尝尝，等他手上的下线全被我们掌握了，要取他的狗命还不是一分钟的事情。”

半躺在沙发上，喝得烂醉的癞蛤蟆——张志强，斜睨着主子，口里含混不清地嘟哝着：“老子总有一天让这小子见红……”还没说完，口角溢出半尺长哈喇子，倒在一个姑娘腿上，打起了呼噜。

还没有全醉的阿彪，望着手下的丑态，心里充满了恼怒，要不是这群酒囊饭袋无能，岂能让渔霸这小子神气？现在渔霸在龙爷心中的分量明显重了许多。不过部下的挑拨，确实也勾起了他对龙爷的不满。我为他拼死拼活打下天下，甚至连心爱的女人都奉献给他，到头来还把我从公司开除。就为那起银行劫案？呸！他现在凭什么对我指手画脚？我已经厌倦供人驱使、俯首听令了。我要树立自己的形象，我的潜力尚未发挥出来，过去我容易满足，甘愿充当喽啰的角色，如今我应该到前台充当主角。最起码我在G市黑白两道罕有对手，过几年我要把整个G市娱乐场所玩弄于股掌之中……

齐亮率领几位动作干净麻利的便衣警察迅速摸进了酒楼。当紧闭的木门被猛力撞开时，闪入眼帘的是酒店老板正搂着一个女郎在昏暗的灯光下猥亵，便衣警察的突然降临使二人惊慌失措、目瞪口呆。齐亮没理他们，一个劲儿往楼上闯。

蒙眬中，阿彪似乎听到楼下有什么异常的响动。

“不许动！举起手来！”

酒楼内的人立即像炸了窝的耗子，乱窜起来。

“啊！”阿彪像头红了眼的疯牛，猛地从椅子上一跃而起，嘴里发狂地怪叫着，用力掀掉面前的酒菜。

砰！砰！砰！齐亮拔枪朝天连鸣三枪以示警告：“都给我不准动！谁喊打死谁！”

乱哄哄的室内，突然鸦雀无声，宁静了几秒钟。

被枪声惊醒的癞蛤蟆看到从天而降的警察，顿时吓得屁滚尿流，酒醒一大半，一个顺势滚下沙发，抱头鼠窜，陡觉脊背生风，只听得一声“哪里走”，衣领已被牢牢攥住，双手即刻被反铐住。

狡猾的猴子乘警察不备，飞奔腾跃，按灭屋内的开关，刹那间房间一片黑暗。

“兄弟们，快跑！”

他发出惶恐的尖叫，酒楼又重新混乱，哭声一片。

此时屋里立刻亮起几只手电筒，处惊不乱的便衣警察一拥而上把猴子逮住。

阿彪乘乱拿起座椅朝警察头上砸去，返身跃上窗台企图夺路逃跑。突然悬空降下一条黑影，大喝一声“看你往哪里跑”，揪住了阿彪的衣领。岂料阿彪使出金蝉脱壳之计，拼命甩掉衣服，跳下酒楼。齐亮穷追不舍，也飞身跃下。阿彪双脚刚一着地，早已埋伏在下面的警察像老鹰抓小鸡一般将其擒获。阿彪非等闲之辈，稍稍定神，乘警察锁手铐之机，用头猛撞对方的鼻梁，挣脱捆绑。

跳下来的齐亮见状，火冒三丈，大吼一声：“你还敢反抗，看老子怎么收拾你！”他上来就气势威猛，双拳出击，打得阿彪两眼直冒金星，连连后退几步才稳住身躯。阿彪也不甘示弱，以守为攻，使出他的绝招，一套“蛇形刁手”，直取对方要害。齐亮闪身摇头，躲过对手凶狠无比的一击。跟着瞅准空当，运气发力朝其鼻梁猛击一拳。酸甜苦辣、眼泪鼻涕全部涌上，阿彪踉跄着后退几步。阿彪以往横行霸道，为非作歹，哪里吃过这样的大亏，他凶相毕露，嗷嗷狂叫着再次扑上来。齐亮岂容他卷土重来，愈发拳脚并施，快如陨石飞火，威似挟雷携电，用一招凌厉无比的“摧峰断岳”，结束战斗。只听一声惨叫，阿彪口吐鲜血，摔倒在地，几个警察上来将其拖上警车。

不一会儿，四男五女全部就擒，无一漏网。

这时天还没亮，但枪声却惊醒了附近的居民，围观的男女老少被挡在警戒线以外。大家不知道发生了什么事，争先恐后，探头拥挤，议论纷纷，只见一个个嫌疑犯戴着头套被警察押上警车。几分钟后，执行公务的警察正准备撤离现场时，突然传来刺耳的马达轰鸣声，从人群中冲出一辆两轮摩托车，驾车的家伙手持冲锋枪，对准警察疯狂乱扫，围观的群众见状吓得四处逃窜。

正准备上车的齐亮看见后，眼疾手快，立马拉着身后的尚晴隐蔽在汽车后面，并迅速掏出手枪与凶手对射。无奈对方火力太猛，压得他们始终抬不起头来。

在驾驶座位上的刑警小丁，被突如其来的袭击惊呆了，握住方向盘的双手不停地发抖。他忽然觉得胸部一阵透彻心骨的刺痛，本能地用手一摸，黏糊糊的，两眼一黑，沉重的脑袋耷拉在方向盘上。

坐在他身旁的刘丰收，拼命催促小丁开车，看看不对劲，起身跳下车。双脚刚一落地，就觉得头部像火烧一样剧痛，鲜血立刻顺着头部右侧哗哗直流，眼睛被血糊住，头一阵晕眩，强挺住没有倒下。刘丰收掏出手枪，扣动扳机。他手臂连中两枪，实在力不能支，枪掉在地上，昏死过去。

酒楼门口，人头攒动。正在执行公务的警察被突然袭击，围观的群众吓得惊慌失措、四处逃窜。部分警察稍稍迟疑片刻，随即反应过来，拿起武器，寻找有利地形，进行反击。

摩托车在警车边骤然停下，原地转了三百六十度，立刻被子弹打得像马蜂窝一样滑倒在地。开车的暴徒迅速向警车扔了一个手榴弹，转身要离开，马上被警察当场击毙。“轰”的一声巨响，警车燃起了熊熊大火，霎时间方圆数十米血肉模糊、浓烟滚滚。

几分钟后，厅局领导赶来坐镇指挥，防暴警察立刻将现场控制，一大批特警在现场维持秩序，消防队员洒水灭火，交警疏散车辆，救护车运送伤员……

被烟火熏得满脸焦黑的现场指挥尚奇，衣衫褴褛、血迹斑斑，整个左臂被鲜血染红，他顾不上伤口的疼痛，匆忙检查人员伤亡情况。担架上的伤员除刘副局长尚有气息外，其余五男二女全部壮烈。抓住的重大嫌疑犯，仅有阿彪一人被送进医院抢救，剩下的暴徒早已被恨得牙痒痒的警察打成糠筛。怒火中烧的尚奇，气得要命，几乎咬碎牙齿！明明是一场干净利落的拘捕行动，却演变成车毁人亡的枪杀案。怎么会这样？究竟是哪个环节出了差错？他百思不得其解。本来这次行动是由李一鸣指挥，但他唯恐李一鸣抢了他的风头，重案组归他分管，所以他执意要亲自指挥，没想到出了这么大的纰漏。尚奇叹息自己的运气不好。他生平第一次对自己的智慧产生了怀疑。

“哎呀，你的胳膊负伤了！”站在一旁的尚晴惊叫起来，心疼得直掉眼泪，“快叫医生过来，赶紧处理一下伤口。”尚奇经她提醒，感到十分疲倦，伤口钻心地痛，头一阵眩晕，两眼发黑，脚一软，倒在妹妹怀里。

“快！快来人！帮忙把担架拿来。”在附近忙碌的众人，七手八脚地把副政委抬上救护车送往医院抢救。

尚晴陪伴哥哥坐在车里，当急救车闪着灯一路呼啸离开现场时，她才想起齐亮。咦，怎么不见他？她拿起手机不停地打电话，无奈对方一直关机联系不上，她心里更是放心不下，半道跳下车，返回现场搜寻。

其实枪战过后的齐亮，不仅毫发无损，而且头脑异常冷静。此刻他正在进行现场勘查，先是查看了一下人员伤亡情况，特别叮嘱侦查员小张和黄文军随急救车而去，命令他们无论如何也要看守住昏迷不醒的阿彪，除了抢救医生外任何人不得与他接近。接着他亲自率领两名刑警离开乱哄哄的现场，赶到街对面阿彪妻子开的服装店展开搜查。他唯恐混乱中有人浑水摸鱼，破坏侦查计划的执行。果然不出所料，原来布置的警力因参加马路对面的战斗，屋子里空无一人，好在补救措施采取得及时。经过仔细搜查，从其住处发现自制的手枪两把、子弹二十发、猎枪一把、各种管制刀具十五把、自制雷管五个、摇头丸五千克、现金五十万，其中人民币上的号码与银行丢失的相同，还有各种不堪入目的淫秽光盘等犯罪证据。

一直坐镇110指挥中心掌控拘捕行动全局的李一鸣，听到无线电台传来人犯无一漏网的消息时，心里提起来的石头终于放了下来，喜悦之情溢于言表。谁知不到五分钟，又传来行动现场发生枪战，伤亡惨重。等他按照应急预案，匆忙调集大批特警赶到现场时才稳定局势。过了一会儿他依然不放心，觉得有必要亲临现场，于是他又急忙独自驾车往现场赶。真是越急越出差错，车子快到案发现场时，却误撞了一个因惊吓过度拼命逃跑的老头，他不得不掉转车头，把撞倒的老人送往医院抢救。当他把一切都安顿妥当返回现场时，省、市党政军头面人物均已到场，各级领导都向公安局下达了死命令：眼前当务之急是要稳定社会，安定民心，切忌骚乱，控制住恶性案件继续发生，抓紧时机破案，尽快向市民作出满意的交代……

李一鸣目睹血淋淋的惨烈现场，十分懊悔自己没有亲临现场指挥。如今G市旧血未干，新血又染街头，人们愈发感觉深夜的血腥和恐怖。

第十一章　杀人灭口

第二天深夜，市公安局大楼灯火通明，气氛凝重。G市，这座素有“英雄之城”美称的古城，让人们第一次感到黑夜的血腥和恐怖。

全市五百八十万双眼睛盯住公安机关。一起接一起的特大要案，压得全市公安民警喘不过气来。

会议室烟雾缭绕，刚发生的震惊全国的案件使大家一改往日拖沓的作风，该来的人都来了，李一鸣算是最后一个。进来时，会议已经在进行了，他拣了个不引人注意的角落坐下。朝台上一瞅，好家伙，局领导都来了。会议由副市长、市政府党组成员、市公安局局长杜建亲自主持。除了市局领导外，还有市委书记、市长、省厅厅长、副厅长等有关领导参加，出席会议的成员基本上是市局处级以上干部。

会上迅速通报了案件发生的基本情况，并当场作出决定成立“五一三”案件侦破指挥部，由局长杜建亲自担任指挥长，负责刑侦工作的唐副局长任副指挥长……出席会议的干部个个神色严肃、认真，没有任何人敢交头接耳开小会，大家的心情无比沉重。就在全局民警全力以赴侦查银行抢劫案稍稍有点儿眉目的时候，不料，嚣张的恐怖分子又做出了丧尽天良的暴行。伤亡结果终于统计出来，连过路群众一起算上，总共死亡七个，重伤四个，轻伤十个，报废一辆警车。

李一鸣低着脑袋狠命吸着烟，会议内容他一句都没有听进去，他万万没有料到昨天晚上的行动竟会如此失败。看来自己还是轻敌了，倘若一开始就增派特警，恐怕效果会比这好得多。不可否认，对方一定事先得到消息了，目的是杀人灭口。由此可以推断，阿彪只不过是小角色，背后还大有人在。这次为了行动保密，故意不用电台联络，具体行动时间除了支队几位领导知道外，没有几个人知道，那么问题出在哪里呢？李一鸣百思不得其解。会上突然爆发出一阵笑声，原来省厅厅长为了调节场内压抑的气氛，非常风趣地开了一句玩笑，使会场气氛活跃起来。大家你一言我一语，为侦破案件献计献策。

齐亮不等散会就匆匆赶到医院，替换守在抢救室的刑警张杰和黄文军。此时，天已经快亮了。他一个人疲惫不堪地坐在医院走廊的长椅上。虽然浑身酸痛，骨头像散了架一样，连续几晚都没有合眼，脑袋昏昏沉沉，但他不敢稍有大意，抹了点儿风油精在太阳穴上，两眼依然死死盯住急救室的红灯，期盼它能带来好运。他也没有想到这次拘捕阿彪的行动犹如经历了一场生死考验，完全像电视剧里的警匪片，枪战场面无比激烈凶险。好在他运气好，命大，连皮毛都没有伤到。他不得不承认这是老天爷对他的眷顾。

刚下晚班的肖婷推着电动车准备离开医院，忽然发现齐亮坐在长椅上，赶紧走过来，仔细端详了好半天，仿佛不认识他似的。她扶着他的肩膀，心里一阵难受，眼泪噗噗地掉下来。正低头冥思苦想的齐亮，被她的举动弄得疑惑不解："你怎么了？"

"才几天不见就像换了个人似的，工作再忙也要注意身体。"

"你还别说，你今天能看到我坐在这里算我命大。"

"不准你吓我！外面早就传开了，昨天警察与暴徒真枪实弹干起来了，据说还动了炸弹。我上班一整天心怦怦一直跳，担心你出什么意外，又不敢给你打电话，给你发微信你又没有回，知道你忙……"

"现在你总该相信了，我没事的。我这是守一个重要人犯，希望他能被抢救过来，好录口供。咦，你怎么哭了?”

“我这是高兴，我真害怕失去你……”

听着对方发出的肺腑之言，齐亮心里为之一震，激动之余不知从何说起，颤抖着双手拿纸巾为她擦干泪水。

肖婷任凭那只熟悉的大手在自己脸上摩擦，突然她不顾一切地抱住他的颈脖狂吻。

他没有拒绝，没有退让，其实他早就期待这一刻到来了。他悄悄环顾四周，小声哀求道:“这里是公众场所，容易被人看见，还不放开?”

“我不管。”她不仅没有松手，反而愈发吻得他喘不过气来。

齐亮很快被异性所感染，慢慢放松了警惕，两只手也情不自禁地搂住了她的腰。

这一切均被好事者用手机拍下。

突然急救室红灯一闪一闪，响起了刺耳的“嘟嘟”声，很快阿彪躺在手术床上被推出来。

齐亮急忙追问跟着出来的主刀大夫:“何医生，病人怎么样?”

“已经脱离危险，但病人还没有完全脱离麻醉期，绝对不能提审。”齐亮知道阿彪终于被抢救过来了，总算松了一口气。

可是余飞龙一大早却没有松一口气，他没料到警察这么快就能查出阿彪的行踪。他知道这一天迟早要来临，但没有想到来得这么快。好在他及时采取了补救措施。他想起昨晚的情景。

时钟响过十二下，余飞龙家的豪华客厅，他独自一人坐在沙发上陷入沉思，烟灰缸里堆积着不少烟头，空气中弥漫着一股混浊而又刺鼻的烟草味。几天来他一直坐立不安，眼皮直跳，他预感到最近要出事。就这两周，公安局抓走了他不少黑道上的兄弟，几处窝点都被抄，眼见社会上黄、赌、毒生意愈来愈难做，就连互联网上的空间也被挤压得越来越小。他用力掐灭手中的烟头，伤心自语道:“妈的，再这样继续折腾下去，恐怕连老本都要赔进去。”他明白继续与这个社会对着干、与人民为敌，是死路一条。可他心不甘！他是那种生下来就仇视社会的亡命之徒。他不甘心被这个社会淘汰，他要做出点儿成绩，制造一些轰动效应……就在他焦头烂额、一筹莫展之际，突然，手机在不停地鸣响。那是一部单线联系的手机，这个时候来电话，准没有好事。

“龙爷，阿彪要被抓！”电话那头传出熟悉的声音。

他猛然从沙发上跳起来，瞪着两只鼠眼问道：“消息准确?”

“绝对不会错！”

“现在采取补救措施，还来得及吗?”

“恐怕不行，他们已经在行动的路上了。”

“你稍微等两分钟，容我再仔细想想下一步该怎么办。”

余飞龙关掉手机，反剪着双手，在客厅里来回踱步。他表面看似镇静，其实心里犹如热锅上的蚂蚁。阿彪这次要是遇难，恐怕也是天意。我早已叮嘱过他，做事要谨慎点儿，他就是不听，结果惹出杀身之祸。要是阿彪被抓，万一挺不住警察的严刑拷打，难保他不供出咱们。看来下一步只能是杀人灭口了。想到这里，他果断地拿起电话，想想又放下电话。他知道这个电话难保不被警方监听，他从保险柜里拿出一部手机，换了一张新卡，开机拨通电话。这是他最后一张王牌——一个越南杀手。交代完该怎么做后，他把手机电话卡拔掉销毁，然后故意召集公司各位副经理开了一整夜的管理会议，以制造不在案发现场的事实。

第二天深夜，一个隐秘的身影溜进小红楼，徐信义不等保镖允许就闯进龙爷的住处。

余飞龙挥挥手支走了一脸怒气的贴身保镖，急切地看着身穿一身警服的徐所长。徐信义也不着急道出事件真相，而是放下手中的对讲机，拿起一根雪茄点着，半靠在沙发上，跷着二郎腿，悠然自得地吐着烟圈，那神态仿佛不把龙爷放在眼里。余飞龙此刻正担心昨晚行动的结果，丝毫不计较他的张狂，相反还亲自为其斟上一杯大红袍。熬了一整夜的徐信义其实并不是故意慢待余老板，而是绷紧的神经确实想松弛一下，尤其是在考虑如何向龙爷汇报事件的真相，因为事情的发展远不如昨晚估计的那样乐观。现在他们是拴在一根绳上的蚂蚱，死了谁，也跑不了谁。眼下当务之急，他不仅要知道危险出在哪里，还必须找到规避危险的方法。这样才不枉被其奉为“军师”。他沉吟半天才从牙缝里蹦出几个字：“龙爷，实话跟你说，阿彪没有被炸死，而是受了重伤，现在已经被警察送到医院抢救。下一步你看怎么办?”

“还能怎么办? 只能等警察把我们一个一个抓去枪毙!” 余飞龙闻讯，气得两眼冒火。

他知道老板是在责怪他有点儿幸灾乐祸：“办法也不是没有，为今之计只有斩草除根!”

“你能保证这次不失败?”

“有几分把握。” 说完，他贴近龙爷的耳边如此这般地嘀咕一阵。

余飞龙听完用一种陌生的目光盯着他，心想人家都说我狠，没想到这家伙比我还歹毒，今后可要防着点儿。他咬咬牙，恶狠狠地说：“行，就这么干。” 转眼又问：“可有合适人选? 这事要挑一个精明点儿的人去干，别又把事情搞砸了。”

“我也是这么想。现在你们公司里的人一个都不能用，我担心用了也会暴露我们自己。不过眼前倒有一个精明强干的人选，应该可以胜任，所以还是请你老人家能忍痛割爱。”

龙爷知道他说的人选是指一个从来没有启动过的杀手——陈国强，他是自己手上仅剩的一张王牌。半天，他沉默不语。

“嘿，龙爷，你不要舍不得。陈国强是个新来的外地人，公司里没有谁认识他，平时他大门不出二门不迈，关键是他身上没有案底，万一出了事，G 市的公安从他身上追根溯源查不到我们，加上他胆大心细，功夫又好，应该是最佳人选。现在火烧眉毛，救急才是正道，孰重孰轻，你应该拿得准。”

余飞龙被他将了一军，心里虽然不好过，但明白他说得在理，眼下也只能这么办。接着两人又精心构思了一些细节，就开始导演下一幕更惊心动魄的血案。

第二天晚上，G 市第一医院夜深人静，在重症急救室，阿彪呈昏迷状态躺在床上输液，门口坐着两个警察监护着。此时已是下半夜，灯光昏暗，只有呼吸机的声音在病房里回荡。陈国强穿着医生的白大褂，戴着口罩，拿着病历，跟警察说明是晚上接班来查房的医生。他当着警察的面，翻了翻阿彪的眼皮，用手电筒对着瞳孔照照，在颈脖上摸摸脉搏，看看输液情况，不到五分钟就离开了病房。一大早，换班的护士发现阿彪已经停止了呼吸，全身冰凉。守夜的警察闻讯后大惊失色，慌忙打电话报告齐亮。

几天来，东四街枪战血案的消息不胫而走，一时间各种谣言借助网络媒体满天飞，有好事者在微博、微信上纷纷转发粉丝猎奇杜撰、刻意渲染的假消息，更有甚者，对公安机关人民警察进行恣意诽谤和人身攻击。转瞬间，巨大的压力一起指向G市公安局。

第十二章　大闹警队

刚参加完齐云大伯的追悼会，齐虹就顾不上内心的悲恸，把堂弟齐亮捎上车带到自己家。说实话，姐弟虽然同在一个城市，平日里也许是工作的原因，或许是市长夫人的身份，她这个做姐姐的很少与堂弟齐亮交往。他忙他的执法办案，她做她的大学教育，一个在公安局工作，一个在大学校园辛勤耕耘，两人很少碰到一块儿，一年之中仅有过年过节才会偶尔相遇。当然接触少并不影响他们之间的感情，彼此也会关注对方的情况。最近，齐虹听到一些关于齐亮与赵文华遗孀的风言风语。这次姐弟俩好不容易碰到一起，齐虹很想借这个机会，向弟弟表达一下自己对其关心不够的歉意，同时也很想劝劝齐亮能离开那个走霉运的寡妇。

齐亮被姐姐带到书房，正好姐夫吴方副市长不在家。他接过刚沏好的茶，知道姐姐这个时候把他叫来一定有事商量，因为他也是头一次坐在这里。偌大的书房藏书之丰富令他惊讶，他感觉像姐夫这样嗜书如命的官吏，在当今官场上十分罕见，不愧是学者型干部。

“现在你一个人在家也不会开火做饭，不如经常到这里改善一下伙食，免得天天吃食堂。我这里也没有外人，你来也不过搭双筷子，不麻烦。”她从关心饮食的角度劝道，并把削好的苹果递给他。

“好的，只要有时间，你和姐夫做了什么好吃的，打个电话我就会来。”他满嘴答应。说实话，如今父亲去世，在这个城市也只有姐姐这么一个亲人，如果平时不是工作忙，他真希望常常到姐姐家里坐坐。

齐虹见他坐稳，即把话转入正题。

“你也老大不小了，该成个家了，看上了什么姑娘没有?”

齐亮知道姐姐今天把他叫来必定是为此事，所以也不打算隐瞒她。

“我确实看上一个，不过她比我大一岁，而且还是二婚……”他一口气把肖婷的情况统统介绍完毕。

坐在他对面的齐虹吃惊地听着他讲述自己的恋情，仿佛不认识他一般，因为她没有料到弟弟这么坦白。刚开始进门时，她还在琢磨如何引他开口，担心他不好意思讲出来，现在看来她的担心纯属多余。她毕竟是过来人，从弟弟的谈话中得知他和肖婷的关系已经发展到非同一般，如此看来外面所传并非空穴来风。此时，她内心十分内疚，平日里确实把弟弟的婚事忽略了，没有尽到一个做姐姐的职责，弄得现在骑虎难下，要拆散他和肖婷的恋情不是一件容易的事。即便如此，她也要为了齐家，为了齐家这根独苗，下决心阻止他们交往。

齐亮见姐姐半天不吭声，以为她初闻此事被吓坏了。说实话他还是很敬重这位姐姐的，她是学霸，样样比他强，本科北大，硕士复旦，南北两所名校她都踏足，并且一直读到博士。毕业后，找对象，找了一个副市长，可以说为齐家争了一个很大的面子。爸爸在世时，对她赞不绝口。也许是年龄原因，也许是她事业和家庭太成功，齐亮心里多多少少有些怵她。

“姐姐，你怎么不说话?”

“你叫我说什么好呢！小弟……”她长叹一口气，说道，“一个已到而立之年的弟弟，各方面都不错，要身材有身材，要长相有长相，家庭、事业都属上乘，偏偏爱上烈士的遗孀，说得好听一点儿是民警家属，说得直白一点儿就是个寡妇，你叫我这个做姐姐的脸面往哪里放?

大伯如果泉下有知，还不把他活活气死。”说着说着，她还眼泪汪汪的。

齐亮知道姐姐为他好，也知道姐姐说什么都不会同意他与肖婷的婚事，所以只能恭恭敬敬地听其教训。

齐虹见亲情和眼泪打动了弟弟，便恰到好处地止住哭泣，依然苦口婆心地劝道：“对于肖婷，我不是说她不好。客观地说，她无论是长相还是气质都配得上你，但是有三点你不能娶她。其一，她是烈士的遗孀，不宜改嫁；其二，她与前夫结婚多年未生，是否有生理缺陷；其三，命运多舛，前途凶险。这样的女人大家都敬而远之，避之唯恐不及，而你却如获至宝，叫我这个做姐姐的怎么不心痛……”

齐亮知道如果姐姐不同意这门婚事，她就会寻找一百个理由反对。他明白姐姐是为他好，不好意思再为自己的事来加重悲痛过度的姐姐的心理负担，反正他和肖婷谈婚事还早，不妨先答应下来考虑考虑，稳住她的情绪。

齐虹见齐亮退了一步，以为她的劝说起了作用，心情渐渐好起来。她明白弟弟是个聪明人，今天她晓之以理动之以情的劝说应该打动了他，所以多余的话没必要再说，跟着就把话题转到尚晴身上。

“我听说你们支队有个女孩子不错，她也在追你。是不是有这回事？哪天有空，把她带回家，让我这个姐姐瞧瞧。”

齐亮知道她在说尚晴，既不否定也不肯定：“没想到你这个不常出门的大学教授还知道我们公安局的女同事。”

“那当然，谁叫她和我弟弟有关系。”她不无得意地说。

“看来我的一举一动都在你的掌控之中呀。”

“你千万不要误会，我只是关心你。”

“跟你开玩笑的，我知道姐姐是关心我。我和她也只是同事而已，至于今后会发展到什么程度还得看缘分。”

齐虹听弟弟讲完他和尚晴的事，觉得这么好的姻缘不能再由着他顺其自然，说什么也要助他一臂之力。她在心里暗暗打定主意，得会会这个姑娘，让她取而代之，否则，肖婷很难离开小弟。

不知不觉已到午饭时间，齐亮借口支队有事离开姐姐家。他本以为回到单位心情会舒畅，岂料，又有一场风波在等着他。这真应了那句话，不是名人躺着也中枪。

有一首歌是这样写的：我想有个家，一个不需要华丽的地方，在我疲倦的时候我会想到它。我想有一个家，一个不需要多大的地方，在我受惊吓的时候，我才不会害怕……可是，在现实生活当中，常有这样或那样的无奈，让无数家庭演绎出许许多多荒唐又可悲的故事，令人感到真不想有这个家。重案大队副大队长文斌现在就是这种心情。刚从医院勘查现场回来的李一鸣与从姐姐家回来的齐亮在局门口相遇，车子还没有停稳，就有人来告状，说上午支队里闹翻了天。文斌的妻子乔姗姗鼻青脸肿地带着孩子在办公室大哭大闹，寻死觅活的，要支队领导为她们母子主持公道。本来这档子婆婆妈妈的事应该归政委管的，但是清官难断家务事，更何况支队上上下下都知道文副队的老婆乔姗姗不是个省油的灯，所以在家的支队领导都躲得干干净净，唯恐惹上麻烦。这下可好，乔姗姗揪住李一鸣不放，声称如果领导处理不公，她就要带着六岁的儿子跳河。这下可叫他这个支队长兼党委书记作了难。从保护妇女合法权益这个角度看，文斌确实应该受到严厉批评，乔姗姗再有过错，做丈夫的都不能动手打人。但从双方申诉的事实看，夫妻两人长期感情不和并且正在闹分居，女方一味纠缠不清，导致发生矛盾。更何况文斌手头几个大案都是市里督办的案子，眼下正是破案的节骨眼儿上，从工作的角度他真不想为此事过多批评文斌，免得影响他的情绪。他略微想了想，立刻叫住一直没进办公室想开溜的齐亮，让他安排她们母子就餐。千事万事，吃是大事。先让这位气头上的夫人填饱肚子，压压怨气，再讲道理。他故意让齐亮接待她，知道乔姗姗再不讲道理，还不至于在旧情人面前发飙。

这一招果然灵验，谁都劝不住的乔姗姗一见到齐亮，即刻止住了哭闹。在这样的场合、这样的气氛下见面，两人都很尴尬。她扭捏了半天，红肿的双眼略显羞涩，姣好的面容和匀称的身材并没有因为年龄的增长烙下岁月的痕迹，一看就知道平时生活养尊处优，而且特别注意保养。齐亮一副公事公办的模样，既然领导吩咐，即使不情愿，也只能服从命令。他领着母子俩来到机关小食堂，乔姗姗带着儿子慢吞吞地跟随其后。当他把饭菜准备齐全，正想离开时，乔姗姗叫住了他。

“齐亮，你就那么讨厌我?”说完，热泪夺眶而出。

他最看不得女人的眼泪，不得不重新回到餐桌旁，独自低着脑袋吞饭。而乔姗姗却没动筷子，眼睛直盯着他。她感到齐亮仍然是老样子，看上去比过去略瘦，但显得更加成熟了。

“你还是一个人住?”

“嗯。”

“你一直在食堂搭伙?”

“嗯。”

“你常常加夜班?”

“嗯。”

他忽然意识到自己的责任，感觉这样做不太礼貌。不管怎么说对方都是客人，客人连筷子都没有动，自己倒吃了一大半。

“你为什么不吃饭?”

“我吃不下。”

“好歹总要为孩子着想……”他一边好言相劝，一边用汤勺喂小孩儿吃饭。

她默默地听着昔日的恋人苦口婆心的劝解，心里犹如撞翻了五味瓶——酸甜苦辣一起涌上心头……

齐亮全然不明白对方此刻的心思，他只觉得眼前的女人太过可怜。以文副队粗暴专横的治家理念，恐怕乔姗姗在家里未必过得很幸福。这个社会个性太要强的女人一般来说很难得到男人的喜欢，更何况文斌也是个大男子主义者。所以他明白自己再怎么宽慰对方，他们的婚姻也已经走进了死胡同。这个时候任何第三者的话都是多余的。就在齐亮正犹豫下一步该怎么摆脱当前的尴尬处境时，桌上的手机响了，他接听后，立马意识到一场更大的风暴在向他袭来。

“不好意思，局里纪检督察找我谈话。”他匆匆辞别他们母子俩。

中午，李一鸣顾不上休息，立刻派人把文斌副队长叫到办公室。

“你真伟大，在家欺负起娘们儿来了，你还像不像个男子汉?你也不想想这样做的后果会直接影响你的前途。你一个人民警察，还是中层领导，竟然在家欺负妇女儿童，这要传出去的话，是不是有损公安执法者的形象？说到底，你再有气也不该动手嘛。看看现在闹成这样，你说该怎么收场?”

“我有什么好说的，碰上这种无理取闹的女人，只能自认倒霉，唯一的办法就是离婚。”

“你胡说！夫妻之间吵吵架再正常不过，不能动不动就要离婚。你们是自由恋爱，又不是闪婚。我听说想当年还是你主动追求女方，怎么结了婚就看人家这个不惯那个不行。我看关键还是你自己吃了碗里望着锅里，喜新厌旧的毛病在作怪，是不是又看上哪家姑娘了，跟我从实交代?”李一鸣故意用开玩笑的口吻调侃道。

“没有的事，真的没有。”

“你以为离婚就能把一切事情都解决了，更何况你们还有小孩儿。你想过没有，离婚对小孩儿的伤害最大。”

“我知道对小孩儿伤害最大，但没办法，我总不能为了小孩儿牺牲我一辈子的幸福。我会尽量把这种伤害降到最低点。”

“你不要想得太天真，真到了那个时候，有些事情就由不得你了。”

“话是这么说，现在社会上那么多离婚家庭，人家小孩儿还不是一样要过，美国总统奥巴马不也是在离婚家庭长大的?”

“你要这样说，那我真是无语了。”李一鸣见自己苦口婆心劝说了半天依然没有触动对方，他渐渐失去了耐心。他心想，如果不是你老婆告状告到单位来，谁他妈吃饱撑的愿多管这种破闲事。俗话说得好，清官难断家务事。夫妻之间的矛盾，别人哪里厘得清？你小子真有本事就把自家的女人摆平，不要跑到外面丢人现眼。

最近一段时间很让唐安民揪心，作为分管刑侦的副局长，他对眼前发生的几件事感到十分头疼，几乎件件都要他的老命。本来暴力恐怖案件频发，已经占据了他的全部精力，没想到队伍建设又出了严重问题。刑侦支队重案大队大队长齐亮因为看守重案人犯阿彪不力致其死亡，涉嫌渎职正在接受检察院的调查；副大队长文斌因为家庭暴力正接受妇联、纪检调查；刑侦支队政委刘平因为支队私设“小金库”，作为分管财务的领导现在已经停职接受上级纪委调查。公安局的警力本身就很紧张，现在刑侦支队一大批业务骨干、中层管理干部停职的停职，待岗的待岗，配合调查的配合调查，个个人心惶惶，生怕惹事上身，哪有心思工作。大家有这种心情可以理解，发生了这些丑闻，别说是普通民警，就连自己，保不定这次也脱不了干系。昨天晚上在局党委会上一把手已经表了态，要严惩违法乱纪者，绝不姑息养奸。在官场上摸爬滚打这么多年的他怎么不熟悉政治斗争的黑暗，有些事是可大可小的。如果没有引起上级部门的重视，放在内部处理就可以大事化小小事化了，如果上级部门非常重视，尤其是经过新闻媒体曝光、网民炒作那就不是儿戏了，再小的事都是大事。所以他考虑半天，这次局里为了要给市委、市政府和新闻媒体一个交代，肯定要下决心处理一批人，否则不好交代。本来再过两年就要退休的他，想平平安安软着陆，不求升官发财，只想图个好名声。没想到还是难过这个坎儿！看来总得有人出来担当，按惯例，出了这档子事上级一定会抛出一个人来作为舆论攻击的牺牲品。否则，在舆论面前不好交代。

“爷爷，你在干吗?”

小孙女的到来打断了唐安民的沉思。

“哎哟，我的小宝贝！你怎么这么早起来了?”唐安民抱住甜甜不停地亲吻。在家只要看到她，所有的烦恼都会烟消云散。

“走，我们去厨房看看，奶奶给你做了什么好吃的。”唐安民牵着孙女来到厨房，见老伴正在忙早餐。

“需要我帮忙吗?”

“不要，你带甜甜在客厅等一下，我差不多已经弄好了。甜甜她爸和她妈起来了吗?”

“没有，他们哪天不是睡懒觉睡到太阳晒屁股。真奇怪，现在的年轻人都是晚上不睡觉白天不起床，一天到晚低头看手机。甜甜，你去楼上把你爸爸和妈妈叫起来，就说奶奶把早餐都准备好了。我去书房接个电话。”

书房桌上的红色保密专线座机电话大概已经响了好一阵儿了。

“喂，我是老唐，哦，是杜市长，对不起，让你久等了。不，我已经起床了，在书房，没有旁人，我会认真听，不做记录……”

两小时后，唐安民神色严肃地从书房出来，晚辈们上班的上班，上幼儿园的上幼儿园，各忙各的，仅有老伴坐在餐桌旁等他。

“我要走了。”

“你还没有吃早餐呢。”

“来不及了，上午还有一个案情碰头会，等我主持。”说着，唐安民一边穿制服，一边换鞋出门，老伴赶紧追过去塞了两个馒头到他包里。

此时正值上班高峰期，各种车辆争先恐后把本来就不宽敞的马路塞得满满的，唐安民坐的帕萨特只能随着车流慢慢地蠕动。一般情况下他总是提前半小时避过高峰期，但今天因为接了一把手的电话给耽搁了。在车里，唐安民躺在座椅上，脑海里依然翻腾着刚才的电话内容。很明显杜副市长一大早打电话来，是跟他通通气。当然所谓的“通气”，那是场面上的话，实际上是做指示。俗话说官大一级压死人，一把手在局里虽然是局长，但挂了个副市长，又是市政府党组成员，实际上是市政府领导，比起他这个排名第五的副局长其实要大几级，通常在党委会上，他只有举手赞成的份，跟着一把手意思转，否则就要扣上不维护班子团结的帽子。凡是在官场上混的人，都懂得这个潜规则。他唐安民在官场上摸爬滚打这么多年，哪会不懂得这个道理。看来上面是要对刑侦支队的领导班子彻底大换血了，这次上面还算手下留情，出了这么大的事，他作为分管刑侦的副局长，仅仅给他一个记大过处分，没有摘掉乌纱帽就已经相当不错了，说明长期紧跟一把手还是有回报的。把李一鸣的支队长、党委书记的职务撤掉，看来也不完全冤枉。刑侦支队队伍建设出了这么多事，作为支队一把手总要担责任的。现在支队长、政委都免掉，他担心尚奇全面主持刑侦支队的工作能否胜任。说是代理支队长，说明上级还在酝酿考察干部。好在这场风波把齐亮保住了，多亏齐亮的爸爸生前跟市委弘京副书记关系非常好，齐院长已经牺牲了，烈士的子女说什么也要照顾一下。现在想想，上面这么处理看来还是比较妥当的。稳定干部队伍的情绪是当务之急，否则出了这么多案子谁来破？还是上级党委英明果断啊！站得高看得远。唐安民长长地吐了一口气，胸中积了几天的郁闷一扫而光。

第十三章　意外被俘

已经是下半夜了，大概是为了省电，马路上的路灯也已经熄灭。漆黑的天如锅底，街上看不到任何行人和车辆。渔霸穿着风衣，戴着口罩，低着头疾步走着，时不时回头看看有没有人盯梢。他转了几条街，确信没有人跟踪才翻墙进入自家院内。双脚踏到屋里熟悉的地面，他心里躁动着一股热流，多少个日夜企盼着能回家看看。平心而论，虽然这几个月在外面替龙爷跑腿卖命，可他对自己也不薄，好酒好肉伺候着，美女小姐陪伴着，应该说是神仙过的日子。可是一到夜深人静的时候，他总是忘不了家里的妻儿老小。每每提及回家，龙爷总是以不安全为借口拒绝。今晚趁着他高兴，终于破例申请到了几小时的假。渔霸没有料到，正是这几小时让齐亮蹲了几个月的坑没有白费。

在自家屋里，渔霸闭着眼睛都能够找到老婆和儿子睡的房间，果然他不费片刻工夫就看到了熟悉的身影。老婆抱着儿子躺在床上酣睡，睡梦中的儿子嘴角涎着口水，让人怜爱。渔霸再也抑制不住内心的情感，眼泪夺眶而出，哇的一声号啕大哭！母子俩被惊醒。渔霸的妻子被从天而降的老公惊呆了，几乎不敢相信眼前所见，一时间各种委屈、烦恼驱使着她的双拳不断捶打丈夫的双肩。儿子睁开蒙眬的双眼，迷迷瞪瞪地对着渔霸脱口而出："爸爸！"

"宝贝，爸爸想死你了！"渔霸一把搂住满脸稚气的儿子不停地亲吻，"看，爸爸跟你带了什么。"

"是苹果手机，我喜欢。"

渔霸与儿子亲热一番后，立马警觉起来。妻子把灯打开，他赶紧关掉，小声问道："妈妈怎么样？"

"还好，就是常念叨你。"

"公安有没有为难你们？"

"刚开始不断有警察来家里问话，家里也被抄了几次，现在好多了。你失踪的头几天，妈妈吓得要死，担心你的安全，最近她倒想开了，巴不得你躲得远远的，离开这个是非之地。"

渔霸拿出一沓人民币，叮嘱老婆："这是五万块钱，先拿去贴补家用。我还要再到外面躲一阵子，等风声过去了，我才会回来。不要跟外人说我回来过，家里面你就辛苦了。"

"我知道，你自己在外面保重身体，家里你不要担心。"

"妈妈那里我就不过去了，免得她老人家看到伤心。"

"这种躲躲藏藏的生活，什么时候会结束？"

"你放心，很快的，少则一两年，多则三四年。"渔霸宽慰妻子，其实他内心哪里不明白：一旦被警察逮住，就是一条不归路。

已经是下半夜了，童云清刚替换战友的岗，看看上班的交接日志上写着一切正常，不由心生厌烦。这种监视已经几个月了，丝毫没有任何效果，他担心这种守株待兔的策略是否又要失败。现在不法分子越来越狡猾了，常常跟警察玩猫抓老鼠的把戏，东躲西藏几乎是他们惯用的手法，一年半载不回家也很正常。像渔霸这种老江湖，不会意识不到回家的危险，所以用这种老套的侦查手段去对付他真怀疑会不会有效果。童云清虽然不情愿，但规定动作还得做，他用红外线望远镜仔细观察，突然发现对面屋里的灯亮了一下又灭了，这种不正常立刻引起了他的警觉。他赶紧推醒了在一旁昏昏欲睡的监听伙伴。打开声频监视器，立刻发现有情况，看来几个月的蹲坑守候总算没有白费，三个人马上精神焕发进入一级战斗准备。

齐亮在睡梦中被急促的电话铃声惊醒，他听完童云清的汇报，交代了他几句，立刻布置抓捕行动。他略微思索片刻，觉得先不忙汇报，免得打草惊蛇，先抓到人再说，以往的失败教训证明我们警察队伍当中肯定潜伏了敌人的内线。在敌友不明的情况下，保密工作还是要做细点儿。在这同时他一边穿上防弹背心一边检查了枪支弹药。几分钟后他亲自驾车来到监视点。

“怎么样，渔霸没有察觉吧?”

“没有，我们没有惊动他。”

齐亮接过童云清给他的红外线望远镜，看了看，确定人还在屋里。

“队长，我们什么时候动手?”

“等行动小组的人到齐了就开始行动！你们先把所有的出口封锁住。”齐亮交代刚刚赶到的防暴特警。不到半小时，陆续赶到的警察里三层外三层把渔霸家团团围住。齐亮确定渔霸插翅也难逃了，才打开手机向唐副局长汇报，请求采取行动。

听完汇报的唐副局长神色严峻，果断地下达采取行动的命令。

随着唐副局长的一声令下，齐亮率童云清、舒迟等几个民警离开监视屋，悄悄来到渔霸住所的门前，几个特警手拿钢斧正准备破门而入。齐亮突然伸出左手一举，制止行动，他低头看了看表，时针指向四点一刻。他转过身，附在跟在身后的童云清耳旁如此这般地交代了几句。童云清点点头留下，率领几名特警守住门，齐亮与几名手下绕到渔霸的卧室窗下静静地张网以待，然后用对讲机指挥童云清敲门。果不其然，惊恐万状的渔霸从窗口跳下，双脚刚落地，头上就顶着几把枪，两手被迅速反扭铐住。

齐亮仔细端详抓住的俘虏，确信没有抓错，“嘿嘿”冷笑一声。“渔霸，想不到我们又见面了，你不想惊动老婆和小孩儿的话，就给我放老实一点儿！”

戴着头套拼命挣扎的渔霸，听闻此言，顿时老实了许多。齐亮看看表才四点半，G 市的人们还在睡梦中。

为了防止再次发生意外，根据唐副局长的指示，齐亮把渔霸带到偏僻的省厅看守所进行突审。没想到审讯持续进行了七八个小时，都没有打开突破口，各种审讯手段都用上了，竟然没有撬开渔霸的嘴。他始终不承认参与了市里发生的大案，也不承认认识阿彪，审讯陷入僵局。就在齐亮一筹莫展之际，在一旁协助审讯的尚晴提醒道，能不能改变一下审讯策略，试着用亲情来打动对方，因为根据她的观察渔霸还是非常在乎妻子和儿子的。齐亮考虑再三，想眼下再没有其他更好的办法的情况下不妨试试。他用手机请示了唐副局长后，很快把渔霸的妻儿接到看守所。在路上尚晴做通了渔霸老婆的工作，争取最大限度获取她的支持。同时齐亮也做足了功课，把要问的问题再次进行了梳理，列好提纲后，审讯再次进行。经过一番非常艰苦的攻防心理战术较量，渔霸的心理防线终于在一系列证据和亲情面前被打破。齐亮看看表，又过去四五个小时，已经一天一夜没有睡觉的他，忽觉无限困意涌上来，瞌睡沾到眼睛，他再也挺不住了，头一歪，趴在审讯桌上睡着了。在一旁的尚晴心疼地为他披上了一件上衣，带上他的手机率领众人悄悄离开审讯室。

守在屋外的尚晴虽然也感到非常疲倦，但她不时地提醒自己不能睡，她此刻必须对屋里领导的安全负责。看着手机上齐亮的照片，她对此人又爱又恨。一个月以来，她对齐亮不冷不热，若即若离。除了工作上必须打交道外，其他方面几乎没有什么语言沟通。说实在的，她感到齐亮这一次确实把她伤害得很深。当然齐亮这一次也差一点儿把自己搭进去，要不是市委领导看着他父亲的面子，放了他一马，恐怕他连这一身警服都要被扒掉。她一直不明白，有着“神探福尔摩斯”之称的他，竟然犯了如此低级的错误——被人拍了照片发到网上。幸亏补救措施及时，没有产生太大的负面影响，否则还真不知道该怎么收场。看来聪明人也会犯糊涂。说来说去肖婷也不是什么好东西，看来“寡妇门前是非多”这话不假，自己的老公牺牲了就去勾引别人，真不要脸。过去因为同情她的遭遇，常常去安慰开导她，现在觉得那是自己犯贱。

一阵急促的电话铃声打断了她的思绪，是唐副局长的电话，她不得不叫醒齐亮，把手机递给他。

齐亮在电话里向唐副局长汇报了审讯的情况，并同时提出了他下一步的打算。唐副局长原则上同意他的侦破方案，即先把渔霸放回去，只是担心这么做渔霸是否靠得住，同时也担心余飞龙对渔霸突然失联十多个小时会不会产生怀疑，以及抓捕渔霸的信息是否已泄露。还有很多问题值得商榷，也有一些行动细节有待进一步推敲。只是时不我待，时间不等人，现在分分秒秒都非常宝贵，但是事情的发展又容不得有半点儿失误。唐安民在电话那头做了短暂的停顿，齐亮知道领导在考虑。权衡再三，唐安民终于下了决心，批准了他的作战计划。齐亮松了一口气。

渔霸所受的审讯还没有结束。他被齐亮放回，到余飞龙那报到。老奸巨猾的余飞龙自然对渔霸失联十几个小时产生了怀疑，一上来就审问渔霸。渔霸在余飞龙咄咄逼人的拷问下依然没有松口，咬紧牙关，横竖一句话，在自己家里跟老婆做爱睡过了头。余飞龙审问了半天，看不出对方有什么破绽，但总觉得有什么不对劲儿的地方，让人无法放心。过了一会儿，手机里传出徐信义的声音，据他调查，昨晚渔霸家里确实没有警察上门，家里一切正常。今早他老婆上班、小孩儿上课一切都跟往常一样，没有什么异常。不过他还是叮嘱余飞龙，为了预防万一，还是小心为妙，派人二十四小时盯着渔霸。余飞龙想了想，在眼下没有抓住渔霸把柄的情况下，也只能这么做了。他沉吟半天，对着渔霸哼哼冷笑两声，拍了拍他的肩："都是男人嘛，半年难得回去，见了老婆肯定要做那档子事，何况你们夫妻二人正是如狼似虎的年纪。"他话中有话地替他解释道，算是盘问过关。渔霸当然非常清楚，他的一番解释并不能令龙爷完全解除对他的怀疑，现在暂时放他一马只是苦于没有任何证据，这要感谢齐亮的功课做得扎实。眼前的这一关算是过了。但他知道余飞龙生性多疑，指不定以后还会玩什么把戏来设伏他，所以他今后要按照齐亮的吩咐，必须格外小心，来不得半点儿差错。

第十四章　一时冲动

李一鸣不等散会就一个人退出会场，跳上轿车，发动引擎，箭一般地驶出公安局办公大楼。他一个人开着车无目的地在城里瞎转悠，企图排解心中的郁闷。说实话，虽然昨晚就知道今天上午要宣布免掉自己刑侦支队支队长兼党委书记职务的结果，但大会一宣布组织决定，自己心里还是非常难以接受这个事实。此刻，他只有一个念头，很想找个朋友宣泄一下苦衷，不知不觉车子就停在尚晴家门口。看来，自己心里还是放不下她，明明知道她在追求齐亮，但只要她一天不结婚，他就一天不死心。今天是星期天，直觉告诉他，这个时候她应该在家。他按了按门铃，想试试自己的运气。果然是她开的门。好不容易局里放假一天，她不会不窝在家补偿一下长期的睡眠不足。看样子，她刚起床，穿着一件粉红色的连衣睡裙，披肩长发，洁白细嫩的瘦腿趿一双拖鞋，站在门口，宛如仙女下凡。

“咦，李支队长?”她对他的突然光临颇感意外。

“怎么，不欢迎我来?”

“说哪里的话，领导能屈尊光临寒舍，使我们小百姓家蓬荜生辉。”她把李一鸣迎进家门，安顿在客厅就座。

“你跟我不要那么客气，什么领导不领导的，以后我就不是你的领导了。”他故意套近乎。

“在我眼里你永远是我的领导，你是喝咖啡还是喝茶?”她虽然没有参加会议，但局里早就在传他要“下来”，她挺为他抱屈。

“随便，你哥不在家?”

“不是上午跟你们在一起开会吗?”

“噢，对，你看我都忙糊涂了。”

“政委分管财务，你们两个人都挨刀。我就不明白，为什么组织上处理得这么重，一下子拿掉两个主要领导的职务?”她愤愤不平道。

“谁叫我是单位一把手，支队出了事，我当然要负主责。现在上面正抓‘小金库’，这个时候被清理出来，正好拿我们当典型，没有一撸到底就算不错了。”

“组织上怎么安排你?”

“准备到柳江派出所当教导员。”

“跟徐信义搭班子，你可要小心点儿。”她冲了一杯咖啡，放在他面前，然后坐在他对面的沙发上。

“你难道听到什么了?”

“听说他这个人不地道。”

“我是去工作，他的为人怎样与我无关。”

“那倒是，你打算什么时候到位?”

“明天。”

“那以后就很难见到领导了。”

“所以今天特意来向你告个别，顺便跟你倒倒肚子里的苦水。”不管是一厢情愿，还是情有独钟，在单位，李一鸣总是把她作为自己的红颜知己，心里面的委屈很想向她倾诉。这个时候他突然感到自己有点儿激动，思维渐渐迟钝，千言万语不知从何说起。

尚晴望着这位一心钟爱自己的上司，心里有说不出的愧疚。过去在一起工作时，因为齐亮的缘故，自己常常忽略他的关爱。虽然在平时的工作中也感觉得到他在追求自己，但总觉得他是个离了婚的老男人，似乎与这种人相处会有代沟，因此始终没有把他当成自己的菜，而且齐亮在自己心目中占据首要位置，哪里还容得下其他男人。如今他就要离开了，而且是在背负莫大冤屈的情况下走的，尚晴看着对面文质彬彬的李一鸣，渐渐动了恻隐之心。交谈中两人很快拉近了距离，完全抛弃了刚进门时的客气和拘谨，头越靠越近，慢慢变成温言细语。一会儿互诉衷肠，一会儿哈哈大笑，两人谈得十分投机。李一鸣这个时候完全放开了，镜片后面的眼睛目不转睛地盯着对方露在睡裙外的迷人双腿，他渐渐把持不住了，很快做出更大胆的动作，他越过中间的茶几，与之坐在同一个沙发上，紧紧地抱住她激烈地狂吻。尚晴没有拒绝他，任凭他的双唇在自己脸上摩挲，慢慢地她的情绪也被调动起来，整个娇躯躺在他怀里。也许是压抑得太久的缘故，也许是同病相怜的原因，一个是受到爱情的伤害，一个是遇到事业上的挫折，双双都把对方作为感情的宣泄对象。两人疯狂地撕掉对方的衣服，赤条条地倒在沙发上进入了二人世界。这一切被刚进家门的尚奇看到，他吓得赶紧关上门，转念一想，又把门锁上，下了楼。

尚奇并没有走远，而是在楼下院子里找了一个靠花园的长条椅坐下，掏出烟点着，思考着刚才发生的一切。说实话，要是按以往的脾气，他肯定要阻止妹妹与李一鸣交往，但在今天，他不仅不想制止，反而想成全他们。也许自己只有这样做，才能摆脱对李一鸣的愧疚。这次组织上的决定让他成为了最大的赢家。作为支队副政委，他不仅没有承担任何责任，反而暂时接替李一鸣的职务，当上代理一把手，这多多少少令局里局外所有人都大跌眼镜，连他自己都感到这是上天对他的眷顾。所以无论是为私还是为公，他都应该成人之美。客观上他不得不承认，自己无论在业务上还是管理能力上都不如李一鸣，现如今他竟然阴差阳错捡了个众人羡慕的便宜。他哪能再好意思去破坏人家的感情。

李一鸣现在倒真是应了那句话：官场失意，情场得意。一番云雨过后，他恍然如在梦中。没想到梦寐以求多年的女人，突然投怀送抱，简直令自己一时不知所措。要不是自己能够及时把握机遇，造成既成事实，恐怕幸福又要从自己身边溜走。想想人的命运有时真好笑，是你的终究是你的，跑不掉，不是你的怎么追求都追不到。李一鸣在回来的路上心情大变，像换了个人一样，心情非常愉悦，完全找不到因为丢掉乌纱帽而悲观失望的情绪。看样子爱情的力量还是蛮大的，它真的能改变一个人的精神面貌。可尚晴现在的心情却截然相反，她躲进浴室一边用水清洗自己的下身，一边用手指死命抠阴部。她忽然感到自己有些犯贱，为什么突然会委身于一个自己不喜欢的男人。“丢了乌纱帽又不是你的过错，哪里轮得到你来弥补?”尚晴没想到自己一时头脑发昏，竟然做出如此愚蠢的举动。她不明白，为了报复齐亮付出这种代价是否值得。她气得拼命清洗下体，眼泪哗哗地流了下来。

有人欢喜有人愁。当得知李一鸣降职到柳江派出所担任教导员后，徐信义内心陷入极大的不安。倒不是怕他怎么的，而是素闻李一鸣在全局搞刑侦有一套，过去是处于两个不同的部门，井水不犯河水，鲜有交道。如今在一个锅里吃饭，不得不提防他在背后坏他的事。他考虑再三，感觉还是先礼后兵。他拨通桌上的电话，把所里的内勤叫到办公室，吩咐他把三楼最大的办公室整理干净，让新来的教导员用。接着他指示手下买了一套新的办公家具，并配齐空调、电脑，值班睡的床上全部换了新床单、被子。第二天刚上班，李一鸣在分局政委何青白的陪同下，到所里报到。何政委起初担心徐信义是老所长，会怠慢落难的李一鸣，见面后感觉所里的各种安排都非常周到，从班子成员到普通民警对新教导员的到来也都非常热情。于是何政委放下心来，开完欢迎会，就返回了分局。李一鸣把分局政委送走，回到办公室屁股还没落座，徐信义就跟着进了房间。

“怎么样，办公室准备得还满意吧?”他似乎很得意自己的杰作，期待他的赞许。

“很满意。老徐，你真是太客气了。”李一鸣真诚地道谢。

“应该的，应该的。你是上面派下来的领导，能力强，水平高，比我们这些基层人员要强得多，今后还希望多多关照。”

“老徐，你千万不要这么说。在所里你是所长，又是支部书记，是当然的一把手，所里的大小事情理应你做主。根据分工，我应该主抓全所民警的思想政治工作。我们之间谈不上谁关照谁，倒是应该互相配合，互相支持，共同把工作做好。”李一鸣非常恳切地回答。

“是的，是的，你说得很在理。毕竟是做过支队长的领导，说话办事滴水不漏。不管怎么说，以后在一起共事确实希望得到你老兄的帮助。”

李一鸣见徐信义一脸诚意，内心也被其感染，渐渐话就多了起来，谈得非常投机。

不一会儿，徐信义抬腕看看表：“哎哟，你看看转眼已经到了吃饭时间，走，所里已经安排好了，专门设个便宴欢迎你。”

“不，不能这么做。”李一鸣赶紧拒绝。

“这个你放心，我们不在外面吃，现在上面强调得紧，今天就委屈你在我们的小食堂就餐，也没有大操大办，仅仅是四菜一汤。”

“这样最好。”

李一鸣在徐所长的盛情邀请下离开办公室，到所里的小食堂就餐。

提审阿彪并不如齐亮想象的那么顺利。为了侦破案件的需要，报厅党委批准，对阿彪的关押列为特级机密。对外报道称，阿彪已被人毒死。实际上那是齐亮因案情的需要，故意与肖婷演的一出戏。种种迹象表明，有坏人隐藏在我们内部。为了避免案情泄露，全局知道内情的人极少，除了专案组，没有几个人知道阿彪没死。看管他的也是从外地调来的武警。为了防止犯罪嫌疑人自杀，关押阿彪的监狱装了监控，二十四小时有专人看管。经过做工作，还派了一个老人犯与他关押在一起。

从死亡线上挣扎过来的阿彪，距离动手术满打满算已经有两周时间了，好在他的身体底子好，恢复得很快。此刻，他静静地躺在昏暗的牢房里。虽然他还故意伪装成很虚弱的样子，但他明白，此刻让他跑一百米应该不成问题，只是昨天又加了一副特重的脚镣。过道里的亮光把铁栅栏的影子投射在灰墙上，不停地摇曳闪动。几天来他留意观察四周，在武警严密的看管下逃跑的机会几乎为零。他明白自己留在这个世界的日子已经屈指可数了。

在牢房的另一端，一个老头裹着一条绿色毛毯躺在床上，被一阵剧烈的咳嗽和干呕折腾得浑身颤抖。阿彪睁开两眼，黝黑的瞳孔透出怪诞的目光，咧开大嘴，露出坚硬的虎牙。

“还不快死，遭这份罪。”他怒气冲冲地诅咒道。

干咳声依然一阵阵传来，吵得他心烦意乱。他终于不耐烦了，抓过自己的那条毛毯扔到对方身上，又把水壶蹭着地面扔过去。

老头咕嘟咕嘟地大口喝水，讨厌的咳嗽终于止住了。“谢谢老弟！”他无力地喘息着，“可……可我不能……用你的……毛毯……这样……你会冷的。”

阿彪勉强能听清那混混沌沌的嗓音。“老家伙，我不用。”他放声大笑，“我心里揣着一团火，就想杀人。”他双眼凶光毕露，吓得老头噤若寒蝉，畏缩在角落，不停地颤抖。也不知过了多长时间，老头终于睡熟，鼾声如雷，臭气熏天，睡梦中磨着他残缺不全的牙齿。

妈的，龙爷这一手还真绝，想置老子于死地，偏偏我彪哥的命大，阎王爷不肯收留我。他想起昨晚提审时，齐亮说过的话。这一定是那个狗头军师姓徐的家伙出的馊主意。哼，想杀人灭口，没那么便宜，老子在临死前也要抓个垫背的。你们既然能够把陈小虎救出去，也一定能把我救出去。现在还没到时候，到上断头台那一刻，如果你们还没有采取行动，那就怪不得我，既然你们无情，那我也只能无义……嘿嘿！他从内心发出一阵莫名其妙的干笑。

过道里传来沉重的脚步声。今晚又要提审？我不是那么好对付的，你们也别想在我身上打主意。一个庞大的身影遮住了铁栏门前的亮光，一把钥匙插进锁孔里，转一转，铁门便“吱呀”一声打开。来人正是逮住自己的警官，阿彪早已领教过他的厉害，至今仍对他心有余悸。不过听抢救他的大夫说，是这位警官救了他的命。如果不是他及时把自己送到医院，还为自己输了血，恐怕自己早已命归黄泉。不过他这样做的目的，恐怕还是为了获取自己的口供。哼，老子才不会上当。对方打开阿彪的脚镣。阿彪故意扶着墙装着很疼的样子站起身来，揉了揉已经麻木的双腿：“警官，我伤还没有好，你要带我到哪里去？”

“别装了，你给我放老实点儿！把那只手伸过来！”齐亮抓过他的右手与自己的左手铐在一起，在两个武警的押送下，他们步出牢房。

牢房外，夏夜的空气格外清新，宝石般的星辰在天空闪烁。阿彪贪婪地深深吸了口气，伸伸懒腰。齐亮不容他多待，命令他横穿院子，沿着昏暗的过道去审讯室。

在这间斗室中双方已经面对面交手数次。

此刻，他被命令坐在屋中央的一张铁椅上，双手被铐在扶手上，脸上依然挂着往日那种骄矜蛮横。一双狡黠的眼睛，斜射着冷光，盯着端坐在审讯桌后的一男一女两位神色严肃的警官。审讯很快开始，一般性的问话过后，就进行到实质阶段，阿彪就用沉默和抵赖来对抗。时间在一分一秒过去，双方在进行心理上的较量，审讯室里的空气仿佛凝固一般。这样呈胶着状态的审讯持续了很长一段时间，警方依旧找不到突破口。在屋外早已按捺不住的尚奇，狐疑地推开审讯室的门，瞥一眼就明白审讯进行得很不顺利。他进去在齐亮耳旁嘀咕了几句，换下了他。尚奇与尚晴接着审，又过了两小时，齐亮进来换下了尚晴。他们两个依然没有打破审讯僵局。此时天已经大亮，按规定要把人犯送回监房，否则要耽误吃饭。看来这一趟又将无功而返。齐亮把案卷整理好准备结束审讯，尚奇被激怒，突然大声吼道："你小子真准备死抗，一条道路走到黑?"

"我真没干什么，二位警官先生，你们已经审了我这么长时间了，我很累，何况我还是个病人，你们这样做是不是太不人道了?"

"你还知道人道，你在打人时讲不讲人道?"

"你不要乱说，我可没有打人。"

"你还狡辩，打没打人你自己心里还不清楚!"

"你别用那样的眼神看着我好不好?我说过很多遍，我没有犯罪，更没有抢劫银行。"

"说你行，你还真跟我们玩起耍小孩儿的把戏了。看来我们还真抓错你了?"齐亮讽刺道。

"充其量打了两下警察。"阿彪底气不足，嘟囔道。

"你不要把我们当傻子!就你说的那两下子，我们会把你关到这里来?我告诉你，不管你承不承认，杀人都是要偿命的!就凭在你家搜到的枪支、弹药、毒品，都要判你重罪……"

齐亮的一番话触动了他的内心世界，阿彪低头不语。

齐亮知道，看来必须用证据才能打消对方负隅顽抗的幻想。打铁还得趁热，他果断出示宾馆监控录像和阿彪打伤周二苟的现场痕迹物证。在铁的证据面前，阿彪终于承认所犯部分罪行。

第十五章　为情所困

这是一个阴沉炎热的早晨。一大早赶去上班的人群，驾着小汽车，骑着电动车，像源源不断的河流，沿着市区柏油马路不断地涌注。衡川路北街的两边摆满了各式各样的风味小吃摊，日用百货摊，跑江湖的药点，还有集贸市场的水果担、鸡蛋篮、蔬菜筐……街中间塞满了人，蠕动着，簇拥着，从每张嘴里吐出的声音，互相搅混在一起。小贩们的叫卖声此起彼伏地一浪高过一浪，怪异而响亮。饭菜的香气、煎炸点心的油烟味混合着人体的汗臭味……肖婷刚下晚班，换了衣服，洗漱后就从医院赶到集市，准备买点儿菜回家做饭，叫齐亮来家里加加餐。她身着白色连衣裙，推着自行车在人群中挤着，两眼不断地环顾两旁的菜摊，时不时地问问菜价。突然，一个十五六岁的男孩儿趁其不备，掏出她口袋里的钱包，拔腿就跑。肖婷发现后，立刻大声呼喊："抓贼！"

偷钱包的少年在人群中灵活地穿插，拼命奔跑，尾随其后的肖婷一面大声呼喊抓贼，一面满头大汗地紧追。眼看小偷就要消失在人群中，突然从一旁横穿过来一位中年男子，一招饿虎扑食，像老鹰逮小鸡一般，将其抓了个正着。

“谢谢你！”

“没什么，这是我应该做的。为什么不让我把那个小偷送到派出所？”

“你瞧他那可怜兮兮的模样，集市上那么多人打他，他还是个孩子。我担心到不了派出所，他就要被打个半死。”

“你的心地真善良。”

“哎呀，你的手指怎么在流血？”

“不要紧，刚才抓小偷时被他咬了一口。”

“都是我连累你受了伤，还是到医院去包扎一下吧。否则，伤口会感染。”她望着眼前这位身材高大、长相俊美的中年男子，心里充满了好感。

“不碍事，回家用创可贴处理一下就行。我最怕上医院，我看你倒像个医生。”

“真让你猜对了，我就是医生，如果你不嫌麻烦，到我家去处理一下？我家有现成的纱布和药品。”肖婷不假思索地向他发出邀请。

“怎么好意思麻烦你这么漂亮的女士为我包扎伤口呢，还没有请教大夫尊姓大名。”

身高一米八的贾义与扶着自行车的肖婷并肩前行，宛若一对买菜的夫妇。两人在贸易集市边走边谈，愈聊愈熟稔。肖婷云鬓雾发、体态轻盈、楚楚动人的模样，时不时令一旁购物的人注目观望，而从她身上散发出的淡淡香水味使一旁的贾义心旌摇荡。一不留神，他被脚下的石块绊了一下，打了个趔趄。

肖婷连忙关切地询问：“怎么啦？”

贾义为了掩饰自己的失态，赶紧眉峰紧锁，面露痛楚之色，捂住手指：“不知咋的，此刻伤口疼得厉害。”

“十指连心，你看伤口还在流血。”肖婷更加愧疚，安慰道，“坚持一下，马上就到，我家就在附近。”

到了家，肖婷把门打开，先把客人让进屋。

“不要脱鞋，就这样进来吧。”

"那怎么好意思，我还是把鞋脱了吧。你家真干净！"

"请坐。"她把他安顿到客厅沙发上，自己到里屋去拿药品。

贾义进屋后，习惯性地环顾四周，稍稍溜了一眼就把环境观察了个仔细。这是一间典型的一百二十平方米左右、三室二厅一卫的居室，主人把它收拾得井井有条、一尘不染，从室内的品牌家具与高档家电看得出户主经济实力在中上，各种盆景、壁画点缀其间，彰显出房屋的主人是位有文化修养的人。

很快贾义受伤的手指被上好消炎粉，包扎好。肖婷在一旁收拾完药瓶、镊、剪之类。贾义知道是到了应该离开的时间了。他们互相交换了手机信息，留下对方的联络电话，算是真正交上了朋友。虽然肖婷客气地再三挽留他坐坐，但贾义还是离开了她家。走在路上他感觉刚才发生的小插曲恍然如梦，天上掉下个林妹妹，竟然让自己失之交臂。出来他就后悔了，他不明白是什么原因让自己的行为那么虚伪，那么迟疑。为什么不果断出击将其擒拿到手？难道这种机会还会有下次吗？他死命捶自己的脑门，十分懊悔错失良机。但这种邪念在脑海中稍纵即逝，他完全明白自己到G市来的目的。周二苟受重伤昏迷不醒正在医院抢救，使他在这座城市的茫茫人海中苦苦寻觅了多日，可依然没有发现任何踪迹，就连他的下线渔霸也人间蒸发。如果两人都被警察逮住，不可能没有一点儿信息。因为是单线联系，在北方坐镇的"七哥"也不知道渔霸在G市跟谁联系，只好派他来G市搜寻周二苟和渔霸。派他来的原因，主要是他不是本地人，不容易被警察发现，还有他原来当过侦察兵，有反侦查经验。只可惜那一百万巨款，不知道是不是被周二苟独吞了，还是出了其他意外。从这几天摸索的情况看，周二苟出事的可能性很大。所以他在犹豫是否要尽快撤离这个危险的城市。但就这样空手而归，"七哥"是否会满意？刚才偶然的机遇认识了肖婷，使他断绝了回去的念头，不如把她当作筹码赌一把，也许能够绝处逢生找出一条新财路。主意拿定，他在酝酿新的计划。

肖婷前脚把贾义送出门，齐亮后脚就跟着进来了。他见茶几上的烟灰缸和纸杯还没有撤掉，就知道刚才有人来过。他问道："咦，不食人间烟火的神仙难得有哪路大侠造访？"

肖婷对他的揶揄早已司空见惯："你还别说，今天真遇到一个侠肝义胆的勇士。"

"怎么回事?"

肖婷把在菜市场发生的一幕简要叙述了一遍。

也许是出于职业习惯，齐亮并不觉得贾义抓小偷的行为是什么惊人之举，倒是觉得此事出得蹊跷，但见肖婷一副十分崇拜对方的模样，话到嘴边也没有说出来，只是叮嘱她以后不要轻易把生人带进屋里。齐亮今天到这里来的目的，是要告诉她已联系到一个国外的医生，正在北京开学术研讨会，他对治疗处在昏迷中的刘丰收非常有帮助，建议她向院方推荐，能尽快与他联系。交代完毕，齐亮打算离开。

"今天正好买了一点儿菜，你就留下来吃午饭，尝尝我的手艺如何?"肖婷露出渴望的眼神。

虽然眼下时间对齐亮来说非常宝贵，几天来的征战也使他感到极度的疲倦，但不知道什么原因，只要一踏进这个屋子，他的内心就有说不出来的温馨和愉悦。女主人的盛情邀请实际上是自己求之不得的事，刚握住门把的手旋即又放下，站在门边止步不前，稍稍迟疑了片刻。肖婷一个箭步从身后紧紧地抱住他，把头靠在他那厚实的背上。齐亮激动不已，积压已久的情欲喷薄而发，转身用惊颤的双手不顾一切地搂住肖婷，在她的头发、脸颊、嘴唇投下猛烈的亲吻。肖婷任凭男人的野蛮、粗暴、狂热在自己身上发泄……

齐亮的手机在不停地呼叫。电话是支队内勤小黄打来的，唐副局长有事找他。

齐亮放下手机，在已经穿好衣服的肖婷前额上吻了吻："我要走了，领导等我汇报案情。"

"等一等。"

走到门口的他，停住脚步。

她跑过去，抱住他，依依不舍地狂吻着。"记住，我爱你!"又特别叮嘱，"小心保护好自己!"

他再次看看表："亲爱的，时间来不及了……"不等说完，立刻开门离去。

肖婷转身跑到阳台，看着齐亮开车驶离，就像把她的心也带走了一样。

齐亮刚把车子停稳，唐副局长已经在办公室窗口叫他。

来到唐副局长办公室，尚奇代理支队长、文斌副政委、李一鸣教导员早已在房间等候。

“齐亮，到这边坐。”唐副局长安排他入座后，讲话随即切入正题，“今天把你们四个人叫来，是宣布局里一项任命，根据当前侦破案情的需要，决定柳江派出所教导员李一鸣同志参加专案组……”

对局里从派出所抽调李一鸣参加专案组，齐亮是举双手赞成的，其实也是他悄悄向万局长建议的，没想到万局长这么快就采纳了。现在他感到终于可以松一口气，虽然李一鸣眼下不是支队领导，但以他的破案能力、在专案组的地位，应该是没有谁敢说闲话的，这样他这个副组长在专案组开展工作，也不至于受到其他二位的制约。

厚厚的夜色围住了监牢，透过铁栅栏外的窗户依稀可辨夜空中晶莹剔透的星星。甬道里数盏电灯泡发出淡黄的光泽，监狱里的人犯已经入睡，只有执勤的武警走路发出的“沙沙”细声，代替了古代老监所的敲梆子声。

阿彪刚刚进入甜美的梦乡就被一男一女两个警官弄醒，他记不清这是第几次被这种突如其来的提审打断睡眠。他估摸着这已经是后半夜了，他毕竟有“上过山”的经历。虽然上次由于自己的失误中了警官的圈套，不得不承认打伤周二苟的犯罪事实，但其他罪行他一概不承认，尤其是抢劫银行，那可是死罪。以后的几次审讯，他都抱定一个宗旨，不管你采用什么计策，你有你的办法，我有我的对策，以不变应万变。今天的提审好像换了地方，他被警察押着进了一辆警车。汽车开了约摸半小时，来到一座僻静的宾馆。他被带到一间会议室，手铐破例被解开，但脚镣仍在脚上。他很奇怪，看架势这次不像审讯。带他进来的警官出去后，领了两个女子进来。

“爸爸……”其中一个十一二岁的女孩儿一进屋就扑到他怀里哭起来。

“啊！英子，你是小英子?”他惊愕万分，几乎不相信自己的眼睛。他用手抚摸着孩子的头发，望了望站在女儿身旁眼噙热泪的妻子，疑为梦中，不禁鼻子一酸，眼泪哗哗地流下，没想到自己在外面闯荡这么多年，抛家不顾，孩子都这么大了。

“英子，爸爸对不起你，爸爸没脸见你……”

“爸爸，老师说，做错事要勇敢承认，承认就改，改了就是好孩子。”

“英子在读书?”

“我都小学六年级了，明年升初中，这次毕业考试我考了全班第一名。”

“英子真是个好孩子，你要用功读书。”

大门终于在她们母女身后关上，随着女儿撕心裂肺的呜咽渐行渐远，他摇摇晃晃跌进座椅，耷拉着脑袋，手被冰冷的手铐重新铐上，沉重的双腿在不停地哆嗦。从前他可从来没有这种感觉。他觉得他失去了唯一的女儿，也失去了做父亲的尊严；失去了妻子的温暖，也失去了做丈夫的自信。瞬间他感到自己无比脆弱，是不是我的末日快要到了？死神就要降临？他喉头干得直冒烟，大腿在不停地颤抖，心在突突乱跳，呼吸更加急促，仿佛要窒息一般，脑子里一片空白。他企图克制住内心的恐慌，但是面前的对手丝毫不给他机会，他们审讯态度不温不火，不急不躁，问起话来弦外有音却又滴水不漏，丝丝相扣，环环相连，不断把他逼进死胡同。

不断注意人犯神色变化的李一鸣向齐亮递了个眼神，随后他拿了一瓶矿泉水递到阿彪面前。

他像见到救命水一样，赶紧接过矿泉水，把它一口气喝光。

“谢谢警官！能……不能……给我……一支烟?”他乞求道。

齐亮点燃一根烟，放在他嘴上，他狠命地吸了两口。

“警官，我有一个请求，我的事不要影响我的女儿。”

“这你放心，现在不是封建社会，共产党不搞株连政策。”

“好吧，我交代……”

当阿彪重新回到牢房时，已是第二天中午了。

其实，几乎在同一时刻，余飞龙也在密室里与他的智囊团密谋下一步计划。他看了看坐在他对面唯唯诺诺、平时对他言听计从的渔霸，最近心里对他愈加不放心。无缘无故突然失联十几个小时，用在家与老婆做爱这个理由，好像解释得通，但又解释不通。毕竟渔霸也是三十多岁的人了，又是老夫老妻，哪里会亲热到一夜春宵？再加上渔霸帮助白天鹅娱乐厅拉皮条也是被逼，半道上转到他门下吃粮，难不成会对他龙爷全心全意、死心塌地？此时，陈国强走过来在他杯子里兑了一点儿热茶。看到他虎背熊腰、高大结实的背影，这一位倒是绝对靠得住，只可惜做事有时缺点儿脑子。那次唯一的公干，派他涉险除去阿彪，整个过程不到几分钟就回来报捷，他总感到这事有点儿玄乎。警察会那么傻？一个全国通缉的重要案犯会让你随随便便行刺，还那么容易得手？他后悔不该相信徐信义的歪点子，还是军师呢，狗屁！这不是明摆着请君入瓮吗？结果还暴露了陈国强……这就是他这几天茶饭不思、夜不能寐的原因。所以他叫部下来此聚一聚，商议商议。遗憾的是，从整个晚上议的结果来看，他们个个像霜打的茄子，软不拉几，无精打采，尽出些馊点子，没有一个用得上的妙计。看来，白天鹅娱乐厅气数已尽，照这个样子不如关掉娱乐场所一心一意搞房地产。打定主意，龙爷明白再议下去也不会有什么结果了。如果渔霸已经被警察策反，说不定，这个时候警察已经在部署行动了，留给自己的时间已经不多了，好在自己没有什么把柄留在渔霸手上。不如把白天鹅娱乐厅总经理吴胖子抛给警方，来个丢车保帅。想到此，他故意沉吟半天，吐出一句话："兄弟们议了一夜，时间不早了，已经到中午了，我就不留大家吃饭了，为了安全起见，还是散了吧。"

他望着这些跟自己上刀山下火海的过命兄弟一个个离去，心里无比惆怅，似有树倒猢狲散之感。只是此刻，虽然悲伤，为了活命也顾不了什么兄弟情了，眼下还是保自己要紧。想到这里他也离开座位，准备收拾细软，打算逃离这个不祥之地，突然他想起一件很重要的事忘了交代。他把陈国强叫到身边，在他耳旁如此这般地叮嘱一番。陈国强心领神会地点点头，离开了主子。余飞龙这才开始实施他的金蝉脱壳计划。

刚刚审完阿彪的专案组尚奇、齐亮、李一鸣、尚晴一行四人，顾不上吃饭，即刻碰了一下头，统一了意见，拿了几个点心在车上吃，急匆匆赶回局里向局长汇报。他们感觉不能再任由不法分子逍遥法外了，当务之急是立刻收网，将对方一网打尽。现在只要领导批准就立马采取行动。车上的四人都非常兴奋，虽然一夜通宵，但感觉胜利在望了。

四人一进会议室，就发现省厅、市局领导早已坐在那里等候，看来唐副局长已通过齐亮的电话汇报知道了案情大概，为了节省时间，他把省厅、市局主要领导都集中到一起，专等他们当面详细汇报，以便采取下一步行动。会议从中午一直持续到深夜。几百名身着防弹衣，手持自动步枪，全副武装、严阵以待的特警、刑警、武警一直在市局院子里等候省厅、市局的命令，准备抓捕行动。时针指向凌晨两点，随着专案组万指挥长一声令下，G 市“利剑”行动揭幕，全市四县五区公、检、法统一采取行动，利剑直指犯罪嫌疑人老巢。

已是后半夜了，整个城市都在静静地酣睡。宽阔的街面，除了一闪一闪的红绿灯在忠实地履行职责外，偶见几辆“的士”在招揽生意，马路上鲜有行人。只见一列长长的警车队，满载荷枪实弹的警察，闪着警灯，响着刺耳的警笛，一路呼啸着，驶向白天鹅娱乐厅。人行道边一个厚重的铁窨井盖突然被顶起，从里面钻出一个头戴鸭舌帽的胖老头。他探头探脑，环顾左右，见杳无人迹，犹如地鼠般迅速消失在茫茫的夜色中。

齐亮站在白天鹅娱乐厅华丽的大吊灯下，眼瞅着忙忙碌碌的同事把三三两两的嫖客、妓女、烟鬼们从楼上楼下像扫垃圾似的从各个角落里扫出来，唯独没有见到他最想见到的“大人物”。他眉头紧锁，预感到事情不妙。三小时过去了，尽忠职守的警察丝毫不放过任何一个可疑的地方，把这座大楼里里外外、上上下下仔细搜了个遍，依然没有见到吴胖子的踪影。李一鸣在经理室看着尚奇气势汹汹地盘问早已吓得浑身颤抖的大堂经理。询问半天，对方依然是结结巴巴、支支吾吾、言不由衷地说不出所以然来。凭他的经验，虽然搜到许多黄色淫秽物品，但仅凭这些很难定吴胖子的重罪，即使有阿彪的口供，也不足以把他送上断头台。所以说，今天的行动打了很大的折扣，看来我们还是低估了对手的狡猾和顽固。这场你死我活的斗争，不会就此罢休，将是长期的艰苦的。他突然想起渔霸这会儿应该在哪儿。齐亮此刻也在到处搜寻渔霸。经过几小时的搜查，他也和李一鸣所想的一样，很明显吴胖子已经做了逃跑的准备，在他的老巢没有找到关键犯罪证据，连一克毒品都没有找到。看来这家伙并非等闲之辈，而是老奸巨猾、深谋远虑，唯一的希望只能寄托于渔霸了。可奇怪的是，里三层外三层把这座大楼翻了个底朝天，也不见他的踪影。按约定，渔霸这时也应该露面与他接头，难道渔霸露出了什么破绽被余飞龙识破灭口了?

事情果然如他所料。当晚，渔霸不等黑道头头儿们密谋结束就打算脚底板抹油——开溜。他预感到要出事。开会时，见龙爷一双犀利的眼睛时不时地盯着自己溜溜转，恨不得把他的五脏六腑窥探得明明白白，他哪里有心思开会，恨不得速速逃离这个吃人的魔窟。没承想，散会后，刚挪两步，余飞龙的忠实走狗陈国强就把他叫住，说龙爷交代有重要行动，让他们二人去完成，并递给他一支手枪。渔霸迫不得已，只能拎着枪跟在他身后。陈国强带着他，沿着九曲回廊，穿过院子里的花园，来到一座假山后面，对着趴在上面的石猴，在它脑门上拍了三掌，"咣"的一声，假山竟然移开，露出一个黑漆漆的地洞。渔霸惊讶得合不拢嘴，他奇怪自己在这里待了这么久，对这个暗道却一无所知。洞口张着深不可测的大嘴，里面冒出一阵阵凉气，让人毛骨悚然。在陈国强的多次催促下，他只能胆战心惊地尾随他，就着手电筒昏黄的光亮，在狭隘的地道中摸索着前移。约莫爬了半小时，从一个废弃的下水道里出来，外面是臭水沟。二人灰头土脸地爬出来，天还没亮。气喘吁吁的陈国强和渔霸顾不上休息，赶紧把踩平的草坪按原样整理好，并捡些碎石把洞口遮挡得严严实实。收拾完毕的渔霸接过陈国强递给他的烟，点着火，刚想坐下来喘口气，不料，一支装有消声器的枪对准了他。

"你……你……你要干吗?"

"我要你的狗命!"说完，陈国强狡猾的眼珠一转，满口黄牙的大嘴一咧，"黄老弟，对不住了!不是我想要你的命，我们做下人的只能按老板的指示做事。所谓拿人钱财替人消灾，我们在外面混也是身不由己，你到阴曹地府去后，变鬼不要找我诉怨……"

"等等，咱们兄弟一场，死到临头，总要让我抽完这根烟。"枪口下的渔霸明白，此刻任何求饶的语言都是多余了。他十分懊悔，没有先下手为强，无奈错失良机。以眼前的形势，对方已占尽先机，现在只能见机行事。即使要死也要鱼死网破，抓个垫背的。

陈国强见渔霸面色灰暗，情绪低落。作为将死之人，应该所求必应，他动了恻隐之心。难不成你还会跑掉？他对自己的功夫胸有成竹。他心想等你抽完这根烟再到阎王爷那里去报到也不迟，渐渐垂下枪口。

渔霸趁其放松警惕，猛然从后腰拔出手枪，对准陈国强前胸狠扣两下扳机。

“你这兔崽子，老子料定你会垂死挣扎，故意拿一把空枪给你玩玩，你小子还真以为自己是个渔头海霸。”

渔霸见上当，气得七窍生烟，把空枪扔过去，趁陈国强低头躲避之际，转身一溜烟，撒腿就跑。

“你小子还跑，看我不打死你！”陈国强不敢懈怠，担心煮熟的鸭子飞掉，赶紧开枪射击。子弹在渔霸耳旁飞过，突然他大腿一麻，一个趔趄，身体失去重心，栽倒在臭水沟旁。

陈国强三步并作两步，拎着冒青烟的手枪，纵身飞跃赶到渔霸身边，用脚踢了踢横躺在血泊里的“尸体”。

“妈的，这么不经打，几枪就赶到阎王爷那儿报到去了。”他嘴里骂骂咧咧，把枪扔在地上，用两手去搬“尸体”，准备清理杀人现场。突然“尸体”从臭水沟里站起来。这回渔霸可没有给他机会，趁其弯腰搬动之时，不等他反应过来，抓起石块往他脑门上狠命一击。陈国强晃晃悠悠，天旋地转，一米八的个子“呼”地倒在地上。渔霸毫不犹豫地捡起掉在地上的手枪，对准他，把剩下的子弹一股脑儿地射出去。陈国强瞪着双眼挣扎了两下，断了气。

鲜血淋淋的渔霸感觉全身虚脱，筋疲力尽，再也无力站起来。他拼命呼救，但嘶哑的喉咙叫不出声来。他希望爬出这荒山野岭，但越来越沉重的躯体渐渐失去了生命力。此时天已大亮，又是一个黎明到来。

第十六章　丢车保帅

徐信义率领全所民警参加昨晚市里的统一行动，忙了一个通宵，加上前天晚上在龙爷处密谋了大半夜，几天来一直没有痛痛快快睡过安稳觉。拂晓前他回到所里，独自钻进办公室，把手机也关了，爬上值班室的床蒙头就睡。可是他躺在床上，翻来覆去久久不能入眠，浑身像散了架似的，头痛欲裂，太阳穴处似有千针万锥扎刺之感。他倒不担心余飞龙的生死，这老家伙狡猾得很，常言道狡兔三窟，他最起码有五六窟，只是苦了为他卖命的肝胆兄弟。从眼前的局势判断，阿彪应该没有供出他，否则他不会这么平安地躺着，专案组也应该还没有掌握余飞龙犯罪的真正证据。白天鹅娱乐厅管理人员虽然庞杂，但对余飞龙知根知底的就这么两三个，好在有吴胖子在前面顶着。他不得不佩服龙爷的这一招棋，丢车保帅是对的，否则，警方不会善罢甘休。真正值得担心的倒是渔霸，徐信义曾经多次警告龙爷把他做掉，说不定他就是警察的线人。无奈龙爷贪图他手中买卖妓女的下线，对他一直像供菩萨一样厚礼相待。为了一点点钱甘冒这种风险是否值得，有时候他对精明的龙爷的所作所为也百思不得其解。渔霸如果在这次统一行动中被抓，无疑是要供出他们来的。死就死在这次行动他们所不跟市局刑侦支队在一个地方，而且为了保密，手机、电台全屏蔽，至今还搞不清渔霸是否被抓。难道我只能坐以待毙？他越想越不对头，越想越不放心。他一骨碌爬起来，即刻起身，整理好制服，抓起放在桌上的六四手枪，从枪套里拔出来，朝着枪口吹了一口气，然后对着镜子做了两下瞄准、射击姿势，摆弄完毕，才把手枪放回枪套。他有这个习惯，临出门带上这玩意儿心里就踏实。

他走到楼下洗漱间，匆匆忙忙地胡乱梳洗一把，就来到所里的小食堂，炊事员早已为他准备好热气腾腾的早餐。你还不要说，一日三餐他就是喜欢在自己所里解决，在这里他们能够按照自己的口味准备称心如意的饭菜，还不用自己掏腰包。这就是所谓的工作餐。所里在编的正式民警有二十八个人，加上十九个协警，还有保安、炊事员等临时工，满打满算也有五十号人，每天的吃喝拉撒也要花费不少的钱，所以他就趁公安部要求基层派出所正规化建设，把所里的小食堂翻新改造一番，这样既实惠又不引人耳目。他瞄了一眼，食堂空空如也，所里的同事都吃完了早餐各干各的去了，不需要他操心。派出所每天的事情虽然繁杂，但日常工作都有分管副所长安排，杂事也基本有教导员照应，不需要他亲力亲为。他只要应付上级部门的领导和对外人际交往，尤其是大大小小各种名目的检查，以及参加市里、局里、区里的会议。对于这些他都事必躬亲，每场不落。因为这是获取情报的最好途径，这也是他在龙爷心目中无人能取代的原因。碗里的稀饭还没有喝完，内勤小张就气喘吁吁地跑来叫他赶快把手机、电台打开，局里的电话都打到所里来了，不停地呼叫他。他赶紧放下碗筷，打开手机，果然已经收到几个信息：分局、市局都在催他开会。他又打开电台，从电台的呼叫中获知其他所长也收到开会的指令。一般情况下，他要手机、电台同时印证不是专叫他一个人去开会，他才会放心大胆地去赴会。否则他又要疑心生暗鬼，担心什么时候被抓，他知道这一天迟早要来到。

局里的会议是例行通报会，会上各分局汇报了昨晚行动的业绩，什么抓了多少不法分子、破了多少疑难案件、收缴了多少管制刀具、清剿了多少毒品，等等。徐信义开会可没有开小差，他认认真真地坐在那里，竖起耳朵，两眼盯着主席台，时不时还用笔记本记下要点，唯恐漏掉重要信息。开这种大型会议，一般情况下，只要不按规定座位坐，他都坐得很靠前，担心听不清、看不见。上午的会开到整整十二点，会议散场后，他就急急忙忙寻找李一鸣教导员。自从他被借调到市局专案组后，几乎没在所里上班，昨晚的统一行动他也是随市局专案组行动，所以他想趁此机会打听打听专案组那边的情况，无奈在会场搜寻了半天也没有找到他的踪影。

“徐所长，你找我?”刚从洗手间出来的李一鸣主动跟他打招呼。

“原来你在这儿，开会的时候我向几个人打听你，他们都说没有看到，我正要打你的电话。”

“有事吗?”

“没有什么事，就是想叫你中午到所里一块吃个饭，几天不见大家都很想念教导员。”徐信义不容推辞，非常热情地挽住他的胳膊，“走，走，走，坐我的车去。”

早就听说徐所长很会做人，相处这些天，果不其然。但李一鸣很讨厌这种过分的热情，一看就知道虚情假意，只是大家都在一个班子共事，彼此间应该团结，不能钩心斗角、互不买账，这样才有利于工作。所以李一鸣对他的热情相邀不仅没有拒绝，反而满口称谢，正好他也饿了，反正到哪里都是吃饭。他随着徐信义上了车。一路上，徐所长边开车边施展他的个人魅力，嘴里不停地讲些手机微信里的反腐段子。现在的公务员在场面上喜欢评价这些道听途说的时政新闻，这已经成为一种时髦。李一鸣生性不喜高谈阔论，尤其讨厌传播这些不实的小道消息，但为了不扫他的兴，表面上还时不时接过他的话茬儿调侃几句。徐信义知道对方对此不感兴趣，实际上他是醉翁之意不在酒，想借此机会套取专案组昨晚行动的真实情况。没想到身边这个教导员鬼得很，保密工作做得很到家，只要一谈到案情就故意跟他打哈哈把话题岔开。看来从对方嘴里很难套出他们昨晚行动的实情，难道他们发现了什么？为什么他对自己人这么提防？我会不会又在瞎猜，自己吓自己？妈的，这小子不是个省油的灯，说不定这顿中饭算是白请了。转眼间车子开到所里，二人肚里却各想各的心事。下了车，徐所长拉着饥肠辘辘的李教导员笑嘻嘻地走进小食堂，里面三个副所长和内勤早已在等候。

李一鸣发现午饭依然是按老规矩：四菜一汤、不上酒，简单实惠，说明徐信义不愧是个老江湖。徐信义虽然是个基层干部，但对上级的政策掐得很准，在派出所摸爬滚打二三十年，没有出过重大事故。他在所长的位置待了十多年，都没有被提拔和重用，也不容易呀！即便现在外面对他风言风语，甚至有人说他涉毒，但没有证据的事不能对号入座，在基层待得太久难免沾上江湖习气。人家好心好意请你吃饭，又不是什么鸿门宴，自己何必扭扭捏捏，我一个被贬的干部，遇到单位的一把手能如此真心诚意对待，已经够意思了。受到班子成员热情款待的李一鸣，很快就被午饭热烈的气氛所感染，越想越应该感谢徐所长的安排。他立刻以茶代酒，双手举杯，诚心诚意地敬了徐所长和大家一杯。“酒”过三巡，话也多起来了，话题渐渐转到昨晚的统一行动。大家你一言我一语，纷纷指出每年这种一场接一场的专项统一行动的利弊。作为基层民警，他们对“统一行动”的效果感受最深。专项打击要不要？要，但不能过滥。与其重打击不如重预防，把保护老百姓的平安作为公安工作重中之重。李一鸣却不这样想，偏重打击还是偏重预防是公安工作的老话题，他对这些理论之争不是不感兴趣，而是感觉那是上级政研部门的事。过去他在市局以为基层民警不会讨论这些纯理论性的问题，现在看来他错了，其实他们最有发言权。他突然想起这次下来任职，局领导找他谈话时，特别叮嘱他要好好学习派出所的管理经验。领导的话意味深长，派出所还真有很多东西值得自己学习，看来这顿饭没有白吃。

“李教，你的手机响了。”坐在旁边的副所长提醒陷入沉思的李一鸣。

他赶紧打开包，掏出铃声不断的手机，一看是齐亮的电话，知道一定有急事。他起身离座，走到食堂外面无人之处按住接听，话筒里传出齐亮急促的话音：“你赶快到市郊湾里后花园来，这里发现了一个杀人现场。”

李一鸣接完电话，赶回食堂，匆匆辞行。因为自己的车停在市局，徐信义主动提出送他过去，他稍稍犹豫片刻，还是答应了，坐上车后他就后悔了，不应该让徐所送他。

赶到湾里后花园，这里地处市郊，非常偏僻。要不是移动通信公司在这里架线，很难发现杀人现场。一条接近干涸的小溪演变成了杂草丛生的臭水沟，旁边躺着陈国强的尸体，顺着五十多米长的血迹，发现了渔霸的尸体。当李一鸣赶到这里时，市局刑侦支队的副支队长马立标率领法医和痕迹技术、照相等一帮侦查员早已在这里勘查现场。

齐亮见李一鸣赶过来，问道："刚才我好像看到是徐所长送你来的?"

"是的，中午在所里吃饭，我的车子停在市局。他跟老马打了个招呼就走了。怎么，你对他也有怀疑?"

"不，没有证据的事不好乱说，但总觉得他怪怪的，你在所里任职，我劝你对他可要多留个心眼儿。"

"我会留心观察的，在市局不止一个人提醒过我，但从现在所掌握的证据看，还没有发现他有什么值得怀疑的地方。他在基层干了二三十年难免不沾上江湖习气，我们总不能随随便便怀疑一个老同志吧?"李一鸣替徐信义辩护道。

齐亮见此情形，知道多说无益，便转移话题："我们搜寻了这么久，没想到还是让吴胖子跑掉了，真可惜，就差一步，而且还赔上一个线人。"

李一鸣能够理解他的心情，宽慰他道："他躲得了初一还能躲得了十五? 抓住他是早晚的事。这里发现了什么有价值的线索吗?"

"还在找，现场勘查报告还没出来，不过我从现有的痕迹物证判断，应该是白天鹅娱乐厅的保安陈国强受命杀害渔霸，想杀人灭口，没想到反被渔霸杀掉，渔霸自己也伤重身亡。"

李一鸣一面仔细勘查现场，一面听齐亮的分析判断。又经过几小时的侦查，他基本同意齐亮的判断，不得不佩服他的业务能力，感到他确实成熟起来了，在支队应该可以接赵文华的班，充当重案大队大队长的角色。此时天已经完全暗下来，他们交代当地派出所继续保护好现场，留到明天天亮再复查，然后一起搭乘现场勘查车返回市局。

徐信义把李一鸣放下车就返回所里，一路上心情非常好。他从马立标口中得知发生命案的尸体正是渔霸和陈国强，这下可好，总算去除了自己的一块心病。二人都该死，他们不死，早晚都是个祸害。他不得不佩服龙爷的手段，这一石二鸟之计也只有他才想得出来。陈国强跟了龙爷十多年，到关键时刻，还不是像扔垃圾一样被抛弃，所以说谁都靠不住。突然他脑海里闪现出一个念头，如果死的人是余飞龙那该多好！如今风声这么紧，那帮黑社会的渣滓被铲除是早晚的事，他现在真后悔当初不应该为了区区十万块钱上了余飞龙的贼船，现在自己陷得这么深，想下来都下不来，成天像个丧家之犬一般担心被抓。这日子过得真窝囊！很可能他就是下一个被围猎的目标，龙爷正在走下坡路，与其跟着旧主子走老路——那是一条不归路，不如寻找一个新主人伺候，觅一条新路。打定主意，他把车开得飞快，到了所里，他想抓紧时间躺一下，说不定晚上还有行动。

第十七章　委身土豪

G 市的周末，温馨而宁静。一座外墙装饰豪华的别墅隐身于青山湖畔花木扶疏的深处，如果不是一条曲径通幽的柏油马路指引行人，谁也不会知晓在这一片茫茫林海之中，居然藏匿着一家土豪。几辆奔驰、宝马、路虎车横七竖八毫无规则地停放在别墅前面的草坪上。阳光穿过落地玻璃，客厅开阔明亮，几个衣着考究的客人此刻正围坐在热气腾腾的茶几旁喝功夫茶。贾义穿着宽松的睡衣斜躺在沙发上，爱理不理地与站在对面的老头搭腔："一大早的，你找我有什么事?"

"贾经理，不好意思，礼拜天打扰你休息了。昨天碰你车子的是我儿子，交警大队事故科让我来跟你协商，谈谈如何赔偿。这是我送的一点儿礼品，权当表表心意。"马立标把两条中华烟和一瓶茅台酒放在桌上。

贾义斜睨了对方一眼，然后用不屑一顾的口吻道："有什么可商量的，昨天鉴定责任书不是出来了吗？你儿子负全责，保险公司不理赔，汽车修理厂已经做了价，要把我的奔驰车修好需要八十万，你准备钱就是了，不要跑到这里来烦我。你那点儿东西拿走，我不会要。”

“我一个赚工资的，哪里拿得出那么多的钱。”

“那就不是我的事了。”

“能不能商量商量，分期付款?”

“我这里又不是菜市场，可以讨价还价，再说分期付款的事，你找4S店，找我干什么?”

“交警大队事故科的人叫我找你，看看能不能少赔点儿?”

“你说得倒轻巧，少赔点儿? 你要搞清楚，老头，不是我要你的钱，是4S店说要把那个车修好需要八十万。我可以不要你赔一分钱，你儿子把我的车撞坏了，你负责把我的车修好就行。”

“你能不能跟我一道去跟修理厂说说，让他们把修理费降一降?”

“你自己去说，修理费多少不关我的事，我凭什么要帮你这个忙?”

“我们家是工薪阶层，靠工资吃饭，一下子拿不出这么多钱。所以，请你帮帮忙。”

“我说老头，一大清早你不要站在这里死缠烂打的，你还是回去想办法筹钱吧。”贾义从沙发上站起来好言劝慰，并把烟酒扔地上。

坐在一旁喝茶的几个朋友也七嘴八舌地帮忙劝其回家。

马立标一生中还没有受过这种羞辱，无奈儿子不争气，把人家的车撞了，现在家里又拿不出这么多钱，遇到这些土豪只好自认倒霉。他只能忍气吞声，默默无语，站在那儿发呆。

这时外面车响，一辆黑色凯迪拉克停在别墅池塘边，从车上跳下一男一女，说说笑笑进了大厅。女子一见马立标，立刻一怔：“马支队长，你怎么在这儿?”

“你不是肖医生吗?”

“你们认识?”贾义好奇地问道。

“岂止认识，他是我丈夫的同事，在市公安局工作，是刑侦支队的刑科所所长。哦，不，现在应该是支队长。”

“不，是副支队长。”马立标赶紧纠正。

“哎呀！马支队长，你怎么不早说。对不住，对不住。”贾义闻讯大吃一惊，没想到这个貌不惊人的老头竟然是本市鼎鼎有名的刑侦支队副支队长。他倒抽一口凉气，双手紧握老马的手，连连致歉："不好意思，不好意思，今天如果不是肖医生来，还真是大水冲了龙王庙，一家人不认识一家人了。"

客厅在座的朋友，纷纷起身让座，泡茶送水，敬烟削果，热情招呼。

马立标在众人的簇拥下，顿感云里雾里，一时半刻还没有回过神来，脑子里依然想着修车赔款一事，口里不知不觉念叨："那贾经理……修车款……"

"好说，好说……"贾义赶紧打断对方的话语，生怕在肖婷面前露馅儿。

落座后，肖婷向马立标解释她怎么认识贾义的。当了解到他此行的目的，就央求贾义能否通融一下4S店，把汽车修理费降一降。

善于见风使舵的贾义，面对刑侦支队副支队长，本来就有巴结的想法，现在见美人求情，正是天赐良机。他几乎没有半点儿犹豫，当着众人面抓过手机就跟修理厂联系，经过讨价还价，最终逼得修理厂把费用降到了十万，同时他还主动承诺自己承担一半的修理费，另外一半老马可以分三次付清。

在座的马立标闻讯后，一时间非常感动，没想到就因为肖婷的一句话，减掉了几十万的债务，他更改变了对贾义这种土豪的看法，认为他够朋友。就在他打算离开时，主人哪能放过这千载难逢的机会，拼命挽留其吃中饭。在大家齐声相劝、热情相邀下，马立标终于喝得晕晕乎乎地才离开别墅。

把马副支队长送走后，肖婷继续留在别墅，与贾义一帮朋友玩起了扑克牌，一直玩到吃完晚饭后才回家。贾义亲自开着路虎车把她送到家门口，两人相依拥抱，深情吻别后，肖婷才在他的注视下，打开自己的家门回屋睡觉。她躺在床上，翻来覆去始终睡不着，想着这段时间与贾义的交往。同时，又想到另一个自己最爱的人——齐亮。他们最后一次见面是在两周前。因为专案组的一次突击行动，他把她的生日约会给忘了。见面后，她看到他的手机上留有尚晴发给他的私密微信和卖萌照片，立刻心生猜忌，与之发生激烈争吵，一赌气竟然不辞而别。几天来双方互不通电话，也不见面。当然真正促使她产生离开他的想法，是在听了贾义的一席话之后。警察这门职业实际上是高风险行业，每天都与魔鬼打交道，家属整天处在担惊受怕之中，工作辛苦，报酬不高，还经常受群众误解。自己的丈夫已经以身殉职，难道还要再做一次寡妇不成?

此刻正是初更时分，星河隐约，皓月当空。晚风拂动街旁的玉兰树叶，送来阵阵幽香。齐亮执行完审讯任务后，已经深感疲倦，在回家的路上，他想起今天是周末，肖婷上行政班此刻肯定在家，不如到她那去看看。想想这段时间二人一直处在冷战阶段，又遇上几天来白天黑夜不停地审讯，而手机也因工作需要设置成静音状态，肯定让她误解为我故意失联了，所以无论如何今晚也要跟她好好解释一番。车子开进小区，费了很大工夫才找到一个车位把车停好。他借着昏黄的路灯朝肖婷家门口走去，忽然发现一辆路虎越野车亮着耀眼的白灯停在她家门口，车上下来一男一女，正是肖婷和有一面之缘的见义勇为之士——贾义。二人在家门口互相搂搂抱抱，极其亲昵，等待多时，双方依然情意绵绵、依依不舍。齐亮看得醋意大发，甩头就走。他心想女人真是善变，才几天不见，就换情人，翻脸比翻书还快，看着让人恶心。

从小区出来的齐亮一路上把车开得飞快，围着G市毫无目的地转了大半圈。不知不觉开到非常熟悉的公安小区，齐亮把车停在尚晴家楼下。也许出于报复，也许出于心灵的空虚，他几乎不假思索，用手机拨通了她的电话。尚晴此刻正睡得迷迷糊糊，急促的铃声把她惊醒。手机响了几遍，她才极不情愿地打开手机，心里不停地嘀咕：真讨厌，谁这么缺德，这大半夜的，连周末都不让人睡个安稳觉。一看电话号码是齐亮的，她赶紧接听，以为又有警情。“喂”了半天，对方始终不说话，不一会儿那头先挂断了。她感觉不对头，瞌睡早已跑到九霄云外，她跟着打过去，响了几下，他才讲话。

“对不起，打扰你睡觉了。”

“没关系，有事吗?”

“你方不方便出来一下?”

“你在哪儿?”

“就在你家楼下。”

尚晴没有挂电话，赶紧起身，跑到窗前，推开窗户，一部熟悉的黑色帕萨特停在楼下。她心里一阵高兴：“行，你别走，我马上下来。”

坐在驾驶座位上的齐亮，见尚晴穿着睡袍，趿着拖鞋，披头散发，一脸惊喜地走出来，心里一阵感动，突然觉得自己有些唐突，后悔不应该半夜惊扰对方。

“这大半夜的觉不睡，是不是想我了?”尚晴爬上车，坐在副驾驶座位上，两眼直视对方，坦然问道。

齐亮不吭声，紧紧抓住那只刚从被窝里面出来的暖融融的小手，把它放在自己心口上。

没有任何宽慰的话，精明的尚晴恰到好处地坐在一旁任其抚摸，发泄内心的郁闷。她心里明白对方一定是受到什么重大变故的刺激，否则在她面前一贯严肃矜持的堂堂七尺汉子不会显得这么心事重重、软弱无助。二人在车上就这么默默无语地坐了一会儿，突然她感到自己应该抓住机遇，否则突然到来的幸福有可能从身边溜掉。她慢慢地顺其自然地把脸靠过去。仅仅是一瞬间的碰触，勾起了他心中的激情，他突然抱住期待已久的脸颊亲吻起来。

冲动一阵儿过后，躺在他怀里的尚晴央求道：“我的大领导，上我家去睡吧，今天我哥不在家。”

齐亮不待她说完，抱住娇软的身躯往楼上赶，唯恐心爱的女人消失。

吴胖子等贾义的朋友都散尽，才从暗室里走出来。自从G市“利剑”行动开始以来，他就一直这么像老鼠一样，整天躲藏在暗室里避风头。他不知道这种暗无天日的日子还有多长时间结束，虽然不自由，但不管怎么说总比坐大牢、蹲监狱要强得多。这还得感谢龙爷的义弟“七哥”派贾义来寻找周二苟。幸亏余飞龙当时多长了一个心眼儿，假装不知道周二苟是“七哥”的人，当得知他是“七哥”的人后，派人把周二苟接到市里最好的医院治伤，并主动给“七哥”打电话赔礼道歉，退回劫款。现如今白天鹅娱乐厅被查封，余飞龙为了让吴胖子躲避警察的搜捕，迫不得已把他安顿在“七哥”派来G市扩充生意的贾义的住处。

本来“七哥”派手下的人偷偷摸摸来G市是想开辟新市场，寻找新的赚钱商机，在没有站稳脚跟前，他也不想过早惊动他这位霸道的兄弟。谁承想手下周二苟刚进入G市就被余飞龙抢占先机打了一记闷棍，劫了他的财道，还把原来的部下渔霸策反。“七哥”终于尝到了这位仁兄的毒辣手段，吃了一个哑巴亏。但余飞龙事后能主动打电话认错，并归还了他的“货款”，又让“七哥”感到也许大哥确实不知道周二苟是他的人误伤而已，干脆顺驴下坡，让贾义作为他的代理人名正言顺地在G市大张旗鼓地经商扩充地盘。他还答应了龙爷的请求，不计前嫌暂时让贾义罩着吴胖子这个过街老鼠。不过这样一来却让刚刚踏进G市地面的贾义捡了一个大便宜，“七哥”白白送给他一套豪华别墅，还将余飞龙返还的所有“货款”作为他在G市经商的启动资金。

贾义把肖婷送回家后，返回别墅，见吴胖子大大咧咧地坐在沙发上喝茶，不禁眉头一皱。这胖家伙真不知好歹，现在全市到处都在通缉他，他竟然还有闲心思坐在客厅里喝茶，还不滚进老鼠洞里休养生息?他一天到晚提这个要求提那个条件，还嫌住得差，不想想要是被公安抓去，连命都保不住。他不明白，“七哥”为什么要冒这么大的风险罩着他，并且对这只命运不济的胖狐狸像尊上客一样供着，也许“七哥”在打白天鹅娱乐厅的主意。不管怎样，老板总有老板的独特想法，他不会轻易养一个吃闲饭的狗，更何况是一只危险的狗。他心里虽然对吴胖子不满意，但表面上对他依然客客气气。

“怎么样，在里面休息得可好?”

“马马虎虎，人都跌到这种程度了，还讲究什么条件。我在里面闷得慌，出来透透气。”他知道贾义对自己出来不满。

“不要紧，现在已经是下半夜了，没有人来。既然你出来了，我们何不商量一下怎样在G市扩大我们的色情市场。在这方面你是老前辈，点子多。”

贾义的话正中吴胖子下怀，他喜上眉梢，心想自己还是有用处的，立刻津津乐道地说出这几天所思考的鬼计谋。

贾义听了半天，沉吟不语，心想这胖子动不动就打打杀杀，弄得全市鸡飞狗跳、不得安宁。根据他的经验，跟政府作对，你别想有好果子吃。“七哥”叫自己到G市是来做生意的，不是做他的炮灰，替他冲锋陷阵的。为别人做嫁衣的事，打死他也不会干。看来，吴胖子还没有吸取教训。白天鹅娱乐厅既然归我领导，说什么也要“转型升级”，应该把重心移到人人都喜欢的娱乐生意上。打定主意后，他口头上称赞了吴胖子几句，以天色已晚要休息为托词，丢下他独自钻进内室。吴胖子目送贾义离去的背影，虽然恨得牙痒痒，却只能躺在沙发上呼气。

第十八章　狭路相逢

文斌按惯例一大早来到办公室，迅速打开电脑浏览了一下本周每日案情。他来来回回看了几遍，总感觉有什么问题，仔细一想，明白过来，原来这几天G市显得特别安静，偌大的城市竟然没有发生一起重大刑案，尽是一些鸡毛蒜皮的盗窃案和治安案件。本来作为公安民警，应该为本市的平安宁静感到高兴，但不知怎的，他始终高兴不起来。直觉告诉他，这里面似乎隐藏着某种阴谋，按说这个季节应该是刑案高发期。当然通过这次“利剑”风暴和网上追逃行动的大清剿，绝大部分犯罪嫌疑人都被绳之以法，只有极个别漏网之鱼暂时龟缩在阴暗的角落里伺机而动。忙碌了几个月的民警终于可以喘口气小憩一阵儿了。按照分工，他这个副政委应该抓抓带薪休假的事了。他打电话通知支队政治处，让他们把这个月休假名单报上来审批。自从支队领导班子调整后，他的工作积极性显著提高。因为除尚奇外，他算是获利最大的一位，虽然都是从副科跳到正科，他毕竟进了支队领导班子，是支队党委成员，以后在局里说话办事都有一定分量，这得感谢老领导唐副局长的厚爱和栽培。乔珊珊告他家暴一事是个惨痛教训，要不是事后他变通得快，通过赔礼道歉、住院治疗把夫人的心拉过来，稳定了家庭后方，彻底排除了升迁障碍，他今天也坐不到这个位置。所以烦恼与欢喜，成功和失败，仅系于一念之间。当然他从此也断掉了离婚这个念想，不过女人还是照样玩，只要外面“彩旗”飘飘，屋里“红旗”不倒就行。他正琢磨着今晚上应该到哪儿去潇洒一番，又一想最近上面盯得紧，还是别在这个时候被纪委揪住当典型了。拼死拼活一辈子，要是因小失大实在划不来，还是收敛点儿吧。此时手机铃响，一个陌生电话打来，不接，现在骚扰电话太多了。铃声在不停地骚扰他，已经响了三遍，他极不情愿地揿开接听。

“文先生，怎么连我的电话都不愿意接?”

“你是谁? 你到底是谁?”

“文先生，你该不会连老朋友都忘掉了吧?”

“你少套近乎，我什么时候认识你? 简直莫名其妙!”文斌气呼呼地把电话挂断。

几秒钟后，手机又在响，还是那个外地电话号码。

“今天碰到鬼啦!”他干脆把电话关机。

文斌的好心情被刚才的电话铃声完全破坏，接下来干什么事情都没有心思。就在他心事重重之际，政治处的小张拿着休假名单敲门进来。

“报告!”

“进来!”

“领导，这是上半年我们支队民警准备休假的名单。”

文斌接过名单一看，不禁眉头紧锁：“有这么多?”

“这是最少的啦，去年因为各种‘统一行动’很多同志没有落实公休假，根据局里的精神不补，今年总不能又放空炮。年年谈让基层民警休足公休假，就是得不到落实。”

“你也不要在这里发牢骚，上级有上级的难处。”他赶紧打断小张的解释。

“那这份名单……”

“你先放在这里，待我和其他领导商量商量。”

打发政治处的小张走后，他静下心来想了想，还是把手机打开，马上一条信息蹦了出来，吓了他一跳：文大队长，你好！没想到你这么健忘！老朋友的声音都听不出来，北方的贾弟来G市，想跟你见一面叙叙旧，如有空闲，请拨打电话……

文斌恍然明白刚才的手机铃声真不是骚扰电话，但对他的心理震动更大，一下子触痛了他压抑多年的心病。

那是好几年前发生的事，对文斌来说如同噩梦一般。故事还得从那年夏天说起，文斌率领三个侦查员到北方某大城市办案。一行四人来到该市，通过网络情报的监控，很快确定案犯的大致去向，经过几天的侦查、布控、踩点、蹲坑守候，在当地派出所的大力支持下，一举拿下了“1·19”凶杀案的主犯。也许是案子破得比较顺利，突审完毕，文斌让丁副教导员带领其他二位侦查员押送案犯回G市，自己以办点儿私事为名留在该城市潇洒了两个晚上。也是合该有事，那一晚他喝得醉醺醺的，在KTV包房唱完歌后被两个年轻貌美的陪酒女郎搀扶着送回宾馆。正当玩得兴起时，突然闯进两个大汉，半醉半醒的他吓得魂飞魄散，顾不得全身赤裸，拼命磕头求饶。对方以将全程实况录像发到网上相要挟，情急之下，文斌一时乱了方寸，落入他们的圈套，全盘接受了他们提出的条件，随时随地听从其调遣。那是他一生中最耻辱的一件事，至今不敢遗忘。

时过境迁，他以为此事了了。没承想，越是怕事越出事，偏偏债主找上门，躲都躲不掉。堂堂一个公安局刑侦支队的副政委被人耍得团团转，岂不窝囊？不行，在我的一亩三分地上，还能任由你猖狂？大不了拼个鱼死网破！文斌想到这里，断然收回了那颗飘浮不安的心，起身忙其他的事去了。

周一刚上班，马立标就到齐亮办公室堵他的门，想找他好好聊聊肖婷的事。虽然昨天肖婷帮了他的大忙，解决了儿子交通事故赔款的事，也因此结识了一位侠肝义胆的朋友，但对赵文华的遗孀傍了一个浑身沾满铜臭味的大款，他心里总有说不出来的酸味。何况局里上上下下都知道齐亮跟她关系暧昧，为此事齐亮还受到了唐副局长的批评。现在可好了，不知什么缘故，生生被她劈腿。肖婷平日里的为人不是这么势利的呀！好好问问齐亮到底是怎么回事。一进门，就见齐亮仰靠在座椅上闭目养神。办公桌上的烟灰缸盛满了烟蒂，屋内烟雾缭绕，一股刺鼻的尼古丁味。

“你不抽烟的，怎么回事?”他明知故问，赶紧打开窗户透透气。

“找我有事?”齐亮见马副支队长一大早进来，知道这位仁兄是无事不登三宝殿。虽然马立标已升任刑侦支队副支队长，在行政上是他的领导，但在党内都是党委委员，属平级干部，加之他们私交甚好，因此，他依然坐在椅子上没有起身。

“老弟，你和肖婷到底是怎么回事?”他见办公室没有其他人，两眼怪怪地看着他，并身体向前倾了倾，靠近办公桌俯身询问。

“你又听到什么风声了? 没想到一个埋头搞技术的人，也开始对八卦新闻感兴趣。”他知道马立标不是个喜欢打探别人隐私的人，见他郑重其事，一定有什么新情况，于是故意调侃道。

“不是我八卦，是这么回事……”他把昨天发生的事复述了一遍。

齐亮听了半天不吭声，起身把办公室的门关上，详详细细地把最近一个时期他与肖婷之间发生的事情一股脑儿跟老马讲清楚。

马立标听完他的陈诉，作为朋友非常同情他的际遇，但也挑明了他的看法。

“我看这里面也许还存有某种误会。不过，你也不应该用尚晴来报复她，这样做岂不是同时害了两个女性?”

“确实是这样，事后，我也感到此事做得不妥。”他接过他的话茬儿。

“那你下一步打算怎么办?”

“我会对她俩有一个交代。”

“我看你和尚晴倒是蛮般配的一对，何不趁此机会好好发展一下。这么不清不楚地拖下去，让人说闲话，这样会影响你的前途的。”马立标作为朋友，语重心长地劝道。

“领导教训得对，只是现在就确定关系似乎还欠火候。”

“你们俩认识又不是一天两天了，大家同事这么久，谁不了解谁?在局里，明眼人都知道尚晴在追你，该不会你把她作为‘备胎’吧?”

马立标直言不讳地表达了对他的不满，并对他的这种做法疑惑不解。

“你看我是那种人吗?”齐亮对老朋友的误解深感委屈。

“难道还有新情况?”

“你不觉得李一鸣也在追她?”

“你说李一鸣? 我看没戏。”

“此话怎讲? 我看李一鸣每次看尚晴的眼神都特别不一样。”

“什么特别不一样，我看是你小心眼儿，即便如此，那也是他单相思。”

“不一定，一个巴掌拍不响，背后二人可热乎着呢。”

“一个漂亮女孩儿有很多人追，再正常不过，但我敢肯定，李一鸣竞争不过你。他不但结过婚，还带着一个小孩儿。而你却不同，没有结过婚，家里也没有任何负担，家庭经济条件要明显优于李一鸣。所以说，她选你应该是上策。我的分析是不是有道理?”

“就算你说得有道理，但两个人的结合，我看还得靠缘分。”

“所以我说，你要抓住机遇啊，我的小老弟。”说完，马立标拍了拍他的肩膀。

齐亮正要回答他，这时有敲门的声音。

“报告!”

“进来!”说曹操曹操到，齐亮听得出是尚晴的声音，赶紧向老马递了一个眼神。

尚晴推门进来，见马副支队长在座，以为他们正在研究工作，被自己贸然打断，就想抽身退回。

“你忘了，今天轮到我们志愿者服务，去姚家村开展法律咨询，队里的人差不多都动身了。”

齐亮一拍脑门：“你瞧我这记性，差点儿把这事给忘了。”

马立标起身离座，看看表，催促道：“时间应该还来得及，从这里到扶贫点有四十多公里，你们现在开车去应该赶得及。”

离开办公室，齐亮带着尚晴开着“锐腾”往姚家村急追快赶，车子很快驶离市区。在车上，尚晴还沉浸在昨晚的喜悦之中，一路上哼着小曲。

尚晴见齐亮全神贯注地开车不搭理她，便没话找话：“这是你买的新车?”

“嗯。”

“最近局里有很多人买了私家车。”

“现在上面强调不能公车私用，只能驾私家车上班，你不打算买车?”

“想是想，就是本姑娘没钱。”

“算了吧，别在我面前哭穷，你既不炒房又不炒股，工资留到银行吃利息?”

“谁像你单身一个，一人吃饱全家不饿。”

“其实你比我还强，每天在你哥家蹭饭，至少还可以节省伙食费。”

“你以为我愿意和他们窝在一起? 爸妈都在乡下，城里就我们兄妹俩，本以为考上公务员，应该待遇不错，哪知房价比工资涨得还快，想买房搬出去住，看来是奢望。更何况，嫂子去年厂里改制还下了岗，至今还在家待业。”

“没有听尚支队长提起过。”

“他是个死要面子的人，在单位怎么会说这个。”

“这说明尚支队长还是一个很有骨气的人，家里有困难从不在外张扬，不像有的人整天吵着要补助。”

“所以说，平时我的工资多多少少要贴补他们家用，根本攒不了几个钱。就上个月，侄子补课的钱还是我交的，你看我哪里还有余钱买车。”

“不要紧，哪一天你如果真想买车，我借给你，不过要算利息哟。”他故意开玩笑逗她。

“小气鬼!”她小嘴一噘，气嘟嘟地坐在副驾驶座位上用手机玩自拍，故意装着不理他。

“你还真生气……”此时颠颠簸簸的“锐腾”已驶进乡村小路，齐亮握住方向盘的手也在不停地抖动。突然他感到有什么不对劲儿的地方，从后视镜里发现一辆“路虎”车一直尾随其后，几次想甩掉它都没有得逞，于是减速等它靠近想问个明白。不料，对方的车像一头失去控制的猛虎，张着血盆大口扑过来。多亏齐亮反应快，手脚并用，大臂带动小臂猛打方向盘。好险！两车擦身而过。齐亮大怒，敢在大爷面前玩“碰瓷”！双臂一摆弄，掉转车头，以守为攻，逼视对方，两车慢慢靠近。突然对面车窗伸出一支双管猎枪。不好！齐亮倒抽一口凉气，头皮发麻，赶紧换成倒挡，“锐腾”急速后退，看来对方来者不善。气喘吁吁的“路虎”一副拼命三郎模样，死死咬住他们不放，齐亮的右脚已经把油门踩到底了，“锐腾”屁股后面冒出滚滚浓烟，无奈距离还是越来越近，已经看到对方的食指在扣扳机。齐亮屏住呼吸，怒睁大眼，左手紧握方向盘，右手按住尚晴的头，口里大喊：“快把头低下！”话音刚落，一连串子弹把前窗玻璃打个粉碎。尚晴被突如其来的危险吓得抱住头拼命尖叫，吓了一身冷汗的齐亮也极力稳住情绪，舍命控制住倒退的汽车，情急之下来不及细想，突然一踩刹车，迅速挂前进挡。拼了！车头猛然往前一冲，对方吓得一躲闪，两车又是擦边而过。经受剧烈碰撞的“锐腾”，跌跌撞撞一路越过好几个路障，好不容易在主人的驯服下驶回公路。齐亮感觉这样下去不是办法，对方是要置他们于死地，应尽快摆脱危险。他提醒依然处在惊吓中的尚晴系好安全带，握紧扶手，同时立刻打 110 电话报警。背后伤痕累累的“路虎”又气势汹汹地跟上来，他右脚猛一踩油门，发动机像正在捕猎的美洲豹一样咆哮起来，汽车突然加速，从四十码直奔九十码。后面的“路虎”也不甘示弱，紧紧盯住他们不放，过往的行人吓得纷纷避让。一前一后快速行驶的两部小汽车在不平坦的小路上犹如大海里面的小舢板一上一下不停地剧烈抖动。再往前行，有一个乡村小学，齐亮担心伤到学生，不得已把车拐到远离目的地的盘山公路上。幸亏这里人烟稀少，两部疾驰的车辆在蜿蜒曲折的山坡公路上“飙车”。“锐腾”在前面费劲儿地跑，“路虎”在后面卖力地追。又是几声枪响，子弹从车顶滑过。齐亮感觉应该争取主动，尽快摆脱危险，所以不停地催促尚晴选择好时机准备跳车脱险。坐在副驾驶座位上的尚晴好不容易从惊吓中镇静下来，她报完警后，不停地用手机拍照取证。

“快跳车！”齐亮命令道。

“我不跳，要死一块死！”她坚定地回答。

“胡说！谁说要死了？你先下去，为后面 110 接警车导航。”

“那你怎么办?”她着急地问。

“我命令你先跳！我把他们引开，然后我再跳。快！抓紧时间！”齐亮以不容置疑的口吻命令道，同时把车速降低。

尚晴稍稍犹豫，然后不情愿地把安全带解开，在齐亮的逼视下，趁车速减慢转弯的当口，脱离后面的视线，迅速打开车门，纵身一跃，跳下车，就势在山坡上滚了几滚，方才稳住身躯。她顾不得摔伤，双腿一瘸一瘸地离开险境，找了一棵树靠着隐蔽起来，看看四周已经安全，立刻掏出手机，跟指挥中心取得联系。

齐亮见尚晴安全跳下车，估计已经脱离危险，心里松了一口气，脚下一用力，踩油门加速，被子弹打得伤痕累累的“锐腾”再次重展雄风与“路虎”拉开了距离。“飙车”在继续，约莫过去了十几分钟，车子渐渐逼近山顶。齐亮知道前面不远就是路的尽头，如果再不下决心跳车，就将与车同归于尽。他真舍不得自己这辆爱车，它才刚买不到一个月，就在他难以忍痛割舍之时，左臂一振，鲜血如注。他明白自己已经受了伤，再不跳车，自己这一百多斤真要交待了，看来今天不得不拿出自己的看家本领拼死一搏了。他把心一横，从倒车镜中看准“路虎”渐渐逼近，突然急踩刹车。控制不住的“锐腾”如脱缰的野马，原地转了180度，昂头挺胸，四个铁轮毂刹得冒出火星。齐亮趁此空隙单手推开车门，身体急速脱离驾驶座，两腿收缩，油门放开，双手抱头侧身飞跃，像脱线的风筝，整个身体重心随着汽车剧烈运动的惯性，呈抛物状，被甩在几十米远的山坡上。急速行驶的“路虎”来不及刹车迎头碰上，瞬间，一阵剧烈的爆炸，公路上腾地升起滚滚浓烟、熊熊烈火。

尚晴站在公路边，心急火燎地一直用手机不停地跟110出警车联系。十几分钟后，警车一路鸣着刺耳的警笛，终于来到她身边。她不等车停稳，跳上警车直往山顶上奔去。

当他们匆匆赶到撞车现场，远远看见两部车已经烧成两堆铁架，周围弥漫着一股刺鼻难闻的烤漆味。担心齐亮安危的尚晴冒着炙热的烟熏火烤，在现场急速搜寻他的下落。

“齐亮……齐亮……齐亮……”她沿着山坡公路周边方圆几百米，不停地呼叫和寻找。

此时，陆续赶来的尚奇、文斌、马立标等所有支队领导和先期到达现场的特警、刑警、交警以及当地派出所的警察均参加搜寻。

不久，神色严峻的唐安民副局长率领有关处室的公安民警也匆匆赶到，他简单听完勘查现场的汇报后，见天色渐渐已晚，齐亮和作案嫌疑人均未见踪影，担心继续搜下去人手不够，他当机立断，打电话请示上级，立刻调集武警，对出事山顶进行全面铺开侦查。他不相信，还查不出结果来，同时交代，活要见人、死要见尸，不达目的决不罢休！在场的近百名公安民警顾不上疲劳，在唐副局长的命令下，对方圆十几公里的山峰继续展开地毯式侦查，不放过一丝一毫的疑点。

早已喊得口干舌燥、喉咙冒烟的尚晴，远离其他人，像落单的野狼，一瘸一拐，拖着极度疲惫的身躯目视周围，希冀能见到齐亮的踪影。明知无望，她还不停地拨打手机，期盼能听到他的音信。反反复复，来来回回，几乎整个山头都寻找遍了，仍不见心上人的踪迹。此时此刻，她连死的心都有了，后悔不该弃他而去，要死也死在一块儿。她头晕目眩，眼冒金星，左右摇晃，感到真坚持不下去了。突然她一脚踏空，身体失去平衡，栽倒在山坡上滚了几滚，掉进一个半湿半干的大坑。身下软绵绵的，似乎压着一个东西，黑乎乎的什么也看不清。尚晴用手一摸，吓了一大跳，好像是一具“尸体”，冰凉冰凉的。

“哎哟！你弄疼我了。”

“齐亮！真是你？你还活着！”她喜极而泣。面对突如其来的相遇，她百感交集，语无伦次。

“不是我，是谁……”

“我恨死你了！看你还跑不跑……”她顾不上羞耻，死死抱住活生生的齐亮咬了一口，唯恐他消失。

“哎哟！你还真咬？你压在上面……我骨头都散了架了……”

尚晴赶忙起身，询问他的受伤情况。

此时月亮已高高挂起，两人满身泥泞，伤痕累累，互相搀扶着，在战友们的欢呼声中来到山坡上，120急救车很快把他们送往医院。赶来增援的大批武警，荷枪实弹，牵着警犬开始全面搜山。

第十九章　英勇就义

余小龙凭着机警总算逃出了警察的包围圈，他拍拍沾在身上的脏土，非常从容地在乡间小路上疾行。这是他出狱后干的一件惊天动地的大事，老爷子这下该不会小瞧我了吧？他想想自己已经过了三十岁，却至今一事无成。他打小就不是读书的料，除了泡网吧，专干些偷鸡摸狗的龌龊事，还因为摸女同学的屁股被学校开除。从小学到中学，他读了几所学校都半途而废，老爸的棍子也打断好几根，可他依旧恶习不改。父亲拿他没办法，只好由着他窝在家里游手好闲。刚满十八岁就把邻居家十四岁的小女孩儿强奸了，父亲花重金请了一流的律师为他打官司也没有免掉牢狱之灾。倒是十多年的监狱饭，把他吃得聪明了许多。因为父亲在外面花大价钱上上下下打点，使他少受了很多苦，同室的牢友都享受不到的特权他都能尽情享受，十多年来也没有谁敢欺负他。所以，虽然失去自由的牢狱生活枯燥无味，但他也没有感到度日如年那么痛苦。亲情的温暖让他改变了对父亲的怨恨，终于感受到父亲的良苦用心——恨铁不成钢。所以这次出狱后，他就想以实际行动向父亲证明：

他不是个窝囊废！他是余飞龙纯种血统的后裔！老子是黑社会老大，儿子当然更不能丢这个脸，做黑道上的孬种。他要干出一两件惊天动地的大案，杀杀警察的锐气，第一个目标就锁定在拼命追捕父亲的死“条子”——人称“齐老大”的头上。所谓杀鸡儆猴，只要把齐亮的头拿下，看哪个死“条子”敢跟他们父子俩作对！几个星期的跟踪、守候、盯梢，好不容易把齐亮的行程起居摸得一清二楚。今天正是一个绝好的机会，趁其没带武器之际，他一路追杀。本来能成功的，谁承想……就在碰车的一刹那，他感到犯不上为其垫上一条命，于是果断弃车而逃。

“不许动！举起手来！”一个便衣警察端着“六四”手枪对着他。

妈的，太粗心大意了，一味低着头走路想心事，偏偏忘记了还没有脱离危险。他慢慢转过身来，高举双手，见四周只有一个人，立刻满脸堆笑，结结巴巴地说：“警察兄弟，不……不要……开枪……”

“你是干什么的？把身份证拿出来！”便衣警察一边询问，一边搜身，见没有武器，身上又干干净净，初步判断为附近老乡，遂放松警惕，就把枪放回枪套。

“我……身份证放……放在家里了。你跟……我……去拿……”说完，他拿出一根烟来递给对方。

“老乡，你见到什么可疑人没有？”他接过烟，看了看什么牌子的，见是硬中华不觉起了疑心，心想这么偏僻的小路，天又黑，哪里会有老乡走夜路？更何况，农村的普通老百姓怎么会抽这种牌子的烟？

余小龙摆摆手，表示没看见，并掏出火来为其点燃。

便衣警察拒绝点烟，而是站在对面，警觉地观察他。

他觉察到对方开始怀疑自己，心底渐露杀机，盘算着如何制伏这个小警察。

对方也在算计怎样将其擒拿，看架势这个所谓的老乡不是个善茬儿。

“不许动！把手举起来！”他再次拔出手枪，后退一步，两手紧握枪柄，对准疑犯，大声命令道。

骤然喝令，让他原形毕露，心底一慌，两腿直打哆嗦：“饶命！别……别开枪！”

便衣警察丝毫不敢懈怠，依然紧紧盯住疑犯的一举一动，空出左手利索地拿出手铐，丢在他面前，命令道：“自己把手铐上！”

余小龙弯下腰捡起地上的手铐，磨磨蹭蹭，犹豫着，难道就这样束手就擒？

“动作快点儿，不许耍花招！”黑洞洞的枪口对着他晃了晃。

他明白遇上对手了，这个警察很难缠，他把心一横，跟他拼了！突然大声喊道：“齐亮，你终于来了。”

警察一回头，什么也没看到，手腕一阵剧烈的疼痛，手枪脱手被踢飞，一个身形跟着扑过来，他敏捷地闪身躲过。疑犯凶相毕露，一击扑空，再次出击，狠狠将手铐劈过来。他头一偏，擦耳击中左肩。说时迟那时快，警察强忍剧痛反手一个小擒拿，弯臂击肘，起脚踩裆，推胸胳挡，膝顶脊骨，锁喉拧脖，一连串动作一气呵成，把警察看家本领全部拿出，将其制伏。

余小龙还没有反应过来就被警察制伏，跪在地上，双手瞬间被铐住。惊慌、恐惧、不安顿时充满他的内心，他不由得惊叹面前的小警察还真有两下硬功夫。

便衣警察抓紧时间报警，一摸口袋，糟糕，手机在刚才的搏斗中弄丢了！他往四处瞧瞧，天已放黑，知道搜寻无望，更何况危险还没有过去。“你给我放老实点儿！”他发现对方还没有死心，狡猾的眼睛滴溜溜转，企图再次逃窜。他从容地捡起手枪，吹吹沾在上面的泥土，然后用枪柄锤击其肩胛骨，警告他放老实点儿！

“哎哟！你搞得我好痛！”

“走！往这边走……”他一只手紧紧揪住手铐，拖着他一路小跑，一只手拿着枪，时不时用枪管戳他、逼着他走。

“哎哟！不要打！我会走的，你这样枪会走火的……”他嘴里念念叨叨，仍然左顾右盼，脑袋晃个不停，无奈铐住的双手被警察拉着。两人时走时停，向公路边靠近。

推推搡搡大概走了一个半时辰，终于走到公路上也没见到一个人影。便衣警察被他一路折腾也累得够呛，气喘吁吁地蹲在公路上盼救星，他突然醒悟朝天开了几枪。

枪声划破漆黑的夜空。这一招儿果然有效，远远地看到灯光。一晃一晃的车灯愈来愈近，十分担心的便衣警察似乎看到了一线希望，那颗沉重的心渐渐放松。又饥又渴蹲在地上的余小龙感觉越来越颓丧无望。

车子停在他们面前，是一辆白色汉兰达。两人一齐探出脖子，车窗慢慢摇下，伸出一张非常熟悉的脸。

“徐所长?”

“是他?”

激动的二人几乎同声呼叫。

“张磊，你抓到了什么人?”

徐信义奉命率领全所支援进山搜索队伍，他们三人一组分散搜寻了半天也无果。天已经黑了，根据指挥中心的安排，他们暂时撤离。他让副所长带队回所待命，他一个人开车在这一带再转转。独自转悠了一个时辰，果然有情况，夜幕中传来枪声。循着枪响的方向，他一路开车侦查，终于发现目标，前面有两个人，借助车上的远光灯，看到好像是分局刑侦中队副中队长张磊独自一人押着一个人蹲在公路边。

“哎呀，终于等到你这个大救星了。在半山坳抓到一个疑犯，挺狡猾的，问什么就是不开口，总想逃跑，可把我累坏了！你来了，这下可好了……”车子刚停稳，不等徐所下车，他非常兴奋地跑上前，急促地汇报。

徐信义不等他说完，立马下车，见蹲在地上的疑犯是余小龙，不禁倒抽一口凉气，暗暗叫苦。

张磊想借他的手机打电话报警，徐信义谎称手机没电，同时在考虑如何帮余小龙摆脱险境。他走过去狠狠踢了余小龙两脚，就近使了个眼色。

余小龙立即会意，假装不认识他，躺在地上嗷嗷叫，装死卖活。

徐信义吩咐张磊把他押上车带回所里候审。

张磊把手枪放回枪套，让徐所长帮着看管一下，说他到附近方便方便。说完，他走到坑坑洼洼的公路不远处，解开裤子小便。

徐信义见此机会，偷偷从工具箱里摸了一个扳手塞到余小龙手上，并把他的手铐打开，用衣服盖住。

张磊解完手，听见徐信义一边拉着余小龙走过来，一边骂骂咧咧地说：“就你他妈的屎尿多！”张磊以为他也要方便，没吭声。

在两人相遇的一刹那，徐信义故意挡住张磊的视线，并吸引他的注意。“来，抽支烟。”他掏出打火机为张磊点烟。

张磊低头接火时，徐信义见四周漆黑无人，对早已准备好的余小龙咳嗽一声。

余小龙紧握铁扳手突然向背朝他的张磊头部恶狠狠地一击。

张磊连哼都来不及哼一下，就倒在血泊中了。

两人迅速把尸体抬到一堆乱石丛里掩埋，等现场清理完毕，余小龙搭乘徐信义的车下山。车辆路过检查站之前，余小龙钻进后备箱。徐信义主动跟检查站的警察打招呼，治安卡点的警察见是徐所长的汽车，随随便便地看了一下，就让其下山了。躲过了检查，徐信义提起来的那颗心总算是放下了。

这一夜，肖婷同样在床上翻来覆去夜不能寐。马副支队长的造访勾起了她的心事。那是一周前的下午，她刚下早班就接到齐亮的姐姐打来的电话，想约她谈谈，她一听满口答应。过去在与齐亮的接触中就知道，他有一个市长夫人的姐姐，既有学问又有才干，齐亮对她是赞不绝口，崇拜得五体投地。虽然他们是堂姐弟，但自从齐亮的父亲亡故后，他在本市的亲戚也就仅剩她这个姐姐了，可见她在齐亮心目中的地位非同一般。所以，要想征服齐亮，首先得征服他这个姐姐。她应约来到金典咖啡屋，刚入座，齐虹就准时进屋，可见她是一个非常遵守时间的人。初次见面，不免客套话引见。落座后，肖婷发现齐亮的姐姐果然气度不凡。照理说她是个医生，平时见到的人也不少，但像她这样的穿着打扮、言谈举止在G市确实少见。两位女性相互介绍后并没有过多的客套话，而是直奔主题。首先，齐虹以长辈的身份礼貌地请肖婷谈谈她与其弟的关系发展到何种程度了。肖婷起初不明白她的来意，尤其是见到齐亮的家人犹如见到自己的家人一样激动不已，甚至一味天真地认为齐亮的家人会同意他们相恋，在齐虹面前一股脑儿地倾情叙说。齐虹非常认真地听完她的肺腑之言，对于她的真挚和坦率也很感动，但为了弟弟一辈子的幸福，眼下她只能做一个恶人了。肖婷听了齐亮姐姐的一番苦口婆心、滔滔不绝的劝慰，方如梦初醒，得知她今天约她前来是不准他们继续交往，顿时心如刀绞、头晕目眩。她无法继续听清她的所谓处世哲学和婚姻观念，立刻挥泪如雨，掉头离座。

第二十章　获得真情

又是一个阳光灿烂的周末。李一鸣开车带着郑婉秋来到棋盘巷的曾婆婆家。她是一个孤寡老人，八十多岁，无依无靠。十多年来，他已经养成了一个习惯，每个星期都要挤出点儿时间，帮老人家干点儿家务活儿，同时捎带些柴米油盐之类的生活日用品。今天他特意把郑婉秋带到曾婆婆家，显而易见是为了让这位女检察官为老人家献点儿爱心。因为一个偶然的机缘让他们相识，经过几次你来我往的交往，发现她是个涉世未深的女人。她在工作中很较真，与同事不太来往，喜欢特立独行。她的生活准则是，人活着应该“不以物喜，不以己悲”。所以她的感情生活也很简单，总想追求完美的异性，这大概就是她终身大事迟迟未决的缘由吧。从她的话里话外，李一鸣多多少少了解了她的过去，知道她曾经爱过赵文华，并且与之同居。李一鸣不是个封建的人，他倒不是挺在意她的过去，况且他本人也是婚姻失败者，只是感觉他们好像处在两个不同世界的人，要继续走下去有一定困难。他在内心把她与尚晴相比较：两个女人各有千秋，一个单纯浪漫，一个成熟稳重；一个芳香诱人，一个美丽大方；一个婀娜多姿，一个窈窕淑女。如果要他取舍真是两难。但他是过来人，有着离婚的教训。从理智上讲应该选郑婉秋，但从感情上还是尚晴跟他更靠近。不过令他费解的是，自从跟尚晴有了肌肤之亲之后，两人见面反而比过去更生疏了，有几次都弄得他很尴尬下不了台，尚晴对他总是一副公事公办的口吻，态度一直冷冰冰的。而尚晴对齐亮的态度却相反，整天屁颠屁颠地跟在后面，像伺候公子哥似的端茶送水，看着真让人生气。

“你在想什么，是不是还在想案子？”郑婉秋对他常常一个人冥思苦想已经习以为常。

“没有，我在想明天要带曾婆婆出去剪个头。”

“出去剪干什么？找把剪刀来，我来替她剪。”

“你还会剪头发？”李一鸣似乎不信。

郑婉秋说干就干，卷起衣袖，跑到里屋找到一把剪子，又不知从哪里寻了一条毛巾当围布，非常麻利地把曾婆婆安顿在椅子上。不到半个时辰，头发就剪好了。她从包里取出一面镜子，端在曾婆婆面前，曾婆婆咧开大嘴，笑逐颜开。而后她又亲自烧热水，伺候老人洗头、洗澡、洗衣服。紧接着又打扫屋内卫生，洗洗抹抹，手脚不停。李一鸣帮着炒菜煮饭，等三个人就完餐，郑婉秋又主动收拾碗筷，整理厨房。一天眨眼就过去了，郑婉秋收起外面晒的被子时天已擦黑。此时天气变得愈加闷热，乌云密布，眼见一场雷雨就要下来，李一鸣催促郑婉秋是时候离开了。临走时，她还不放心，叮嘱曾婆婆下雨时要记得把门窗关了。他们刚上车走了一段路，一股狂风夹杂着暴雨铺天盖地而来，桑塔纳轿车在雨中艰难地行驶着。

突然，郑婉秋叫李一鸣把车掉头往回开，下这么大的暴雨，她还是不放心曾婆婆是否记得关门窗。果然，曾婆婆还在屋里看电视，外面的雨水已经打进屋里。郑婉秋顾不上大雨瓢泼，跳下车赶紧帮她把所有门窗关牢。然后她又转了一圈，看看四周还有什么没有做的事情，待诸事妥帖才放心离开。车行驶在回家的路上，李一鸣不停地夸赞小郑的爱心、细心和能干。望着坐在一旁专心擦拭湿头发的女检察官，他心里也在否定刚才的论断，像这么有爱心又勤快的女人到哪里去找？也就是那么一瞬间，他下决心选择了他的终身伴侣。郑婉秋坐在摇摇晃晃的驾驶室，恍恍惚惚的瞌睡渐渐涌上来，她把头倚靠在结实的肩上。一股浓浓的香味扑鼻而来，李一鸣的脸颊接触到女人特有的滑滑的发丝，顿时感觉这个周末过得太有意思了。

余小龙刚进家门就被父亲一顿臭骂。余飞龙没有想到，几年的牢狱生活并没有把儿子锻炼得成熟，儿子做事依然那么冲动。这次如果不是遇上徐信义，恐怕又要前脚出狱后脚进监，再次受牢狱之苦。这里刚刚平息风暴，岂料又招警察围剿。他知道现在不是教训儿子的时候，应该想办法摆脱眼前的困境。他不假思索，从保险柜里拿出二十万现金交到送儿子回来的徐所长手上，以表谢意。徐信义虽然扭扭捏捏佯装拒接，但还是收下了。

“你跟我客气啥?”余飞龙把钱放进徐信义的提包，担心地问道，“路上没有谁看到吧?”

“根据我的观察应该没有，不过张磊的失踪早晚会被发现，好在令公子开车时戴了假发、墨镜、口罩，对方仅凭手机拍照应该认不出他的相貌，我倒是担心他的车辆和猎枪。”

“车子是头天晚上偷的，我留意了一下，附近没有监控设施，猎枪是阿彪早几年前送给我的，我把它藏在父亲存酒的地窖里一直没动，应该没有案底。”余小龙在一旁插话道。

“现在当务之急是你如何离开这个是非之地。”余飞龙着急地说。

“依我看，现在离开不是时候，机场、车站、码头到处都有警察巡逻，你这个时候选择离开就是往枪口上撞。不如以静制动，安安稳稳在公司上班，四十八小时之内都有人证明你没有离开公司，即便他们怀疑你也没有确凿证据，拿你也没有办法。”徐信义说完又叮嘱了余小龙几句，就向龙爷告辞，“我也不能在你这里久待。”

余飞龙捻着胡须点头称是，觉得眼下确实没有比这更好的办法了，亲自把徐信义送出门。

余飞龙回到办公室把脸一沉，厉声喝道：“从现在起，你不可以擅自出去，所有行动必须听我吩咐……”一顿暴风骤雨式的教训完毕后，他仍不放心，又和颜悦色地再三劝慰这个不争气的儿子不能再到外面闯祸，更不能用手机联系过去的牢友。他啰唆半天才把儿子打发走，还是放不下心来，紧接着又交代秘书小黄把手头上的事都放下，专门负责盯着余小龙，监视他的一举一动，免得他在外面胡作非为。然后他打电话把公司几个中层管理人员叫到董事长办公室，当面交代事项。众僚鹄立恭听，点头称是，方才放下心来。

他想起这段时间因为公安局的“利剑”行动，导致白天鹅娱乐厅被迫关闭，经济上损失很大，收入直线下降。G 市的一些娱乐场所逐步被原来在北方城市打拼的结拜义弟——“七哥”所蚕食。自己最忠实的部下吴胖子也惶惶不可终日，整日躲藏在贾义的庇护之下不敢替他赚钱。要命的是公司主业房地产开发也不顺利。现在商界的行情是什么东西赚钱什么东西泛滥，大家都拼命去跟风。这年头世风日下，人心不古，都想不劳而获。眨眼间，G 市如雨后春笋般突然冒出大大小小许多房地产开发公司，一块地挂牌必定招来十多家公司竞标，大家都懂得去围标，就像群雄逐鹿，不管利润高低，同行之间都虎视眈眈，互相倾轧，互相算计。所以真正要拿下一块中意的地，还不拼个你死我活，血流成河。这样一来，房地产开发成本大大增加。商家的原则是羊毛出在羊身上，最后还不是消费者倒霉，这就是眼下 G 市房价居高不下的原因。如果一切顺利倒好办，怕就怕碰到一些胡搅蛮缠的“钉子户”，他们往往狮子大开口，把拆迁当作发财的好机会，一味抬高赔偿额度，提出一些无理的要求，令开发商头痛不已。这不，余飞龙正为此事烦恼。他的亚东兴隆房地产开发有限公司开发的一块地，因为靠近广场边，涉及一位个体户的店面，迟迟不能签约，成为“肠梗阻”。为此事弄到法院，多次打官司未果，过去因为齐云的关系，强制拆迁判决书始终没有下来。现在人死事忘，好不容易有隙可乘，摆平了接手此案的法官，能够强制执行，但政府房管、城建部门因为担心拆迁户上访拖着，至今都不肯采取强制措施。余飞龙想想不能坐以待毙，更不能任由“钉子户”成为阻碍自己发财的绊脚石，政府不干，他自己干，既然对方敬酒不吃吃罚酒，那就下决心来蛮的，纠集一帮兄弟强拆。他考虑再三还是打电话给周二苟让他冲锋陷阵。

已是下半夜，周二苟被龙爷的电话惊醒。这位新上任的亚东兴隆房地产开发有限公司市场开发部的经理，听完余董事长的电话指示后，没有立刻起身，而是继续躺在床上想如何按老板的意思办。从某种意义上说周二苟应该感谢余董事长，是他花大价钱把他送到医院抢救才让自己捡了一条命。虽然阿彪也是奉龙爷之命抢劫他的“货款”，但龙爷没想到，阿彪竟然违背他的旨意下如此重手，将其殴打成重伤。好在龙爷替他做主摆平警方才免去他的牢狱之灾，又让他接替阿彪的位置，在公司担任开发部的经理，而且“七哥”也同意他打入龙爷的内部，渗透亚东兴隆房地产开发有限公司的业务。所谓强龙不压地头蛇，“七哥”毕竟是外来户，他想在G市打开市场，没有龙爷的支持恐怕很难立住脚。经过几个月的治疗，他的伤基本痊愈，他也乘此机会熟悉了房地产开发的业务。原来干拐卖妇女的勾当，人神共愤。现在改行入正道，多亏龙爷不计前嫌，把他一个拉皮条为生的掮客，包装成做正道生意的经理。士为知己者死，龙爷这么看得起自己，何不为他鞍前马后卖命，所以这次拔掉“钉子户”这个艰巨任务无论如何也要替龙爷完成。想到此处，他开始谋划该怎样运作此事，方能以最小的投资获取最大的收益。

第二天一大早，他和助手曹金虎带领几个公司新招进来的年轻小伙，来到“钉子户”——罗毛毛家。因为这里早已断电、断水，房主只能在外面建筑工地上提水洗漱。曹金虎因为来过这里多次，所以刚进门就被房主罗毛毛的妻子挡在屋外，不问青红皂白，揪住他劈头盖脸地一顿臭骂。周二苟见房主妻子是一个五十多岁、粗俗不堪的超级泼妇，跟她几乎没有道理可讲。开发商成了她对政府拆迁政策不满的发泄对象，骂了好一阵儿，似乎还不过瘾，她又动员全家老少齐上阵，拿着锅碗瓢盆像疯子一样一股脑儿地冲出来，把污水、粪尿往他们头上泼来。周二苟他们一群人吓得连连后退，而她们婆、媳、孙三个女人却在地上撒泼、诅咒、谩骂，四周一片混乱……

周二苟如梦初醒，他总算领教了这帮城市“钉子户”的厉害，怪不得有人感叹：“以前是路见不平一声吼，现在是路见不平一边躲。”他此时方才明白，为什么这个拆迁户迟迟拆不动，原来这个家里有着这样一群不讲道理的恶妇蛮婆。哼，敢跟我撒野！对付这样的人，就是要来蛮的，明天我叫你们尝尝我的厉害。周二苟心里打定主意，交代曹金虎明天无论如何也要高价请十多个地痞流氓，带着锄头铁锹，同时开一辆推土机、两部后八轮翻斗车来，下半夜开始动手，说什么也要把她家全部推平。曹金虎提醒他要不要请示龙爷，周二苟考虑再三，还是打电话向龙爷汇报了他明天准备采取的行动方案。余飞龙听后交代，既然要做就干脆下决心来狠的，如果他家里人再敢阻挠，就用麻袋把他家里人都装到车上拖走，但是千万不要惹出人命。周二苟听了点头称是，准备明天大干一场。

第二十一章　巧遇故人

已经是下半夜，吴方副市长被一阵急促的电话铃声惊醒。市委、市政府办公厅应急办公室打来电话，报告称因为开发商强拆，导致一个拆迁户当众自焚。

吴方赶紧问伤者是否已送医院抢救，当听到已在医院抢救且脱离危险时才松了一口气。放下电话他怎么也睡不着觉。他望着枕边依然酣睡的妻子心乱如麻。这次出事的房地产开发商又是余飞龙的亚东兴隆房地产开发有限公司。直觉告诉他，这次征地强拆引来的“钉子户”自焚风波，肯定波及亚东兴隆房地产开发有限公司今后的房地产业务，甚至能否顺利得到凤凰花园那块地都是个未知数，而且以后的麻烦还不小。你总得给上级、给媒体、给市民一个合理交代。怪只怪老婆一时鬼迷心窍，动用了余飞龙送来的三十万美金，把它寄给了在美国留学的儿子。这下可好，天底下哪有免费的午餐，余飞龙自从送来了三十万美金，三番五次给自己的秘书打电话，催问凤凰花园那块地的事，好像志在必得。如今，他的公司接二连三地出事，公司原来的重要职员阿彪被捕，犯了市里的大案命案，虽然暂时还没有证据牵涉到公司管理高层，但公安部门已经对他的公司监视了很长一段时间。银行贷款才恢复不久，为了此事，他还冒着风险跟有关部门打过招呼，极力为余飞龙本人担保才没有查封他的公司。这里的风暴刚刚过去，现在又爆出拆迁户自焚的热点新闻，可见这个公司开始走霉运了，不是个好兆头。如果把自己的命运和这个危险的人物拴在一起，弄得不好自己一生的前途毁于一旦，自己一家人的幸福也将葬送在他手中。吴方思虑再三，决定还是尽快把那三十万美金凑齐还给他。他还是放心不下那个自焚的“钉子户”在医院抢救的情况，觉得有必要亲自去医院看看伤者，安抚一下闹事的家属。现在上级部门一再强调，稳定压倒一切，在这个关键时刻可不要闹出人命来。他立刻起身，到外面打电话叫司机备车去医院。

罗毛毛昏迷了一天一夜后醒了，他艰难地睁开眼，发觉自己已躺在一个完全陌生的地方。罗毛毛艰难地转动了一下涩痛的眼珠，疑惑地问自己这里到底是哪儿，我怎么想不起来了呢？哦，这里是医院，对了，记得自己好像掉进了一堆熊熊大火里。当自己醒来时，已经被送到了医院。想到这里，罗毛毛算是彻底清醒了。他想起自己被一帮人用棍棒打伤，强行抬到车上，他想起大大小小的家人被赶到街上抛头露宿，他想起家里面的所有家具、电器、坛坛罐罐被一群人扔出屋外，他想起自己浇上汽油并从上衣口袋里摸出打火机的情景……以后的事就记不清了，感觉浑身剧痛。看来，自己还没死，只是全身裹着纱布躺在医院抢救，身上插满了管子。

吴市长做梦也没有想到在医院碰到了他最不愿意见到的人。他在市政府副秘书长兼维稳办主任金国民的陪同下看望正在被抢救的“钉子户”罗毛毛，他的妻子和家人在抢救室门口号啕大哭，情绪格外激动，街道办和居委会的干部都在跟其家属做劝说工作。虽然是深夜，但医院及周边被他们闹得人声鼎沸、乌烟瘴气，医院里三层外三层挤满了围观者。吴市长在手下人的保护下艰难地挤进去，医院院长和主治医生简单介绍了伤者的情况，虽然伤者暂时已脱离生命危险，但是烧伤面积达五分之一，随时有引发并发症的可能，不排除发生病情反复危及生命的情况，而且以后的治疗需要大面积植皮，需要高昂的治疗费。吴方副市长听完各方面的情况汇报后，作了三点指示。第一，尽一切努力抢救伤者，所需费用，政府先垫一部分，剩余部分由开发商出；第二，安抚家属，稳定家属的情绪，坚决不让其无理取闹；第三，暂时停止开发商的拆迁，待事件平息后，再重新评估，确保拆迁户的合法权益得到保障，同时尽量减少开发商的损失。

他作完指示以后，在手下人的簇拥下正准备转身离开，罗毛毛的妻子抬起憔悴的泪脸往人堆里一瞧，不觉一愣，今晚来的市长大人竟然是他？几乎是一刹那，两人的目光对视，一张既熟悉又陌生的脸盘落入吴方眼帘，怎么是她？我没有认错吧？吴方刚刚转过身去又情不自禁地回头瞧瞧，确实是她。吴方离开后，内心深处一直怅然若失。在那些如溪水般无声流逝的时光当中，有许多事情犹如青烟经不起微风的轻吹，散尽了浮华，但流年的背后总会有些亦如流星划过的痕迹。坐在车上，记忆的闸门拉开了，那是三十几年前的往事……

一群风华正茂、热血沸腾的城市知识青年响应党的号召，来到偏僻农村接受贫下中农再教育。年仅十六岁的吴方血气方刚，初中刚毕业，提起简单的行李，背井离乡，毅然加入到浩浩荡荡去广阔天地滚一身泥巴进行世界观改造的行列。然而，繁重的体力劳动，微薄的劳动报酬，每日物质稀缺的残酷现实使他感到前途渺茫，心情苦闷颓丧到了极点。一次患重感冒，发烧、头重脚轻，他卧病在床。夜深人静，大家都到外面劳动去了，整个知青队工棚就剩他一个人。他像一只受伤的刺猬，蜷缩在阴暗的角落里，孤独、委屈、难过、无助、伤心欲绝……朦胧中，烧得滚烫的前额被覆上一条湿漉漉的毛巾，一双会说话的眼睛目不转睛地看着他，一双温暖、纤细的手把一调羹一调羹的糖水喂进他那干涸的嘴唇。那一刻，他就像个孩子，用了几分钟的哭声来报答菊妹姐对他的关爱。世人皆相信命运的安排，以后的生活吴方不得不承认，自从有了龚菊妹的关爱，他的内心深处充满了阳光。不管是劳动中，还是闲暇之余，吴方与她始终出双入对、形影不离。她洗衣，他就在水井边一桶一桶地帮她打水；他耕田，她就在前面帮着牵牛甩鞭；她喂猪，他就在一旁帮着挑潲打扫猪圈；他割稻，她帮忙捆扎挑禾担。阡陌田埂，小溪河流都成了他们畅谈远大理想、互诉衷肠的最佳场所。下雨天，微风轻拂着湿漉漉的树叶，他俩依然撑着雨伞在田埂散步，手牵着手故意走得很慢，因为各自心中若有所思。有几次，菊妹身着薄衣单裙，被风吹得一掀一掀，里面若隐若现的乳房，让懵懵懂懂、年少无知的吴方充满无限遐想。晚上，她必定在村头大树下，搬个竹椅，斟满一壶茶，静静地坐着听他拉小提琴，悠扬的琴声使他们忘记白天的辛苦劳累。时光荏苒，步履匆匆，初恋时光恍若白驹过隙，转眼就下乡几年，到了恢复高考的时候，在她的鼓励下，吴方考了两年。高考是人生中的一次重大转折，它能决定你的命运。吴方幸运地被北师大录取，独自一人进京求学。从此二人断了联系。在读书期间，他虽然几次写下情意绵绵的书信给菊妹姐，但不知什么原因都被退回。以后她音讯全无，仅仅留下她送他进京求学时给他织的围巾。大学毕业后，他又忙着考研出国，很少回 G 市，即便回来几天也是来去匆匆。他跟知青队的人打探她的消息，只是听说她回城后做了工人，后来父母亲做主将她嫁给了一个开食品店的商人。没想到三十几年后的偶遇却是在这样一个尴尬的场合，他更没有想到的是曾经长发飘逸、美若天仙的菊妹姐竟然变成了一个体型肥胖、饱经沧桑、粗俗不堪、悲观厌世的中年妇女！回想在医院抢救室门口看到的那可怕一幕：歇斯底里的号啕大哭，深不见底的绝望，乖戾暴躁的言行举止，可见她的生活一定过得很艰难。同样感到震惊的是龚菊妹，她没有料到与自己的初恋情人却是在最不该见面的场合相遇。

吴方副市长与自焚“钉子户”罗毛毛的妻子龚菊妹的偶遇勾起了二人内心的波澜，同样，余飞龙与偏居北方的结拜义弟“七哥”——樊桥庆的会面也让双方感慨万分。

一到晚上，坐落在湖光潋滟、群山环抱、绿树丛林里的羊心湖会所灯红酒绿，歌舞升平。所有的停车位挤满了高档小轿车，忙碌的保安忠实地履行职责，指挥车辆有序地一进一出。一辆黑色奔驰 700 轿车闪着耀眼的白炽灯，驶入会所门口。汽车停稳后，身着黑色晚礼服的侍应生赶紧上前拉开车门，非常有礼貌地迎候就餐的客人。车上下来一位气度不凡、个头一米八二、身着黑色西服的彪形大汉。他在两个随从的陪同下，由一位身着旗袍、亭亭玉立的女服务员引着，走进一间四壁古色古香、装饰豪华的雅厅。早已在此等候多时的余飞龙见来宾进来，立刻起身相迎。双臂张开，两人紧紧拥抱在一起。

“樊老弟！欢迎！欢迎！”

“飞龙兄！幸会！幸会！”

京城阔别，已经数载。两人重新见面，岁月已迈入二十一世纪。余飞龙感叹时光过得真快，那还是计划经济时代，他倒卖钢材，在北京石景山认识了河北的农民樊桥庆，二人合作在工地收购废弃的螺纹钢。一个拉三轮，一个在后面推；春夏秋冬，风风雨雨；忍饥挨饿，破衣烂衫；跑工地，蹲屋檐；啃大饼，喝井水；遍尝人世间的艰苦，受尽人世间的白眼。两人曾经发誓：日后大富大贵，必定不忘今日患难之交。果不其然，两人虽然地处南北，却常有联系。这次就是樊桥庆应约来到G市替余飞龙摆脱经济危机，助其一臂之力。

樊桥庆被迎入上座后，看到一桌的山珍海味、美味佳肴，即假装生气道：“飞龙兄，我们就这么几个人，弄这么多的菜是不是有点儿暴殄天物？”

“樊老弟，你千里迢迢赶来助我，大哥这里虽然没有飞禽走兽、美酒佳酿，但家乡的土特产倒是能让你尝个新鲜，都是一些原生态的时鲜令蔬，吃了保你健康。”

“好一个原生态，现在的食材能让你放心吃就不错了。就冲大哥这句话，咱们今天不醉不归！”说完就拿起桌上的白酒吩咐服务员开瓶，把桌上的酒杯倒满。他是一个典型的北方汉子，年近五十，嗓门粗重洪亮，话音掷地有声，身材魁梧，举止豪迈，颇有大将风度。初次与之打交道的人以为他很豪爽，一时半会儿摸不透他的底细，从面相看误以为他很好打交道，其实恰恰相反，他是个城府极深的人。每每与之议事，往往一副不温不火、彬彬有礼的模样。因在家排行老七，故人称“七哥”。

酒逢知己千杯少，席间两人喝得酣畅淋漓，开怀大笑，宾主之间敬酒劝酒渐入高潮，贾义、周二苟、吴胖子、余小龙等一帮陪酒众人齐举杯庆贺，一夜煮酒论英雄如梦似幻。酒足饭饱后，醉醺醺的“七哥”在一行人搀扶下，由龙爷安排，仍旧在会所浴场泡澡按摩。

上午十时左右，刚睡醒的樊桥庆就被余飞龙接到玲珑全真大酒家喝早茶。这里地处市郊，环境优雅，一般人很少来此品食，只有G市的头面人物或是商贾才会到此聚餐。这里的环境特别适宜吃喝间谈点儿生意，有的顾客为方便，干脆一日三餐都在此消费。因为服务对象都是特殊群体，所以所需食材特别健康新鲜，厨师的手艺颇有本地特色，菜肴、点心的花色和品种齐全，中西餐应有尽有，基本可以满足各方顾客的需要。

他们一行几人进入一间朝南的雅座，从阳台上可以俯瞰周边的湖光山色。刚坐稳，侍应生就端出热气腾腾的各色点心和稀粥让客人品尝。常在外走南闯北的樊桥庆惊叹这里的早茶口味极佳，绝不比京城的逊色，边吃边赞不绝口。待吃饱喝足，浓茶伺候时，他知道主人该谈正事了。

首先谈的是白天鹅娱乐厅的转让。“七哥”坚持一次性买断，以后的经营余飞龙的人不得参加，因为他准备把娱乐厅改为网吧和水浴、足底按摩店，所付资金按三次打入余飞龙的亚东兴隆房地产开发有限公司，以填补他最近因过度开发房地产资金短缺的窟窿。余飞龙则主张两家合作，按股份五五分成，经营内容可按“七哥”的思路调整。两人讨价还价，最后达成协议：同意两家合作，按股份三七分成，余飞龙三成，樊桥庆七成，所有改造资金全由樊桥庆出，分三次付清。樊桥庆担任董事长，其代理人为贾义；余飞龙担任总经理，其代理人为余小龙。日常事务由贾义和余小龙全权负责，其他人不得参与。接着谈凤凰花园的房地产开发。两人经过长时间的谈判，整整一个通宵，已近第二天天亮，才落下条款。经商定，依然是两家合作，但因为余飞龙的房地产开发有限公司受这次“钉子户”自焚事件的影响可能会落标，所以暗中围标举全力保樊桥庆的公司中标。余飞龙在前期开发铺垫的投入算是合作入股资金，含打点政府部门头头脑脑的所有开支。

生意谈完，余飞龙方才感到很疲倦，长长地打了一个哈欠，打算回去休息。正准备离开，“七哥”对他摆摆手，说是介绍一个新朋友给他认识。龙爷诧异他在本市还会有他不认识的朋友，坐回沙发上，等他的朋友到来。“七哥”叫服务员换了一杯浓浓的咖啡和一些时令点心放在他面前，自己俨然一副主人模样陪坐身旁。余飞龙很奇怪，仅仅一个晚上主客颠倒，玲珑全真大酒家他不仅是常客，也是有股份的，是五个股东之一，难道“七哥”也染指这家酒店？看来他的胃口不小，十几年不见，财力见长。从昨晚所谈的情况看，他的公司经济实力已经非同一般，他这个结拜兄弟再也不是当年那个拾破烂、捡废铁、蹬三轮的破烂王，而是鼎鼎大名的庆丰集团总裁。难道他也是靠捞偏门发迹？他不会有啥贵人相助吧？几年工夫，就成了上市公司总裁。以后叫小龙和他合作可要学着点儿。正当他对“七哥”的财力百思不得其解时，门被推开，贾义走进来，附在樊桥庆耳旁嘀咕几句。“七哥”点点头，贾义又出去带了一个人进来。咦，好面熟，似曾相识？一时回忆不起来在哪里见过。他从沙发上起身，“七哥”握着来人的手向他介绍。

“余兄，我来介绍，这是你们本市的人，过去是刑侦大队，哦，现在应该是公安局的文政委。”

“幸会！幸会！”听说是公安局的领导，余飞龙上前一步，双手紧紧握着文斌的手，连声说，“以后还请文政委多多关照。”

“不客气！不客气！”文斌也礼貌地握握手算是和余飞龙打过招呼。

“七哥”盛情地邀请文斌吃午饭，并要求余飞龙作陪，余飞龙见此情景不好推托，继续留下陪吃午餐。

回到办公室，余飞龙打电话给徐信义，询问文斌的情况。当得知他是新提拔的刑侦支队副政委时，他挺纳闷：樊桥庆怎么会跟本市公安局的文政委有深交。看来他这个结拜兄弟真不简单，插足本市不久，竟然熟识政府间各方面的头头脑脑。今天上午当面介绍给他认识，摆明了是跟他打招呼，你这个“地头蛇”可不要轻举妄动，随意欺负他这个从外面过来的“强龙”。余飞龙想想就生气，一个捡破烂的，如今发迹成他的商业合作伙伴，真是十年河东，十年河西。现在需要借助他的财力，不得不忍气吞声。但我龙爷也不是吃干饭的，咱们谁听谁的还不一定，日后骑驴看唱本——走着瞧！

第二十二章　忍痛割爱

齐亮刚出院就接到了张磊遇害的消息，心里十分难过、愤懑。张磊本来是重案大队的刑警，非常敬业，上个月才被提拔到三中队做副中队长，还不到三十岁。他小孩儿刚满八个月，妻子是个护士，听闻噩耗后因伤心过度哭昏好几次，至今还在医院住院。他打算无论如何都要抽空去看看她，慰问一下这对孤儿寡母。听老马介绍，经过法医解剖尸检初步判断，他是被一个铁扳手模样的钝器击杀，说明凶手是汽车司机或是电工之类的人。凭张磊的功夫，又带有武器，不可能被一个普通歹徒制伏，很可能是偷袭，而且很可能是熟人所为。时间又恰好是他被汽车撞的那一天。作案的凶手会不会是同一个人？他大胆推理，会不会凶手被张磊在现场抓住了，因为在案发现场有张磊的手铐和枪支，并且枪支经检验有击发的痕迹，但找不到弹壳。由此可以判断该歹徒有同伙协助，而且这个同伙有可能张磊认识，否则他不可能偷袭成功。张磊认识的人应该是个司机或是电工师傅之类的人，出现在这么偏僻的农村，这样的人应该为数不多。他想应该把侦查方向确定在张磊的熟人中，同时又是住在附近的人。他觉得应该尽快找到杀人凶手，以雪张磊被害之恨。

和他不谋而合的还有李一鸣，他也感觉到张磊的遇害不那么简单。一个训练有素的刑警，如果没有第三者配合，说什么也不会被一把“扳手”袭杀。他建议在全市出租车司机和农村负责灌溉的机电工中排查。他的建议得到了唐副局长的肯定，全市各分、县局和各派出所的公安民警立刻展开暗中调查，很快一张无形的网在全市悄悄张开。

李一鸣刚从市局开完专案会，回到所里见徐信义所长正在布置全所民警按市局的通知、通报排查撞车的嫌疑犯和持有“扳手”的可疑对象。他进去后做了几点说明，强调了这次排查的重要性，要求大家认真负责，仔细搜索，不放过任何一个细小的疑点。动员完毕，他把徐所长叫到办公室，两人互相交换了情报信息，才一前一后到食堂吃饭。徐信义边吃边想，从李教导员口中得知，这次市局真下了决心要把杀害张磊的凶手抓捕归案。他现在真有点儿后悔，当初不该冒这么大的风险去救余小龙。现在惹火烧身、骑虎难下，照这样大张旗鼓地查下去，难免不会查到自己头上，看来要想办法找个替罪羊，帮助自己脱身。晚上跟龙爷商量商量，看看如何摆脱眼前的困境。

其实余飞龙也在考虑此事，因为一拨一拨的警察到余小龙公司调查小龙在出事当天的去向，调查多了难免那几个所谓的证人不露马脚，各自的证词也难保一致。所以还得想个对策把警察的调查终止，否则，小龙哪里还有心思做生意，而且随着警察调查的深入，徐信义那边也不保险。不行，得想个万全的法子救儿子脱险。正冥思苦想着此事，手机响了，一看是吴胖子的电话。这个时候，他还来烦他干什么？他想不接，转念一想还是接了。

“喂，什么事？你现在不是好好的嘛，有吃有玩，还要干什么？找事做？找你妈的头！你活得不耐烦了？现在警察到处找你，你还想做经理。你给我老老实实待着！”余飞龙气得把电话扔在桌上。

“干什么发这么大的火？”刚进门的徐信义见状问道。

“还不是吴胖子，这家伙活得不耐烦了，还做他的狗屁经理春秋大梦。”余飞龙起身招呼他。

“你也不要怪他，整天东躲西藏的像个耗子，哪里有原来做白天鹅娱乐厅经理的日子过得舒坦。人就是这样，好日子过惯了，再要过苦日子，当然难过。"

"再难过，也不要在这个时候给我们添堵。"

"这样下去也不是办法，听说他跟贾义也相处得不好。如果真是这样，他躲在贾义那里也不保险，早晚要出问题，得想个一劳永逸的解决办法。"他接过龙爷为他泡的茶，认真说道。

"你这样一说倒提醒了我，是要做个了断。现在杂七杂八的事太多，不知道先做哪件起。"

"我正要跟你说，当务之急是尽快解决小龙的事。"

余飞龙从他的表情而不是话语中明白这件事的危险性。他的眼睛射出他在认真思考时才会发出的精光。他死死盯着徐信义说："我叫你来也是为此事，现在警察三天两头到公司调查小龙出事当天行踪，难保不出纰漏，你说说有什么法子可以帮他脱险。"

"我也正为此事犯愁。我们局里也天天动员，全市排查、寻找线索，照这样下去小龙很难逃脱。所以我也在考虑，能否想个万全之策对付警方的搜寻。"

"你有什么新主意?"

"还是那句话，丢车保帅，忍痛割爱。既然吴胖子急于出来工作，岂不是自寻死路，何不叫他做个'替死鬼'，来个一箭双雕，既可以除去我们的心头隐患，又可以解除警方的威胁。"他说完，狡猾地朝龙爷挤挤眼。

余飞龙听了哈哈大笑，捻着胡须，连声说："此议甚合吾意。此议甚合吾意。"

没想到二人又是一拍即合。紧接着两人又凑在一起，详细商量了一些具体操作的细节。

吴胖子没想到憋屈了近半年终于有了出头之日，一天到晚像缩头乌龟一样，好不容易盼到可以堂堂正正地过上正常人的生活。看来龙爷还是惦记着自己的，昨天接到贾义传过来的信息，得知自己有可能担任新装修好的洗浴按摩中心的经理，一时间欣喜若狂，兴奋得一个晚上睡不着觉。想当初自己在服刑期间认识了余飞龙，龙爷一直比较关照他这个小老弟。如果不是龙爷罩着，他有十条命都要被监狱里的牢头恶霸灭掉。出狱后他跟着龙爷一起拼搏，横行江湖十几年，成为龙爷最信任的人之一。如果不是阿彪这家伙惹祸，他也不会落得如此下场。现在他要赶紧搬出别墅，到龙公子为他选好的出租屋去住，在那里筛选贾义从北方城市骗来的姑娘，以备洗浴按摩中心使用。看来又要回去干自己的老本行了，天天跟嫖客、妓女打交道是他的专长。

他匆匆收拾完行李，趁着漆黑的夜色，在余小龙的护送下，来到市郊城中村陈家村。围着一群高高低低的建筑七转八转，在密集的农民公寓中不停地穿行，终于停在一栋紧靠水塘边的三层楼房院墙内。他下车后感觉小龙办事很靠谱，租房选的地理位置极佳，这里地处市郊，周边环境复杂，人口稠密，多是外来户，非常便于开展业务，万一出事也容易逃脱警察的搜捕。房东是一位七十多岁的老太太，又聋又瞎，子女都不在身边，孤身一人靠着一点儿房租维持生计。因为他们给的房租比较丰厚，所以主人显得格外客气，也不多管他们的闲事。进去后，以吴胖子的名义跟房东老太太签了一份租房合同，按照余小龙的意思，把合同签字的日期往前推进了几个月。吴胖子起初也没在意，以为余小龙无非想多骗几个月的房租到公司报账，反正羊毛出在羊身上，他爸爸的钱再多也是儿子来用。岂料这里面大有玄机，当然这是后话。

余小龙把他安顿妥当正准备离开，突然他似乎想起了什么，起身从车上拿出一支双管猎枪，交到吴胖子手中，说是以防万一。吴胖子接过猎枪，非常感激他考虑得周到，亲自把他送出屋外。然后他把那支猎枪放到了床底下，用杂物遮挡好，想想还是放心不下，又把它取出来。他看看四周，抬起头发现这间屋子有天花板，是用来隔热的，有了主意，把猎枪藏在了天花板上。处置完毕，他开始摆弄余小龙送给他的新手机。盒子里面有两张卡，其中一个是专门用来跟余小龙单线联系的，以后他就是自己的新主人。此时，他才开始打量这间新居。这是一栋建于八九十年代的三层砖混结构楼房，主人建好后把它扔给老太太打理，自个儿跑到外面去挣大钱去了。每层有四间不带卫生间和厨房的房间，那个时候老百姓还没有这个意识，上个厕所还要跑到楼下底层楼梯间，所以就是这点儿不方便。厨房也是在一楼搭了一个小平房。总共十二间房子，除一楼留了一间给房东住外，其余十一间全部被自己租下。“首先我得占住三楼三间，一间当客厅，一间作卧室，一间作办公室，三楼的另一间留给助手江彬住，剩余的房间供时不时送来的姑娘们暂住。趁洗浴中心这段时间在装修，赶紧挑选和培训洗浴中心的服务员。”吴胖子贪婪地呼吸着混合着杂草清香的空气，思考着今后的生活。当然，许多事情不尽如人意。这里的环境虽然没有贾义那里舒适安逸，但是应该承认生活并没有抛弃他，还可以近水楼台先得月，找两个漂亮的姑娘玩玩儿。他对这里的工作环境很满意，也很感激龙爷的安排。他不再幻想，不再等待奇迹，不再期望幸福来敲门。他必须抓住机遇，重新开始。他围着庭院转了两圈，就回到了自己的住处，躺在新床上。他在想，明天还得请一个中年妇女来，负责打扫卫生和买菜做饭。这个人还比较难请，干脆就让房东老太太干，虽然老了一点儿，但安全可靠。江彬跑来报告，问要不要安装警报器、摄像头。他想虽然是临时的据点，但这里以后可以当作那些外来妹的中转站，为了保险起见还是装报警装置。江彬这个助手是以前一直跟着他做马仔的，过去那些喽啰被抓捕的抓捕、逃跑的逃跑，仅剩这么一个忠心侍主的人鞍前马后。这年头可靠的人难找呀，他深有体会地感叹道。

第二十三章　抢占先机

齐亮接到线报，得知漏网的白天鹅娱乐厅原经理吴胖子已在市郊城中村陈家村一带露面，他立刻悄悄布置警力监视他的活动。他打算先不惊动他，看看有谁跟他接头，准备放长线钓大鱼，待时机成熟再一网打尽。就在他把一切布置妥当时，他万万没想到，当地辖区柳江派出所的徐信义已先他一步采取行动。

凌晨两点，夜深人静的时候，徐信义所长和李一鸣教导员率领全所民警荷枪实弹、全副武装地悄悄逼近出租屋，也是合该有事，吴胖子听从余小龙的劝告，在大院里养了一条凶猛的藏獒，突然发现有生人靠近，呼地一下子从黑暗中蹿出来，扑向为首的副所长程刚，拼命撕咬且不停地狂吠。住在楼梯边房间的江彬正与一个外地姑娘打得火热，惊闻楼下有动静，顾不得赤身裸体，猛然从姑娘身上跳起来。他拿了一个强光电筒，拉开窗帘，往楼下照射，发现有警察进院子，立刻按动警铃。一时间楼上楼下大乱，房间里的姑娘们被惊醒，哭喊着，闹哄哄的。也就在第一时间，住在里屋的吴胖子得知有情况，立刻堵住门口，并拿出事先准备好的双管猎枪，把子弹推上膛，从窗口对着已冲上来、正在楼梯过道搜查的警察开了两枪。屋外搜捕的警察立刻拔出枪还击，即刻枪声大作。

狡猾的江彬先是抛出一颗烟幕弹，跟着又点燃一挂一万五千响的大爆竹，往楼下一抛，随着一声巨响，满院子枪声、鞭炮声、女人哭喊声、狗叫声，混杂在一起，全乱了套。寂静的陈家村突然狼烟四起，村前村后如炸雷一般，分不清究竟发生了什么事。

吴胖子打完十发子弹几乎不假思索地把枪一扔，企图趁乱从后窗逃跑。他推开窗户，见下面是臭水塘，往下有十几米高。他略微一迟疑，咬咬牙，扶住窗沿准备往下跳。吴胖子的右腿刚刚迈过窗台，早已等候在下面的徐信义拿出他的看家本领，迅速果断地举起手枪，连扣三枪，吴胖子浑身溅血，支撑不住，掉进臭水塘。

齐亮接到在对面房屋监视吴胖子居所的侦查员的电话报告，心里懊恼不已，连声说道："可惜！可惜！"但事已至此也无可奈何，只得赶快开车去现场，看看还有什么有价值的线索值得自己去侦查、搜集。

一个月后，市局表彰大会在公安大礼堂召开。徐信义因为破案有功被嘉奖，笑逐颜开地站在台上受奖。台下，齐亮与刑侦支队的同事们坐在最靠后的位置上，会议的内容他根本没有听清，也没有心思去听。他倒不是那种看到别人得奖自己心里发痒的小心眼儿的人，而是对徐信义的这次行动实在不敢恭维。那次行动除了一群姑娘外没有抓到一个活口，当然也出现了一个意外收获，发现吴胖子竟然是杀害张磊的凶手，而且江彬是那次撞车事件的主犯，在他们的住所搜到了猎枪和扳手，可惜的是吴胖子和江彬均已被击毙，现场除物证外没有人证。所以，齐亮对此案的侦破保留一些看法，认为有不少疑点很难解释。无奈这个案子是当地派出所侦破的，他无权干预，更不可说三道四。刚才在卫生间遇到李一鸣，听说徐所长因为此案立下大功，上面已决定把他提升到刑侦支队当政委，而李一鸣也接替他的职务做柳江派出所所长。这下可好，他们双双立功，双双得到提拔重用，而刑侦支队什么奖项都没有。而在刑侦支队，上上下下都知道是齐亮做了人家的嫁衣，所以在表彰大会上，坐在下面的参会人员都小声议论纷纷，替重案大队民警抱不平。

表彰大会刚结束，唐副局长就把刑侦支队班子成员叫到办公室，通报了昨晚市委的决定，徐信义将调到刑侦支队担任政委兼党委副书记，具体任免通知等市委组织部下文，估计过两天就要开会宣布，在这里只是跟大家通个气，希望班子成员配合他的工作。他知道大家对这次柳江派出所破案立功怀有情绪，但情绪归情绪，工作还得做。“不管怎样柳江派出所这次重拳出击，确实受到了上面的赞扬，把一些积案一举侦破，不能不说是个奇迹。而且两个重犯全部击毙，我方无一伤亡，解救了一大批卖淫妓女，确实应该受到表彰。至于刑侦支队的前期工作，功劳也很大，局党委也知道，委托我向大家提出表扬，因为涉及一些保密手段的运用，所以不大张旗鼓地表彰，希望大家回去好好做其他同志的工作。”然后说了一些冠冕堂皇的话，大概算是局领导给大家的安慰。

唐副局长说完话后，尚奇代表党委一班成员当即表态坚决拥护组织的决定。大家离开唐副局长办公室后，唐安民又单独把齐亮留下，重新泡过一杯茶放在他面前。

“我看了你给局党委的一封信，里面对案件的分析和一些看法，我非常赞赏，也深有同感。这起案件我们关起门来说确实有很多疑点，但为了麻痹狡猾的犯罪团伙，我们故意在场面上忽略这些疑点，让其充分暴露，待合适的时机，才会一举歼灭。今天叫你来就是告诉你要沉得住气，千万不要打草惊蛇……”听了唐副局长一席话，齐亮豁然开朗，原来一肚子的怨气瞬间消失，还是领导高屋建瓴，看得远，看得深。他终于明白，在这条战线上，他不是孤军作战，而是有省厅党组、有市局党委、有整个警察团队的支持和努力。

第二天晚上，余飞龙在玲珑全真大酒店摆了一桌酒席，在小范围内宴请徐信义，恭贺他荣升刑侦支队政委。席间，余飞龙父子俩频频向徐政委敬酒，祝贺军师再次化险为夷并且能够官升一级，权力愈来愈大。尤其是这一次，余飞龙从内心里非常感激他帮助余小龙摆脱了警察的搜捕，能够平安“着陆”，放宽心在公司上班。回想起来，每一步棋走得真是不容易。他深有感触，为这件事还不得不牺牲了跟随自己多年的吴胖子。两人精心策划多日，才换来了今天这种局面。酒过三巡，徐信义也完全放开，似乎对自己的杰作非常得意。他有点儿飘飘然，一反常态，口出狂言，大骂小龙给自己平添许多麻烦。父子俩可不敢得罪这位眼前炙手可热的警察红人，连连致歉。酒一直喝到深夜，徐信义被父子俩灌得酩酊大醉。余飞龙又安排两个风情万种的漂亮姑娘伺候他按摩洗浴。徐信义回到家已近第二天清晨。没想到，家里却闹翻了天，不争气的儿子带了一个不三不四的女人回来，泼辣的老婆与儿子吵得不可开交。他进来正好成了他们二人的攻击对象，纷纷埋怨他为什么手机关机，分别拽住他让其评理。满身酒气的徐信义，昨晚折腾了一宿，本来就没有休息好，本想回家补补瞌睡，没想到家里闹得一塌糊涂。过去遇到这种事，他会跑到单位去躲清静，现在刚到一个新单位，又是抓政治思想工作的政委，怎么好意思酒气熏天、疲惫不堪地去上班，让下属看到自己的狼狈样影响多不好。所以，他只能打起精神来，好言好语地劝说这母子俩。

最近一段时期，刘莹莹心里很烦，自从余飞龙安排她在余小龙手下做总经理助理，她一直周旋于他们父子俩之间。她明白龙爷的用意，是要她监视并照应这位公子哥，并把他的一举一动定时向他汇报，免得他又到外面惹是生非。而余小龙由于自小缺少母爱，且天性花花肠子，每日心心念念视刘莹莹为红颜知己，常常向她吐露内心的苦闷和忧虑，平时不仅满足她的经济要求，甚至还提出填补她的感情空缺。她不是不想，而是不敢。她那次被陈国强打晕后，住院很长一段时间，也因祸得福，躲过了几次警察的“统一行动”。伤好出院后，龙爷一直很关照她，没有让她在娱乐场所再次出现。这次安排她协助小龙经营水浴按摩城，摆明了是督促他跟贾义争权，避免贾义大权独揽，也是为了抗衡“七哥”的势力。所以她不能任由余小龙颓废、堕落、消沉下去，更不能与他发生关系，只能好言好语劝慰，开导他走向正道。这不，眼下他又提出非分要求：他说他讨厌天天被人盯着，他企图挑战他父亲的权威，想一个人单独出去干，叫刘莹莹跟他私奔，卷一笔款子逃跑。这种状况莹莹岂敢不向余老板报告，电话打过去，余飞龙勃然大怒，立刻吩咐莹莹收掉余小龙的财务印章，让他仅在洗浴按摩城挂个虚名。这样一来可得罪了余小龙，令他对她产生恨意。所以他不仅不配合莹莹进行正常业务工作，反而处处刁难她。莹莹知道他闹情绪，也不跟他一般见识。由于余小龙的较劲，倒使贾义在洗浴按摩城得了势，洗浴按摩城上上下下只闻董事长的声音，不见总经理的身影。

贾义自从担任洗浴按摩城的董事长后，一改往日拖沓作风，凭借这个平台结交了许多 G 市的权贵，一时间这里的生意十分火爆。结果凡是外地来本市游玩的客人，闻其名声，也必定亲临洗浴按摩城消费。几个月来，财源滚滚。这下可把“七哥”乐坏了，大大赞扬贾义的才干。洗浴按摩城的火爆却气坏了余飞龙，虽然他在里面有股份，赚了钱也少不了他那一份，但是，他是个嫉妒心非常强的人，看不得别人比他的儿子强，尤其是看不得“七哥”比他强。所以，他在考虑如何遏制“七哥”的势力，可能的话，他在考虑铲除贾义。正所谓一山不容二虎。但贾义是“七哥”的得力干将，在商场骁勇善战，要除掉他必须有个合适的理由。此事还得斟酌斟酌，免得打草惊蛇。

第二十四章　斗智斗勇

齐亮一大早就开车赶到尚晴家，把她接走，两人按照唐副局长的指示，来到省厅看守所，再次提审阿彪。根据他以往的侦查经验，一旦犯罪嫌疑人因为某起案件被拘捕，他就有可能对自己之前实施的犯罪予以承认，使曾因证据不足无法证实的犯罪调查出现转机。这种有利因素会使犯罪嫌疑人产生强烈的内疚感，这个时候，他也许会主动供述以前的犯罪事实。所以在讯问过程中，一定要给犯罪嫌疑人以合适的机会，让他们交代想要交代的全部问题。从前几次的提审结果来看，阿彪这个家伙极不老实，很多问题没有交代。上次老干部被杀一案，从现有的证据分析判断，他应该也是主犯之一。问题是现在的审讯就像挤牙膏一样，挤一挤吐一点儿，不挤就不吐。审讯越到最后关头，齐亮愈发不理解，这个犯罪嫌疑人与被害人没有深仇大恨，为什么要杀他们？他的犯罪动机是什么？会不会他把什么罪行都往自己一个人身上扛，替别人做替罪羔羊？反正是死罪，也不在乎多犯一条人命少犯一条人命。而且到现在为止，他始终没有供出背后的主谋。这正是迟迟没有把他送到检察院的原因，到现在为止也无法结案。根据省厅的要求，拘押阿彪属特殊机密，除专案组以外其他任何人都不允许打听，包括新来的政委。所以，至今徐信义一直不知道阿彪还活着。因为齐亮也是支队党委委员，所以重案大队直接归代理支队长尚奇分管。一些案子上的事，他可以用不着跟其他人汇报。但是齐亮和尚晴的神秘外出依然引起了徐信义的注意，他几次装作漫不经心地去向旁人打听，实则刻意去留意他们的踪迹。他甚至几次一路尾随其后，因齐亮的警觉而不得不作罢。

齐亮并不完全相信吴胖子是杀人凶手，张磊认识吴胖子不假，但不至于对他完全放松警惕，对方仅凭一把“扳手”很难制伏张磊。所以，他依然在苦苦追寻所有可疑线索，提审阿彪是指望能从他嘴里撬开几次作案的幕后指使。无奈阿彪是个惯犯，非常熟悉警察的预审策略，几次审讯刚刚快接近突破口就被他耍滑头引开。因为太熟悉对方，整整一上午审讯犹如一场艰苦的攻坚战，把齐亮几乎累得虚脱。尚晴看在眼里，疼在心里，感觉侦查员确实当得不容易。没日没夜地工作，而且时时会有生命危险。平时工作严重透支身体，付出与报酬不成正比，每月工资少得可怜。如果自己不是热爱这个职业，说实话，她真想辞职不干。已过午饭时分，这里也不供应饭，附近也没有餐饮店，她到外面小商店买了两盒方便面，向看守所讨了点儿开水把它泡开，将就着对付早已经饿得饥肠辘辘的肚皮。两人吃过泡面，又匆匆赶到执勤点，参加临时警卫任务。

忙碌了一整天回到家已经是深夜十二点。齐亮进屋打开房间里的灯，偌大的屋子空荡荡的，家里没有女主人显得没有任何生气。他现在才觉得这个屋子需要一位女人操持。他一边洗澡一边认真考虑姐姐的劝说，觉得颇有道理。照目前的情形来看，肖婷恐怕是靠不住的，一只脚已经踩到别人家里去了。她是一门心思傍大款，跟贾义打得火热，尤其是听说贾义经营的洗浴按摩城火得不得了，每天的进账都有千千万万。一个男人如果钱赚得比女人少，娶了她，以后在家庭生活中肯定没有地位。而身边的尚晴，跟自己是同路人，职业一样，彼此之间兴趣爱好也相近，根据这么一段时间的接触，应该说了解得更深了。诚如老马所言，该出手时就出手。哪天去跟姐姐说说看，让她跟尚奇正式提亲，双方家长见个面，以确定他们之间的关系。

洗完澡，齐亮正打算上床休息，突然发现客厅有动静。他不露声色，悄悄走到床边，从枕头底下摸出手枪，把床头台灯关掉，屋子里顿时漆黑一片。他脱掉拖鞋，赤足贴着墙壁，向客厅慢慢移步，屏住呼吸，右手举枪左手托着，两眼注视前方，一间一间搜索，只见一个瘦瘦的身影正在书房书桌前撬抽屉。他见来人是本市常见的那种浑身肮脏又贼头贼脑的小偷，放下心来，把枪保险悄悄关上，然后一个箭步，大喝一声："不许动！"说完，打开书房电灯。

潜入屋内的小偷见被屋子的主人发现，扔下撬锁工具就跑，齐亮堵住大门。小偷戴着头套，贼眉鼠眼，见去路被封，转身企图爬窗逃跑。齐亮明白这十六层楼高，跳下去不死也要残，立刻放下手枪，纵身腾跃，一招饿虎扑食，将其缉拿。齐亮揪住小偷，把头套撕掉，仔细一看，不由一愣，竟然是渔霸的儿子黄树浪。

惊讶的齐亮把他带到客厅，详细询问这位才十四岁的少年为什么不在学校读书，要跑去干小偷的营生。原来自从他父亲死后，母亲受到刺激，神经错乱被当地政府送往精神病院，扔下他一个人孤苦伶仃，饱一餐饿一餐，又常常受街坊邻居和同学的欺凌，骂他是黄鼠狼。他不堪侮辱，跟着一帮无业游民在街上瞎混，靠偷鸡摸狗度日。

齐亮听完他的叙述，深感内疚和自责，觉得是因为他的失误才导致渔霸被杀，好端端的一个家庭被毁灭，如今小孩儿流落街头无人看管。他思索片刻，先从冰箱里拿出牛奶和面包给他。见天色已晚，他只好暂时把黄树浪安顿在客厅沙发上睡觉，他准备待天亮联系一所寄宿学校，送他继续完成学业，所需费用他个人全部承担。过后他躺在床上，翻来覆去怎么也睡不着，想着在这个小孩儿身上发生的悲剧，思考自己这么执着地追捕犯罪嫌疑人是否值得。那一个晚上，他就在迷迷糊糊的自责中睡去。

余飞龙把余小龙和刘莹莹叫到办公室，雷霆大怒、破口大骂，斥责这两个小浑蛋窝里斗，不把心思放在公司生意上，处处跟自己作对，结果让贾义钻了空子。他气得狠狠地训斥了他们足足有一小时。两人站在那里，低着头不敢吭声。余飞龙发过一阵火后，气渐渐消了许多，看着他们的狼狈模样，突然觉得不该把这两个初出茅庐的小年轻放在贾义身边。他们哪里是贾义的对手，无论是心机还是才能均比贾义差许多。这说明自己也有过失，用人失察，最起码在这一点上就不如“七哥”。他挥挥手让他们下去，一个人坐在办公室生闷气。此时，秘书小黄进来请示：“老板，周经理来了。”

“让他进来。”

周二苟弓着腰走进来。

余飞龙立刻换了一副笑脸，接过他递上来的报表，粗粗浏览了一下，就签了字还给他。周二苟正想离开，被老板叫住，询问凤凰花园那块地的事处理得怎么样了。

“老板，这件事说起来很生气，我们费了很大的气力把参与围标的七八户房地产公司全搞定，让庆丰集团所属的丰帆房地产开发公司顺利中标。讲好的，他们把前期的所有费用全部打到我们的账上，后面的工程五五分成，两家合作，没想到，前期所有开销他们公司仅仅同意承担一半，到今天为止才付了一百五十万，到账的款项不足三分之一，一百二十亩地也只给了十几亩，还不够它的零头。”

称霸一方的余飞龙，岂能吃这种哑巴亏。不等他说完，“啪”的一声，拍案大怒，恶狠狠地骂道：“竟敢欺到我的头上！他知道什么叫‘合作’吗？‘合作’的‘合’字就是一人一口。我们在前方卖命，拼死拼活跟政府和各路诸侯周旋，累死累活，好不容易把那些难缠的小鬼菩萨摆平，到头来拿这点儿钱和地来忽悠我们，岂不是打发叫花子！”

周二苟吓得噤若寒蝉，低着脑袋立在一旁，大气也不敢出。

余飞龙见状，稍稍缓了缓语气：“这也不能完全怪你，我知道你已经很尽力了，这都是我那个结拜兄弟干的好事，太不给我面子了，是我看走了眼。”

骂骂咧咧的余飞龙似乎感觉到在部下面前有些失态，他想想还是把周经理打发走，独自坐在沙发上考虑应该如何对付他这个“义弟”。他这个时候才真正感觉到樊桥庆对自己的威胁，而且这种威胁不亚于警察对自己的伤害。现在是腹背受敌，既要绞尽脑汁跟警察较量，又要提防老七这个小人在背后捅自己的刀子。怪就怪自己粗心大意，不该引狼入室，错走一步棋，把那只来自北方的“狼”介绍到本市来插足自己的地盘。真是想得太天真了，天底下哪有免费的午餐！想借他的资金来摆脱公司目前的财务困境，这怎么可能？人家哪会白白送给你一个金娃娃，更何况是远近闻名吃人不吐骨头的“七哥”。什么哥们儿义气、结拜兄弟，都是屁话！这年头有钱就是爹，谁都靠不住。他痛恨自己的那些部下追逐钱财，卖主求荣，统统转向。我余飞龙何曾受过这个窝囊气？想在我饭碗里抢饭吃，门都没有！他把烟蒂往烟灰缸里狠狠一按，发狠道：“看我不灭了他！”

第二十五章　初露锋芒

吴方副市长刚开完市委常委会后就急匆匆赶去参加凤凰花园廉租房安居工程开工仪式。作为负责城建这一块的副市长，他感到欣慰的是，今年市里的重点工程之一就是这解决特别困难户的六百套廉租房的建设，现在总算得到落实。过去因为市里财政紧张，资金迟迟不能到位，上个月通过招商引资，把北方的庆丰集团引到本市，通过市场运作，建设资金基本上得到落实，而且很快就要开工建设。在这一点儿上他还真要感谢余董事长，虽然他也给自己增添了不少麻烦，但不管怎么说，由于他的牵线搭桥，把庆丰集团这个实力雄厚的财团引进到本市，他的功劳还是不小的，确确实实助了自己一臂之力。中央和省里三令五申，加上住建部天天发文，多次催促要市里尽快开工建设廉租房。现在好了，不仅今年的任务可以完成，而且几年的欠账都能够还清。不就是一百二十几亩地嘛，市里没有出一分钱，而且售地还得到一大笔收入，看样子走城市经营这条道路还是不错的。今天是个好日子，天气非常好，晴空万里，阳光明媚，应该是个好兆头。

参加盛典的车队终于来到开工现场，企盼很久的人群早已把这里布置得张灯结彩，彩旗飘扬。吴方的车子刚停稳，参加奠基大典、恭候许久的官员和建设单位领导纷纷上前迎接，一下车，吴方首先握住庆丰集团总裁樊桥庆的手，连连祝贺。

“恭喜！恭喜！樊总裁，谢谢支持！谢谢支持！”

“同喜！同喜！吴市长，感谢市领导关怀！感谢市领导关怀！”

“不客气！不客气！这是我们应该做的！”

余飞龙见吴市长与樊桥庆格外亲近，谈兴甚浓，而和他仅仅礼节性地握握手，打打招呼，丝毫看不出是老朋友的样子，立刻萌生嫉妒之心，仇恨的烈火在胸中燃烧。

参加完开工大典，余飞龙独自坐在董事长办公室生闷气。他在想，照这样发展下去，不要多久，老七在G市的势力肯定要超过自己，如果不趁其羽毛未丰将其剪除，恐怕日后成了大器，要除掉他就很困难了。但话是这么说，要除掉老七，恐怕不是件容易的事。现在的老七已经成了本市的热门人物，作为招商引资的商家代表人物，谁都想去舔他的屁股，抱个金娃娃回来。政府官员成天与他打得火热，大大小小的招商人员不管是为公还是为私，想办法黏着他、哄着他，唯恐这个金菩萨生气跑掉。更何况老七也是从黑道改行过来，这一路磕磕碰碰，风里来雨里去的，什么阵仗没见过，你余飞龙说不定没等动手就掉进他的陷阱里了。所以这个所谓的“兄弟”，今后不是他死就是我亡！你想想一山怎么能容二虎？现在要调整策略，再也不能与政府作对，而是要把老七当作我龙爷的敌人。谁叫他到本市来经商发展，侵犯我的利益就是与我为敌。

在开工现场樊桥庆就看出余飞龙满肚子的不高兴，临别时连招呼都没打就独自离开了。从他打算来G市起，就没有轻视过余飞龙，因为从一开始他就没有把他当作合作伙伴，而是当作竞争对手来对待的。他樊桥庆闯荡江湖这么多年，自然也不会把余飞龙完全放在眼里。他对这位仁兄的所作所为心里了如指掌，想当年，与他盗卖钢材生意时，两人虽然是患难之交，却也因为一些小事合作得不愉快，否则就不会分手，南北各自发财。这次他来G市发展，即便他不相邀，他也要来此地寻找商机，大展拳脚。

其实外人并不了解内情，这几年，他在北方发展得也不顺利。大量的资金均被土地占用套住，房地产销售竞争激烈，银行贷款收缩，导致资金链险些崩断，财务支出难以为继，商家发展的空间愈来愈小。正是在这种情况下，他才不得不来南方重新发展，希望能起死回生，祈求转运。他一来G市后发现这里的市场运作还很不成熟，房地产市场发展还处在上个世纪水平。他依然重操旧业，故伎重演，来个空手套白狼，利用北方占用的土地，先是套取本地银行的贷款，然后借此资金大量收购低廉的本地土地，再用此地去骗取北方银行的贷款。土地重复利用，借鸡下蛋，利用银行管理的漏洞，循环堆积财富。他这一套十个坛子八个盖的敛财手法如今在北方早已臭名远扬，根本吃不开，但在这市场经济不成熟的地区依然有效，尤其是这里的银行监管有很多漏洞。对于他们这些久经沙场、偷奸耍滑的不法商家来说，操作起来简直就是轻车熟路、游刃有余。通过几个月的精心操作，现在各个方面总算有些眉目了，架子算是搭起来了，气场够足了，连市长、房管局局长、银行经理等大大小小政府官员都亲临开工现场，已经给足自己面子了。想想，作为同行，他余飞龙能不羡慕、不嫉妒？说不定这个时候，正大骂手下的人无能呢。

但是庆丰集团能这么快在G市站住脚，客观地说，与余飞龙的亚东兴隆房地产开发有限公司鼎力相助是分不开的。这就是樊总裁能够在初期咬紧牙关把一百多万现款打到余飞龙账上的原因，也正因为这个原因，他还格外开恩白白送给他十几亩地。遗憾的是，他余飞龙不仅不感恩戴德，反而恩将仇报，三天两头派手下的人到公司催讨钱款，好像真欠了他的债似的！你以为地球离开你真得不转？他还真把在玲珑全真大酒店签订的一纸合同当作一回事，那不过是小孩子过家家玩的游戏罢了，我凭什么跟你合作？你一无钱，二无地，三无人，一个破娱乐场所，还是被警察查封的，要不是我来给你收拾这个烂摊子，那个白天鹅娱乐厅还不知道关多久。好在它被改成洗浴按摩城后生意非常好，一段时间内钞票滚滚来，恐怕这也是余飞龙嫉妒的原因吧。可我也没有亏待他呀，他那个宝贝儿子与情妇整天打情骂俏，不干一点儿正经事，白吃白喝不算，还在那里拿工资，洗浴按摩城养着他，没有谁说闲话，应该说给足了你仁兄面子，换了别人早叫他滚蛋了。我“七哥”做人算对得起你了，你余飞龙如果知足，就应该见好就收，而不是成天叫一两个本地的地痞流氓来我公司闹事。看来此事还得仰仗本地的公安出面，他们不是天天高喊要为外地商户保驾护航吗？既然我们来到此地发展经济，他们理应为我们撑腰壮胆。文政委那里还要加加码，只有他才能够摆平余飞龙。余飞龙屁股里有那么多屎没有揩干，公安局随便找个理由也要让他筛糠。樊桥庆想到这里不禁哈哈大笑，你余飞龙能奈我何?

文斌应约来到得月楼望江亭茶庄与樊桥庆单独会面，潇湘厅是他们经常饮茶聚会的雅座。樊桥庆几乎与他同一时间到达，两人落座后，各自点了一壶铁观音和西湖龙井，并要了几碟中式点心。文斌因为接触过樊桥庆几次，感觉他不是个难打交道的人，而且从来到G市起就没有提起过那件不愉快的事，在朋友面前介绍他，总是以一个老朋友相称。樊桥庆现在是本市的大红人，连市长都和他走得很近。茶过三巡，樊桥庆没有多余的客套话，只是点明来此经商不容易，特别是有许多为难之事难以启齿，如果能得到文政委的帮忙，那真是他樊某人的福分。

文斌知道对方故意这么说，立刻表示你我之间没有必要这么客气，你可以明说是谁跟你过不去。他跟你过不去就是跟我过不去，在G市敢给我文斌穿小鞋的人还没有出生，你不妨说说看到底是谁吃了熊心豹子胆。

还不就是所谓的合作伙伴，其实是商家对头，鼎鼎大名的余飞龙。他的亚东兴隆房地产开发有限公司现在处处找人寻衅闹事，明里暗里在我的工地上使绊子下套套，总要弄出点儿小名堂让你头疼，一会儿沙霸出来闹事，一会儿车匪、路霸阻碍你开工。你想想，这耽误了市里的重点工程，我怎么向市长、向政府、向几百万市民交差?

樊桥庆的一席话深深打动了文副政委，无论是为公还是为私，他都要替“七哥”制伏这个地头蛇。他在心中暗暗思忖，亚东兴隆房地产开发有限公司董事长余飞龙的政治背景颇为坚硬，在他的头顶上还戴了一顶政协委员的帽子，而且跟市政府许多官员打得火热，经过这么多年的辛勤耕耘，应该说积淀了很深厚的人脉，真正要扳倒他，不是靠我们这几个小警察就能行得通的，搞不好偷鸡不成蚀把米，连自己都要栽进去，所以手头上没有很过硬的真凭实据恐怕要摆平他很难。否则，不会经历了这么多统一行动，他依然稳如泰山。不过他也有软肋，他儿子余小龙的所作所为就不是滴水不漏。所谓打蛇打七寸，只要把他的宝贝儿子死死地看住，还愁找不到他的死穴？

第二十六章　遭遇猜忌

羊心湖湿地公园里的秋夜特别令人陶醉，皓月当空、波光粼粼，环湖一周的景观彩灯闪烁旖旎，阵阵夜风吹来，令人心旷神怡。湖边湿地杨柳低垂，花团锦簇，暗香馥郁。湿地公园草坪中一群老太太跟着悦耳的节拍跳起了广场舞，甩臂扭腰，轻歌曼舞。三三两两的健身爱好者，不放过这大好氧吧无偿提供的空间，慢跑、散步、扩胸、舒筋活腿。更有一对对情侣，在草坪树影中，揽腰挽臂、手机自拍、窃窃私语。在这温馨的秋夜，劳作了一天的人们尽情地享受大自然美景。

齐亮已经很久没有到羊心湖湿地公园锻炼身体了，自从他父亲在此地出事后，他一般很忌讳到这里来。如果不是尚晴硬把他拉过来，他也不会晚饭后来湿地公园散步。两人本来肩并肩沿着湖边同时慢跑的，不知何故，跑着跑着，尚晴就不见人影了。他打开手机与之联系，没想到，对方手机信号不好无法接通。他只好沿着湖边道路寻找，同时不停地拨打手机，蹊跷的是，寻找了半天始终不见尚晴的踪影，手机也联系不上。他猜测，会不会她已先他一步离开公园，或是遇到什么紧急事情单独离开了。但不管怎么说，也不能招呼也不打就放他的“鸽子”吧？她应该没有生他的气。这段时间，她一直住在他家。姐姐也去他们家提过亲，双方家长正式见了面，他们之间的关系就算是确定下来了，商量好待明年春节办喜事。因为他一个人住着空荡荡的大屋里挺不方便，她也就隔三差五地来这里与他做伴。每天吃过晚饭，只要有时间，她都提议出来散散步，呼吸呼吸新鲜空气，千万不要浪费湿地公园美好的环境。

回到家，并没有看到尚晴的身影，他挺纳闷，她究竟到哪儿去了呢？他又用座机电话联系，还是不通。他只好进浴室洗澡，待他洗完澡出来时，尚晴正坐在客厅摆弄她的手机。他有点儿生气，问道：“这半天，你到哪里去了？手机也联系不上？”

“手机掉地上摔坏了，你猜我遇见谁了？”

“谁？”

“周二苟。”

“是他？”

“他见我还躲躲闪闪，我跟在他后面，见他上了一辆出租车，我就回来了。”

“他有什么值得怀疑的地方？”

“你忘记了，他被阿彪打伤，伤好后，我们曾经去找过他，说是已经离开，没想到，他还在G市。这个人毕竟与渔霸是一伙的，在他身上很可能有我们漏掉的线索。”

“你说得有道理，如果他真的没有什么，为什么见到你要慌慌张张的？更何况，你和他仅仅见过一面，还是在他病重的时候，他就能记住你，可见他心中有鬼。”

“所以我们还得梳理梳理过去的调查记录，看看是不是遗漏了什么。”

“看不出来，你现在比过去成熟了很多。对周二苟我们是得重新调查，看看能否从他那里找到新的线索，也为我们撬开阿彪的嘴提供一些好牌。”

“你别先急着夸我，我也是这么猜测，有没有用还得看今后的调查结果，也许是我们多疑了。因为事情紧急，没有跟你打招呼，你不怪我吧?”

“还说呢，让我担心死了，再不来，我可要报警了。罚你洗碗。”他逗她。

“你坏!”她跑过去咬他。

周二苟坐在出租车上左回头看看，右回头瞧瞧，待确定没有人跟踪，才放心让计程车开到公司大门口下车。他几乎是一路奔跑，气喘吁吁地直奔董事长办公室，秘书小黄也没有拦住他。

“报……报告龙爷!”他上气不接下气，惊慌失措地看着主子。

“慌什么?”龙爷见他一副失魂落魄的模样，斥责道。

周二苟见董事长不高兴，稍稍定了神，也不敢入座，立在那里，把在羊心湖湿地公园遇到尚晴的事一五一十地汇报给龙爷。

“这点儿小事，你不会让手下人去干，尽给我惹麻烦……”他挥挥手支走了手下。

他望着周二苟离去的背影，满肚子不高兴。本以为人才难得，良将难求，把老七手下的大将挖过来降为己用。没想到刚做一件事就给自己捅了这么大的篓子，让一个“钉子户”自焚，给省、市新闻媒体爆了一个惊天动地的“眼球”，要不是事后补救及时，广场拆迁工程差点儿泡汤。到现在伤者的医药费，公司还在继续垫付。这个无底洞还不知道什么时候填得平。你看看，现在又被警察盯上了，真是个丧门星!

他在思忖，何不利用这小子去对付老七。毕竟他对老七的所作所为应该颇为熟悉，让他到老七的工地开发房地产，何愁那四十亩地要不回来。但是他不会身在曹营心在汉，对我阳奉阴违吧? 管他有什么想法，只要他能够从老七手上拿到地，就算他不跟我一条心也不要紧。对，乘此机会把他调出。说干就干，他吩咐黄秘书把周二苟和余小龙叫上来。

周二苟离开公司不久，又被黄秘书打电话招回公司，推开董事长办公室的门，发现余小龙也在，他点点头，算是打过招呼。这一回董事长特别客气，换了一副笑脸，示意他坐下，并叫黄秘书为他泡了一杯浓茶放在他面前。他刚到余飞龙麾下服务时，就听手下人曾经议论，只要龙爷为你泡茶就有你的好果子吃。而且泡茶分三种待遇：让你自己泡茶是一般般的待遇；让秘书为你泡茶是很好的待遇；他亲自为你泡茶是最好的待遇。果不其然。董事长得知自己被警察盯上，想出一招暂避的办法，让他到本市较为偏远的地方，凤凰花园廉租房工地去负责，听说那里是公司刚开工的项目，而且与“七哥”的工地比邻。自己手头上的时代广场建设工程交给余小龙负责继续运作，而洗浴按摩城由刘莹莹一个人负责。

当周二苟喜滋滋地来到凤凰花园廉租房工地上班时，顿时傻了眼。什么工地？简直就是一片荒无人烟、杂草丛生的黄土高坡，如果不看两根竹竿上悬挂的一副横幅，几个破栏板围着一圈高低不平的地，打死都不会相信这是他们公司新开发的房地产项目。他到这时才相信自己吃了大亏，费尽千辛万苦，好不容易走上正道的开发项目白白丢给别人，自己又要重新洗牌，一切从头干。妈的，转了半天又回到了原点，哪里有办公室，连落脚的地方都没有。生气归生气，活儿还得干。他看看表，已经快十点了，上班的人影都看不到。妈的，这帮光吃饭不干活儿的家伙都躲到哪里去了？根据公司人力资源部提供的名单，该项目部算上工程师、施工员、保管员、财务人员七七八八应该至少有员工十几个人，怎么连个鬼影都看不到？他挺纳闷，只好掏出手机与他的助理联系，荒山野岭信号也不好，费了很大的劲才联系上。他一个人顶着炎炎的烈日，站了四十多分钟，才看到一个胖墩墩、个子矮小、年纪约莫四十的男人，气喘吁吁地跑上山坡。

“不好意思……我也是……刚刚才接到公司的通知……”

周二苟奇怪，公司怎么尽招些酒囊饭袋的废物，听他讲话都感觉费力。他赶紧打断他的汇报，责问其他人都到哪里去了，上班怎么没见人影？

这回侯助理倒是不急不忙，掏出湿纸巾擦擦汗，结结巴巴地说：“我带你去，反正已经到吃饭时间了。”周二苟一听不禁愕然，怎么刚上班就到了吃饭时间？这些人不会整天糊弄领导，白拿公司的工资，不干活儿吧？他带着疑问，坐上侯助理的电动车，由他领着进了一家旧工棚。他一进来，就见里面破沙发上，横七竖八躺了七八个人，见他进来，全部起身跟他打招呼。工棚外边堆了一些建筑材料，搅拌机、升降机、锈迹斑斑的模板堆在屋旁，低矮的工棚里面放了几张破办公桌，一幅规划设计草图挂在脏兮兮的墙上。这时他方才明白，来到真正的办公室了。

就在周二苟到新公司上班的同时，齐亮也在重新排查过去对他调查的疑点。他奇怪当时的调查仅仅把他作为受害者询问，而在这之前的周二苟也是渔霸的同案犯，至少拐卖少女来本市当妓女一事也够得上犯罪了，可当时因为注意力完全放在阿彪身上却忽略了他，让他侥幸逃脱，这一回说什么也要将其捉拿归案。但茫茫人海，到哪里去寻找他的踪影呢？现在关键要找到他的主子——“七哥”，这个“七哥”是真有其人还是子虚乌有？如有，他的真名叫什么？尤其让人头痛的是，对周二苟的调查，因为没有立案，不可能大张旗鼓地动用警力，到现在为止还没有一个女子报案，也就是说，那些女人有很多是自愿的。对，不报案不等于不认识，他既然带了十八个女人来本市，里面肯定有一两个认识他，甚至是相好也说不定。想到此，他打定主意，去娱乐场所找找看。他把刚才的想法跟尚晴交流了一下，她也同意把侦查目标定在周二苟带过来的女人头上。因为谁也不认识这十八个女人，要在全市范围内寻找她们难度也不小。当然，这难不倒两位优秀的侦查员。齐亮和尚晴把他们的想法跟尚支队长汇报后，希望得到他的批准，以便动用警力采取合适的侦查手段。谁承想，他听后，不仅不支持他们，反而批评齐亮，尤其批评尚晴仅凭一个模糊的印象去捡起早已结案的案件，无端地耗费警力。更何况，现在支队上上下下有多少个未破的积案在等着他们去侦破，重案大队还有这个闲心思去搜寻一堆陈芝麻、烂谷子？岂不是在这里给他添乱。

在支队长办公室碰了一鼻子灰的齐亮很不服领导的批评，尤其对支队长把对周二苟的侦查看成是陈芝麻、烂谷子，感到很委屈。领导既然不肯继续调查总有他的道理，作为下级服从上级这是警察起码的纪律。他也只能作罢。不过，他和尚晴私下商定，也许在空余时间他们依然会关注这个周二苟。

一直小心谨慎的尚奇，没想到在全局专项斗争战役调度会上挨了唐副局长的指责，虽然没有点名批评，但话里话外都听得出领导非常不满意这一阶段刑侦支队的工作。听话听声，锣鼓听音，自他接手刑侦支队以来还没有侦破什么有影响的大案、要案。如果不是徐所长破了一个有影响的大案，为局里撑了门面，局里都不知道怎么向政法委、向市里交差。在会上，局里一再要求全体民警要时不我待，要紧紧围绕全市经济发展战略，全方位保障社会稳定，对涉及民生民利和侵害群众切身利益的刑事案件要加大打击力度。所以这次刑侦、经侦、治安、缉毒都一马当先，作为新上任的代理支队长有多少双眼睛在盯着他，如今他处在风口浪尖上，如果不真拿出点儿货真价实的东西，上级不撤他的职，自己都要打辞职报告卷铺盖滚蛋。

他回到支队长办公室顾不上吃饭就打电话，通知副大队长以上的干部参加下午支队党委扩大会，会议的主要内容是传达、贯彻、落实市局大会战调度会议精神。会议从下午二点一直开到深夜十二点，每个大队，包括刑科所、秘书科的主官都纷纷表态，下了战书。应该说这个会开得很成功，至少尚奇这么认为。但齐亮却很厌倦开这种应景式的会议，不说走过场，至少在他看来是雷声大雨点小，真正作用不大。侦破案件哪能像搞运动一样，动不动全警会战，下面的公安民警常常让上面搞得无所适从、筋疲力尽。这种人海战术、疲劳战役往往事倍功半，得不偿失。所以在会上尚奇一直盯着他看，并且点名“一号案件”无论如何要限期破案。他被领导逼得无路可退，也只能像其他人一样做一个冠冕堂皇的表态。不过情绪归情绪，案子还是要破的。他对提审阿彪似乎已经丧失信心了，通过几次预审，到现在好像已经走进了死胡同。难道自己真的对他毫无办法吗？他身上背负那么多的凶杀案，不可能是天马行空、独往独来。现在问题的关键是如何寻找“突破口”？对付阿彪这种惯犯，没有确凿的证据，没有找到他的死穴，让他乖乖供出他背后的幕后指挥者几乎不可能。齐亮散会后一直在思考这个问题。

马立标散会后见齐亮从卫生间出来，提出让他搭顺风车回家。

“你那个车到现在保险公司还没有赔?”

“没有，你知道现在办事有多难。”

“保险公司不相信?”

“也不是不相信，说这是个特例，他们提出要开很多证明，证明确实是被不法分子故意撞毁的。我那个车是新车，说起来都心疼死了。现在撞车的人已经被击毙，公安机关的证明能否有用还是个未知数，要等他们领导研究研究。所以，拖到现在还没有下文。”

“没有车还真不方便。”

“可不是，你看这深夜连公交车都没有，工作到深夜对我们来说是常事。下了班，要回家还挺困难。所以这段时间，如果很晚，我干脆在办公室或值班室马马虎虎对付一晚。”

“这样下去对身体可不好，我看你还是先买个二手车应应急。钱不够我这里有。”

“谢谢领导，我也有这个想法，不过钱不是问题。”

“你也不要硬撑着，听说你还资助了一个小孩儿读书?”

“说起这个事我就惭愧，是我的一个‘线人’的小孩儿，他父亲是因为我的失误被歹徒所害。如今大人疯掉，小孩儿在外面流浪，好好的一个家庭完全毁掉。你说说，我这个警察做得多窝囊。”

“这也不能完全怪你，你也不要过多自责，哪个人办案能不出差错。你经办的‘一号案’主犯是不是审得很不顺利? 我们头头儿可是下了军令状。”

“我正为此事烦恼着呢。”

“是人总有软肋，要找他的死穴，恐怕要跳开他的自身去思考。”他提醒道。

“你说得有道理，什么亲情牌、法理牌我们都用上了，他的妻子、女儿我们也都争取过来，已经做了他的工作，刚开始还有点儿作用，现在几乎不起作用了。”

“他母亲呢? 不是听说他是个孝子吗?”

“他母亲不肯来，我们已经动员过多次，又担心她的身体，所以不敢太惊动她。”

“这说明你们的工作还没有做到家，还要下工夫。”

“是呀! 你不提醒我倒忘了，已经这么久没有去看她老人家了。”齐亮一拍脑门。

开车的老马提醒他，手机在响。齐亮一看，是尚晴发来的信息：亲

爱的，会散了吗？千万不要熬夜，抓紧时间休息。明天我们是不是应该到熊大妈家去？晚安，吻你！晴

“你还别说，她和我们想到一块儿去了，真是英雄所见略同。”

“看来你和尚美女相处得不错。”

“这还要感谢你这个大媒人。”他一边回答一边用手机回信息，脸上挂满幸福感。

第二十七章　智擒毒枭

马立标先把齐亮送到政法住宅小区，齐亮下车后，他开车回到家已经是深夜一点儿多。妻子这段时间因为照顾母亲暂时在娘家住，只有他和儿子在家，他在路上就担心儿子是否按时吃了晚饭。所以，刚才他经过夜宵店时，特意捎带了一份外卖，留着给儿子当明天的早餐。他好不容易找到了一个空位把车子停好。

拿钥匙开门，屋里黑洞洞的，儿子应该早睡了。他为了不惊醒睡熟的儿子，没有开灯，而是放下外卖，换了鞋，踮起脚尖，轻轻推开儿子的房间，想瞧瞧他睡熟的模样。一直以来，不管他回家多么晚，都要看看马军在干什么，这也许是做父亲的给儿子传递关爱的一种特殊方式。马军的房间门虚掩，他推门进去，大吃一惊，借着窗外的夜光，见马军被五花大绑捆在椅子上，嘴里塞满了破布，头部明显受了伤，身上血迹斑斑。他刚想上去问个究竟，后面一阵风扫来，他来不及躲闪，被一棍子打晕。

马立标醒来时，手脚已经被捆得结结实实，头上流的血已经凝结，积血虽然把细小的眼睛遮盖住了，但依仗多年历练的敏锐，他依然辨认出屋里仅有两个暴徒。一个拿着一把刺眼的尖刀，一晃一晃的，坐在床沿看住他们，根据他的经验判断那是一把九六式军刀。另一个趴在桌边吸食白粉。两人年纪差不多，二十多岁。怎么马军又在外面闯了祸？而且还是瘾君子。不会马军也染上毒了吧？他抬头看看儿子，一脸沮丧模样。父子俩交流眼色，虽然说不出话，仍看得出他在为爸爸担心。这个儿子还算有点儿良心，他稍许宽慰，不过现在不是父子情深的时候，应该想办法脱身。马立标虽然暂时不明就里，但明白当务之急必须尽快摸清状况看看儿子究竟是得罪了哪路瘟神。只有知己知彼，方能采取擒敌对策。

他故意咳嗽一声，引起两人的注意。

“这个家伙总算醒了。”拿刀的瘦高个儿先说话。

“请问是哪条道上的好汉光临寒舍？”过去听齐亮说如果遇到陌生暴徒行凶，必须用黑道上的江湖语言与之对话，方能引起对方的尊重，今天果然派上用场。

趴在桌上吸食毒品的“斗鸡眼”抬起头来，用手指着马军说道：“他是你的卵蛋？”

“犬子不知何故冒犯阁下，请明示？”他语言极为谦恭地问道。

对方见马立标出口黑道上的腔调，人也很礼貌，误以为他也是道上的朋友，立刻缓和了语气。

“兄弟此举实属迫不得已，刚才多有冒犯，请不要见怪。贵公子如果不拿我们的两包‘仙果’，也不会弄得我们不好交差……”

马立标搞公安这么久，当然不可能不知道他说的“仙果”就是摇头丸，让他大吃一惊的是没想到儿子不好好念书也就罢了，在外面竟然染上毒品，他极为心痛，深感到平时放松了对子女的教育。不过现在不是懊悔的时候，应抓住对手暂时对他放松警惕的时机想办法制伏他们。

“二位大哥，请允许我助你们一臂之力，把他的嘴松开，让我来问问，看那两包‘仙果’被他藏到哪里去了。”

瘦高个儿立刻下床，把堵住马军嘴巴的臭袜子拿掉。马军喘口气，期期艾艾地回答：“我确实……没有拿那两包摇头丸……”

“你还强辩，莉莉说看到你拿了。”瘦高个儿打了马军一嘴巴，血沿着嘴角流出。

“那是她胡说，骗你的，我不过在她身边喝啤酒，她勾引我，起初我还以为她喜欢我，就跟她玩跌塞子，赌酒喝，谁想到她竟然陷害我……”马军急辩道。

马立标在一旁认真听完马军的叙述，到此刻方才弄明白，儿子中了人家的圈套。他知道马军当着他的面是不可能撒谎的，娱乐场所里面鱼目混杂，各种肮脏的东西应有尽有，这里面水深得很，以马军这么个初出茅庐的小屁孩儿怎么能斗得过那些久经沙场的老江湖呢！

他见暴徒还要继续刑讯逼供马军，赶紧出手制止。

“二位老大，对不起，请看我的薄面，放过他。他丢失的东西，我来赔。”

“你算老几！你叫放了就放，那我们怎么向上面交差？”“斗鸡眼”气汹汹地一口回绝。

马立标继续劝说道：“我想二位兄弟到这里来，应该是求财的，不是杀人的，你们今天就是把他逼死，拿不到‘仙果’，你们的老板依然会怪你们无能，是不是？”

暴徒听到这里感觉他的话似乎有道理，二人对视一眼，瘦高个儿问道：“那你说怎么办？你不会像他那样，跟我们耍花招吧？”

马立标明白他的话起了作用：“那怎么可能，就是倾家荡产，说什么，我也不会让兄弟们吃亏。你们划出一个道道来，是要钱、要物，还是要命，随你们挑。”说完，摆出一副拼命三郎的模样。

暴徒被他的气势镇住，稍稍停顿，齐声道：“不是我们故意要为难他，‘仙果’被他独吞，我们也没办法，咱们是公事公办。依着老兄，你说这个门槛该怎么过？”

“我屋里正好有两包‘白面儿’，不知哪位兄弟愿意跟我去拿？应该够赔偿你们老板的损失了。”

“什么？你还有‘白面儿’？我跟你去拿。”“斗鸡眼”兴奋得眼睛合不拢，又似乎不相信，急忙自告奋勇。

瘦高个儿只能退让一步，晃晃手中的尖刀，说道：“行，你跟他去拿‘白面儿’，我在这里守着，我相信他应该不会拿他儿子的性命开玩笑。”

马立标见他们中计，心里暗喜，不过他在考虑如何制伏这两个亡命之徒。

“就在我房间橱柜里放着。是你走前，还是我走前?”

“你带路，我在后面跟着。”瘦高个儿解开绑住他双脚的绳索。

“那你得把我的手也松开，否则我怎么开橱柜，难道你还担心我会跑，正如那位兄弟所言，说什么我也不能拿我儿子的性命开玩笑。你说是不是?”

他稍稍犹豫片刻，嘴里嘟囔囔地说道：“谅你也跑不掉。”还是把捆住他的绳索全解开了，并捡起了刚才打他的硬木棍，在他眼前晃了晃，恶狠狠地推了他一把，喝道：“走，放老实一点儿，不许耍花招!”

马立标活动了一下被捆麻的四肢，暗暗运气调试全身命脉，还好，身体没有受到太大的伤害，内心已经有了制伏他们的方案。

他依旧很沉着冷静，在头里引着“斗鸡眼”来到卧室，拿钥匙打开橱柜的门，见里面整整齐齐放着两包“白面儿”。

“哇!”“斗鸡眼”惊呆了，傻傻地站在那儿一动不动。

“我没骗你吧。兄弟，你还不赶紧尝尝，让他先在那边待着。”他拿过一包，把它撕开撒在桌上，

那边屋里传来声音：“兄弟，有没有哇?”

“有，你在那边先守着，我来验验货。”他关上门，迫不及待地扔掉手中的棍棒，俯下身躯，低着头，两眼死死盯着“白面儿”准备用鼻翼吸食。说时迟那时快，站在身后的马立标几乎没有任何犹豫，抓住时机，以迅雷不及掩耳之势，捡起地上的棍棒，狠狠一棒砸向他的头颅。

对方连“哼”都来不及“哼”一下，就晕倒在血泊中。

他赶紧把门虚掩，跑到厨房拿出一瓶油和黄豆，撒在门口，布置妥当，来到儿子的住房。瘦高个儿见他进来，问道：“他在干什么?”

他笑笑：“你的兄弟正在享受追龙之乐，你还不快去，否则他要吃独食。”

他一听急了，骂道：“这小子太不够意思了，让我在这里守人，他

自个儿独自寻快活。我也去尝尝。”刚想离开，他又回头威胁道：“你们不准跑。”他等不及了，依然拿着刀，跑过去。

待他推门冲进房间，一不小心摔了个底朝天，刀也脱手掉在几米开外。紧紧跟在他身后的马立标，没有让他回过神来，用早已准备好的一床被子，蒙在他身上，跟着劈头盖脸一顿乱棍，打得听不到叫声，方才罢手。

他这时坐在客厅沙发上，累得呼呼直喘大气，顿时感觉浑身无力，四肢瘫软，突然他想起马军还被绑着，顾不得休息，赶紧替马军解开绳索。马军像是刚认识父亲，不禁竖起大拇指，夸赞：“爸爸，想不到你真厉害！你还真有‘白面儿’?”

“傻瓜，那是我提取痕迹物证用的‘银粉’。你还偷乐，看我不好好收拾你！赶快去报警，打电话报110，我跟领导汇报一下。”他拿起电话首先向唐副局长报告事情经过，而后向尚支队长报告，打完一通电话，他才想起应该打120电话叫急救车，把他们送到医院救治。

第二十八章　盗取情报

徐信义开完支队党委扩大会并没有急于开车回去，而是待在办公室，坐在办公桌后的高靠背椅上，点燃一支烟，慢慢思考下一步的对策。

刚才会上尚奇支队长反复强调，敦促齐亮的重案大队应尽快把“一号案件”拿下。他所指的“一号案件”究竟是什么内容？来刑侦支队工作也有一段日子了，但他发现，这里有个不成文的潜规则，不是你经办的案件不得随意打探情况。即便你向他打听，他也不会跟你说，这就是所谓的保密意识。所以支队上上下下都在有条不紊地各干各的，即便你是领导，如果不是你分管的业务，谁也搞不清他在忙什么。其实，局里的提职命令一宣布，他并没有感到高兴，因为这是个充满诱惑和危险的职位。虽然感觉自己官升一级，名声好听，调到市局机关工作，但远不如在派出所过得那么惬意。俗话说得好，宁为鸡头不做凤尾。在派出所什么事情都是自己说了算，而且接触面比较广，方方面面找你办事帮忙的人比较多，机会也多，犹如称雄一方的土霸王。不像在这里，办案都有一定的程序，做什么都要走法律程序，根本没有自己说话的余地。而且动不动是大案、要案，凶杀、枪击、暴力恐怖、黑社会，件件要命，桩桩危险。如果年轻还没得说，还有上升的希望。如今自己都五十好几了，根本不可能再提拔。这回自己真像个杂技团的小丑，颤颤巍巍地在钢丝绳上摇摆。尤其不能让他接受的是，在所里原先就像在家里一样自由。而在这里自己不是一把手，事事只能按照分工去做，因为上一届的支队领导就是因为私设小金库出了事，所以这一届的班子成员格外清廉，财务手续十分完备，一、二把手不分管财务，平时大手大脚阔绰惯了的他还真有点儿不习惯，如果不是余飞龙时不时地补贴一二，这种日子还真难过。这两周，手气毛得很，赌博输了不少钱，说什么也要让余飞龙帮忙填坑。至于这个“一号案”是不是跟自己有关系，今晚就能见分晓。这是一件蓄谋已久的事。他掐灭烟头，看看表，已经深夜一点了，这个时候办公大楼应该除值班的外没有其他人在。今天值班的是刑科所的宋俊，他是个出了名的瞌睡虫。他想了想，从抽屉里拿出一只微型强光电筒，戴上手套，换了一双轻便网球鞋，再套上鞋套，上消防梯走到顶层过道，用一块布遮住监控摄像头，来到档案室门口，掏出万能钥匙，捅进锁孔，转动几下，门打开了，悄悄溜进档案室，打开电脑，按干部管理权限输进密码，迅速进入信息库，他打了一个关键词：熊彪。

电脑立刻传出阿彪的照片，紧接着显示出有关他的所有信息。

糟糕！阿彪果然没有死，而且是“一号案”的主犯，现在被拘押在省厅看守所。

受到极大震动的徐信义，再也无心浏览其他更多信息，匆匆忙忙关掉电脑，离开档案室。

回到办公室，他脱掉手套、鞋套，换上鞋袜，坐在椅子上，抹了抹前额的汗水，松了一口气，还好，没有谁看到。他正打算离开，不料想，值班的宋俊走进来和他打招呼。

“政委，这么晚了，你还没走?”

“哦，我看了一些文件，正准备走，今天是你当班啊?”

“是，领导这里有什么需要帮忙的吗?”

“没有，谢谢你。”他从抽屉里拿出一盒点心，递给宋俊，“给你当夜宵，晚上当班肚子会饿。”

宋俊接过点心，喜笑颜开：“谢谢领导！”

徐信义在小宋的陪同下离开办公大楼，来到停车场，开着他的那部汉兰达往龙爷住的小红楼开去。

余飞龙早就接到徐信义的信息，知道他晚上要来这里议事，所以早早泡上一壶上好的大红袍等他，谁知左等右等，不见他来。好在他已经习惯了这种夜生活，半躺在沙发上打盹儿，突然听到狗叫，知道他已经来了。

徐信义一进屋，低着头，板着脸，也没有搭理余飞龙，独自坐在沙发上，呼呼直喘粗气。余飞龙知道他一定在外面受了谁的气，心里难受，在这里发泄罢了。经过这么长一段时间的接触，他俩似乎形成了一种默契，彼此间无需多余的话语，就能从对方的眼神中看出端倪。此时此刻，他见徐政委坐在那里一副失魂落魄的沮丧模样，明白形势一定对他们不利，而且是遇到了什么难题，于是上前安慰道：“不要紧，不要紧，车到山前必有路，船到桥头自然直。难道活人还会被尿憋死？”

“你说得倒容易！你知道吗，阿彪没有死！”

“不会吧？过了这么久都没有动静，你是怎么知道的？”

“阿彪死了，齐亮不仅没被免职，还升了官，我就说他们肯定是在演戏，而且这个总导演就是唐安民。我之所以来得这么晚，就是刚才偷偷进了档案室，查到了他的档案。妈的，跟我玩阴的！”

“这么说阿彪一直被关押？”

“对，局里把他列为所谓的‘一号案’，仅仅专案组的人才允许过问，我上次试探性地问了问尚奇，他支支吾吾故意回避，这家伙还蛮警惕。”

“你从档案信息中看到了什么？难道他出卖了我们？”

“没有透露更多的情况，应该没有，否则你还能安安稳稳地坐在这儿跟我议事？”

“那你慌什么？”

徐信义心想，你当然不慌，本来就是个穿草鞋的，一旦有事，脚底板抹油溜得比谁都快，我呢，一大家子老老少少都靠我吃饭，往哪里跑。

但他还是多留了个心眼儿，没有实话实说，只是说道："我是怕万一，如果万一这小子扛不住，在里面早晚会把我们供出来。"

"你的担心有道理，但毕竟事情已经发展成这样了，不是我们所能左右的。为了杀掉阿彪，我们已经付出了沉重的代价，还死掉了几个过命的兄弟。现在担心也没有用，万一露馅儿了，大不了拼个你死我活。"

徐信义感觉余飞龙的话不是没有道理，事情既然已经发生了，怕也没有用，必须担当，真到了这一步就拼个鱼死网破，抓齐亮当垫背。这样想着，心情比来时要轻快许多，他又问道："阿彪的家人你是否安顿妥当?"

"那是骗小孩儿的把戏，你还真以为我会天真地去侍奉他的老母亲，把大把的钞票扔进水里?"

"此事不妥，丢几个小钱，能相安无事岂不是以小搏大?"

"我倒不是心痛那几个钱，难道他在监狱也能知道外面的情况?"

"我是担心齐亮他们借这个做文章，打'亲情牌'是警察惯有的侦查手段，我们要预防这一点。"

"你说得有道理，我明天就派人去他家看看，顺便扔两个钱意思意思。"

余飞龙做梦也没有想到，这一回他的失误导致齐亮走在他前头，彻底扭转了审讯的被动局面。

齐亮拿着在他家照的视频，放给阿彪看。

"你母亲在我们去之前一直流浪街头，靠捡菜叶和剩饭过着沿街乞讨的生活。"尚晴把手机拍下的照片放给他看。阿彪气得咬牙切齿，痛哭流泪，拼命捶胸。齐亮又接着说："待我们去后，已经把她送到敬老院，过着衣食无忧的生活。如果你不相信，可以立刻跟你母亲对话。"

尚晴打开笔记本电脑，调整好角度，接收视频信号，显示屏上现出阿彪母亲的图像。

"娃儿，你在哪里呀？娘很想你啊！"

是母亲的声音，阿彪激动得热泪盈眶，眼睛睁得特大。看着母亲躺在敬老院床上的图像，他久久说不出话来。

齐亮接着说道："你如果想好后我们可以换一种方式，让你们母子见面。"

阿彪不语。

"你好好想想，这样与政府作对，对你半点儿好处都没有。你的妻子、女儿、母亲如今都是政府给养着，你的所谓后台老板，自你进监狱后，没有照看过一天，所以你想清楚，把所有罪行都自己扛着到底值不值！"

齐亮在采取进一步的攻心战术。

"你让我好好想想。"阿彪擦擦头上的汗。

提审完毕，在回家的路上，尚晴告诉他，根据支队安排从明天起开始休公休假，文副政委已经批了。

"怎么安排这个时候休假，现在正是最忙的时候。"

"什么时候不忙？我就没见不忙的时候。我正好乘此机会，在家督促我侄子准备明年高考。"

"高考也是人生大事。"

"就是，他的成绩一直不稳定，所以，我得在家好好监督他学习。领导，对不起，没有事先跟你商量。"尚晴略表歉意地道。

齐亮虽然很不情愿，因为大队正是缺人手的时候，但知道这肯定是尚奇的主意，既然已成事实，多说无益。他只好说："你就放心在家履行你的老师职责吧，队里有我们大家呢。你知道吗？昨晚，马支队长家遇到暴徒行凶。"

"有这种事？是不是又跟他儿子有关？"

"应该是吧。具体的我还不太清楚，听说尚支队长叫丁晓波接手此案，负责调查行凶的凶手。"

"教导员学习回来了？"

"应该是吧，我们还没有碰上头。"

"你可要跟他搞好关系，上次提拔没有提他，反而提了你和文斌两个副大队长，他心里肯定有情绪，遇事你让着他一点儿。"尚晴好心提醒道。

“我会的，大队班子内部的团结非常重要，尤其是一、二把手的团结，下面的人都看着我们，何况我们都是一个工作团队，不能太考虑自己的得失。不过我也不会无原则地退让，反正大家都是为了工作，没有必要把关系搞得很紧张。”

“你知道就好，我只是提醒你。”

齐亮把她送到家，就折返支队，没想到，刚刚推开办公室的门就有人来报告：档案室机密信息有可能被泄，现在刑科所的同志正在做技术处理，勘查现场。

齐亮担心“一号案”信息丢失，心急火燎地与老马联系，询问案发详细情况，顺便问候一下领导。待接完老马的电话，他心里的石头总算放下，还好老马身体也没大碍，只是有轻微的脑震荡。他想等下班，抽空去看看。只是他很奇怪，档案室怎么平白无故会泄密呢？这肯定是“内鬼”干的，外人不可能进得去。这说明“内鬼”就在我们身边。那么他是谁呢？他抓抓脑门，心里暗暗思忖，对支队的每个人一个个对号入座，排排队。好像都不像。这些人自己再熟悉不过了，要说大家在一起这么长时间，没有矛盾那是假的，磕磕碰碰也难免，脸红脖子粗的时候也有，男人嘛，在一起还想不动个粗，骂个娘的。但要说是“内鬼”，打死他都不相信。他对刑侦支队这个团队还是蛮有信心的。这是一群非常非常普通的人，平时默默无闻地工作，没有怨言，没有豪言壮语，没有被外面的花花世界诱惑，有的只是对党对公安事业的忠诚，这是不容置疑的。可是那个“内鬼”是谁呢？不对，还有一个人他不太了解，那就是新来的政委。不会吧，他也是个老警察，而且在派出所干得不错，否则，上级怎么会提拔他。哎呀，别胡思乱想，疑神疑鬼，反正上级肯定会派人来查。你看看，现在支队的人，人人自危，走到哪里好像都有一双眼睛盯着你，弄得浑身不自在。这样下去肯定会影响工作，这会不会又是什么人的阴谋？故意搞浑水，影响我们的破案进度。

第二十九章 龙蛇相争

也许是英雄所见略同，丁晓波也有同感。

他刚刚从公安大学学习回来，屁股还没落凳就被尚奇代理支队长叫去处理昨晚老马在家遇袭案的调查。上午他跟派出所交接完毕，把案子接过来，本想等中午吃过饭，再看看案卷梳理梳理思路，下午去医院找那两个案犯做讯问笔录，谁想到，唐副局长又打电话来，要自己参加督查、纪检联合调查组查找“内鬼”的差事。显而易见，局里对支队档案室泄密高度重视，并且怀疑除自己以外支队的任何人。因为自己刚刚从外面学习回来，很显然没有被当作“内鬼”调查，甚至让他参与调查。按道理没有被当作怀疑对象应该高兴，但丁晓波却高兴不起来，因为这摆明是得罪人的苦差事。支队同事大家都熟悉得很，彼此之间几斤几两都心中有数。所以要他把同事一个个像提审犯人似的做调查，那今后还怎么与之共事？现在只能走一步看一步，顺其自然了。反正主要是纪检、督查唱主角，自己配合他们，跟着他们转总不会错。

吃过中饭回到办公室，他正想打开电脑看看每日案情，然后午休片刻，养足精神，好下午工作。内勤小薛就跑来报告，为了协助调查，支队所有电脑暂时封存，不准开机，待检测后方能使用。开机密码已全部更换。提到密码，他想起这次档案室泄密，根据干部管理权限，一般警察是打不开电脑的，只有副大队长以上干部才有这个权限打开电脑，当然也不可否认，支队也有个别普通警察因为侦破案件的需要借用过领导的密码，这已经是不公开的秘密。所以在密码管理上也是有漏洞的。他在想支队档案室出事也许是件好事，或许能够通过这件事亡羊补牢，使大家的保密意识进一步加强。因为电脑不能开，他只好拿了一张当天的报纸躺在沙发上浏览，看看有什么新闻。翻了几页，百无聊赖，不知何故，始终看不进去。这几天他做事情也心不在焉，其实诚如尚晴所言，他心中始终有一个过不去的坎。本来他是齐亮和文斌的上级，就因为这次学习，使自己错失了一次提拔的机会，回来后原来的下级就变成了上级，简直让他措手不及。他又没有犯错误，他们也没有立功受奖，凭什么他们就跑到自己前面去了？说实话，他真有点儿想不通，回来后，他几次想打报告调离刑侦支队，干脆下到分局或者派出所去。不过他担心这样一来，领导会不会批评他闹思想情绪，同事也会议论他小心眼儿，反而影响政治前途。其实他的担心是多余的，组织上早已准备把他调到柳江派出所担任教导员和李一鸣搭班子，只是唐副局长想等档案室调查结束后再签发对他的任命。

他在这种患得患失的思考中迷迷糊糊地睡去。还没有睡到十分钟，手机铃声响了，在医院负责看守的警察杨阳打来电话，说那两个在医院救治的案犯跑了一个。

糟糕！怎么把这事给忘了，应该加派岗哨的。上午刚刚跟派出所交接，他们的人员撤掉了，临时派了一个警察负责看守，还是插空，抓了秘书科的差。他知道杨阳昨晚在支队值了一个通宵的班，上午就赶去“填空”肯定忙不过来。他十分懊悔自己的大意，拿起桌上的手枪、电台，直奔医院。

周二苟到凤凰花园工地上班的第二天，就感到“七哥”的工地与他们的工地简直是冰火两重天、判若两个世界。两个公司的工地仅仅一墙之隔，围墙这边机器轰鸣，人声鼎沸，一片干得热火朝天的场景；围墙那边升降机、搅拌机、砂浆机锈迹斑斑躺在那里，纹丝不动，做事的民工三个一群、五个一伙地坐在地上闲聊。他看到这些，无名火直冒，这哪里像现代企业，完全是在这里混日子。他想既然来了就要干出点儿名堂给龙爷看。立刻叫来几个看起来还算精干的公司职员，商议着如何开工。商议了半天，大家纷纷指责对方背信弃义，原来谈好的一百二十亩地，各家一半，闹了半天，对方只给了十几亩地，按原图纸设计规划无法开工，剩下的地对方也不打算给他们公司。这个情况，周二苟在上面就已经知道了，但也不至于开不了工，他想有多少地就盖多少房，先把房子建起来再说吧。来到下面才恍然大悟，根据余董事长的思路，地不给齐不准开工，反正地放在这里还会升值。银行追债，就说钱压在地上，我也不跑，你也拿不到。这就是他们工地冷冷清清的原因，不是下面的人不做事，而是老板有其他的想法。周二苟方才明白，摆明余董是让自己来做这个恶人，向对方索讨剩下的地。龙爷这一招着实高，既可试出他的真心，又可阻止“七哥”的发展。不管地能否得手，让他与“七哥”为敌，正是龙爷最想看到的。

所以，来凤凰花园工地上班，开工不开工不重要，关键看你有没有这个能耐和胆量，赤膊上阵到“七哥”的地盘上捣乱。地要得到要不到，是另一码事，关键看你是不是同龙爷一条心。属下替老板打工就得揣摩老板的心思，就得了解他的嗜好，就要吊起他的胃口，使他觉得不能离开你，觉得你是他的左膀右臂。上次广场征地拆迁，弄出一个钉子户“自焚事件”，到现在公司还在为伤者治疗买单，余董并没有过多地指责，倒是自己很过意不去。这一次无论如何，要给余董一个惊喜，不负众望，争取把剩下的地拿过来，万一拿不到，也要搞得对方工地鸡飞狗跳、不得安宁，至于“七哥”那边，就怪不得我了，既然各为其主，不得不忠心侍主。反正打、砸、抢、闹是他的拿手好戏，大不了再上趟医院。

第二天，天才蒙蒙亮。他率领二三十个人，拿着铁锹、锤子，开着两辆推土机一下子就把隔断两家工地的围墙推倒，灰尘扬起，跟着一群人冲过去见人就打，见机器就砸，见建筑材料就摔……瞬间建筑工地水泥、砖块、钢筋、模板四处飞溅，撒得遍地都是。对方工地上的民工吓得四处逃窜，拼命打 110 电话报警。胆大的拿起铁棍反抗，胆小的钻进工棚躲藏，一时间，建筑工地成了两家群殴的战场，直到当地派出所出警抓了几个为首的家伙才制止住这场斗殴。抓起来的几个人等贾义、周二苟各自打了一通电话，下午当地派出所把人全部释放。说到底，他们并不想警察插手此事，跟警察解释说是一场误会，虽然是两个工地，但都是一个老板。下面的小包工头不懂事，为了一点儿点儿地，图纸红线没有画清，就带着一群民工瞎胡闹。打伤的人该治疗的治疗，该住院的住院，打坏的机器、建筑材料各自赔偿，反正都是一个老板掏腰包买单。派出所见双方都能坐下来心平气和地谈，也就不追究其法律责任了。

贾义是听到工地的包工头姚拐子打电话才匆匆赶来的，等他乘计程车赶到时，群殴已经结束了。工地上乱糟糟一片：砖瓦碎片、钢筋铁块散得满地都是，打坏的机器横七竖八地躺在那里不堪入目，两家围墙也断壁残垣，有一处没一处。他围着工地巡查了一遍，气得咬牙切齿，无话可说。他知道此事自己的公司无理在先，与亚东兴隆房地产开发有限公司签订合同时他在场，如今自己的老板要耍赖，人家当然不买账。那是实实在在的四十亩地啊，这年头，有地就会发财，你想想，一个那么精明的龙爷岂能被你忽悠？他不占你的便宜算好的，毕竟这是在他的地盘上，老话说得好，强龙压不过地头蛇。不知道"七哥"是怎么想的，如果不把这个事情摆平，以后像这类事情，还不知道有多少。此时下面的小包工头捂着满是血的头，气喘吁吁地跑来报告，工地上还有几个咱们的人被派出所抓去，他得去交涉交涉，看看能不能保释他们出来。他想了想，还是拿手机打电话给文政委，这个时候是该让他出马了。还是文政委有办法，几分钟就搞定了，派出所同意放人，让他们去办手续。贾义松了一口气，吩咐包工头到派出所不要多说什么，把人领回来就行。

吴方副市长从北京开完会，就乘坐高铁返回 G 市，在火车上就听到了秘书打来的电话，说是廉租房工地闹事，已停工一个星期了。他心急火燎地用手机给庆丰集团总裁樊桥庆打电话，要求他们无论如何不能停工，而且还要加快建设进度，最近住建部还会下到G市检查，至于工地安全问题，他来与公安局唐副局长联系，因为这是市里的重点工程，说什么也要警方保驾护航。

火车以时速三百公里贴地“飞行”，他发现，这两年铁路建设发展得很快，他坐在高铁上不断体验光影交替：时而眼前一黑扎进隧道，时而头顶阳光疾速前行；体验在“白天”与“黑夜”中轮回、在崇山峻岭中奔驰、在粉墙黛瓦间穿梭、在梯田湿地中飘过。他想全国的房地产市场也和这个高铁一样发展得如火如荼该多好，说什么G市都不能拖后腿，低于全国的平均水平。他想想还是不放心，立刻拿起手机跟市公安局的唐安民联系，问问到底是怎么回事。国务院对各省、市廉租房的建设抓得很紧，现在一年里剩下不到几个月，千万不要让这些地痞流氓影响市里的重点工程。

唐安民接到市长的电话后不敢怠慢，立刻拨通桌上的电话，打到凤凰花园工地属地派出所，向江所长了解事情经过。当江所长把事情的发生和处理结果汇报给领导时，唐局感觉派出所处理得有些简单，不管怎么说，这至少是个治安案件，仅仅罚款而没有拘押为首的主犯恐怕不符合法律程序，更何况此案已惊动市领导。他想了想给分局领导打了一个电话，要求分局治安科插手过问此事，紧接着又向吴副市长汇报处理的结果。

吴方副市长听到打架闹事的为首方是亚东兴隆房地产开发有限公司，立刻就明白是怎么回事了。对于两家的合作，他多多少少知道点儿内幕，碍于自己的身份，他没有过多地过问此事，毕竟这是两个商家之间的矛盾。但他知道余飞龙肯定是吃了哑巴亏，心里不服，才会去闹事。这两个商业巨头都是在G市叫得叮咚响的人物，他们的经济实力在本市举足轻重，他们的一举一动都代表着本市商家的利益，岂能为几十亩地反目成仇，拼得你死我活。不像话，两个鼠目寸光的家伙。商人就是商人，把钱看得比什么都重要。不行，不能任由他们蛮干胡来，这样下去会坏了我的大事，今年说好了要干几件为民实事的，不能让他们影响市里重点工程的进程。干脆我来做个和事佬，调解他们之间的纠纷。不等火车到站，他就打电话指示秘书，约见这两位大佬。

第三十章　初疑真凶

李一鸣在分局开了一上午的会，中午散会后，开着所里的破旧桑塔纳警车赶回派出所，半道走走停停，费了很大劲才把它开到目的地。中午吃过饭，因为下午还要用车，他打算凭着自己多少懂一点儿的修车技术，伺候一下这部老爷车。他打开汽车引擎盖，发现几个螺丝松了，到车上翻遍工具，也没见起子和扳手。他就问站在一旁观看的协警小王，要他去附近借一把螺丝刀和扳手用。小王回答说螺丝刀门口的保安有，扳手原来的徐所长有一把，非常好用，现在不知道他放到哪里去了。李一鸣一听不由得觉得奇怪，他记得上次排查时，徐信义坚决否认他有扳手。他怀疑听错了，再次询问协警小王是不是记错了。小王语气肯定地说，所里这部唯一的桑塔纳警车经常坏，用了很多年，也没有什么大毛病，稍微修一修就能用。徐所长舍不得报废，一直是他开着。他经常看到徐所长用扳手紧几下螺丝，就能开动了，所以那把扳手他一直放在汽车工具箱里面。后来他自己买了一部新车，也许他把那把扳手带走了也说不定。小王解释道。李一鸣又问："上次排查时你到哪里去了?""我正在住院。”小王听出李所长的怀疑，急忙补充道，“如果看了那把扳手我能够认得出。”“为什么？”“因为那把扳手我用过，它有很特殊的记号，前面的尖嘴有点儿缺口。”

李一鸣想了想，看看四周没有人，把小王叫到一边，小声叮嘱：“今天我们的谈话就到此为止，不许告诉任何人，也不许你多想。”

李一鸣交代完毕，跟没发生什么事一样，擦擦沾满油迹的手，盖上引擎盖，发动车，跟协警小王打了一个招呼，就离开了派出所。警车走到半路，他靠边停下来，用手机跟齐亮通电话，在电话里简单地叙述了刚才与小王的谈话，并提出自己的怀疑，让齐亮能否通过老马悄悄去刑科所，把在吴胖子家搜到的那把“扳手”借出来，交给小王辨认。齐亮答应，马上去办。到了晚上十点，齐亮带着作案凶器——那把扳手，来到派出所，李一鸣和小王早已在办公室等候。让齐亮和李一鸣惊讶的是，作案凶器，正是徐信义过去一直使用的扳手。二人再三叮嘱小王要注意保密。打发他走后，他们陷入了长长的深思。

几乎在同时，他俩异口同声地说找唐副局长。两人来到唐副局长的办公室，把他们了解到的情况说了一遍。

唐副局长听后，眉头紧锁，沉思片刻，盯着他俩道：“这能说明什么？亏你们还是搞刑事侦查的老侦查员。如果你们问他，他有可能会说扳手不小心在路上弄丢了，而且那天他确实开车去过现场搜查，也存在凶手在路上捡到他的扳手的可能。退一步讲，就算他没有说实话，也许是因为担心我们会对他产生不必要的误会。这件案子已经结了案，我看你们就不必再钻牛角尖了。我们对一个同志要认真负责，尤其是老同志，没有确凿证据的事情不能瞎猜。这件事情就到这里为止，出门不许瞎说，否则以纪律处分，听见没有？”

“是，我们明白。”

同时他又特别交代，根据“一号案”专案斗争的需要，上级经过慎重研究并请示省厅“利剑”行动指挥部决定，省厅看守所的王副所长参加对阿彪的审讯。

他看着李一鸣和齐亮离去的背影，不由得感叹：“多好的同志啊！”现在的年轻同志真不赖，他十分欣赏他们对敌斗争的警惕性和敏锐性。

尤其在当前纷繁复杂的刑事犯罪斗争中，暴力恐怖分子与我方之间的较量错综复杂，如果没有对敌斗争的高度警惕性和对敌情判断的敏锐性，要在这场斗争中牢牢把握斗争的主动权是不可能的。所以，他还是由衷地感谢他们的尽职尽责。其实，对徐信义的怀疑不止一两天了。从这次刑侦支队档案室泄密事件也可以看出，他的嫌疑最大。因为他是最后一个离开刑侦支队的，监控设施也是在这个时候被破坏的。从档案室提取的脚印看，虽然是鞋套印，但体重和身高基本符合徐信义的体貌特征。具体调查结论还有待做进一步的勘验。如果真查到“内鬼”就是他，那吴胖子、江彬被击毙一案就值得重新调查了。

唐副局长的思路几乎和李一鸣的想法不谋而合。他与齐亮乘车返回途中，并没有奇怪唐副局长为什么没有支持他们。他完全明白领导的用意，像此类严肃的问题，尤其是牵涉到一个领导干部是敌是友的原则性问题，马虎不得，稍有差池，就会放过一个真正的敌人，而冤枉一个真正的好人。所以，必须找到更多、更确凿的证据。一切都要靠证据说话，而不能先入为主、妄自推理。在车上他见齐亮坐在副驾驶座位上低着脑袋不吭声，像是要打瞌睡，就没话找话问：“老弟，最近进行得怎么样?”

其实他没有真要睡，只是在猜测唐副局长的用意，在唐副局长手下干了这么多年，未必不清楚领导的处世习惯，凡是涉及人的敏感问题，他从来不在两人面前表态。所以，当唐局一反常态、三言两语地打发他们出去时，他就知道领导也许什么都知道，只是时机不成熟，没有必要打草惊蛇罢了。想得正出神，突然，李所长冒出一句不相干的问话。他就知道李一鸣是故意刺探他和尚晴的恋爱关系发展到哪一步了，毕竟他们过去是情敌。现在已经和好如初，但那股酸味肯定在。他就故意回答：“还行，就那样，一切正常。”

“什么叫一切正常？双方家长见了面，还是定了日子？什么时候请我们吃喜糖?”

“反正一切按正常进行中，准备明年春节举办婚礼，到时候一定请领导吃喜糖。”

“发展得蛮快嘛，那先在这里恭喜你们了!”说了一句言不由衷的话，说实在的，听了对方的回答，他多多少少有些嫉妒。

“你也不赖，听说检察官都踏进你的门槛了。”

“彼此彼此，想不到你的消息还蛮准的嘛。”他不无得意地说。

“那真要恭喜你们了，郑检察官是个不错的人，原来办案她没少帮助我们。既然水到渠成，何不早点儿办事?”

“我也是这么想，不过还得过女儿这一关，先让她们在一起磨合磨合。”

“你那个女儿挺精的，让她们俩在一起生活确实要花点儿功夫，在这方面你可要多动点儿脑筋。”他好心提醒道。

“正为这事愁着呢，你能有什么好点子，不妨出出主意。”

“现在暂时没有，等有了一定告诉你。”

李一鸣手握方向盘，突然发现前面的计程车有点儿不对头，走走停停，有时左右摆动呈S状，有几次差点儿让后面的车撞上。他用手臂碰碰旁边的齐亮，希望引起他注意。其实齐亮的眼睛一直盯着前方，也注意到了前面的计程车有些不正常。李一鸣趁左边没有车，方向盘一摆，踩油门提速，赶紧把车开到并列，同时把车窗玻璃摇下，以便让齐亮观察得更清楚。齐亮叫李一鸣把车开得再靠近点儿，见车里只有一个乘客坐在前面。的士司机面部表情很紧张，副驾驶座位上的乘客紧挨着他。难道被劫持了？齐亮脑海里突然闪现出这个念头，与此同时，他急忙亮出警官证，大声喊着要求对方停车检查。李一鸣的车开得恰到好处，始终与计程车并列前行保持一定的距离。二人配合得非常默契，几次想逼停对方。计程车不仅不停反而加速逃离，希望摆脱他们的检查。的士司机的反常举动，愈加证明了齐亮他们的判断正确。他果断拨打110电话报警，请求支援。

计程车司机梁师傅没想到今天这么倒霉。一天才拉了四趟客人，晚上就遇上烟鬼“斗鸡眼”。他开始没注意到这个诡异的客人，一会儿到这里，一会儿到那里，在城区转了半天，也没有讲清楚要去的目的地。当他生气地质问客人是否有捉弄他的意思时，对方露出穷凶极恶的嘴脸，突然亮出一把明晃晃的水果刀，向他要钱。

梁师傅知道遇到了劫匪，自认倒霉，为了保命，他几乎不假思索地把车上全天收到的钱款连分带角悉数上交，谁知劫匪还是坐在车上不走，劫匪的大烟瘾犯了，口角流涎，下巴歪斜，眼睛翻白。他急了，打算悄悄打电话报警。不料，手机刚刚拿出来就被劫匪夺下，与同伴联系哪里有“白粉”供应。

李一鸣考虑到为了保证的士司机的安全，避免两车碰撞，主动将车由同向并行，变成紧紧尾随其后。齐亮在一旁主动跟110指挥中心联系，争取让前面的交警堵截。

计程车开得飞快，连续闯过几个红灯，但在快要出城的路口，已经站满了防暴警察。一个交警穿着防弹背心，站在醒目的位置，拿着红灯指示牌，想逼停计程车。但计程车犹如一匹脱缰的野马，迎面扑来，拦车的交警敏捷地闪身躲过，防暴警察见状立刻朝天鸣枪警告！飞速赶来的李一鸣、齐亮在桑塔纳警车内探出头来，大声喊道：“车里有人质，不许开枪！”

李一鸣见计程车司机已被劫匪胁迫，失去自由，不能配合他们把车停下。照此下去，不立刻采取措施，有可能危及计程车司机的生命。他果断加足油门，提速，抢先超到它的前侧，两车贴身碰撞，经过几轮挤压计程车前进的空间，终于计程车被逼停靠在人行道旁。劫匪马上从车内推门而出，拔腿就跑。齐亮不等车停稳，如利剑出鞘般紧追不放。“斗鸡眼”拼命往黑咕隆咚的大街小巷跑，齐亮明白他的意图，脚底发力，盯着他的背影寸步不离。跑了几条街巷，越往深处，越是黑漆漆的一片，齐亮四处寻找还是不见踪影。此时，李一鸣也气喘吁吁地跟过来。两人对视，齐亮举手示意，李一鸣明白，两人又分头往相反方向搜寻。

“斗鸡眼”悄悄隐藏在黑暗处，全身紧紧贴住墙根，屏住呼吸，两眼死死盯着前方，窥探周围的动静。蹲了半天，烟瘾又发作了，全身颤抖，腹中翻江倒海，胃酸在不停地往上涌。他强忍不适，探头探脑，见“条子”已被摆脱，就鬼鬼祟祟地走出藏身处，准备继续逃命。没走几步，警察突然从天而降，李一鸣拿着一副手铐站在他面前。惊慌失措的他转身企图再逃，更让他没想到的是，另一个警察叉着腰，如一尊铁塔般挡住他的去路。瞬间，他像个泄了气的皮球全身瘫软，倒在地上，再也无力逃遁。

第三十一章　重回支队

齐亮、李一鸣把人犯带到刑侦支队，顾不上疲劳，连夜提审。隔壁审讯室，丁晓波与侦查员小杜也在突击提审另一名瘦高个儿同伙。经过通宵达旦地审讯，基本搞清两个犯罪嫌疑人的真实身份和犯罪事实。到天亮，审讯告一段落，齐亮他们准备稍事休息，然后几个人碰碰头，交流一下案情，视情况再审，争取有更大的突破。谁知，吃过早饭，刚到上班时间，唐副局长与尚奇领着缉毒支队的支队长舒建国，副支队长章工、秦芳芳一行五人来到重案大队办公室。略微寒暄，刚入座，唐副局长就指示把昨晚抓来的两个犯罪嫌疑人交给缉毒支队处理。齐亮他们虽然很不情愿，但因为是上级的指示不得不执行。待缉毒支队的领导把犯罪嫌疑人带走后，唐副局长又宣读市局命令，任命丁晓波担任柳江派出所教导员，李一鸣因工作需要，暂借刑侦支队担任“一号案”专案组副组长，在这期间，派出所工作由丁晓波全面负责。宣读命令过后，他又交代了在座的几位几句，就匆匆离开了。

齐亮他们等领导一走，就开始你一言我一语地发起了牢骚：“昨晚算是白忙乎了一夜，刑侦支队有给别人做嫁衣的传统，还是缉毒支队是宝贝……”

“算了，算了，就别在这里发牢骚了，大家还是把精力放在下一步的工作上吧。”尚奇现出一种无可奈何的态度，平息大家的怨言。其实他何尝不想发发牢骚，宣泄一下内心的烦恼。上级派李一鸣重返刑侦支队协助牵头专案组的工作，摆明了是不信任自己这个专案组组长的能力。局领导几次在大会小会上含蓄地批评支队的工作，也侧面印证了下面的传闻，他这个代理支队长做不长久，甭说去掉这个“代理”了，就是以目前的状况要维持下去都很难，所以要谈“转正”简直就是天方夜谭。官场上的事，像小孩儿的脸，说变就变，谁也难以预料。还是不要多想，好好工作，一切听从上级安排。他想到这里也就释然了，打电话给秘书科，让他们赶紧给老李准备准备，尽快腾出一间房间来。此时，坐在一旁的丁晓波插话，不要腾了，就用我的办公室，反正我也要走了。尚奇想了想，这样也行，然后抱歉地对李一鸣说：“那就委屈你了，你看这样行不行?”李一鸣笑着回答：“领导也太客气了，千万不要麻烦，这样最好。”

齐亮站起来握着李一鸣的手说：“欢迎李所长参加专案组，‘一号案’有你协助牵头，应该很快会有转机。”

李一鸣笑着回答：“也不要把我吹得那么神，工作还是要靠大家去做，我只是在局党委的领导下协助负责‘一号案’专案工作，其他的事情还得你们自己去干。”他担心尚奇会多想。

丁晓波说他去腾办公室，先行离开了，接着尚奇也说有事离开。李一鸣见办公室只剩他和齐亮了，就说乘此机会是不是议议下一步的审讯对策。

齐亮同意。他知道“一号案”局里抓得很紧，现在派李所来显然是要他们加快破案进度。他简要地把前段审讯侦查结果向李一鸣通报，李一鸣听后肯定了他们前一阶段的工作，关键是要加大对阿彪母亲工作的力度，让她亲自做儿子的思想工作。这个工作最好是让尚晴来做。是啊，来这么久了，自己最想见的人怎么没看见?可是当他听说，尚奇在这个关键时刻竟然批准尚晴休公休假时，心里很不满意。不过，他现在毕竟不是支队长，不可能对尚奇指手画脚。算了，如果真有事就让齐亮去请她加加班，她不会连这点儿面子都不给吧？应该没有问题。接着他们又仔细斟酌下一步应该采取何种审讯对策。

尚晴这几天过得真闷。每天起来第一件事就是做早餐给侄子吃，因为大嫂最近找到了一份商场清洁工的工作，每天天不亮就出门，大哥又不放心儿子在外面吃早点，说是不卫生、少营养，侄子正处在高三冲刺的关键时刻，他的身体营养需要是全家的第一要务。所以，说是休假，其实成了真正的家庭主妇，每天忙的事就是三顿饭。这不，刚刚送走侄子，又要准备去菜市场买菜，回来后还得搞卫生，拖地抹灰，忙完后又要做中午饭，洗洗涮涮一天下来比上班还累。整天围着锅台转，她感觉一点儿意义都没有。难道家庭主妇的生活就是这样？一点儿趣味都没有。全家围着一个小孩儿转，把他像皇帝一样供着，一家人全按照他的生物钟转，没有其他人的生活空间。如果真是这样，打死她也不会生小孩儿。她在想，她跟齐亮结婚后的生活会不会也是这样，单调、枯燥、无味。有时她躺在床上就会想他们今后的生活应该是怎样的，一想到这几天家庭主妇的生活，她就感到恐惧、害怕，甚至厌倦。这个讨厌的家伙，说好了每天给我打个电话，或者发个信息的，都几天时间没见面了也不来问候一下本姑娘，想起来就烦。在这一点上，他就真不如李一鸣，不懂得去抓女人的心。嗨！怎么又想起他来了，算起来，也有一段时间没见着他了。听说人家已经名花有主了，你怎么还想着他？她为自己的胡思乱想满脸通红。

突然，手机铃响，她放下手中的吹风机，跑到客厅接电话。

“是小尚吗？现在在忙什么？”

“我刚洗完头，正在吹干头发呢。领导怎么有时间打电话来？”“听说你在休公休假，本来不想打扰你，这个电话本应该是齐亮打给你的，他的手机没电了，所以用我的电话打给你。有个事情还想麻烦你，他就在我旁边，需不需要他跟你说？”

“不需要，你跟我说一样。有什么事，领导吩咐一声就够了。”

“那我就不客气了，是这样……”

打完电话，李一鸣本想把手机交给齐亮，让他跟她说说话，可是见他拼命摇手不肯接电话，只好把它挂了。

电话那头正在等齐亮的声音，见对方已把电话挂了，知道他一定生她的气了。

这几天，齐亮确实在生尚晴的气。他没想到，在审讯阿彪的关键时刻，她会听他哥哥的鬼话，跑去休假，坐在家里照顾侄子准备考大学。上次在车上他还以为她在开玩笑，就没有把她的话当真，上班后方才知道，她真的去休假了。为此事，他还真有点儿生这个未来大舅子的气，太不把我放在眼里了。即便是亲戚，也要跟我这个大队长打声招呼吧。如果不是李一鸣坚持要尚晴来继续做阿彪母亲的工作，他才不会去打这个电话。不过赌气归赌气，他也认为尚晴最适合做这个工作。所以，无论是为公还是为私，他都巴不得尚晴快点儿赶来，李一鸣的邀请电话正中下怀。

下午，李一鸣按约准点来接尚晴，准备去熊大妈家。他把桑塔纳警车开到她家门口，按了两下喇叭。尚晴穿着一件粉红色连衣裙跑出来，见车上仅有他一个人就打开后车门，坐在后面。

“领导你好，不好意思，还让你亲自来接，怎么没见齐亮?”坐上车就跟他打招呼。

“我们约好先接你，他想为熊大妈买点儿东西，所以在时代广场等我们。”

“哦，那个熊大妈还真是比较难伺候的，我们去了几次都没有做通她的工作。”

“这也是没有办法的办法，谁叫阿彪是个软硬不吃、油盐不进的顽固分子，现在哪怕有百分之一的机会我们都要争取。”

“那倒是，还是局领导看得准，让你亲自出马。”

“你们不要把我夸得那么神，其实齐大队长也不赖，我看过你们的审讯记录，他前一阶段的工作很有成效，阿彪已经开始动摇了，他的心理防线已经逐渐崩溃，现在只是差一把火。而我们现在的工作正是添柴加炭，让他彻底交代自己的罪行和幕后指挥是谁。”

“有你这么说，我就很有信心了。现在看来，我们真的看到黎明前的曙光了，请领导一定相信，我会全力以赴，攻下这个堡垒。”

“我非常相信你的能力。”李一鸣心里却在想，我们分开这么久了，难道我们彼此之间除了工作就没有其他的东西可谈？“你今天穿的裙子真漂亮！”他故意把话题转到其他地方。

听他这么说，尚晴很高兴，喜滋滋地说：“你不会是故意逗我的吧?”

“这你就见外了，我们虽然没有缘分成为夫妻，至少应该算是朋友吧。我用得着拿好话来讨好你?”

“那倒是，听说你跟郑检好上了。”她不无醋意。

“你会关心我?”他故意调侃道。

“看你说的，我怎么会不关心你。刚才都说我们是朋友，怎么现在就不承认了?”她把嘴巴一噘。

他从车上的后视镜中看到她假装生气的模样，他就喜欢看她这样，心里立刻乐开了花，这说明她心里还是有他一点点地方的。

“谁说我不承认了，只是你结婚的好日子都定好了，我这个做朋友的还不知道，是不是我这个证婚人不够格?”

“知道不够格，还问。到时，我可要一份大礼。”

“放心吧，包你满意！”

“满不满意，到时候就知道了，什么时候把你的那位娶进门?”

“快了。”

不知不觉汽车就到了时代广场，齐亮跳上了车，不高兴地问：“怎么才来，这都几点了?”

“堵车。这个时候是上下班高峰期，市内车真多。”他知道自己故意绕了一个弯路，所以言不由衷地解释道。

齐亮听了也没说什么，只是客气地向尚晴点点头算是打过招呼。一路上，三人各怀心事，再也没有言语一声。

到了敬老院，陈娟院长也就是李一鸣的前妻早已在那里等候多时。多亏有她的大力支持和帮助，否则，敬老院床位这么紧张，哪能立刻腾出一个床位。这年头，办什么事情都要凭熟人关系。办公事和办私事一样，有了熟人才好办事。陈娟把什么事情都考虑得很周到，为了方便他们工作已经安排同室的老人去别的地方玩了。为了积极配合做好阿彪母亲的工作，陈院长还选了一位素质较高的陪护人员跟在老太太身边做工作。经过一段时间的努力，老人已经不像刚刚进来时那样对人不理不睬了。今天老太太气色很好，看到齐亮他们进来，心想："又来了一批说客，我依然以静制动，他们说他们的，我自岿然不动，看看他们能把我怎样！我就这样耗着他们，说不定我儿子还有得救。听敬老院的阿姨私下议论，儿子犯了重罪，弄不好要杀头。我如果配合这些死警察，岂不是把我儿子的命弄丢了？现在这样好吃好喝地供着我，说不定能让我儿子多活几天……"

齐亮和尚晴一进门，就把刚刚买来的按摩器安装好，接好插座，并为其试用。李一鸣在一旁注意观察熊大妈，发现她虽然七老八十，但身体硬朗得很，不聋，也不瞎，更不傻。应该说，齐亮他们对她的照顾不说无微不至，也是该想到的都想到了，很周到，很细心。但是，是什么原因，让她这么久了还无动于衷呢？她似乎看出了我们的用意，故意采取对抗策略。不行，不能让她牵着我们的鼻子跑！

李一鸣暗示其他人离开，屋内只剩他、齐亮和尚晴。他搬过一把竹椅坐在熊大妈床头边，见她半睡半醒躺着，知道她在故意装聋作哑不理他们，但她的耳朵一定在听他讲话。

"大娘，你一定很关心你儿子的生死，可你想过没有，与你一样的母亲同样关心他们的儿女，而他们的生命却被你儿子残忍地杀害，导致几个幸福的家庭破裂……你知道中国有句古话叫'杀人者偿命'。现在他把所有杀人罪行都扛到他自己身上，这意味着什么？"

"你们要枪毙他？"她突然用手抓住李一鸣，眼睛直愣愣地盯着他看。

"这要看他的态度，看他讲不讲实话，看证据是不是他杀的人，还是被别人操纵，受他人指使。所以你必须明白，不是我们需要你的帮助，而是你儿子需要你的帮助……"

"你是说，他如果讲了实话还有不掉脑袋的可能？"

"我不能给你作出什么承诺，因为这是法官的事情，但我敢肯定地说，他如果敢于说出真话，把幕后推手交代出来，法官在量刑时，一定会减轻他的罪行。还有你想想，真正把你儿子推上断头台的是那个躲藏在背后的凶手。你儿子成了他的替罪羊，走上黄泉路，他却在外面逍遥快活。这种人你恨不恨他?”

“恨！我恨死他，我恨不得咬他的肉，抽他筋，剥他的皮！”她激动地说。

李一鸣见她老人家思想有些松动，知道他的话起了作用，说明他的判断是正确的，于是凭着他的三寸不烂之舌，展开凌厉的攻势。经过一番苦口婆心的劝导，终于把她说动了心，同意去劝说她儿子。打铁要趁热，虽然天已经黑了，但他们商量了一下，还是连夜把他母亲带过去，让他们母子相见，在心理上给阿彪一个更大的触动，或许会对案情的突破带来转机。说干就干，三人顾不上吃饭，连夜带着阿彪的母亲直奔省厅看守所。

第三十二章　顽匪招供

阿彪做梦也没有想到能够见到日思夜想的母亲。当警察在深夜把他带到特殊监房时，他第一眼就看到老母亲望眼欲穿、思子心切的双眼，母子俩抱头痛哭、泣不成声。好几回在梦中，他看到母亲沿街乞讨，衣不蔽体，露宿街头，每次都从噩梦中惊醒。母亲守寡把他拉扯大，整天在担惊受怕中为他祈祷，没有享儿子一天福。如今老母亲就在眼前，他的情绪十分激动。他一直把警察视作“天敌”，而正是他们厚待自己的妻儿老小。而那些平日里所谓的恩人，什么大哥、龙爷之流却置自己家人的冷暖于不顾，使他们无依无靠、难以度日。想到这些，他愈来愈感到这辈子划不来，白白成了他人的牺牲品，做了龙爷、徐信义、陈小虎的替死鬼。不行，我不能活得这么窝囊！我得报仇！我要一个个把你们送进监狱。就算要我死也要抓几个垫背的，不能让你们在外过得逍遥自在，让我一个人在里面担惊受怕、受苦受罪。

阿彪母子见面的时间眨眼而过，李一鸣安排齐亮、尚晴送熊大妈回敬老院休息，自己留下与看守所王副所长一道继续提审阿彪。

齐亮知道李所长是故意这么做，好给他创造单独送尚晴回家的机会。他先是把熊大妈送回敬老院，并交代陈娟要派人守在她身边，时刻注意观察老人家的情绪，不要使她太激动，要休息好。当他把一切安顿妥帖离开时，已经是凌晨一点了，他又开车把尚晴送回家。

外面漆黑一片，路上鲜有行人。这里比较偏僻，属市郊，路灯星星点点，时有时无。齐亮全神贯注地开着车，见车内半天没有声音，回头一看，尚晴躺在车上睡着了。他心想，忙碌一整天，应该把她累坏了，一股怜香惜玉之情油然升起。他把车靠边停下，脱掉身上的外衣盖在她身上。然后继续开车，大约一个多小时，到达羊心湖住宅小区，他把车停在家门口，关灯熄火。打开车门，把熟睡的尚晴轻轻抱起，上电梯，进屋，放在床上。他累得一头大汗，呼呼直喘气，歇息片刻，转身，正想悄悄离开，尚晴突然抓住他的手。

“你醒了？可把我累坏了。”

“故意处罚你。”她妩媚地看着他。

“你装睡？你良心真坏。”他知道她怕痒，用手搔她的痒痒。

她边躲开，边娇纵地回答：“你才良心坏了呢！稍不顺心，就接连几天电话都不打一个，这么小心眼儿。”

“你看我不是忙嘛，是我错了，下次一定改。”齐亮挤眉弄眼，嬉皮笑脸地跟她赔礼道歉。

“小点儿声，别把我哥吵醒了。”

齐亮笑着回答：“我的公主，你看看这是哪里？”

尚晴仔细瞧瞧，还真不是她家。

“你怎么把我带到你家来了？”

“这都下半夜了，我怕打扰领导休息，干脆你先在这里过夜，等明天天亮再回自己家。”

“算了吧，鬼才相信你的话，恐怕另有所图。”说着，她紧紧抱住他亲吻。齐亮被她的激吻勾起了欲火，胸口像有炭火在燃烧。两个热恋中的情人倒在床上，热情似火、如胶似漆。

齐亮感觉是时候离开了，李一鸣他们还在挑灯夜战，他还得赶过去。他看着睡熟的尚晴，娇憨甜美，心里尤其恋恋不舍。未敢惊醒她，他踮起脚尖，离开住宅。他万万没想到，这一次离开，差点儿成了他们的诀别。

已近凌晨四点，车子开得飞快，他急忙赶回省厅看守所。

“你看我给你们带了什么?”

“哟，是夜宵，我肚子真饿了!”王副所长也是专案组成员之一，他看到齐亮带来四份打包外卖不禁笑逐颜开，不等放下就从他手中抢过来，当着阿彪的面狼吞虎咽，把阿彪馋得垂涎欲滴、饥饿难耐。

“看你那馋样儿，这都已经是早餐了。”李一鸣笑笑说，把桌上的电脑按到暂停，接过齐亮递给他的快餐盒，“谢谢！我还以为你会睡一会儿再来呢。”

“怎么可能，领导们都没有睡，我怎么能偷懒。”说着又打开另一份外卖，递到阿彪手上，“不会少掉你的，吃完了好好想想还有什么没有交代。”

齐亮坐在电脑旁，边吃边看他们的审讯记录。

竟然真是徐信义！阿彪终于开口交代了。齐亮简直不相信自己的眼睛，他惊得差点儿掉下手中的筷子。他愈看愈心惊肉跳，徐信义的所作所为简直不可思议，这些案件居然件件桩桩都有他的份，他简直不敢继续往下看。

唐副局长同样也没有想到“内鬼”就是徐信义。虽然对他也有些怀疑，但事实不免让人震惊，毕竟党培养一个干部不容易。他听了李一鸣他们的汇报，看了审讯视频，明白仅凭阿彪的口供还不足以定他的罪。但是昨天纪委、督查调查组已基本确认徐信义就是唯一进过档案室的人，联系到他的“扳手”就是杀害张磊凶器的事实，这一串串证据形成一个证据链，均可证明徐信义已犯下不可饶恕的罪行，这已经是铁板钉钉、无可争辩的事实。他知道事态的严重性，他得赶紧向一把手汇报，向市委、纪委还有省厅汇报，按照他的经验，还得尽快采取措施。他指示李一鸣同他一起去汇报，先注意保密，尚奇、齐亮可在暗中派侦查员注意监视他的一举一动，随时等候命令，如有异情，可以先行拘留。

同样，这几天徐信义急得像热锅上的蚂蚁，坐立不安。他有种预感，那张无情的“法网”已开始悄悄向他逼近，他感觉上帝给自己的日子不多了，他得早作打算。跟余飞龙商量，他也没有什么好主意，更何况他也是泥菩萨过河——自身难保，说不定警察早已盯住他了。那只有三十六计走为上计，夺路潜逃？也不行，自己都五十多岁的人了，抛妻别子、背井离乡，一天到晚饥不择食、慌不择路的日子是很难过的。这样不行，那样也不行，难道等着李一鸣、齐亮来抓自己？他想起这两个人心里就来火。昨天，派出所内勤打来电话，说是看到李一鸣在向所里的协警调查“扳手”一事，而且这两天，老看到齐亮进出派出所。妈的，已经结了的案子，他要重新调查，这不是偏偏跟我作对嘛！老跟我过不去，我哪里是砧板上的肉任你宰割？既然你把我逼急了，我也没有什么好果子送给你们吃，心里一想又一个歪点子出来了。

第三十三章　警花遇险

尚晴一觉睡醒精神好多了，看看表，已经上午十一点了。她大吃一惊，不好，侄子放学后还等着吃午饭呢。她匆忙洗漱一番，离开齐亮家，赶到附近菜市场挑选了几样容易洗的菜，打了一个的士来到自家。她一头栽进厨房忙碌起来，不到半个时辰就弄好了两荤一素、三菜一汤。大哥担心儿子营养不够，每每叮嘱，中午这一餐非常重要，说什么早餐要吃饱，午餐要吃好，晚餐要吃少，这是科学搭配。所以，她不敢马虎。做好饭菜，她坐在客厅沙发上织起了毛衣，边织边等侄子放学。原来她不会织毛衣，只是听齐亮的姐姐说，他喜欢穿手工织的毛背心，所以她偷偷跟其他人学习如何织毛衣，还好学了一个月就把它学会了。上星期，她买了一斤上好的毛线，试着为齐亮织了一件背心。侄子下课回家了，尚晴摆好碗筷安排吃饭。

饭才吃到一半，手机在不停地响，尚晴放下饭碗，拿过手机一看，是徐政委的电话，赶紧接通。

“是小尚吗？我是老徐，是这样的，今天局里安排我们支队参加

‘创建国家卫生城’活动，要去十位同志，想叫你凑个数，怎么样?”

“领导，我在休假。”

“我知道，这不是支队人手紧嘛，临时抓差。我把名单都报上去了，你总得给我这个政委面子吧?”

“好吧，领导既然这么说，我去就是了，到什么地方集合?”

“那谢谢你支持我的工作。吃过饭，我开车去接你，免得你挤公交车。”

尚晴不是不愿参加“创建国家卫生城”活动，只是觉得支队有一百五十几号人，难道抽十个人都抽不出来，还要她这个休假的人“顶岗”?她虽然不情愿，但还是急急忙忙地做着准备。她一边催侄子进屋复习功课，一边收拾碗筷。等她把一切整理完毕，外面的汽车喇叭响了，正在催她上车。她随意换了一件旧执勤服，平时都是把它当作劳动服穿的。她做梦也不会想到，正是这件执勤服救了她的命，这是后话。

一上车，徐政委客气得很，连声道歉，弄得尚晴更不好说什么了。她在车上用手机急急忙忙给齐亮发了一个信息，见对方没有反应，以为他忙，也就作罢了。徐信义一边开车，一边没话找话，故意跟她套近乎。尚晴碍于领导的面子，不得不敷衍。走了一段路，他拿出一根泡泡糖递给她。

“我知道你很喜欢吃泡泡糖，你尝尝这个。”

尚晴接过泡泡糖说：“谢谢领导。怎么没见过这种牌子的?”

“这是我小舅子从国外带回来的，听说味道不错。”

尚晴看看确实都是英文，她也看不懂，就剥开，一股奇香味刺鼻，洁白的糖条十分诱人。她未及细想，张嘴，放进口里嚼嚼。“嗯，确实比国产的味道要好得多。”她赞许道。尚晴当然不会想到，因为她的大意，使她悔恨终生。

车子在往市郊的方向疾驶。不到五分钟，坐在车上的尚晴感觉头有点儿晕，两眼模糊，一会儿就睡着了。徐信义看着倒在座椅上的尚晴，露出诡异的奸笑。他在想，到时看你齐亮是笑还是哭。

齐亮从唐副局长办公室汇报回来后，感觉十分疲倦，双眼发涩，跌跌撞撞好不容易挪进自己的办公室，再也支持不住，倒在椅子上睡着了，他已经连续四十八小时没有睡觉。

这一觉睡得很长，也很后悔。等齐亮醒来时，已经是晚上十点了。桌上放了两盒饭，可能是下属见他没吃饭，放在这里的。他顾不得饭菜是否已凉，打开盒饭，埋头就吃。刚吃几口，他忽然想起了什么，打开手机一看，有几个未接电话，几个信息未读。其中有几个是领导打来的，有唐副局长、尚奇、李一鸣等。他把唐副局长的电话回复完毕，已经过了一个半小时。再回尚奇的电话，电话那头传来尚奇生气的声音，问他是不是和尚晴在一起。他回答，昨晚曾在一起，难道她白天没回家？对方回答，上午在家，中午也做了午饭，据儿子讲，接到一个电话，说是参加“创建国家卫生城”的劳动，被汽车接走了。尚晴到晚上都没回家，儿子打电话也联系不上，就打电话到支队向他询问姑姑的下落。我知道后打电话给你，见你们两人都没有接听，以为她和你在一起。齐亮一听急了，说是先挂电话，我再调信息看看，也许她给我发了信息。他打开未读信息，果然第一条就是中午十二点五十分尚晴发来的。看完信息，他心里犯疑，“创建国家卫生城”活动干吗要叫在家休假的尚晴参加？他赶紧给尚晴打电话，电话仍然关机联系不上。他再打徐信义的电话，也关机，怎么两人同时“失联”？他心里有种不好的预感，但不敢往那方面想，毕竟徐信义还不知道组织上已经查到了他的底细，该不会做出什么出格的事情吧。他又给尚奇打电话告诉自己这边的情况，依然无法联系到尚晴，让他通过其他的渠道先找找看，尤其是亲戚朋友那边，先不要慌乱，尤其不要大张旗鼓，免得人家笑我们大惊小怪。也许是临时有事，就像上次在羊心湖湿地公园跑步，会不会又遇到什么可疑对象，跑去跟踪什么人了，这是她的一贯个性。他自问自答，安慰着自己。对，还是先找找徐信义的下落，唐副局长的意思不是叫我们先派人监视他吗？他放下电话，走出办公室，到支队先找找徐政委，只要他们不在一起，估计尚晴也没有什么危险。

齐亮和尚奇低估了徐信义的警觉和狡猾，没有意识到对方已经开始把凶残的魔爪伸向他们最心爱的人作为报复对象，所以还是把尚晴的“失联”当作一般性的问题处理，以至于白白浪费了时间，错过了营救的最佳时机。但“寻找”的思路是对的。注意！他们所采取的手段仅仅是“寻找”，而不是“侦查”。所以，手段的不同，导致产生的效果不同。他们采取常规手段去寻找，得出的结论肯定是无果。李一鸣也犯了同样的错误，把女儿李娟的“失联”当作家庭问题处理了，而没有引起足够重视。尚奇和齐亮把市公安局整座大楼都翻了个底朝天，把亲朋好友都问遍了，把电话、信息、微信、微博，凡是他们能够用上的现代化信息手段都用上，都没有徐信义和尚晴的音信，连徐信义的家属也不知道他的行踪。齐亮和尚奇开始意识到了问题的严重性。直到李一鸣把女儿李娟的“失联”反馈给他们，齐亮和尚奇这才警觉。他们仨碰了一下头，觉得非常有必要向唐副局长汇报，并说出他们的担心，提出他们的建议。市局党委高度重视，连夜开会商讨对策，同时向市委、市政府汇报，积极争取广大市民和新闻传播媒体参加。为了抓紧时间救人，这里一边开会，一边利用全市“天网”工程调取监控录像，排查可疑人员。

一时间，全市各种机器都在开动，全市男女老少踊跃参加；机场、车站、码头、公交车站都布置警力全力搜索；报纸、电视、电台等新闻媒体也粉墨登场，在全天候播出寻找他们的信息。

尚晴开始有意识，慢慢清醒过来，发现自己眼睛蒙着，手脚被捆，嘴巴里塞满了脏布。同时感觉下体火辣辣地疼痛，以她女性的经验，知道自己被奸污了。她一时感觉天昏地暗，万分羞愧，无地自容。畜生！畜生！真是禽兽不如的畜生！她恨不得将徐信义千刀万剐！她感觉老天爷对她太不公平了，怎么能让这个老畜生糟蹋了！她感觉活在这个世上已经没有任何价值了，还不如就这样死掉算了。就在她完全丧失活下去的勇气时，灵敏的耳朵竟然听到人的声音，不是说话，是哭声，是小孩儿的哭声。她竖耳谛听，确实是小孩儿的哭声。警察的敏感和好奇的天性，诱使她艰难地把捆着的身躯向发出声响的地方挪动，越来越清晰，应该是小孩儿的哭声，她的判断没错。她再次挪动，终于用脚可以踢到了。不行，不能见死不救，更不能这么不明不白地死去。求生的欲望，促使她来了劲，她得先自救，方能救别人。她得想办法解脱绳索，这一点应该难不倒她，她毕竟学过瑜伽。她弯腰曲膝，双膝并拢，低头，用膝盖代替手努力把堵住嘴巴的脏布拿掉，终于成功了。透了一口气，有了开始就有了结局，继续，她弯曲，收腿，试着把反绑着的双手弄到前面，几次都没成功。她想了想，对着小孩儿说，不要怕，姐姐来救你。她慢慢挪动身体，靠近她，背转身，再靠拢，贴身紧挨，用捆绑的双手背向摸索。摸到了，那双小手虽然被绑得很紧，这难不倒她，过去在警校学习时她经常玩这种相互自救的游戏，没想到在生死一线时竟然用上了。凭着她的毅力，终于把绳索解开。在电视上看来非常容易做的事，而在现实当中却需要费很大的劲儿，尚晴今天才真正体会。她教小孩儿，先把眼罩去掉，接着再把自己的眼罩拿掉。蒙着的眼罩刚被小女孩儿揭掉，心里刷地开阔，终于知道人在黑暗中生活是件多么痛苦的事了。她抬眼一看，不觉大吃一惊，这不是李一鸣的女儿李娟吗？连三年级的学生都不放过！这又勾起了她对徐信义的愤恨，她心中一阵阵发紧。李娟很聪明，剩下的自救步骤不用她教，一会儿就全部解开。尚晴站起来，先活动活动捆着发麻的四肢，然后往四周观察，马上又心灰意冷了。这是一间废弃的酒窖，她醒来就闻到了一股浓浓的酒香味，有十五六平方米大小，地面距屋顶有三米多高，唯一的出口在顶部，必须靠梯子上下，梯子已经被搬走了。四周空荡荡的，但墙壁很结实，是用水泥、石块砌成的。她明白，仅凭她两人的力量恐怕很难逃脱，但她不敢说，因为她怕伤到孩子。她望着李娟纯真、明亮的眸子，心里真的感到了害怕。她明白李娟已经把她看成救星了，如果说出实情，孩子恐怕很难坚持到外面的人来营救，不行，她得给她力量，给她活下去的希望。

第三十四章　撞破玄机

喝醉酒的徐信义一觉醒来，已经是第二天九点了，要在平时他早已坐在办公室，一杯茶、一支烟、一个会议记录本，召集部下开晨会了。听完汇报，作指示。那个声音，那个形象，那个气场，够威风，够意思，够气派。几十年都这么过去了，他已经习惯吆喝别人，已经习惯在会后作总结发言，已经习惯作指示让别人照做。可如今，他犹如丧家之犬，缩在南宫苑住宅小区屋子里躲躲藏藏。这是他预备给情妇的三室二厅二卫，谁知情妇倒没有住成，却成了自己的最后归宿。他越想越烦恼，越想越悲观，一股脑儿把自己喝了个烂醉。他打开电视，调到本市节目，看看市内有什么重大新闻，一看吓一跳，他的“光辉形象”都已经上本市新闻联播了。他惊叹于市委、市政府采取行动之迅速，连新闻媒体、全体市民都动员起来了，他知道在这里躲不了多久，自己已经成为过街老鼠了，人人喊打。自己现在的处境是惶惶不可终日，等待束手就擒。他想起那两个稚嫩的“雏鸡”应该不会这么早被发现。那里是自己奶娘住的老屋，比较偏僻，不容易发现，“天网”监控工程应该没有覆盖到乡下农村，尤其是在地下酒窖里藏着，更不容易找到。哼！跟我作对，我要加倍地报复你们，让你们也尝尝失去亲人的痛苦！他在想昨晚上的强暴苟行真不过瘾，对两个被药物迷倒的女人施暴，犹如“奸尸”，一点儿反应都没有，外国的“药”真厉害，省掉了自己很多麻烦。

李一鸣听到女儿李娟“失联”的消息几乎要晕过去了，一直以来自己愧对女儿，感觉平时生活上很少照顾她。因为自己工作忙，她很少像其他小朋友一样能与父母相聚在一起其乐融融。女儿平时跟着妈妈生活，但每个星期他都要抽一两天与女儿单独相处，不是带她出去吃吃饭，就是带她去游乐场玩，或是开着车子到郊外兜兜风，领略大自然风光。父女之间的感情，并没有因为他们是离异家庭受到影响，相反，女儿似乎更亲近他一些。昨晚陈娟回家才发现女儿不见，问学校，说是下午一个警察叔叔因为家里有急事把她带走了，学校班主任知道她父亲是一名警察，以为家里真有急事就让她先走了。没想到，家里问学校要人，学校问遍了所有同学都不知情，校长、班主任这才着了慌，只好报警求救。陈娟一家，老老少少，像疯了一样，到处寻找。

悲愤、无助的李一鸣终于冷静下来，他努力捋清思路，仔细思考着，他们到底错在哪里？按道理来讲，徐信义没有理由早他们一步知道自己已经暴露了。是什么原因迫使他铤而走险？当然现在不是查找原因的时候，当务之急，是寻找孩子和尚晴的下落，当然也包括徐信义本人。

应该按照哪条思路查找？离开本市，几乎不可能，从机场、车站，码头、汽车站的监控录像看，都没有他们仨的影像。从今天上午调出的“天网”工程监控画面看，徐信义的白色汉兰达汽车最后停放在他的别墅小区内的停车场。马立标正带着一帮侦查技术员对车子进行痕迹检验，希望能提取到尚晴与李娟的物证。通过对小区门岗保安的调查，证实徐信义换了一辆旧桑塔纳轿车，车牌经过车管所调查是拼装的假牌，依然通过几个出城的治安卡口监控画面，发现这辆车开往东面的市郊。那边附近是省厅看守所，他们都很熟，不会躲到监狱去吧？应该不会。

对！先找他的家属调查，在这个方向徐信义是否有住房或出租房？

他立刻打电话给外围侦查的齐亮，让他火速赶到徐信义家，询问其家属是否还有什么房子在市郊东面的方向。

还有一种可能，徐信义作为一个老警察，他不可能不知道我们会通过监控画面查找他的下落，也许他会跟我们玩猫捉老鼠的把戏，企图迷惑我们，转移我们的侦查视线。不一会儿，齐亮打电话过来，已找到答案，他妻子回答，位于市郊东面五十公里处的长桥乡陈村确实有他奶娘在那里住。他一听兴奋起来，有眉目了，立刻驱车和齐亮会合，一道赶往陈村。

因为路很难走，两小时后，他们风尘仆仆赶到陈村。天已经微暗，他们通过当地村长找到徐信义的奶娘。李一鸣看到她心里直发凉，一个八十多岁的老人家，半睡半醒地躺在堂屋中央摇椅上。据村长介绍，徐信义的奶娘有些老年痴呆，有时糊涂，有时清醒。她也听不懂普通话，只好让村长当翻译，询问徐信义的下落，结果可想而知，问什么都是一问三不知。没办法，他们在村长的陪同下，进到奶娘的房间，仔细搜寻一遍，均未发现什么可疑迹象，然后又在村长的带领下围着村前村后转了两遍，也没有找到任何蛛丝马迹。就在他们非常失望时，尚奇打来电话，说是徐信义找到了，让他们立刻赶过去。刚刚还垂头丧气、满脸沮丧的李一鸣、齐亮一听又振奋起来，放下电话，即刻开车赶过去。也许是阴差阳错，也许是天意，让他们与尚晴和李娟擦肩而过。而他们的大意和失误，让她们俩又多受了几十小时的苦。事后，齐亮和李一鸣追悔莫及、后悔不已。

李一鸣、齐亮匆忙赶到南宫苑住宅小区。咦，这个住宅小区不是归他们所管辖吗？嗨，怎么没想到，徐信义在此地经营了多年，所辖地区应该是非常熟悉。当初排查时怎么忽略了这一点？他们刚下车，见唐副局长也来了，他已经深入一线指挥，正布置警力层层包围徐信义居住的单元。警察已经开始疏散小区的住户。尚奇见他们赶来，向二位介绍案发经过。原来智者千虑必有一失，徐信义以为，他把门窗全关好，窗帘布也拉上，自己躲在里面不出来，应该谁都不知道，反正，前几天已买好大量食品，放在冰箱里储藏，够吃几天了。谁知住在他家对面的一对老夫妻，是出了名的吝啬鬼。他们总是疑神疑鬼，认为别人会偷他们家的水电。每天都要看看自家和别人家的水表、电表，是不是有人偷水、偷电。因为是一户一表，水表、电表都挂在消防楼梯间，方便抄表员抄表。他们见对面住户门窗关着，窗帘也遮挡得严严实实的，应该没有人住，但是奇怪得很，对面家的水表、电表都在转，而且转得疯快。他们担心是不是进了小偷，如果真是进了小偷，那就麻烦了，东西全部被盗，说不定还要赖我们邻居。二位老人一商量，觉得还是报警求助更为妥当。打 110 报警电话后，派出所一开始并没有注意，因为在平时类似的报警电话屡见不鲜，所以仅派一名刚刚参加工作的警察小廖和两名协警，按照 110 指挥中心的调度出警。小廖到达后，二位老人向警察和小区保安介绍他们的怀疑，小廖认为老人的怀疑有道理，立刻敲门，试探性地询问。谁知，敲了许久，都没有人开。分析推测，可能户主出去忘记关灯和关掉电器了。考虑到屋内没人，担心发生火灾，小廖擅自主张，关掉外面的总开关，并提出跟户主联系，保安按留在物管的电话拨通，发现没人接听。他们打算离开，结束出警任务。谁知小廖下楼后，不经意地抬头一看，发现楼上敲门的那一户玻璃窗内有光亮一闪，稍纵即灭，这引起了他的注意。他暗暗指挥其他人故意假装离开，他一个人悄悄返回，埋伏在暗处，伺机而动，两眼紧紧盯住电表总闸，希望带来好运，能抓个盗贼回所立功。一小时过去了，没有动静；又一小时过去了，还是没有动静。难道他搞错了？他有些想打退堂鼓，不，既然来了，何不既来之则安之，再等半小时就撤退，他自我安慰道。他不甘心无功而返。他相信自己的第一感觉，应该没错。真是老天有眼，正是因为他的坚持，使他立了一个二等功。

皇天不负有心人，一个黑影慢慢过来，他看得真切，一只戴着黑手套的脏手突然抓住电表闸刀往上一推，电表又在转。他心里在喊，机不可失，时不再来。手上的强光电筒直射“小偷”，大喝一声：“不许动！”蒙面“小偷”转身就逃，到手的猎物岂容溜掉？他一个箭步，冲上去，拿出在警校学习的绝活儿，一招猎豹捕食，双手掐住他的后颈窝，双膝压住他的背脊，嘴里骂道：“看你往哪里逃！”

“快松手，快松手，是我。”揭开“小偷”戴的面具，小廖惊呆了，是徐政委！他的手立刻松开，腿也放下，这是平日里那个威武雄壮的老领导？简直不敢想象。还没等他回过神来，徐政委又溜回了屋里。好好的一个大政委不当干吗装神弄鬼？小廖百思不得其解。当回到所里汇报时，他方才明白事情原委。

丁晓波没等听完小廖的汇报，立刻带上武器，率领几个民警赶到南宫苑住宅小区，监视徐信义居住的房间，同时向分局、市局报告案情。

李一鸣、齐亮听完这个误打误撞的巧遇，觉得徐信义的行为确实有些让人费解。但不管怎么说，劫持尚晴和李娟的是不是徐信义，等会儿就一清二楚了。他们还不知道她们并不在屋里。

应该喊话，对屋里喊话，让他自己出来。

当李一鸣、齐亮乘电梯来到屋门口时，大批警察荷枪实弹、摩拳擦掌，已准备用武力强行冲进去了。他们见丁晓波已穿上防弹衣，在门口指挥一个消防警察摆弄开锁的铁钻，只等命令，就破门而入。此时，对讲机里传出唐副局长的命令，把现场交由李一鸣全权指挥。

李一鸣看看周边的环境，这是个户型为两梯两户高层住宅。每个进出口，住了两户人家，门对门、电梯对电梯，两户都是三室二厅二卫、南北朝向，徐信义住的是西头紧邻隔壁那个单元，两户之间有一个消防通道，平时一扇门关着，为了方便行动，现在已经把门拆掉，打开门是上下楼梯口，抬头墙上挂着水电表，小廖大概就是在这里抓住“小偷”的。

他提出先不忙行动，一面喊话劝降，一面注意侦查屋里的情况，尤其要侦查清楚屋里有没有尚晴和李娟。同时打电话叫建设单位把小区的平面图纸拿来，看看有什么地方可以进去。可以做做西面邻居的工作，看看能不能从隔壁单元的住户窗户上爬进去。

丁晓波回答，话已经喊了很多遍，里面根本没有反应，正在制作喊话录音，等设备拿过来，准备对着门口放。屋里的情况暂且不明，从目前侦查的结果分析，仅有一个人在里面。他心里也挺纳闷，徐政委不会与李所长、齐大队长结下了什么生死仇恨吧？否则，怎么会置自己的性命于不顾，铤而走险劫持他们的亲人。

齐亮在一旁看到现场处置都比较到位，他也插不上手，就乘电梯下到底层地下停车场，查找徐乘坐的桑塔纳，果然发现了那辆车。他戴上手套，先在外面观察了一番，然后，用一根细铁丝捣鼓两下弄开了它，这点儿小把戏还难不倒他。他小心翼翼地检查里面，反反复复来回勘查多遍，包括行李箱，也没发现任何可疑之处。他很奇怪，尚晴也是个优秀侦查员，在自己遇到危险时，不可能不留下任何蛛丝马迹。不过徐信义也是个老警察了，具有反侦查经验，或许对汽车做了处理。现在只有一种解释，他们是在正常的情况下被意外“迷倒”的，应该是被下了一种“药物”。人吃了它，中枢神经会错乱，甚至长时间地晕倒。上次阿彪交代，他们抢劫银行时用过这种药物。

见没有什么有价值的证据可供参考，他走出停车场，来到小区院内。小区无关的人都差不多被清走了，仅有电视台的人员扛着摄像机在这里抢新闻头条，来回不停地跑动。院子里的警察越来越多，唐副局长把特警防暴队、警犬队都调来了，他们在做最后的准备，只等指挥部一声令下，就开始营救人质。处理这类突发事件，特警比他们有经验，这是他们的长处，所以就连李一鸣也被特警支队的于支队长换下。看来市局真下了决心，准备强行突破。

齐亮此时感觉百思不得其解，一个受党教育多年的基层领导干部怎么会堕落到这个地步，怎么劫持同事和战友的亲人？平时自己和李一鸣几乎不跟他接触，只是他调到支队才稍稍有过工作上的交集，更谈不上有什么个人恩怨。除非他是杀害张磊的真正凶手，至少与他有某种关系。对，张磊也是分管他们所刑案的中队长，很可能遇上他后张磊才失去应有的警惕，才让他或者同案犯袭击成功。不过，仍使齐亮不解的是，以徐信义的从警经历、智商，他要逃到外面躲藏个一年半载一点儿问题都没有，何必要选他自己管辖的附近小区作为藏匿之处？怎么会犯下这种超低级的错误，躲在住宅小区内等我们拘捕呢？现在只有一种解释，那就是他已经完全失去了理智，准备玉石俱焚。齐亮想到这里，不禁倒吸一口凉气，他为自己的推理感到吃惊，也为能认识徐信义的狰狞面目而感到可怕。这是个十分危险的敌人，是个隐藏在我们警察队伍中的败类。到这时他才真正为尚晴、李娟担心，这个穷凶极恶的变态说不定会干出什么更凶残、更令人发指的暴行，得赶快想办法制止他的疯狂之举。

第三十五章　击毙凶犯

齐亮马上找到唐副局长，把他的想法和担心说给他听，建议向驻地部队借红外线热成像搜索仪对徐信义躲藏的房间做进一步的侦查，查明人质是否真在里面，我们好采取果断措施，最大限度地保证人质安全。同时积极争取做家属的工作，让他们配合警方解救人质。

唐副局长立刻派人去把徐信义的家属接到现场，做通他们的思想工作，配合警方不停地向徐信义喊话，争取让我们的特警趁机解救人质。同时，又让人去请心理专家来这里对徐信义进行心理疏导，并拨通驻地部队领导的电话，希望得到他们的支持。果然，过了不久，就见部队同志开车把红外线热成像搜索仪带来了。齐亮见了很高兴，有了这玩意儿就好办多了。还是高科技产品有效力，不到半个时辰就得出了侦查结果，屋内仅有一个人。李一鸣、齐亮听了大吃一惊。这里面只有两种可能，一个可能是人质不在这里，藏在另外一个地方；还有一个可能，他们不敢往下想，那就是她们已经被害了，没有了生命迹象。李一鸣得知侦查结果后，因悲伤过度昏倒在现场。唐副局长见状立刻叫人打 120 急救车把他送往医院。

唐副局长担心尚奇和齐亮的感情波动太大，劝他们离开现场，齐亮执意不肯，坚持要留下，预备亲手捉拿徐信义。这时市局指挥部传达命令，可以采取强制措施，在一线亲自担任指挥的唐副局长下令，防暴特警迅速采取行动，准备破门而入。

房门锁不到一分钟就被防暴特警破坏，他们穿着防弹衣，端着狙击步枪、微型冲锋枪抢先冲进去。

刚推开门，“轰”的一声巨响，几个特警被巨大的冲击波掀翻，一股浓烟卷起。“不好，有炸弹！”冲在前面的丁晓波即刻卧倒，趴在地上大声提醒，幸好他跟在几个特警后面只是脸上被硝烟熏得乌漆墨黑，身上并无大碍。他是当过兵的人，根据他的经验，这是个手榴弹，威力不算太大。他检查发现，三个冲在前面的特警，一个重伤两个轻伤。他用对讲机向楼下的唐副局长汇报案情，要求停在小区待命的急救车赶快派医生抬担架上来把伤员抬走。特警于支队长立刻下令，暂时停止进攻。围在门口的防暴特警纷纷寻找可以隐蔽的地方，用枪口对准屋内，等候命令，伺机待攻。

待硝烟散尽，隐蔽在电梯口的丁晓波观察发现，大门已被完全炸开，屋里一股浓浓的酒味传来，从外面往里看去，徐信义坐在对着大门房间的大书桌后面，背靠墙，右手拿着六四手枪乱晃，左手握着手榴弹，拇指套住保险环紧紧压住，见挂在门上的手榴弹把破门而入的警察炸得血肉横飞，不禁哈哈大笑，很得意自己的杰作。

“你们这些鳖崽子，都给老子站住！不准往前，否则，老子立刻引爆。总之大家都不活了，我们一起归西天！”

丁晓波见徐信义有些精神失常，醉眼惺忪，立刻大声警告周围的同事。

“大家都不要开枪。老徐，你先冷静，有话慢慢说。”他有意地称他为“老徐”是想先稳住对方，接着他指挥特警暂时都往后移动，退出他的视线外，麻痹他的意志，希望能缓解对方激动的情绪，他又转过身继续瓦解他的斗志，拖延时间，以便让外面的特警寻找最佳狙击位置。

“老徐，你先放下武器，有什么要求可以提出来。”

“老子没啥要求。老子现在都身败名裂了，还想有要求？老子要把那个姓齐的，还有那个姓李的……”他气愤地狂吼着，瞪着两只血红的眼睛骂骂咧咧，“有种，就不要躲！”他情绪更加激动，口吐白沫，大声疾呼，手里拿着手枪乱晃。

“老徐不要激动，你先把枪放下来……”丁晓波担心他的枪走火，仍然在瓦解他的斗志。

徐信义一再要求见齐亮和李一鸣，骂他们给他带来噩运，所以，他要报复。丁晓波也不反驳他，而是顺着他的话说，目的还是希望拖延时间，争取让外围的同志击毙他。时间就这么一分一秒地过去了，对峙的场面就这样僵持着。

突然，徐信义的情绪演变成癫疯状态，再次狂妄叫嚣，要求见齐亮和李一鸣，五分钟之内再看不到他们就要引爆炸弹。

齐亮在楼下从对讲机里听到徐信义口口声声要见他，唐副局长来不及制止，他二话不说就冲到楼梯口爆炸现场，丁晓波想阻拦也来不及了，只好跟在后面。

徐信义看到齐亮空手走进来，拿枪指着他说道：“好小子，算你有种！”

齐亮早已将自己的生死置之度外，大声呵斥道：“有种我们单挑，拿女人出气，不算好汉！”

徐信义听完狂笑不止，疯狂地骂道：“把你的心肝宝贝玩了，你心疼了？我就是要叫你心痛，叫你难过，叫你们统统不得好死……”

齐亮不等他说完，突然一个箭步上前，飞身上桌，一脚踢飞他手中的手榴弹。窗外的狙击手早已瞄准徐信义的眉心，“啪！”的一声枪响，结束了他的狗命。

齐亮急得抱住徐信义血淋淋的头，拼命摇晃：“快说！她们在哪儿?”

无奈，他再也听不见他的声音了。

第三十六章　死里逃生

尚晴从迷迷糊糊的昏睡中苏醒，她记不清这是第几次醒来了，只感觉全身无力，四肢发软，口干舌燥，头昏昏沉沉，喉咙干得发火，这个时候，真希望喝口水。她望着躺在怀里的李娟，这小孩儿真坚强，不哭不闹，似乎明白眼前的处境，紧紧地依偎在自己身边。她想呼救，已喊不出话来了，咽喉像一团火烧得发裂。她明白，如果再不找到水，她们坚持不了多久。突然她想到，既然这是酒窖，主人会不会在地下埋了酒？对，与其坐等渴死，不如找找看，如果能找到，似乎还有生存的希望。她轻轻把李娟放在一边，趴在地上不停地挖，两手都挖出血了依然没有找到。她感到很失望，不禁哭起来。该死的齐亮，怎么这么久都不来救她？还有李一鸣，怎么当父亲的，女儿都不要了？还有大哥，妹妹都失踪几天，也不来找找。她在心里埋怨着他们。想着想着她又迷迷糊糊地昏死过去。再次醒来，她觉得要想自救，找水是当务之急。刚才的思路应该是对的，为什么没找到？应该是挖错地方了。她再次趴在地上，用鼻子仔细闻，还是嗅觉神经灵敏，一个角落酒香特别浓，就在这里挖。天无绝人之路，一个大酒坛藏在下面，封得严严实实。打开一看，一坛满满的清香扑鼻的酒。这下可有救了，起码可以坚持几天。她知道外面的同志正在满世界找她们，但这需要时间，她作为一个侦查员知道时间的宝贵，哪怕能挺一分一秒，自己的生命就有希望，孩子的生存就有可能。为了节约这来之不易的救命酒，她俯下身子，张嘴慢慢吸进口腔，然后再贴在李娟的嘴唇上，一点点地灌进去。

“姐，你给我喝了什么?”

“救命酒。”

见她终于醒来，心里十分喜悦，如果不是这个可爱的小生命在身边陪伴，她是无论如何也没有活下去的勇气了。

李一鸣苏醒过来，发现自己躺在医院病床上打着吊针，他急忙起身。护士赶紧制止他，把他按到床上。他心里系着女儿的安危，哪里有工夫跟护士纠缠，一把拔掉针头，拔腿就跑，离开医院，就打车前往案发现场。刚进入警戒线，就听小区外围执勤的警察议论，说是徐信义已经被击毙，但人质仍然没有下落。他一听更加着急，恨不得把整个G市翻遍，也要把李娟和尚晴找到。他看到特警、交警、社区民警、新闻媒体都在纷纷撤离，只剩下马立标率领一帮技术人员在进行最后的现场勘查。他走过去和老马交谈，想了解一下现场勘查的情况，看看能不能找到隐藏她们的蛛丝马迹。

据马立标介绍，从现在所掌握的证据分析判断，这个住宅小区应该只是徐信义藏身的地方，没有发现任何受害者的血迹和有关她们的痕迹物证，可以肯定地说，这里仅仅是一个案发现场，而不是劫持人质现场，至于受害者的生死从作案时间上判断，徐信义应该没有杀害她们的时间，也就是说她们活下来的可能性较大。问题的关键在于，这个第二作案现场在哪里？李一鸣也同意老马的分析。他在想，既然阿彪与徐信义比较熟，会不会阿彪知道徐信义另外的藏匿之处。对，立刻提审阿彪，争取尽快找到她们。说干就干，抓紧时间，此时天才蒙蒙亮，路灯还没有完全熄灭。李一鸣与尚奇二人匆匆赶去省厅看守所，准备再次提审阿彪。

汽车刚刚驶出城，就感觉大地一阵剧烈地抖动，仅仅几秒钟，跟着又是一阵颤抖。“地震了?”尚奇在车上自言自语。李一鸣好不容易才控制住左右晃动的汽车。真是地震，好在时间短，路边的行人都开始往开阔地跑。李一鸣没有退缩，继续开着车飞快地行驶，恨不得立刻赶到看守所。

快到看守所时，只见附近的人群三三两两在往市内撤离。他们的汽车艰难地从疏散的人群中开过去，沿途到处都是倒塌的房屋和破碎的砖瓦，道路已经被损坏了，他们只能凭着模糊的记忆，好不容易把车开进看守所的院墙。

李一鸣一看就傻了眼，如果不是那块斜躺在地上的门牌，说什么也不会相信这是省厅看守所。眼前是一根根东倒西歪的电线杆，楼房坍塌，残垣断壁，钢筋暴露，瓦砾遍地……看来，这里遭遇了前所未有的破坏。

李一鸣赶紧掏出手机，准备向上级报告这里的灾情，谁知没有信号。尚奇也拼命打电话，也拨不通。他们最后商议，两人分头行动。尚奇赶紧开车回去向上级报告这里的灾情，李一鸣留下继续搜寻这里的警察和犯人以及其他工作人员。他不顾随时发生余震的可能，冒着生命危险钻进倒塌的楼房内，瞪大眼睛在歪歪斜斜的水泥预制板中搜寻生命迹象。皇天不负有心人，经过一个多小时的搜寻，果然发现一个警察被半面墙壁压着不能动弹，嘴里哼着叫救命！他迅速找了一根粗木棍，利用杠杆原理，撬开一个缝隙，伸手把对方拽出来，还好只是受了一点儿皮外伤。他抹掉对方脸上的灰尘，发现居然是王副所长。王副所长也很兴奋，他做梦都不会想到李一鸣竟然把他从鬼门关救了出来。他问：“你来这里是不是提审阿彪?”李一鸣点点头。他一听，立刻露出为难之色：“你看看，我们看守所都被震成这样了，大部分人都生死不明。照这种现状分析，阿彪恐怕也凶多吉少。”

其实他们推测错了，阿彪这次因祸得福了。一大早，他按照往常的生活习惯活动了一下筋骨，要是在牢外，他还会打一套长拳，如今身戴镣铐不能够自由活动，只能在监房内做一些力所能及的运动。突然，大地剧烈震动，天旋地转，就是那么几秒钟，整个房屋倒塌。他见一根横梁砸下，也许是出于人的求生本能，他就地一滚缩在墙角，在稍纵即逝之间躲过了这一劫。正是这根屋梁替他挡住了倒下来的水泥巨块，接下来的沙石、灰尘把他掩埋。等他从乱石堆里钻出来时，四周一片寂静，听不到任何声响。他有些幸灾乐祸，没想到自己竟然死里逃生。他明白用不了多久警察就会来，所以他不敢多想，还是想办法尽快逃走为妙。他费了很大的劲才把铁锁镣砸开，又从“尸体”身上扒了一件制服换上，然后匆匆逃离。

齐亮没有放弃希望，他重返案发现场的地下车库，找到徐信义乘坐的桑塔纳轿车，在它的轮胎上小心翼翼地刮下黏上的泥巴，用塑料袋装好。他迅速赶回支队，拿给刑科所技术员小陈检验。不到一小时，检验结果就出来了。据分析报告，黏在上面的泥土应该不是市内的泥巴，只有在农村才有这种泥土。他又取出在徐信义奶娘家提取的泥巴，交给小陈化验，经过比对，这两种泥土为同一种泥土。他兴奋极了，多亏他当时留了一个心眼儿，挖了点儿泥巴回来，否则又要多跑一趟了。由此可以看出，徐信义肯定到过他奶娘家，车上的泥土很新鲜，应该就是他们要找的第二案发现场。他匆匆跑出去，想找几个同事一起去寻找，谁知内勤回答，接到市局命令，大家都去抗震救灾了。也许他刚才太专注于调查了，连发生地震都没有感觉出来。他想既然其他人都不在，只有我一个人去了。必须抓紧时间，尚晴这个时候正等着他去救命。警车都被派出去抗震救灾了，他好不容易才借了一辆私家车。

阿彪尽管穿了一件与自己体形不匹配的警服，依然慌里慌张的。他四处张望着跑跑停停，也不知道该往哪儿逃跑，专拣人烟稀少的地方逃离。

地震疏散的人群、抗震救灾的大军以及附近的村民混合在一起，形成一股洪流把本来就不宽的公路挤了一个水泄不通。齐亮的车，在艰难地行驶，不，是蠕动。他的心急得直冒火，不停地鸣喇叭也无济于事。

阿彪想找点儿水喝，他口干得要命，而且肚子饿得咕咕直叫，刚才只顾逃命，跑了半天滴水未进。附近没有水源，也没有人家。他抬头发现不远处有个村落，那里肯定有水。不管怎么说，先解决肚子要紧。到了村口就看见两个背枪的民兵，他刚想躲闪，对方仅对他点点头就擦身而过。他摸摸头上的冷汗方才反应过来，自己穿着警服，对方错把他当成警察了。不能这么冒险，如果遇上真警察，岂不是自投罗网。他虽然看到了池塘，但还是不敢冒这个险，只好离开。刚走几步，又遇见一群小孩儿，他们拉着他的手，叫嚷："警察叔叔好，我来帮你抓坏蛋……"他大吃一惊！什么？警察来过这里？他吓得甩开小朋友的手拔腿就跑，糊里糊涂地跑了几百米，蹲在一座废弃的老屋门槛上直喘气。也许是巧合，也许是天意。他歇息的地方就是尚晴、李娟被关的老屋。阿彪小憩一会儿，无意间发现自己蹲的地方非常隐蔽，是最理想的藏身之地。这里既可以遮风挡雨，又不引人注意，真是太绝妙了！但没过多久，他很快就否定了刚才的主意。这里好是好，就是无法生存，没有水，没有粮食。他准备离开，刚打算动身，突然听到石块敲击的声音。虽然声音很小，但对于坐过牢的人，在这方面是再熟悉不过了，牢友之间的联系就是用这种撞击的声音来进行的。莫非这里还关了人？不可能！他对自己的假设感到可笑，四周寂静无人，刚才的声音也没有了，完全是错觉。他感觉自己身在外面还在做坐牢的梦。"这辈子就是坐牢的命。"他自言自语地诅咒着自己。还是离开这里算了，他准备去挪腿却又舍不得，像是有什么东西在吸着他的脚步。对，这里面有股什么奇怪的味道在诱惑着他。大凡坐过牢的人鼻子也比别人灵敏。这种灵敏是在长期的牢狱生涯中训练出来的。好像是酒味，嗯，不错，绝对是酒味！这下我阿彪应该不会被渴死、饿死了，没想到出了大牢还有酒喝。他兴奋得手舞足蹈，开始寻找救命的酒。

奇怪的是，他把这栋不大的老屋前前后后、屋里屋外寻了个遍，连酒的影子都没见到。他气得七孔冒烟，浑身烦躁。

"什么都没有。"他朝地上散乱的禾草堆，一脚踢过去。

"哎哟！"脚碰到石块，禾草飞溅。他痛得嗷嗷直叫，抱着伤脚往后退。

怎么有个盖子？刚才脚踢过的地方，因禾草被踢飞露出一个大木盖。他马上明白，酒味是从那里面飘出来的，原来这里是个大酒窖。他再次喜出望外，重新燃起了喝酒的欲望，甚至忘记了脚痛。

阿彪开始搬掉压在上面的大石块，他奇怪主人要压这么多石块干什么。酒窖木盖上的大锁对他来说也不是难事。他拿起石块拼命砸，不到几分钟，那只锈迹斑斑的大铁锁终于被砸开。他在想，盖得这么严实，说不定里面会有什么宝贝呢。越是藏得隐秘，越是有意外的发现。他对酒窖寄予了更大的希望，恨不得立刻把它打开。但是，它太重了，没想到他搬了几次都没有搬动。他沿着周边走了一圈，仔细观察，发现它是斗榫头盖上的，不是内行根本打不开。好在阿彪曾经学过木工，多多少少懂点儿门道，那块厚重结实的盖板终于被阿彪挪开。

里面黑洞洞的，什么也看不见。一股浓浓的酒香味扑鼻而来，看来主人是个酿酒高手，藏酒的地窖也和普通人不一样，里面藏的酒肯定有些年份。

阿彪坐在上面发愁，不知道该怎么下去。看看周围，没有梯子，也没有任何可以下去的工具，显而易见，主人故意把梯子藏起来不想让人下去。没有照明工具他更不敢贸然下去，谁知道下面有多深，可不能刚出牢门又深陷洞穴，还是老老实实地休息一会儿等天黑再走。他刚躺了一会儿，无奈肚子又开始抗议。这比坐牢还难过，坐牢至少不会饿肚子，现在是又饥又渴。不行，还得想想办法下去，说不定下面有金银财宝。突然，眼睛一亮，怎么没想到它，地上有大量的禾草，这不是现成的绳索吗？真笨！他拍了一下脑门，开始把草收起来，搓起了草绳，没想到十几年前的活计还能捡起来用。他一直搓到天快黑，地面上能用的稻草基本上被用光才搓了十几米，他估计应该够了，将一头系在身上另一头绑在门柱上，试着拉一拉，行，还蛮结实。他趁着月光走到黑乎乎的洞口，拉着绳索，慢慢地一点儿一点儿地往下放，好，脚碰到地面了心里有底，也不害怕了。刚进洞里，一片漆黑，什么也看不清。他知道要过一段时间眼睛才能够适应下面的黑暗。他不急，凭着灵敏的嗅觉，慢慢朝浓郁芳香的酒坛靠拢。哇！果然有一坛酒，怎么盖子松动了，有人喝过？他来不及细想，抱起酒坛，打开酒盖，对着瓶口大口喝起来，刚喝了一半，他又停下，把它盖住。他明白，如果再喝，这陈年老酒肯定会把他灌醉。趁着天黑他还要赶路，否则，在这里耽误太久，警察说不定会搜到这里来。他放下酒坛，考虑等一下如何把它带走。

眼睛慢慢适应下面的黑暗后，他突然发现角落里有人。他大吃一惊，仔细一看，不是一个，是两个人，一大一小，而且还是女人，披头散发，蓬头垢面，畏缩在一起。看样子小的吓得瑟瑟发抖，大的紧紧抱住她，只有四只发亮的眼睛死死地盯住他看，害怕受到伤害。这也许是一对母女。老天爷真对我眷顾，不仅有酒，还有女人陪伴，他心里想，手脚就猴急，三下五除二脱掉皱巴巴的警服，光着上身，裤子还来不及脱就要扑过去。

“不许动！”对方一句威严而有力的声音从嘶哑的喉咙里吐出。

阿彪从头一震。你叫我不动，我就不动了！我凭什么要听你的话，你算老几！他心里想着就解掉裤腰带，准备脱裤子。

“你跟我站住！我告诉你，我已经被畜生糟蹋过一次了，也不在乎两次三次，但你摸摸胸口看，这样做是否对得起你的良心，你的老母亲……”

虽然声音不大，但阿彪听得句句真切而且声音熟悉，吓得出现习惯性的阳痿，他赶紧把溜下来的裤子提起来穿上。难道是她？他往前仔细一看，吓了一跳，还真是她。这个提审过他多次的长得比较漂亮的女警官，给他的印象太深刻了。她怎么会被关到这里来？一定是得罪了什么人，人家要往死里整她。哼！你也有今天，身陷囹圄，甚至比我还惨。看来那个人比我还恶，比我还坏，竟然活活将人关在酒窖里，不被饿死也被要冻死、闷死。一个风华正茂的女警花带着一个孩子被人绑架到这里，想想，当警察也没有什么意思，落到这种下场。他忽然产生怜悯之心，毕竟她还帮过我，伺候过我的老母亲。今天就看在老娘的份上，算了，放过她们吧。他为自己突然有这种妇人之仁而感到奇怪。既然不打算动她们了，也就犯不着在她们身上继续浪费时间，还是保命要紧。他立马捡起掉在地上的警服，重新穿上，抱着酒坛再喝了两口。这么好的酒可惜带不走，便宜这两个娘们儿了。他擦擦嘴，朝她们发出淫邪的笑声：“老子今天心情好，不跟你们玩算是对得起你们了。”他把草绳系在腰上，准备离开。

“你等等。”

“怎么，你想通了？”阿彪奇怪地问。

“你不要动歪念头，我是想叫你做善事。”

“什么善事？我一个逃犯，还有心情多管别人的闲事，自己还泥菩萨过河自身难保呢。”

“你没有听说过救人一命胜造七级浮屠吗？”

“你想叫我救你们出去，想得美，我今天没动你们，算是便宜你们了。你出去打听打听，我阿彪是不是个大善人！”

“这么说，你又杀了人？”

“胡说！我哪里还有心情杀人，我今天刚捡了一条命。”

“你没杀人，身上的警服是哪里来的？你怎么能够跑出来？”

“你不知道，外面发生了地震，震死了好多人。噢，你被关在这里，不知道外面的情况。我住的监狱被震塌了，人全部死光了，我命大，从乱石堆里跑出来的。”他在自吹自擂。

“我也不知道你说的是真话还是假话，但不管怎么说，我相信你不愿意做个见死不救的人，是不是？”

“话是这么说，总得有个理由。”

“理由就是我们做个交易。”

“你一个快要死的人有什么资格跟我讲条件，不过你可以说来听听，看是不是能够打动我。”

“你是个逃犯，躲得了初一，躲不过十五，早晚会被抓。你救我出去后，我把你的母亲当作自己的母亲，服侍她老人家一辈子，让她后半辈子衣食无忧。”

“嗯，这倒是个好理由。”阿彪心想，她说得不错，母亲靠自己是靠不住了，即便自己不被抓也要东躲西藏地生活。而她却不同，是个警察。嗯，警察的话你也信？她会不会忽悠我，等我把她救出去，把我老娘的事忘得一干二净。尚晴见他还在犹豫，知道他在担心什么。“如果你不相信，我可以对天发誓，你看我像个欺骗人的警察吗？”

阿彪一听，觉得她是个好警察，确实没有欺骗过他。他说道：“赌咒发誓也不必，我相信你是个好人，这回我阿彪就做个善事，救你出去。”

尚晴就把奄奄一息的李娟抱起来，准备绑在他背上让他拉上去。

“怎么还要救她？那我不干。”

“你不救她，我也不上去。”

阿彪见她态度坚决：“好啦，好啦，这回我算是吃亏吃得大了，一个老娘换俩。”他把李娟用绳索捆在背上，拉着草绳费力地攀爬上去，谁知，因为太沉，刚刚爬到出口，草绳断了，两人掉了下来。

阿彪心想这回完了，听了这个女警察的话，大家一块儿完蛋。刚才摔下来，屁股摔得生疼，他愁眉苦脸地看着尚晴。尚晴没理他，心想自己刚才太急了，没有估计到人工搓的草绳是不受力的，受不起这个重量。现在怎么办？这几天被困在里面，她对这个酒窖已经比较熟悉了，知道它不是很高，三个人应该够得到顶端。

她主意已定，赶紧做阿彪的工作，知道他在不停地在动歪脑筋，如果不打消他的邪念，很难继续进行自救。

她把阿彪拉到一边，用极其诚恳的语气说道：“彪哥，我既然把你的母亲当作自己的母亲，那么我就是你的妹妹，既然我们是兄妹关系，哪有哥哥欺负妹妹的道理。你说是不是？现在我们已经在一条船上，就要齐心合力进行自救……”

“怎么自救？”阿彪沮丧地问。

“办法我来想，你只要跟着做就行了。”

尚晴把酒坛抱过来，三人先喝酒，有了力气才好做事，接着又把捆住自己和李娟的绳索接在一起，发现长度不够后又把三人的裤腰带也取下接上，她又命令阿彪把上衣脱下卷成绳索接在一起，依然不够长。她想了想，拿起蒙自己的眼罩，对着他说：“彪哥，要委屈你一下，暂时把眼睛蒙上。我要脱掉上衣，把它也做成绳索。”

阿彪有些不高兴，心想这都什么时候了，还顾什么礼仪，你不愿让我看，我还不稀罕看呢。但他嘴上却说：“你把我的眼睛蒙上，我怎么做事？”

“你只要听我指挥就行了。”她把上身衣服脱掉，同样卷成绳状接到一起，看看应该够了，也很结实。这次准备得很充分，只要阿彪好好配合，应该可以出去。

“现在你蹲下，两手扶住墙壁，我站在你的肩上，好，慢慢站起来……”

“怎么这么重?”阿彪艰难地站直，挺起腰来，在下面大声嚷嚷。

“你坚持一下。李娟把手伸长，摸得到出口吗? 摸不到! 踩我的头。阿彪你再坚持一下，颈脖不要动，我要踩你的头。够得到吗? 够得到了! 好，扶住两边，快爬上去!”她在中间指挥上面的李娟奋力向上爬。

李娟咬紧牙关，拿出最后的力气，终于爬上出口。她喘了几口气，就把绑在腰上的绳索取下，绑在门柱上，将另一头放下洞口。下面的阿彪累得呼呼直喘气，尚晴稍稍犹豫，还是把吊下的绳头先交到阿彪的手上，拍拍他的肩膀，说道:“你可以上去了。”

阿彪接过绳头，紧紧地拽住它，一用劲儿，两手交替，爬出洞口，然后把绳索放下。外面亮堂多了，他眨眨眼，适应了一下外面的光源。虽然是晚上，月亮把整个老屋照得通亮，别有一番境界。洞口边上的小姑娘，大声喊道:“叔叔，快来救我姐!”怎么把她给忘了。尚晴在下面接过绳头，勉强站住，一阵头晕后，她扶住了墙。过去在警校学习时，攀爬绳索是她的拿手好戏，要在平时几秒钟就可以解决问题。可现在，她再也无力攀爬上去了。

阿彪明白女警官经过几天折磨已经身心疲惫、全身乏力，恐怕没有自己的帮助很难上来，他此刻也顾不上男女有别了，救人要紧。他趴到洞口，用手扶住洞口边沿，俯下身躯，把头下探到极限，大声叫唤:“快抓住绳索，抓紧，我把你拉上来!”当听到下面说“可以拉了”后，他拼着全身力气把绳索拉到一半，结果绳子又断了，阿彪眼疾手快，一把抓住快要滑落的手。此刻，阿彪再也没力气把她立刻拉上来，只能坚持住不让她掉下去。他们嘴脸相对，彼此间的沉重呼吸都能听得到，此刻阿彪已经累得上气不接下气了。李娟赶紧把上衣脱掉，一只小手紧紧抓住断绳的一端，一只手把衣服尽量伸下。尚晴另一只手费劲地抓住李娟的衣服，李娟和阿彪两人合力才把她拉上来。也许是由于用力过猛，阿彪的裤子没系皮带，裤扣被崩开，裤子溜了下去，整个身体也随之往后倒下。出于求生的本能，在出洞口的一刹那，尚晴拼住全身力气抱住阿彪赤裸的上身，而且由于用力过猛两人一起倒下。

就在处境非常尴尬的时候，更尴尬的事情出现了。

齐亮拿着手电筒，一晃一晃地走进来，猛然看到这一幕大吃一惊。两个赤身裸体的男女，披头散发搂抱在一起。他吓得连连后退几步，还以为是一对正在偷吃“野食”的男女。他不想坏他们的“好事”，打算赶紧离开。突然，后面传来小孩儿沙哑的声音，虽然很小，但非常真切。

“齐叔叔，快救我们……”

他回头一看，更是大吃一惊！李娟赤裸着上身，扑到他怀里恸哭起来。他喜出望外，抱住孩子仔细一看，不错，果然是她。他喜出望外，正要问尚晴的下落，屋里的哭声惊动了他。

这一看不打紧，简直让他难以接受眼前的事实：一个蓬头垢面的女人，披头散发，上身完全赤裸，两手交叉抱住胸前紧紧挡住乳房，下身被一件破旧的执勤服当作围裙盖住，盘腿坐在地上，全身颤抖，垂着头不停地哭泣。这是他心爱的女人尚晴吗？他简直不敢相信自己的眼睛。残酷的现实，让他悲愤欲绝。他强忍悲痛，赶紧脱下全套外衣，为她小心穿上。尚晴看到亲人来临，止不住悲切却欲哭无泪，只能死死地抱住他拼命捶击，抱怨他为什么来得这么晚。他默默无言，只能任由她发泄内心的情感。他不敢多耽搁，马上背上昏昏沉沉、不停说胡话的尚晴，再用两手抱着发烧的李娟，匆匆离开这伤心之地。悲伤过度的齐亮匆忙带着两个女人离开酒窖，却忽视了早已悄悄逃离的阿彪。

第三十七章　暗藏凶犯

阿彪在倒地的一刹那，确实动了歪念头，想趁机占尚晴的便宜，但见到尚晴双眼炯炯有神、凛然正气地逼视他，即刻打消了邪念。说实话，他还真有点儿钦佩她的一身正气，在她面前不敢有非分之念。齐亮的手电筒光把他惊着了，大凡坐过牢的人对这种一闪一闪的亮光特别敏感，他吓得抓起掉下的裤子，不顾上身赤裸，一溜烟跑得无影无踪。

他提着裤子不知跑了多少米，转了转依然回到村上。村子里悄无声息，黑灯瞎火，连只狗都见不到。他奇怪，莫非警察在张网以待、布下陷阱等自己钻。不可能，警察怎么知道他没死，即便查到，也需要时间。管他呢，先洗个澡，偷点儿衣服，把自己的温饱解决掉再做打算。这么想着，他跳进池塘，四肢随意摆动，尽情划着。真痛快，从来没有这样自由过！他一头扎进水里，把肚子灌了个饱。

上岸后，他开始寻找食物和衣物。他得重新把自己打扮打扮，整出个人样来。这点儿小事难不倒他，偷鸡摸狗是他的专利。村子里家家户户都已上锁，大人小孩儿都不见。他忽然明白，政府把这里的人都转移了，可能是担心再次发生地震。这下可大大便宜了这位九死一生的逃犯，可以随心所欲、为所欲为了。不过，他除了吃饱喝足，拿了几件换洗衣物外，什么都没动。因为自从经历过坐牢、地震、酒窖这段只有在电影中才会出现的经历后，他真正感悟到生命的可贵。他开始憎恨自己为什么这么傻，甘愿做余飞龙的奴仆。对，想到余飞龙，何不找他寻一条出路。自己现在走投无路，为他卖命了十几年，不能不给点儿面子吧。

刚刚从外地出差回来的余飞龙惊闻徐信义被警察击毙，难过得他几天几晚都没有睡好。这回他是动了真感情，滴了几滴纵横老泪。他上次死了爹娘都没有这么难过。徐信义的死，实在是对他打击太大了。他不仅仅是痛惜那些长期付出的“长线投资”收不回来，更是感觉要重新物色这么一个智勇双全的“军师”恐怕不可能再办到。而且要命的是，他的直觉告诉他，警察已经开始注意他。虽然，警察把侦查视线对准他已不止一两次，但这一次感觉是真的不同。公司和住宅周边时不时有便衣警察来回巡查，稍有风吹草动，就有可能兵戎相见。所以，这几天他在谋划下一步的打算，好摆脱目前的险境。可惜的是身边没有一个可以推心置腹、议大事的人。小龙勇有余而智不足，二苟足智多谋却与自己不亲近。身边这个刘莹莹，经过这么几年的历练，既有谋略又有胆色，可惜是个女流之辈。现在把她推到台前，他有点儿舍不得，还不到万不得已的时候。当然，真走到山穷水尽的那一天，不要说情妇，就是天皇老子都要让他为自己牺牲。好在公司的房地产开发已经进入正轨，上次与老七的土地纠纷经过吴市长的调停两家已经和好如初。双方各退一步，根据吴市长的提议，他的公司得了四十亩地，老七的公司得了八十亩地，虽然比预想的少二十亩，但广场这边的“钉子户”安置、伤员的后期救治等乱七八糟的破烂事都由政府一揽子解决。所以广场周边的重建非常顺利。如今房价一天天看涨，那里的写字楼、商品房卖得好的话，应该可以弥补土地的亏损，甚至还可能有进账。大家这样做既给了吴市长面子，双方又得了实惠，这种一举两得的事何乐而不为。吴市长为人还是蛮够朋友的，那三十万美金他还想到送回来，送出去的东西，怎么能够收回来，那不是太不把我余飞龙当回事了。我做人也不会这么做。

不过他有这个意思，说明他还不是个贪官。不像有的人，贪得无厌，人家不给，他主动索取，甚至得了好处不办事。当今这种官真是太多了。吴方不是这种人，所以，我更要给他好处。我这个人就是这样，人家想要，我不给；人家不要，我偏偏大大方方地逼着他收。我是诚心诚意地跟他交朋友，他是个有水平的人，既不摆架子、死作死作，也不随随便便、任意妄为，倒是个实实在在能办点儿事情的好官，可惜这种官现在太少了。

就在他似睡非睡、胡思乱想之时，手机开始震动。

这么晚了谁来的电话？而且这个手机号码平时知道的人不多，他带着疑虑看了看来电显示，是个陌生号码，而且像是从公用电话亭打来的。过了一会儿，手机又在震动，把睡得正香的刘莹莹也吵醒了。余飞龙一看，还是那个号码，他气得把电话关机了。移动公司就知道赚钱，把我们的私人信息都外泄，他以为是骚扰电话，大骂电话公司不讲信用。

刘莹莹坐起来劝他，火气不要那么重，气大伤身，像他这个年纪应该注意调节情绪。余飞龙在她的好言好语劝慰下终于睡去。莹莹望着这个当她父亲都有余的老男人，心里充满极其复杂的情感。他们之间的关系，夫妻不像夫妻，情人不像情人。说夫妻，没有任何证书，也没有任何名分；说情人，没有任何卿卿我我，也没有任何打情骂俏。虽然躺在一起，却是同床异梦、各怀鬼胎。就在她躺在宽大的床上翻来覆去睡不着，心里在为自己不明不白地和余飞龙生活在一起作出合理解释时，好像听到楼下有什么动静。她凝神倾听，真的有响动。莫非有小偷爬进来，或是其他什么人？他们住的是三层楼的别墅，独立庭院，房间有十多间，除保姆、司机、保镖和余小龙各占一间外，四周都是空荡荡的，她有点儿害怕，推了推熟睡的余飞龙。

余飞龙起初不以为然，围墙有电网，门口还有藏獒，一楼有保镖，整个别墅都装有监控，外人插翅也难进来。他宽慰莹莹，把灯熄了，放心睡觉，但刚躺下，自己也发现有些不对劲。他警觉起来，竖起耳朵，仔细凝听确实有人进来了。他刚想从床头柜抽屉里摸出手枪，一个黑影刷地从落地门窗飞跃进来，脚踩他的手，把枪夺走，同时一把雪亮的匕首顶住他的脖子。

“好汉饶命！好汉饶命！有话好好说。要钱，要物，要色，随便你挑。”

“你这个老不死的鬼东西，居然说出这么没骨气的话！难道我要你的女人，你也会……”

“好商量……好汉如果需要，即刻奉送……”

“放你妈的狗屁！拿女人来救命，就不是个好东西！快快把箱子装满就饶你的狗命！”他扔下一个密码箱，放在莹莹面前。

莹莹哆哆嗦嗦从被子里爬出来，在龙爷的指挥下打开保险柜，用整整二十万现金和十根金条才装满箱子。还没等他们反应过来，蒙面黑衣大汉就带着钱箱和手枪一阵风地离开了。

许久，余飞龙惊魂未定，待刘莹莹提醒他强盗已经走了，才从惊吓中回过神来。刘莹莹心想，关键时刻现原形，一个打家劫舍的土匪竟然把他吓成这样，真是一物降一物，强中还有强中手。

余飞龙自己是靠打家劫舍起家的，现如今让人打了一记闷棍还不敢报警，吃了一个哑巴亏。他气急败坏，立马开除保镖，亲手宰了藏獒才出了这口恶气。

刘莹莹在上班的路上想，龙爷肯定遇到高手了，一般的土匪根本进不了他家的深宅大院，何况还有一只凶猛的狗和武艺高强的保镖。从讲话的声音辨别，她总觉得很熟，难道是他？不可能，他不是死了吗？她在住院期间，有关他的传闻，在G市的街头巷尾传得神乎其神。有人把他说得像土匪海盗，有人把他说得像电影里面的“佐罗”。关于他的生死，也有好几种版本，有人说他是被警察击毙，有人说他是被同僚毒死，也有人说他根本没死而是被警察关进了大牢。她不敢想象，就这样，一路上心事重重地来到办公室。

她像往常一样打开电脑，开始看昨天的营业收入。洗浴按摩城主要是做晚上的生意，一直要做到凌晨，甚至通宵。所以，等前台将数据输进电脑，一般要等到第二天才知道头天的收入。最近，这里的生意好得不得了，贾义是个不可多得的人才，他很有经营头脑，管理这类娱乐场所得心应手。自从龙爷把小龙调走后，她和贾义合作得很愉快，也从中学到了不少管理经验。两人配合得十分默契，生意蒸蒸日上。龙爷高兴得要死，不久前奖励了她一套房子。整整一个上午，她都没有离开办公室，已经坐在电脑前工作几小时了，几个部门经理陆陆续续向她汇报了各自分管的工作，她也就有关问题一一做了交代，等她把一切布置妥当，并向贾义作了汇报后，就到了吃饭时间。

今天她吃过中饭打算休息一下，准备去房屋中介把那套龙爷奖给她的一室一厅过户到弟弟名下。他还没有结婚，方便他找对象。她进到休息室，先打开电视，边看午间新闻边脱去外衣换上睡裙。她揭开被子正准备上床，突然，背后伸出一只粗壮的手抱住她，她吓得试图尖叫，不等她发出声音，张大的嘴巴又被捂住。她惊恐地希望看清贴在背后的不速之客，但头被紧紧地抱住无法回头。此刻，耳畔却响起熟悉的声音："如果你不说话，配合我，我就松开你。"

她不做声，点点头。

对方松开捂住她嘴巴的手，她吐了一口气，回头一看，大吃一惊！真是彪哥。她转过身来，稍稍定了一下神，简直不敢相信眼前的事实。她终于相信人们常说的心有灵犀。他瘦了，黑了，变得比过去更加英俊潇洒。她忍不住扑在他怀里伤心痛哭。他是她的初恋，也是她的梦中情人。两人聚散分离多年，如今失而复得，犹如干柴烈火，一碰就着。

刘莹莹在睡梦中被一阵急促的电话铃声吵醒，抬腕一看，已经是晚上九点了。她看见已经醒了的阿彪正在穿衣服，就叮嘱他不要出去，没有人会进来，就在屋里看看电视，或是上上网，等会儿她会送夜宵过来。阿彪摇摇头，说是有正事要办。见他执意要走，她想了想，拿出一串钥匙，交到他手上。

"也好，你要走，我也不留你，这里毕竟是办公场所，总有些不方便的地方。我在外面有一套精装修的房间，什么东西都齐全，也很安全，没有人知道，你就到那里去住。这是房间钥匙，具体地址是……"

刘莹莹匆匆忙忙赶到楼下，前台经理向她报告，808 房间的男人又来揩油，泡了脚不拿钱，免费贵宾卡已经过期了还要洗桑拿。

她听完汇报，吩咐属下去做其他事，她来处理这件事。其实，手下人工作认真本来是件好事，但也无形当中得罪了一些不该得罪的人。他们搞不清楚孰轻孰重，有的时候人情比金钱还重要。你想想，作为全市最大的娱乐场所，肯定有方方面面的人物来消磨时间。这些菩萨平时请都请不到，人家来这里消费是给你面子，我们哪里得罪得起。更何况，同行个个虎视眈眈，巴不得你出事，关键时刻还要靠这些人出面摆平，你不让这些爷吃点儿甜头，真有事他会出力？他不踩你一脚就算不错了。

她来到808房间打开门一看，不觉一愣，原来是文政委。她立刻满脸堆笑，迎上前去与他握手，连声道歉。

“对不起！对不起！下面的人不懂事，不会办事，让你受委屈了。董事长交代过，这里就是你的家，什么时候你来消费都行。你把贵宾卡给我，我到电脑上刷一下，升下级，再还给你。”说着，又叫一个面容姣好的小姐为他按摩。

文斌消费完毕，离开按摩城已经是深夜十一点了，街上的车辆依然不少。与前几年相比，G市算是开放多了，晚上街面上仍见有许多行人。今天晚上打探的情报很有价值，那个为自己按摩的小姐嘴巴很快，给了她一些甜头，透露了一些按摩城有人吸食摇头丸的内情。自从“七哥”要挟他，让他充当他们经商的黑保护伞，他就知道里面有名堂。他按照唐副局长的指示精神，将计就计，顺利打入他们内部，以便于收集情报。为了保密，这件事只有唐副局长一人知道，基本上是单线联系。因为现在的社会很复杂，敌我双方往往交织在一起，认不清真正的面目。尤其是出了徐信义这档子事，更看得出要分清敌我并不容易。从这几个月的侦查看来，贾义肯定有问题，利用娱乐场所吸毒、贩毒、卖淫、嫖娼，把洗浴按摩城当作搞黄色交易、拉拢腐蚀干部、圈钱聚财的摇钱树。而这一切真正的后台老板就是藏在幕后的庆丰集团总裁樊桥庆，别名为“七哥”的家伙。

回到家，老婆和儿子睡得很甜，他没有开灯，借着窗外的光亮踮起脚尖轻轻来到儿子的住房，走到他的床前，俯身在他前额深情地吻了一下，然后退出房门。经过卧室，他抬头看了看，担心惊扰熟睡的妻子，悄悄走到书房关上门，打开电脑，开始记录当天侦查的情况。他几乎每天都要真实地记下全天侦查的情况，并做出正确的分析判断。时常要忙到凌晨一两点，有时甚至天亮。正常时，每周必须用电子邮箱向唐副局长汇报侦查的情况，并得到他的指示，在汇报内容中涉及的人物、姓名、街名、地址全部是代号和假名，只有他们看得懂。如果遇到紧急情况，他会单独与唐副局长会面，或是使用专门的手机向他电话汇报。

肖婷这几天上班忙得要命，挺着笨重的身子骑电动车往返于单位和家里确实感觉很累。她有身孕已经六个月了，贾义从来没有过问过胎儿的情况。当初发现自己怀孕时，她把这个意外的惊喜告诉了他，他却无动于衷，半天才冷冰冰地丢下一句话："把他做了。"她望着躺在身边的男人，几乎不相信这句话是从他嘴里吐出来的。她和赵文华结婚多年都未产下一男半女，至今都让她耿耿于怀，所以，这个骨肉无论如何她都要保留下来。不管他抚不抚养这个小孩儿，她都要让他健健康康地成长。尤其让她气愤的是，他竟然不承认这个小孩儿是他的种，敦促她做流产手术，并以此为要挟拒绝和她同居。他们多次为此事吵架，常常是不欢而散。肖婷到今天才算真正认清这个男人，平时一副道貌岸然的模样，人前是人，人后是鬼，到了关键时刻马上露出一副丑恶的嘴脸。

昨天她交接班才知道尚晴已经住进了医院，而且是在她所管的科室——妇产科，301 病床。作为一个女人她非常同情尚晴的遭遇，也很钦佩她的坚强和勇敢。从目前的检查结果来看，李娟所受的伤害不大，都是一些皮外伤，现在派了心理医生正在做康复治疗。而尚晴却不然，因为徐信义的变态心理，促使他把对齐亮的仇恨发泄到尚晴的头上，对她的下体做出了惨无人道的伤害。她是个妇科医生，当然了解病人的真实情况，但她不敢对病人和家属吐露实情，因为她担心他们接受不了。从目前的检查结果来看，她有可能要拿掉子宫才能保住性命。这对一个未婚女人来说，好比是致命打击。所以，她特别担心尚晴的安危。有意安排了三个护士三班倒对她做特别护理，只要她的情绪稍有异常就立刻叫值班医生。

今天正好轮到肖婷值晚班，她一大早就到农贸市场买了一只鸡，用高压锅煲成汤给尚晴送去。她一进房间，见到了一屋子的人。这两天，局里从领导到普通民警都过来探视她们。昨天，市委、市政府、市政法委的领导也相继专程赶来慰问和探视她们。医院把她们作为特殊病人来照顾，在床位特别紧张的情况下，专门调了一个单间给她们二人住。肖婷虽然知道屋里人多不利于她们休息，但她们这种特殊病人往往需要得到大家的关怀和温暖，所以，探视的人多可以让她们暂时忘记伤痛对心理的折磨。因为这里是妇产科，男人不方便全程陪护，仅安排尚晴的嫂子每天在她身边，齐亮和尚奇则白天黑夜轮流陪护。尚奇坐在妹妹床边，正削水果给她吃。肖婷赶紧制止，说这两天不能吃生、冷的东西，只能喝点儿稀饭和热汤，说着把手上的汤煲递给他。

“我这个鸡汤已经去掉了油脂，你可以趁热喂给她们二人喝，当心烫着。”交代完应该注意的事情，肖婷就离开了病房。她看看表，离上班时间还早，打算在医生休息室抓紧时间躺一下。其实，她这么早赶到医院，一方面是来送汤的，另一方面也是想见见齐亮。刚才，她进去发现尚奇已经瘦得不像人样了，完完全全变了一个人，妹妹的失踪肯定对他打击很大，而且从小道消息听到，尚晴在家休假是他有意调休的，这无形当中成就了徐信义的作案条件，也造成了对尚晴的伤害，他这个做哥哥的恐怕一直会在内心自责。齐亮估计也好不到哪里去，他是个性情中人，容易动感情。当然如果不是他，尚晴、李娟不可能这么快被找到。算起来，他们已经有好些日子没有见面了，不知道他现在怎样了？肖婷在对齐亮的思念中迷迷糊糊地睡去。

她当然不会知道，齐亮此刻正在为追捕阿彪的事而烦恼。据尚晴透露，她们是阿彪救出来的，那么可以肯定阿彪没有在地震中的看守所里死去。他十分懊悔当时自己不够警惕，竟然让阿彪在自己眼皮子底下逃之夭夭。为了“一号案”的保密需要，此事仅有唐副局长一个人知道，对阿彪的搜捕只能安排武警秘密进行，局里的民警一律不参加，他也是在暗中悄悄调查。显然，他刚进老屋时，在月光下看到的两个裸体男女搂抱在一起，肯定是阿彪和尚晴。虽然事后这种尴尬的巧合，在场的他们仨都没有提，也不会有谁去问。连李娟这种小孩儿都知道，这种事只能烂在肚里，不能跟任何人说。他当然相信尚晴，但这种事情一旦出现，总不可能像没有发生过一样。说实话，事后，齐亮真像吃进一只苍蝇一样难过了好几天。

他打开电脑仔细查看提审阿彪的审讯记录，来来回回、反反复复看了几遍。阿彪的所有行动都与他的老板余飞龙有关，他虽然没有直言余飞龙是他的幕后指挥者，但是他的生活圈子、交际的朋友都与余飞龙脱不了关系。就冲这一点，余飞龙具有重大作案嫌疑。对，应该马上对他采取强制措施。他匆匆忙忙关掉电脑，准备向唐副局长汇报，对他采取行动。他刚站起来，又重新坐下。不对，余飞龙不是一般的人物，在他的头上还挂了一个市政协委员的头衔，没有过硬的证据很难去动他。即便有阿彪的口供，也说明不了什么。他明白上级部门之所以迟迟不批准对余飞龙采取措施，是因为没有直接证据，这正是此案的硬伤。他急得挠首咂舌，不知下一步应该如何办才好。从阿彪的口供中透露，余飞龙和姐夫的关系也很密切，难道姐夫也深陷其中？不行，为了姐姐，我绝不能袖手旁观。对，哪天一定要抽时间跟姐夫聊聊。

他重新打开电脑再次苦苦搜索，眼睛瞪得牛眼一样大，希望从里面找出他需要的证据。哪怕没有直接证据，至少有一些蛛丝马迹也行。

皇天不负有心人！他发现，阿彪的重大行动，都是从小红楼里面出来的。对，这个小红楼里面肯定有名堂。他坚定了自己的想法，把侦查目标锁定在余飞龙居住的小红楼。

第三十八章　一日惊魂

齐亮骑着自行车从市局大院出来。上次车子被撞毁，保险公司一直未理赔，说是人为破坏不予理赔，他只好找法院打官司。官司不是一天两天就能解决的事情，他只能委托律师处理。要重新买车手头还真有点儿紧，除了赞助渔霸的儿子读书外，还买了一个按摩器给阿彪的母亲，再除去杂七杂八的日常开支几个月的工资所剩无几，现在还得花些钱给尚晴买营养品补身体，不可能再添置大件了。这部自行车还是老爸原来锻炼身体用的旧自行车。

他先装作漫不经心的模样，在余飞龙居住的小红楼外围骑自行车转了几圈，然后又放下车子慢慢散步溜了两圈，而后又躲藏在阴暗的角落监视门口的一举一动。就这么草率地侦查了一遍，就花去了一上午时间。他突然感觉自己很幼稚，玩起了警校实习生的游戏。人家说不入虎穴焉得虎子，你轻轻松松转几圈就想捞到证据，岂不是让人笑掉大牙?算了，今天轮到我值晚班陪护尚晴，他正要打道回府，突然发现从小红楼里走出一个人，立刻引起了他的注意。本来楼里进出一个人很正常，但走出一个精壮男子汉且嘴里骂骂咧咧就不正常了。这个人应该会两下功夫，拳脚不在他之下。按照这样的推理，他的身份应该不是保镖就是打手，或是杀手也说不定。

齐亮骑着自行车尾随其后，慢慢地跟着。两边的红绿灯一闪一闪，见对方在斑马线上小跑欲横穿马路，齐亮猛踩踏板脚一用力，车子绕了一个S形，在那人的左侧横穿过来。就在车子快要接触到对方的一瞬间，齐亮用尽全身力气紧急刹住自行车。他抓紧车把，身体迅速往后仰，人站直立起来，把自行车前轮悬空带离地面。对方跟着闪身躲过，齐亮控制不住在巨大惯性的冲击下，随着自行车倒地，整个身躯被甩。对方在一瞬间一把抱住他的身体，两人同时滚出几米之外。路人惊吓得纷纷避让，待两人站立起来，双双对视，几乎异口同声问道："你没事吧?"

齐亮拍拍身上的灰尘，关切地询问对方要不要上医院。对方也拍拍灰尘，毫不在意刚才的惊吓，连声说没事。齐亮再三道歉，同时用极其诚恳的态度感谢对方大气，不追究自己的过失，并夸赞他的身手敏捷，在危险时刻出手相救，为了感谢救命之恩，无论如何要表表谢意。中年男子被齐亮诚实的语言打动，想想自己也没有哪里要去的地方，接受了他的盛情相邀。

齐亮把他带到一个熟悉的酒家，要了四个菜、一个汤、一箱啤酒，两人边喝边聊。不到两小时，齐亮把他的情况摸得清清楚楚。原来，正如自己判断的那样，此人正是余飞龙家里的保镖，名叫钱卫国，是个退伍兵，会些拳脚功夫，但他不是余飞龙的贴身保镖，只是个看家护院的家丁。生气的原因也很简单，昨晚老板家失盗，他因为失职而被开除。吃完晚饭，双方互留电话，才依依不舍地离开。他把自行车寄存在酒家，特意打了一辆计程车先送他回家，然后再坐车到医院。

刚出电梯就遇到查病房回办公室的肖婷，两人突然相见，似乎变得很陌生。齐亮看到肚子微微隆起的她，先是一怔，马上反应过来，连声祝福。肖婷一见到他，立刻停住脚步。突然以一个孕妇的模样站在过去的情人面前，肖婷感到有些害羞且手足无措。见到齐亮前额、肩膀，手臂、膝盖到处是小块的表皮擦伤，她既心疼又难过。她赶紧说："你看你，这么不小心，弄得浑身伤痕累累的。”

“没什么，没什么，一点点外伤，擦破点儿皮，刚才骑自行车摔了一跤。”他一副无所谓的样子，正准备走，她一把拉住他。

“跟我到换药室去，我给你处理一下伤口。”边说边拉着他的衣袖准备走。齐亮甩开她的手，说道：“肖主任，真的不用麻烦你，我等下回去自己会处理。”他故意改称谓，以拉开他们的距离。聪明的肖婷岂能不知他的用意，也假装生气：“难道连这点儿面子都不给？”

“不是不给，实在是没有必要。”

“那你想过没有，尚晴见你伤成这样，她会怎么想？”

齐亮想想也有道理，等会儿尚晴见了一定会更担心，就随她进了换药室。肖婷从药柜拿出黄纱布、酒精、消炎粉替他处理伤口。

尚奇来找值班医生，找到换药室，见齐亮光着上身，背对着他。肖婷挺着大肚子，站在面前，用棉签为他的颈脖抹药。他假装没看见，而是叫护士来催肖医生快去看看又在发高烧的尚晴，希望能采取什么措施把烧降下来。

齐亮一听急了，赶紧穿好衣服，匆匆来到病房，见屋子里围满了人，大部分是来探视的同事，李一鸣和他的前妻陈娟也在。他和他们打过招呼，就来到隔壁病床。尚晴躺在那里，睡得昏昏沉沉。坐在旁边的同事，见他来了都自觉地让出道。他靠近床边，用手摸了一下她的前额，皱皱眉。

“怎么这么烫？”又问，“吃药没有？”

尚奇答道：“已经吃过药了。”

此时，肖婷进来，说病房人太多，不利于病人休息，建议大家先离开一下，她要为病人做检查。

大家纷纷离开病房，尚奇送走客人后回来，见走廊座椅上仅剩齐亮一个人。

他问：“你怎么这么晚才来，还有心思喝得醉醺醺的。”齐亮把遇到钱卫国的经过简要说了一遍，并提出下一步的设想。尚奇才明白是自己小心眼儿差点儿误会他和肖医生了。还别说，他还真的要感谢这位未来的妹夫及时找到了尚晴。

此时李一鸣刚送走同事返回，见他们都在，三人即刻在走廊座椅上开起了临时会议。李一鸣非常同意齐亮的分析判断，他也认为阿彪很有可能与余飞龙联系，建议支队派人二十四小时盯住小红楼，会议还研究了下一步的行动。

李一鸣在回家途中发现，刚才的三人会议把一个很重要的人物漏掉了，那就是余飞龙的儿子余小龙。他曾经跟文斌副政委交流过，因为他盯余小龙盯了很久了。张磊牺牲那天，余小龙根本无法说清楚当天活动的情况，而且，从他公司办公大楼的监控录像看，余小龙在撒谎，他那天根本没在公司上班。而且，他的所谓的证人也都在撒谎。问题的关键是他们为什么要撒谎？而且，文斌跟他通报了一个情况，据调查经陈家村房东陈家老太太辨认，几个月前一直是余小龙租住的房屋而不是吴胖子。也就是说，吴胖子有可能不是杀害张磊的凶手，真正的凶手十有八九是余小龙，当天他有可能坐徐信义的车逃离了现场。对，应该立即对余小龙采取强制措施。他想明天先跟齐亮和尚奇碰碰头，听听他们的意见。有的时候，案情瞬息万变，李一鸣的思路非常正确，可惜的是他没有把想法立刻付之于行动，导致错过了破案的最佳时机。

他车子还没有停稳，就接到市局办公室的电话，通知他明天上午十点到市局大会议室参加全局中层干部大会。他心里挺纳闷，市局中层干部大会干吗叫他去参加？过去，他有资格参加，现在支队仅尚奇有这个资格，难道扩大到派出所所长一级了？是不是办公室搞错了，还在按老习惯通知，他又回了一个电话给办公室秘书科，得到答复是：没有错，他必须参加，而且不能请假。他想，可能与“一号案”有关。

第二天上午，他按照通知要求穿着一身笔挺的警服，于九点差五分，走进会议室。平时因为工作的需要，他一般不穿制服，到了所里，因为那里是窗口单位，穿制服的机会多一点儿，回到支队办专案，他更多是穿便衣。他抬头一看，没有想到，今天的人到得比较齐，大家都早早坐在那里等领导来，说明今天的会议很重要。果然，九点整，领导按照职务大小，依次进入会场，坐在主席台上。市委副书记、政法委书记弘京亲自参加，局党委班子成员全部参加。会议由常务副局长、党委副书记张滨主持，副市长、公安局局长杜剑首先代表市委、市政府宣读一项任命。任命李一鸣同志为市公安局刑侦支队政委、党委副书记。

坐在台下全神贯注、认真开会的李一鸣，刚听到局长念自己的名字时，一下子蒙了，起初以为听错了，待坐在旁边的尚奇小声向他祝贺时，方才信以为真。这个突如其来的喜讯，让他一时很难接受。他没有想到组织上对他前段时间的工作是非常信任和肯定的，仅仅半年多的时间就恢复了他的支队领导职务，虽然是二把手，但是毕竟回到了原来的副县级岗位。这就不难解释办公室为什么要通知他今天参加市局中层干部大会了。接下来的会议内容主要是为迎接党的十八大召开而做好全市安全稳定工作……

会议一直进行到中午十二点。散会后，唐副局长又把他和尚奇叫到办公室，先问了问尚晴和李娟的治疗和恢复情况，然后交代他们要齐心协力，团结支队党委一班人，肃清徐信义的不良影响，尽快把支队的工作抓出成效来……他们在领导面前作出一系列承诺和保证，待离开时已经下午一点。

李一鸣做梦也没有想到，他的生活经历就像坐“过山车”一样，一会儿悬在天空，一会儿掉在地下；一下大喜，一下大悲。这对他的心脏的确是个考验。

日历翻到九月十日这一天。

罗毛毛住院已经有好些日子了，他身上、脸上的纱布不知换了多少回。最近，不知什么原因，身上、脸上痒得很，想抓又抓不到。有几次他真想背着护士把缠在身上的鬼纱布全部剪掉，无奈医生、护士看管得紧，迟迟没有机会下手。今天天刚亮，他好不容易支走陪护他的大嫂，躲过医生、护士的监督，悄悄来到换药室。他在柜子里乱找乱翻，也没见到剪刀，总算找到一把小刀。他拿起小刀慢慢割断胶布，终于能够解脱了。这些鬼纱布绑了自己几个月，每天睁开眼睛看到的都是它，心里特别烦，人都快被它绑疯了。他先把脸上的纱布解开，对着墙上的镜子一层一层地解开。镜子里面出现一个“怪物”，罗毛毛简直不敢相信自己的眼睛。他气得把卷成一团的纱布对着镜子一扔，真想放一把大火把这里的一切都烧得灰飞烟灭。心中的怨气无法宣泄出来，他气得在屋子里像无头的苍蝇到处乱窜，一不小心碰倒了柜子里的酒精瓶，瓶子掉在地上，一股刺鼻的气味儿直冲鼻孔。突然，他想起了什么，对，不能就这么便宜了这帮王八蛋！这样活着也没有什么意思，不如来个惊天动地的动作！

同一天，一大早，郑婉秋想赶在上班前把熬好的鸡汤给棋盘巷的曾婆婆送去。自从李一鸣把她带到曾婆婆家献爱心，她就义不容辞地把照顾这位孤寡老人的担子全揽在身上，隔三差五就过来帮助老人洗洗涮涮、烧茶做饭。一时间，老人与她相处得非常融洽，甚至离不开她了，坚持要认她做干女儿。这不，昨天，老人一直嚷嚷口里没有味儿，想喝点儿鸡汤。她这个从来没有杀过鸡的人，昨天下午一下班，就赶到二十公里以外的农民家，买来一只没下过蛋的、专门吃谷放养的土母鸡，晚上就把它整好，洗净，凌晨起来把它放在砂钵里用小火炖到天亮。调好味，分成两份，一份放在电饭煲保温，准备留着给李一鸣晚上吃，另一份用保温瓶装着，早早乘坐公共汽车给曾婆婆送去。

公交车上人不多，还有空位。从家里到曾婆婆家有一段路，要坐十多站。刚落座，郑婉秋感觉头昏昏沉沉的，一晃一晃不知不觉地就睡着了。也不知过了多久，车内人越来越多，挤得满满一车厢，还好下一站就到了。她站起身，腾出座位让其他人坐，自己慢慢向门边靠拢，突然看到靠门边座位上的乘客有些奇怪，大热天戴顶帽子，整个脸部用围巾捂得严严实实，仅露出一双眼睛，要么低着头假装睡觉，要么东张西望。他的座位下放着两个装“可乐”的大瓶，里面是无色的液体，但又不像水，难道是……就在她用一个检察官敏锐的眼睛再次打量这个怪异的乘客时，只见他突然站起身，弯腰拿起盛满液体的“可乐”瓶，拧开了瓶盖。一股浓烈的汽油味顿时弥漫整个车厢。不好，他要放火！一直盯着他一举一动的郑婉秋，脑海里立刻闪现出一个念头。“危险”！她大声叫道，“师傅快停车！快打开车门！有人要放火！”说话的同时，她拿保温瓶砸向歹徒，不顾行车惯性带来的身体不平衡，扑过去，双手紧紧抓住罗毛毛那只按打火机开关的手。

一时间，车厢内乘客大乱，尖叫声四起，公交车紧急刹车，打开车门，男女乘客蜂拥而下，只有郑婉秋一人奋不顾身地冒着生命危险与罪犯搏斗。

罗毛毛见一个正准备下车的女乘客坏了自己的“好事”，立刻恼羞成怒，把一口怨气全撒在她身上。他用左手拿灌满汽油的“可乐”瓶拼命摔打郑婉秋的头部、肩部，流出的汽油很快洒遍她的全身，但她依然紧紧攥住他的右手，不让那只打火机点着，任凭他不停地击打。双方激烈搏斗几分钟，就这么相持着。郑婉秋见公交车内乘客差不多已经跑完，下面的乘客都在担心她的安全，拼命呼喊，叫她快跑，也有拨打110报警的，但更多的人却在观望。

郑婉秋一面与歹徒进行殊死较量，一面怒斥歹徒的暴行，她企望唤醒他的良知，立刻停止恶行。罗毛毛不但不悔改，反而变本加厉、拳脚相加。两人抱在一起从车内滚到车外。郑婉秋突然松手，拔腿就跑。歹徒不依不饶，打着火，扑过去，一团火球在地上滚动……

也是这一天，清晨，时代广场售楼部，楼上楼下一片寂静无声，售楼的小姐还没有上班，看房的顾客更不可能这么早到，仅有一个守夜的保安坐在大厅沙发上打瞌睡。清洁工龚菊妹的工作已接近尾声，她每天天不亮就要来售楼部打扫卫生。这里的老板比较精，两个人的工作量给一个人做，这就显得工资出得比别的地方高，还免费供应早、中餐，所以，她格外珍惜这份工作。吃点儿苦算什么，人生下来就是吃苦的。她把楼里楼外的卫生都搞完，只剩下总经理办公室的卫生没搞，那里一般是放到最后清洗，因为是精装修的房间，又是老板办公兼住宿的居所，所以，洗洗抹抹要非常仔细，马虎不得。三楼总经理办公室实际上是个二百六十平方米的四室二厅二卫一厨的居室，总经理一般不到楼下来。他也基本不管下面的业务，售楼部的具体事务由设在二楼的业务经理管。她像往常一样，悄悄打扫外面办公室、客厅、卫生间、厨房的卫生，总经理还在里面的卧室睡觉，那间房屋只能留到中午吃饭时打扫。她轻手轻脚，小心翼翼地抹灰拖地，不小心碰到了办公桌上的地球仪。它转了起来，大概转了几圈，办公桌后面的背景墙突然向两边拉开，出人意料地出现了一扇门，原来这里还藏有暗室，地球仪就是打开暗室的机关。龚菊妹起初被自己的莽撞吓了一跳，但随即好奇心占据了她的心。她做梦都不会想到这种“好奇心”竟然会送了她的命。

她回头看看四周，静悄悄的，没有任何异常。她蹑手蹑脚地走到暗室门口，见里面黑洞洞的，她拿出手机当电筒，凭着微弱的亮光，一步一步地摸索着往前，一不小心，脚底下绊到一个什么东西，用手一摸，软绵绵、湿乎乎的。她打开手机一看，吓得全身发抖，出了一身冷汗，顿时手脚冰凉，手机也掉在地上。一具血淋淋的女尸，睁开大眼直挺挺地躺在地上。她不敢多看，更不敢前行，掉头就跑，两腿发软，心跳加快，连滚带爬，恨不得多生两条腿逃离此地。她不知道是如何跑出来的，只知道自己已在阎王殿转了一圈，好半天难以回过神来。

她再也没有心思把工作继续干下去，她在考虑要不要报警，猛然发现，因为慌慌张张跑出来，自己的手机丢在里面了。她一下子陷入两难处境，回去拿，她不敢，不去拿，有点儿舍不得。怎么办？想了想还是应该报警，纸毕竟包不住火，时间长了会牵连到自己头上。她拿起办公室的座机，立刻拨响 110 报警电话。就在她刚刚说完报警内容的时候，一个恐怖的声音出现在耳旁。

“你在干什么?”

她吓得松开话筒，用惊恐的眼神盯着突然出现在自己身后的余总经理，期期艾艾地回答：“我……我没干什么……”

余小龙看着话筒上沾的血迹，立刻明白发生了什么。

“你把我房间的卫生打扫一下。”说完他进了屋子。

龚菊妹以为危险已经过去了，迅速拿起拖把、抹布，进屋。

余小龙走进卧室，先把电视机打开，声音调得很大，然后在床头柜抽屉里翻出一把小手枪，又从床上拿了一个枕头挡住枪口，对着正在卫生间打扫卫生的龚菊妹连开三枪。接着他又把尸体拖到暗室，藏在里面。

干完这一切，他若无其事地洗漱完毕，穿上西服，打好领带，吹着口哨，走出办公室。

十几分钟后，110 出警车赶到售楼部，问门口的保安谁打的 110 报警电话。保安回答不知道，这里也没有发生什么“警情”。赶到现场的民警当即用电台与 110 指挥中心联系，得知了报警电话号码，民警把报警电话号码拿给保安看，并说是一个姓龚的女同志报的警。保安回答，这是公司总经理办公室的电话，报案人是这里的清洁工。民警提出要让他带着找到那位报警的清洁工，保安同意，当即一边打龚菊妹的电话，一边领着一位民警和一个协警，进了售楼部的大厅，让他们坐在沙发上等龚菊妹。谁知保安拨通了她的手机，却一直没有人接听，到一楼、二楼各个房间都搜遍了也没见她的人影。保安以为她已经下班回去了，可能正在回家的路上，也许没有听见电话。他把自己的猜测说给民警听，民警听完他的解释觉得合情合理，而且看看四周没有什么异样，保安的神态也很正常，就用电台向指挥中心汇报，问是不是可以撤离。指挥中心命令他到报警电话的现场看看，民警听了，提出让保安带着去三楼总经理办公室看看。保安不肯，说是总经理办公室不允许他们上去，除非总经理召唤，否则要被开除。民警见状，立刻发火，提出如果他不带路，他们自己上去。说完，二人干脆不理他，径直上去。保安吓得赶紧在前面领着他们上楼。到总经理办公室门口，门锁着进不去，民警向保安要钥匙开门，他回答说没有，就让他打电话给总经理，叫他亲自过来，把门打开。保安磨磨蹭蹭挨了半天不肯打电话，民警逼着他把电话号码告诉他，亲自给总经理打电话。手机响了，就是没人接听。他看看四周，门窗紧闭，从其他渠道根本进不去。民警只能再次请示指挥中心，同意强行破门。民警见锁不好开，就叫协警到外面请了一个“急开锁”的师傅，弄了半天才把门打开。进去后，发现屋子里收拾得整整齐齐、干干净净，却空荡荡的，没有发现任何可疑迹象。但是民警却感觉不对劲儿，因为一进门就闻到一股浓浓的血腥味，站在旁边的协警似乎也有同感。两人在橱子、衣柜、床底下、沙发下、冰箱内以及整个屋子的边边角角、里里外外到处都找遍了，也没有找到他们要找的人。民警坐在沙发上想稍事休息，点了一支烟，考虑是不是需要撤离。但直觉告诉他，似乎漏掉了什么。他把烟头按灭，再次一个地方一个地方地仔细检查起来。不对，卧室地毯好像擦洗过。他跪在地毯上，低下头仔细观察。果然有血迹，地毯里面还有没擦干净的血迹存在。这下他来了劲儿，像是发现了新大陆，更加仔细地搜寻，看看还有其他什么可疑现象。没有多长时间，就发现了第二处、第三处血迹，甚至更多血迹。他顺着若隐若现、断断续续的血迹走过去，发现最后的终点落在办公桌前。他围着办公桌转了一圈没发现什么，又在抽屉里翻了翻依然没有收获。民警气得坐在桌上，右手五指按在桌上的地球仪无意识地往顺时针方向转了一下，突然身后传出“吱吱”的声音。他回头一看，办公桌后面的背景墙像扇活动的门往两边拉开，一个黑乎乎的洞口出现在眼前。他拿了一只警用强光手电筒对着里面一射，虽然有思想准备，一个极其恐怖的画面还是把他吓了一跳：两具女尸睁着“魔鬼”般的眼睛躺在阴森森的洞里……

民警立刻叫协警把楼下的保安控制起来，把大门关上，不准任何人进出。他立刻向指挥中心和派出所报告这里的案情，并走出办公室把门关上，保护好案发现场，等刑侦队的人来勘查现场。

齐亮带着他的助手童云清随刑科所的现场勘查车一道赶到这里，已经是下午两点多了。他一下车，来不及与先期到达的当地派出所领导打招呼，就找到第一个进入发案现场的110出警民警了解案情。当得知具有重大作案嫌疑对象是这里的总经理余小龙时，他立刻掏出电话与正在执行监视小红楼任务的便衣警察梁泉联系，让他一旦发现余小龙即刻进行抓捕。同时，如果小红楼内有可疑人进出，也一并带到支队问话。打完电话，他进到案发现场，让他大吃一惊的是，那个死去的年轻女性就是诬陷马军偷了摇头丸的洗浴按摩城的莉莉小姐。他曾经调查过她。另外一个年纪大的，据保安辨认就是打电话报警的清洁工龚菊妹。而且她们的死亡原因，据法医初步检验，均为枪杀致死，所用手枪为警用六四式。他意识到问题的严重性，余小龙有非法持枪杀人的犯罪嫌疑。他立刻打电话向尚奇汇报，争取通缉持枪杀人嫌疑犯余小龙。谁知电话里传出更惊人的消息：李一鸣的女朋友郑婉秋今天早晨为帮助群众脱险，在公交车上与企图纵火焚烧汽车的歹徒搏斗而壮烈牺牲。齐亮不等尚奇把话说完，悲愤得手机都掉在了地上。

他流出了动情的眼泪，一个多么好的同志啊！他脑海里立刻浮现郑婉秋平时审阅案卷的认真模样，与赵文华争论案情、坚持己见的倔劲儿，为孤寡老人献爱心的温情。他为失去一位好同志、好战友而伤心难过，不能自已……他真不知道应该如何去安慰遭受巨大打击的好领导、好战友李一鸣，此刻，任何安慰的语言都显得苍白和多余，刚刚从女儿的伤害中平息过来，又如何能接受晴天霹雳的突变？他感到十分揪心！

尚奇在电话中说的纵火者是罗毛毛……齐亮突然缓过神来，紧接着大吃一惊！从这边调查的结果情况看，那个报案的清洁工就是罗毛毛的妻子，两夫妻在同一天走进阴间，一个遗臭万年，一个令人惋惜。齐亮欷歔不已，感慨万千。生活真是捉弄人，跟他们一家开了一个极为惨烈的玩笑。遗憾的是，白白牺牲了一位可亲可敬的女检察官。

第三十九章　枭龙毙命

余小龙开车从售楼部出来就用电话跟刘莹莹联系，叫她开车到天虹商场门口等他。他知道小红楼门口有便衣警察监视，他要进去与父亲商量下一步的行动，他想与刘莹莹换一辆车以躲避警察的监视。他到天虹商场时，莹莹的“大奔”已停在门口停车场。莹莹问发生了什么事情，余小龙接过车钥匙，一把抱住她，吻吻她的前额，然后用怪怪的眼神看着她，说了一声“多保重”，就开着车离开了。莹莹从来没有见过他这种模样，心里明白一定发生了什么重大的事情，鼻子一酸，眼泪掉下来。说实话，她还是蛮喜欢小龙的。小龙对她没得说，如果不是他父亲的原因，她说不定会跟了他。她来不及多想，坐上小龙的宝马车，给龙爷打了一个电话，也随后离开了。

余小龙将车直接开进小红楼的地下车库，他上到二楼，玄关传来开锁的声音，躺在沙发上发呆的余飞龙早已在那里等候。他从儿子的电话里已经知道了事情的大概，他没有责备儿子的莽撞，知道这一天早晚会到来，但没有想到这么快就来临，以致来不及和他吃最后一顿晚餐。他知道这也许是最后的诀别，或许父子俩这辈子再也见不到了。他强忍住内心的难受，他不能在儿子面前暴露心中的恐慌，他知道这个时候儿子最需要冷静。他用手势制止儿子的解释，时间对于即将逃离的小龙何其宝贵，简直是“生死时速”。他看看表，还好才九点十分，应该还来得及，警察应该不会这么快行动。他再三叮嘱儿子到香港后应该注意的事项，尤其是不要跟他电话联系，包括微信和电子邮件，等风声过后他会想办法主动跟他联系。刚刚交代完毕，刘莹莹拎着一个行李箱走进来。

“你开我的车进来的?”小龙着急地问道。

莹莹摇摇头：“是龙爷派司机用他的车到洗浴按摩城接的我。你的车，我把它藏在按摩城的地下车库了。”说着把密码箱交到他手上。

“里面护照、机票、银联卡、人民币、港币、美金都准备好了，是晚上七点钟的飞机，我会送你到机场……”

余飞龙听了不免着急。“不巧得很，今天到港的飞机，只有这么一趟，还是过路班机。”莹莹知道龙爷心里着急，赶紧解释道。

“那你现在就把他送到机场附近的宾馆先休息几小时，我担心在这里耽搁太久出不去，警察肯定会搜到这里来的。”余飞龙对他们说。

余小龙也同意这么做，即刻起身和父亲告别。余飞龙不愿像女人那样洒泪诀别，一来怕影响儿子的情绪，二来怕给儿子带来不祥之兆。他挥挥手，让他们速速离开这个危险之地。

刘莹莹按照余飞龙的指示，先把小龙暂时安置在机场附近的腾飞大酒店。一看时间还早，他们先吃完中餐，就在订好的房间里休息。莹莹起初建议玩纸牌消磨时间，小龙没有心情。她就打开电视想看看有什么节目，刚刚看了几分钟，小龙一把抱住她强行激吻。她没有反抗，随他乱摸。她知道这也许是他们最后的缠绵，他干什么她都会尽量满足他。

醒来后，她一看表，还好才四点多，该走了。她爬起来，发现他早已起来梳洗完毕，站在阳台上抽烟。他们为了摆脱警察的追踪故意搭计程车离开酒店。

到机场时，正好五点半。他们是国际航班，已开始换登机牌。她帮他把登机手续都办好，而后把他送到安检口，两人依依不舍地拥抱吻别。她看着他顺利地通过安检，才怀着复杂的心情离开机场，在车上打了一个电话给余飞龙，叫他放心。

余飞龙接电话后仅仅过了半小时，齐亮就带着一群警察闯进小红楼，屋外已被特警层层包围。

“你们要干什么？私闯民宅是犯法的行为，我要到市政府告你们……”余飞龙见大批警察荷枪实弹、气势威严地冲进屋内，立刻大发雷霆，气势汹汹地质问道。

“不好意思，打扰你了，余董事长，我们也是公事公办，这是检察院签发的拘捕令和搜查证，你儿子余小龙涉嫌持枪杀人，我们怀疑……”余飞龙听罢佯装惊讶，装成像是刚刚知晓此事，故意破口大骂其子不争气……

齐亮懒得听他装疯卖傻，知道他在故意拖延时间，但见此情景，知道他们可能来晚了，在这里抓到人的希望不大，这个老奸巨猾的家伙又先他们一步。此时，文斌副政委打来电话，从民航公安局传来的信息，余小龙已订购今晚七点飞香港的机票，已布置机场派出所协助抓捕。齐亮放下电话，指挥留下一部分警察继续搜查，他和特警大队一大队长吴为国一道率领特警一大队部分特警火速赶往机场。

也许是巧合，刘莹莹从机场回来的路上，见大批警察全副武装地往机场方向赶来。她有点儿担心余小龙的安全，立刻把车靠路边停下，打电话给余小龙提醒他警觉一点儿，如果机场方面有异常就不要登机，可以步行回腾飞大酒店躲一晚，那个酒店的房间是她用洗浴按摩城的领班小姐的身份证开的，最起码当晚查不到。

经她提醒，坐在候机楼休息的余小龙有了放弃登机的想法。他发现机场的警察比他刚刚进来时增加了许多，而且有拿枪的流动警察来回巡逻。此时，他又接到了父亲的电话，叫他立刻起身转移地方。

齐亮一行赶到机场，派出所的许所长早已在那里等候。他们先到机场派出所商议如何实施抓捕行动，根据许所长掌握的情况，余小龙已经换了此趟飞机的登机牌，此刻应该正在一号候机楼等待上飞机。他们准备在验票时，对他展开抓捕行动。齐亮听了许所长的汇报，同意他们的行动方案，并感谢他们的支持。他担心在机场候机大厅突然增加这么多警察会不会引起余小龙的警觉，而取消登机。他建议机场进出口加派岗哨，这个时候他们到机场监控指挥中心去看看余小龙在干什么。从监控的画面看一号候机大厅没有余小龙，他会不会躲在卫生间或是其他候机大厅？他让监控管理人员把每个候机大厅都调出画面看了一遍，依然没有找到余小龙。他看看表，问许所长还有多长时间开始验票。许所长看看表，差不多还有十分钟就要开始放乘客登机了，他准备过去实施抓捕行动。齐亮担心余小龙认识他决定暂不露面，两人分头行动。许所长与特警大队的吴大队长到验票处对余小龙实施抓捕，他继续留在指挥中心看监控画面指挥。

事情果然如齐亮所担心的那样，余小龙始终没有露面。机场大厅的广播不停地呼叫余小龙的名字，让他尽快登机，但是迟迟不见他的人影。飞机就要起飞了，依然没有看到他来验票登机。齐亮感觉事情有些不对劲儿，难道他们的行动计划出现了漏洞？不对，机场的公安兄弟考虑得很周到，应该没有问题。那么是哪个环节出现了问题呢？他不停地调取监控画面寻找余小龙的踪迹，结果还是没有。他让监控管理员往回调画面，有了，他发现余小龙在一号候机大厅接了一个电话，而后就再也没有见到他的身影。他立刻查看机场大厅换登机牌处的录像，看看是谁送他上飞机的。“哎呀，怎么把她给忘了！”他一拍脑门，懊悔不已，赶紧打电话向尚奇汇报这里的情况，让他派人即刻抓捕刘莹莹，马上对她进行突审，讯问余小龙的下落。这边他继续与机场公安配合搜捕余小龙，同时他建议加大对余飞龙的监视力度，对他的活动场所，不仅是小红楼，包括办公楼、洗浴按摩城等都要派人监视。

他放下电话，继续指挥监控管理员调监控画面，利用机场摄像头查找余小龙的踪迹，同时机场派出所全警动员与特警一起在机场周边地区仔细搜查疑犯。

余小龙见机场公安一拨比一拨多，还是听从了刘莹莹的劝告放弃了登机，准备到腾飞大酒店躲一躲，谁知父亲的电话改变了他的计划。就在齐亮他们全神贯注地注意一号候机大厅时，他已经随着密集的人流，乘坐地铁离开了机场。

这一次，危险又与他擦肩而过。余飞龙在他的精密算计过程中恰恰漏掉了刘莹莹这颗棋子。他没有想到警察这么快就把侦查视线转移到刘莹莹身上。

刘莹莹刚到洗浴按摩城自己的办公室坐下来想轻松一下疲倦的身体，脑子里还在想余小龙的命运，助理就走进来说是警察找她。还没有等她反应过来，尚奇已带着舒迟走进她的办公室。

“请问你是洗浴按摩城的总经理刘莹莹？”

“我是，请问你是……”

“刘总经理，不好意思打扰你了，我是公安局刑侦支队支队长尚奇，这是我的警官证，现在有个事情想找你核实一下，麻烦你跟我们走一趟。”尚奇客客气气地说道。

刘莹莹看了看递过来的警官证，明白来者官衔比文斌还高，打电话给他没有用，想想决定还是先给龙爷打个电话。

对方不仅不允许，而且夺过她的手机，说是暂且替她保管。她暗自庆幸刚才已将与余小龙的通话记录删除。她被两个民警带上车，她回头看看助理希望她能够帮她打个电话通知余飞龙。她当然不清楚，她刚离开办公室，警察就把这里查封了，不允许任何人与外面有联系。

对刘莹莹的审讯很顺利。她起初以为是洗浴按摩城出了涉黄问题，所以故意用谎言搪塞。但当尚奇对她讲得很清楚，说她涉嫌帮助持枪杀人凶手畏罪潜逃，她一下子蒙了，知道这辈子肯定要在牢里度过了。她吓得痛哭流涕，懊悔万分。

根据刘莹莹的交代，尚奇立刻与齐亮联系，让他速速去腾飞大酒店捉拿余小龙。

一小时后，齐亮回电话说没有发现余小龙，但据酒店服务员反映余小龙、刘莹莹白天确实在那里住过。他们分析刘莹莹撒谎的可能性不大，也许余小龙根本没有听她的话，擅自改变了行踪或是接听的最后一个电话不是她的。尚奇把她的手机交到刑科所进行复制，结果印证了他们的分析判断，通电话的时间与监控画面出现接听电话的时间不同。这说明，他在这之后，接到另一个人的指示，所以改变了行程。而这个最后用电话遥控指挥余小龙的人，很可能是他父亲余飞龙。齐亮根据案情的发展，认为自己再留在机场搜查已经意义不大了，就把继续搜寻的任务留给机场派出所完成，他和特警们撤离了机场。

回到市局刑侦支队，齐亮看看表，已经是晚上九点半了，早已过了开饭时间。齐亮到小卖部买了一包方便面，匆匆泡开吃了算是对付了一顿晚餐。接着他就参与了对刘莹莹的审讯。有的时候就是这样，你费尽千辛万苦却空手而归，漫不经心无意之中却获取意外惊喜。尚奇和齐亮都没有想到，下面的审讯给他们带来了出乎意料的收获。

刘莹莹毕竟本质不坏，她跟余小龙这样的人其实是两种世界的人。她与余飞龙的同居完全是生活所迫，在娱乐场所的摸爬滚打也是受余飞龙的利用。尚奇、齐亮正是看到了这一点，对她展开了说服教育，痛陈利害关系。没有多长时间，她就如实交代了她所知道的一切。当他们意外得知阿彪的下落时，他们顾不上兴奋，立刻终止审讯，让她带路，对阿彪实施抓捕行动。他们哪里会想到，比这更意外的惊喜在等着他们。

日历依然定格在九月十日，晚上十一点儿十五分。尚奇、齐亮率领支队二十多名民警，带着武器，悄悄潜入帝景花园住宅小区，原来余飞龙奖励刘莹莹的一室一厅就在这里。

阿彪做梦也没有想到，他刚刚洗完澡穿着睡衣从卫生间出来，余小龙就开门进来了。听到开门声，他起初误以为是莹莹回来了，没想到一个瘦瘦的男人走进来，借着屋外的亮光，才仔细看清是余小龙。同样，余小龙也大吃一惊，父亲给他钥匙的房间里竟然走出一个“熟鬼”，吓得他心跳加快，好久才回过神来。他看着人不像人鬼不像鬼的阿彪，不由得舔舔嘴唇好奇地问道：“师父，你真是命大，那么一场大地震，没留下一个活口，你居然死里逃生，厉害！你怎么有这里的钥匙？”他仍然像过去那样称呼他。

阿彪心想，你巴不得我死，真是良心跟你老子一样坏，不过他没有责怪他，同是天涯沦落人，相煎何太急，更何况当初这小子曾经拜师在自己门下学武艺，平日里没少孝敬他，两人蛮投缘，这不连逃命都碰到一起。这说明他们师徒之间缘分不浅。不过他转念一想，余飞龙这个老东西真不是个玩意儿，既然房子送给莹莹，何必留一手，说明他根本没有真心送给她而是在忽悠她而已。不过他嘴上没有这么说，他怕连累莹莹，只是冷冷一笑说道：“是你爹给的。”小龙半信半疑，既然阿彪在这里父亲为什么不早告诉他，不过父亲一贯行事让人捉摸不透，也许不告诉他总有他的理由。他没有说什么，心想两个人也有两个人的好处，不会孤孤单单，胡思乱想。

两人叽叽歪歪说了一些互相关心的话题。此时，阿彪打了一个哈欠，看看表，已经是晚上十点了，想早点儿休息，他不像小龙过惯了夜生活。小龙见师父很疲倦，有想睡觉的意思，就说："师父还是你到里面睡，我在客厅沙发上睡就行。"阿彪摇摇头，毕竟他是主子我是奴仆，怎么好意思让主人睡沙发。他坚持让小龙睡里面。也许这又是天意，由于他的坚持，才保住了一条命。

尚奇和齐亮都没有估计到会意外遇到余小龙，更没有想到这边有枪，因为从几次审讯的情况看阿彪思想变化很大，再次犯罪的可能性很小，所以，没有叫特警协助抓捕，以至于连防弹衣都没有穿。

他们摸上来已是深夜十二点，齐亮双手紧握手枪与助手童云清各自左右侧面立在门边，齐亮伸出左手发出进攻信号，站在门口的舒迟拎起一把大锤，猛击大门，只听"咣"的一声，大门瞬间被砸开。齐亮和童云清同时冲进房间，几只强光手电筒照射，发现在客厅沙发上睡觉的阿彪，他还来不及反抗，就被齐亮用枪顶住太阳穴，童云清非常利索地用手铐铐住他的双手。紧跟在后面的尚奇与其他几个警察相继进到屋里，发现卧室门一直关着，跟在后面的舒迟抢先上前欲拧开门把，不料想一声枪响，里屋射出一颗夺命的子弹，击中舒迟的腹部。这惊人的枪声把屋里的人全惊呆了，屋里突然一片寂静，仅仅几秒钟，大家才反应过来。尚奇悲痛欲绝，迅速抱住奄奄一息的舒迟，把他拉到门边，拼命按住突突冒血的腹部大声呼喊："快叫救护车！"

齐亮正全神贯注地对阿彪问话，突然听到背后枪响，也大吃一惊，转过身子，见舒迟已倒在血泊中，方知里屋还有更危险的持枪分子。他一面指挥大家往后撤出射击范围，一面追问阿彪屋内藏着的人是谁，有几个。阿彪回答只有一人，正是被通缉的余小龙。齐亮闻之，更是惊诧。他强忍悲痛，让几个民警迅速把昏迷不醒的舒迟抬下去，快速送医院抢救。他让童云清带一名民警先把逃犯阿彪押走，自己迅速拔出手枪，与尚奇一左一右，蹲在沙发后面，对准屋内齐射。

足足打了五分钟，枪声一停，屋里硝烟弥漫，寂静无声。那扇紧闭的房门被打成蜂窝状，不见屋里有动静。齐亮和尚奇两人同时用力，推着沙发撞击房门，很快房门被撞开，齐亮与尚奇凭借沙发作掩护。他们没有用手电筒，知道电筒的亮光反而会成为对方射击的目标，而是摸着黑凭感觉轮流开枪压制对方的火力，推着沙发，匍匐前行，爬到屋门口，两人停止开枪，观察屋内情况，发现里面漆黑一片什么也看不清，余小龙故意把窗帘拉上了。余小龙也停止了射击，可能是因为担心火力点暴露了自己的位置，双方出现短暂的僵持。待眼睛逐渐适应屋里的黑暗，四只眼睛像雷达一样对整个房间来回扫描了几遍，不见人影。他们猜测余小龙可能藏匿在床底下或阳台，两人对视一下，交换眼神，明白了下一步该怎么做。他们知道不能匆忙上去抓他，否则会成为他的靶子，造成不必要的牺牲。警察对敌的先决条件，首先是保护好自己。他们藏在沙发后面，装填子弹，把弹匣装满，好在刚刚把战友的子弹全部集中到他们手上了。尚奇小声用电台呼叫，让楼下的警察严密注意窗口和阳台，并疏散住户，包围这栋楼。他们围而不歼的方法很奏效，余小龙立刻沉不住气，从藏身的地方跳出来，直奔阳台，没等他的身躯完全离开房间，早已准备好的两支手枪立刻瞄准齐射，只等两把手枪的子弹全部打光，他们才起身检查，只见余小龙头朝下，趴在阳台边，身中数枪已经毙命。至此，两个罪大恶极的犯罪嫌疑人一个落网一个被击毙，按理他们应该高兴，但尚奇和齐亮怎么也高兴不起来，因为与他们朝夕相处的舒迟此刻还躺在医院里危在旦夕。

第四十章 引爆身亡

第二天，正在住院的李一鸣从尚奇的电话中得知阿彪已经被抓捕、余小龙被击毙时，一下子高兴得从床上跳起来，但还没有高兴两分钟，又惊闻舒迟受重伤在医院抢救的消息，他的心又立刻沉重起来。他知道这就是我们在与黑恶势力较量中所付出的沉重代价，齐云、张磊、郑婉秋的壮烈牺牲也是，这个代价是血的代价，是生命的代价，实在是太沉重、太血淋淋了，让活着的人难以接受。他刚刚从失去未婚妻的伤痛中恢复过来，立刻又为战友的重伤而揪心。他觉得自己已经恢复得差不多了，可以继续工作。他打算明天就出院，支队还有一大堆事情等着他去处理。他下床准备去急救室看看舒迟的抢救情况，刚刚走到过道上，一个护士急匆匆地跑来报告："李政委，快去看看，在妇科住院的你们公安局的病号寻死觅活地要自杀。"李一鸣闻讯大吃一惊。他知道女儿李娟已经身体恢复出院，剩下的病号只有尚晴。不知道她有什么事情想不开，无论是为公还是为私，他这个新上任的政委要做的第一件事就是义不容辞地去做她的思想工作，解除她的思想包袱。

他赶到妇科病房，见尚晴握着已被划破的手腕哭哭啼啼，精神处于崩溃状态。床边围满了医生和护士，一个护士正在强行给她包扎伤口，另一个护士紧紧抱住她颤抖的身体。见李一鸣来，大家纷纷让出位置，医生和护士都认识他，知道他是公安局的领导，应该可以劝她打消自杀念头。

李政委首先向主治医生了解病人的情况，昨天他来看她时精神还好好的，还跟他说要早点儿出院尽快归队。她怎么今天就突然变成这样了，是什么原因促使她走上自杀的道路呢？主治医生带着深深的歉意说：“今天上午查房时，她提出要出院，肖主任和我都没有答应。我们走后，她悄悄向一个实习医生打探她的病情，没有想到这个实习医生嘴快，经不起她的纠缠，竟然对她说出了实情，她可能要面临拿掉子宫的残酷现实。”

李一鸣听完主治医生的话犹如五雷轰顶，他自己都很难接受昔日的情人变为半残废的现实，哪里有心情去做尚晴的思想工作。一时半会儿，他根本拿不出恰当的语言去劝慰她。他为尚晴遭受如此巨大的打击而愤愤不平，更是对徐信义的畜生行为切齿痛恨。在一旁的医生护士，都眼睁睁地看着他，企望他能拿出什么绝招儿，劝阻病人的轻生之举，没想到，他蹲在地上半天不吭声。医护人员哪里知道他们的关系非同一般，岂能指望他能够说出什么打动人心的大道理。

李一鸣的内心现在很纠结，他这个政委从事思想政治工作的第一个工作对象竟然是昔日的情人和今日的密友，工作内容又涉及非常难以启齿的个人隐私。你说尴尬不尴尬？他想了想，觉得这件事还是留待她的哥哥、嫂嫂去解决为好，免得他见了尚晴的面，两人更是无言以对。以现在的状况，有那么多医生、护士围着她应该不会发生危险。他打定主意后给尚奇打电话，把尚晴的情况简要说了一遍。尚奇听了心里已经像着了火一样急，撂下电话就往医院奔。在路上，他还打了一个电话给妻子，让她一块儿赶去。

尚奇先去急救中心看了看舒迟的抢救情况，他妻子去病房探望尚晴。当他急匆匆赶到急救中心时，舒迟的家属和李一鸣、文斌、马立标都在手术室门口着急地等待着抢救结果。他先安慰了家属几句，然后四位领导趁等结果的空隙简单碰了一下头，他们一致同意这段时间暂时由李一鸣主持支队日常工作，尚奇集中精力做好尚晴的思想开导工作。经过十多个小时的抢救，手术室的门终于打开，舒迟躺在病床上昏迷不醒，身上插满了管子。他们急忙上前问后面出来的主治医生伤者情况如何。医生回答，还好，弹头已经取出来了，万幸的是子弹离肝脏部位仅差一公分，否则后果不堪设想，现在危险期虽然已经度过，但仍然需要观察，今晚尤其重要。四位领导心里的石头总算落下了，吩咐留下几个陪护的民警注意照看，待会儿省厅和市局领导都会来探望，告诉家属不要离开。然后，四人又匆匆赶到妇产科，来看望尚晴的病情。

也许是巧合，齐虹也在医院探望尚晴，这已经是她第二次来医院看她了。尚晴作为齐虹未来的弟媳妇，她显得比别人更关心尚晴身体受害的真实情况。上次来时，她想找肖婷主任了解一下她的病情，因为在医院她只认识肖婷，谁知，肖婷却故意躲她。从她大腹便便的模样得知她已经怀孕，一个即将成为人母的主任医生还这么小心眼儿，她真是不可理解。这次齐虹干脆就没找她，直接就找了尚晴的主治医生了解情况。当听到介绍是市长夫人来了解病人的真实病情时，主治医生马上笑脸相迎，详详细细地把尚晴的病情说了一遍。齐虹听完医生的介绍后十分震惊，这才明白为什么李娟都出院了，而尚晴却迟迟出不了院。原来她的病情是为了拯救生命必须把子宫拿掉，这对于一个年轻的未婚女子来说无异于要了她的命。她作为一个女人，对尚晴所遭受的残酷折磨深表同情和惋惜，也能够理解她为什么会采取这种轻生的极端举动。如果换作是她，可能也会走上自杀的道路。她几乎无法用语言来形容自己的震撼和悲愤。她也知道，此时此刻任何人的劝说都显得苍白无力。她没有进病房，因为她担心见到尚晴自己会控制不住情绪，伤心欲绝、痛哭流泪。她只能悄悄放下一个红包，让护士代为转交给家属。在回家的路上，她想起尚晴和弟弟的关系，照眼前这种状况，尚晴不适合也没法与齐亮组成一个完整的家庭。她在考虑如何跟齐亮开这个口。

晚上睡觉时，她把白天在医院知道的情况跟老吴说了一遍，问问他有什么好办法能够帮助弟弟解决眼前的难题。吴方摇摇头，他也感到很吃惊、很惋惜。不过，他说：“如果让齐亮在这个时候离开她恐怕不妥，因为在这个时候，她最需要得到他的支持和鼓励，否则，她真的没有活下去的支柱和信心了。再说，按齐亮的脾气和性格他绝对不会放弃尚晴的。所以，你的插手和劝说不仅不是在帮他，反而是害了他。你想想，如果他真的像你说的那样，在她最危难之际选择离开她，别人会怎么看他?”齐虹感觉老公的话不无道理，难道老天真的要看我们齐家绝后?她有点儿不甘心。吴方突然想起了什么，说道：“你不是在北京协和医院有个同学是有名的妇产科医生吗? 何不让他给瞧瞧尚晴的病情，看看有没有其他办法能够保守治疗。”“是呀，你不说我还忘了，他是留学博士，在妇产科方面很有治疗经验，让他给看看尚晴是否有保住子宫的希望。说干就干，我来打个电话给他。”

正如吴方估计的那样，齐亮闻讯未婚妻的病情，虽然百感交集、气愤难当，但他首先想到的是尚晴的身体和心理状况，担心她能否接受残酷的现实，担心她身体能否康复。尤其是听说她有结束生命的念头后，更是想尽办法去关心、安慰她，然而他每次去医院，尚晴总是叫护士关上病房的门，或是蒙住被子把头捂在里面躲着不见他，给她打电话、发信息她更是不接，致使他心里纵有千言万语，也无法对她倾诉。别说拿掉一个子宫，就是拿掉她身上的任何一个部件，在他心中，她都还是个最完美、最可爱的终身伴侣。遗憾的是，他的这些真实想法尚晴都无法知晓。所以，现在的处境是，他想帮助她，想关爱她，想解开她内心的死结，却没办法付诸实施。

尚晴不是不懂得齐亮的想法，她知道他不会嫌弃她，不要说一个子宫，就是残手残脚，齐亮也不会弃她于不顾。如果没有这点儿自信和默契，她当初也不会整天缠住他不放，毕竟他们的感情基础还是很深厚的。问题是，她不愿这样委屈齐亮。他越是舍不得放手，她越是感觉这样对他不公平。所以几次他来探望，她都铁下心来将其拒之门外。

坐在小红楼客厅里的余飞龙从警方那里得知儿子的死讯时，心里别提多难受了。他几乎不敢相信这是真的，儿子昨天还好端端地坐在这里与自己谈天，今天父子俩就阴阳两重天了。他老泪纵横，哽咽不语。他后悔没有早早送小龙出国，他后悔没有及时铲除刘莹莹，断了警察的眼线。他恨警察拼命盯住小龙不放，他恨所有的人，他恨这个世界。他明白，现在刘莹莹还在警察手上，这个婊子肯定靠不住，留给自己的时间已经不多了。也许就在这几天，也许……他要早作准备。

余飞龙虽然老谋深算，但这一次警方没有给他苟延残喘的时间，他的末日终于来临了。李一鸣、齐亮通过对阿彪、刘莹莹夜以继日的审讯，已经全面掌握了余飞龙的犯罪证据，经检察院批准，他们对这个作恶多端、恶贯满盈的所谓“一代枭雄”实施了抓捕行动。

这一次，他们没有轻敌，而是调派了特警风神大队亲自前往小红楼执行抓捕任务。特警风神大队大队长李涛，穿好防弹衣，身配一长一短两把枪支，率领全副武装的五十名特警，在凌晨两点，将小红楼团团包围。大门很快被撞开，几个特警持枪冲进去。黑暗处一只凶猛的藏獒，呼啸一声，扑了过来，立即就被一只头套罩住，链条锁紧，叫都来不及叫就被拖走。一进门特警就按计划分成三队，其中两队按东西方向分开沿着围墙角搜索形成包围圈，并迅速控制屋后的假山地道口。李一鸣、齐亮跟在李涛大队长后面带领大部分特警穿过中间走廊，直奔屋内。门口两个保镖刚想上前阻拦，即刻被抓捕。大队人马拥进屋后，李涛指挥手下按行动方案分开搜索，李一鸣和齐亮沿斜梯直奔楼上。在二楼客厅，大门洞开，余飞龙端坐在正对着大门的沙发上，衣冠整齐，手上抱着余小龙的相片，见警察冲上来，仰天大笑，喉咙里发出一阵奇怪的声音。

齐亮一看对方脸色不对劲儿，拉住前行的李一鸣，大声喊道：“不要靠近他，小心有诈！”但为时已晚。“轰隆”一声巨响。地动山摇，血肉横飞。冲在前面的李涛大队长和几个特警当场倒下，而在后面的李一鸣和齐亮也被巨大的气浪炸晕。极端仇视人民、仇视社会的黑社会头目余飞龙引爆炸药自杀身亡。

第四十一章　深入虎穴

樊桥庆听闻余飞龙坐在炸药上与警察同归于尽时，感慨万分，欷歔不已。过去余飞龙在世时，两人争得你死我活，如今人去楼空，不禁睹物思人。他望着两人合作开发的凤凰花园小区，大楼已接近封顶，基本可以完工。如今少了一个竞争对手他本该庆幸的，但他却怎么也高兴不起来。说实话，他还是比较钦佩余飞龙的胆略和智慧的。如果不是他的大量前期工作，他也不可能这么顺利在G市站住脚，并发展得这么快。遗憾的是，他的合作伙伴兼竞争对手竟然命归黄泉。

樊桥庆此刻正在为余飞龙的突然身亡发出无限的感慨，但他也在考虑自己的退路。他明白，他在G市的事业发展与余飞龙的业务往来有着千丝万缕的联系，警察的触角很快就会转移到他头上来。如果再不想办法收手，那就来不及了。现在当务之急就是尽快套现，赚取更多的钞票。然后跑路，到国外去发展。令人恼火的是他的“印钞机”——洗浴按摩城，面临被警察查封的命运。因为总经理刘莹莹被抓，这个臭婊子在大牢里不知要供出多少人来。所以，余飞龙失算就失算在女人手里，现在最危险的人应该是贾义。说不定贾义已经被警察列入了黑名单，看来是时候把他清除出大本营了，免得他连累自己。虽然他过去为公司的发展壮大作出了巨大的贡献，但既然警察盯上了他，那就怪不得自己无情了。为了公司今后的利益，也只能将这颗棋子扔给警察，让他们尝点儿甜头了。他打定主意，准备打电话把贾义叫来商议如何解决洗浴按摩城被查封一事。这时秘书走进来向他报告，周二苟来访。

他一听，吓得从沙发上爬起来。这个时候躲还躲不及，他还跑来干什么？该不会找我算旧账吧？不见，转念一想，还是见见好，看看他说什么，说不定他是来给我送“银子”的。

他猜得不错，周二苟确实是来孝敬他的。俗话说，树倒猢狲散。余飞龙一死，他手下的人就各自寻找出路。周二苟原本就是樊桥庆的人，现在不过是“老帅归位小兵回营”，各归其主罢了。其实，坦白讲，两主择其一他还是愿意跟着余飞龙吃粮。余飞龙对他不薄，而过去跟着樊桥庆，没少为他卖命，却落得两手空空。为今之计，重新改投旧日主子门下，实属无奈之举。

“七哥，你老人家这一向可好?”

“好什么好，整日里被银行追债追得屁股冒烟，这你又不是不知道。”

“那是，那是，现在银行跟大爷一样，借了他一点点钱，就跟欠了他的阎王债似的，天天围着你的屁股转，当初龙爷……”他见“七哥”面露不悦之色，以为不能提龙爷，赶紧打住话题。

其实樊桥庆在心里骂道，说话跟放屁一样轻飘飘，贷了银行几个亿还说借了一点点钱。望着周二苟一脸的奴才相，忽然一个念头在他脑海里闪现，何不叫他去对付难缠的银行？好，拖一阵算一阵；不好，反正他是警察笼子里的鸟，早晚跑不掉，一笔烂账随警察怎么去查。

他说道：“你来投奔我，总得有见面礼，你拿什么作投名状？我倒无所谓，只是兄弟们那边总要有一个说法，否则，我不好交代。上次你还跟我的人结下了‘梁子’打了一架，至今还有人住在医院……”

周二苟在心里骂道：“你这个吝啬鬼，我原本就是你的人，是你派我去龙爷处做卧底，怎么翻脸不认人，装着不认识，好在我早有准备。”

他嘻嘻一笑，拿出一沓账簿递给樊桥庆。

“七哥，这是龙爷在凤凰花园住宅小区售楼部的营业收入明细……”

樊桥庆没有接，只是用眼角瞟了一下，说道：“你拿这个陈谷子烂芝麻的账给我有什么用？警察早已经把余飞龙的财产封存没收，哪里还轮到我来捡残羹剩饭，你这不是在忽悠我，把我往火坑里推，警察到时来查我怎么办？”

周二苟吓得一哆嗦，急忙辩解道：“七哥，我绝没有这个意思，警察那里的账都是假账，送给你过目的才是真账簿。”

“不可能，你卖出多少套房子，房管局、税务局都清清楚楚，怎么可能拿假账忽悠警察？”

“七哥这话不假，不过龙爷早就预防着这点呢，在房子的出售上改变了它的性质。”周二苟狡黠的眼珠转了转，非常诡秘地贴在樊桥庆耳旁嘀咕了几句。

樊桥庆似信非信：“余飞龙真这么做的？”

周二苟点点头。

不愧是老狐狸，生姜还是老的辣。樊桥庆在内心不得不佩服余飞龙的销售手段。他在心里想到，既然他可以这么做，我为什么不能？他接过周二苟的账簿翻了几页又还给他，心想，余飞龙虽然精明一辈子，到头来落得人财两空，死无葬身之地，太不值得了。我可不能像他那样，自己辛辛苦苦赚了钱给别人用。

“我说，二苟，你是晓得我的脾气的，最看不得手下人胳膊肘朝外拐，嘴里吃老板的饭，还要背后骂老板的娘，拆老板的台。我相信你不是这种人。我们在一起不是一天两天了，我相信你的为人，更相信你的能力。我现在就把凤凰花园住宅区这一片的开发、建设、出售所有大权都交给你，委任你为该项目部的总经理，全权负责。为了躲避警察的侦查视线，你最好改一个名字，在我手下干活儿要明明白白做人，就叫周明。在我们的圈子里，你应该排在贾义后面，他是老八，你就是老九，对内称呼‘九哥’……”

周二苟感激涕零，跪谢老板赐名。

贾义闻讯老板把原属于自己的一部分业务交给周明打理，也就是过去的周二苟，心中愤愤不平。无奈他是老板，自己是伙计，不高兴也要服从。他把公司办公室的钥匙交给这个新来的“九哥”，就恋恋不舍地离开了凤凰花园住宅区的工地，看着这一栋一栋拔地而起的大厦他心里很不是滋味。这里面浸透了自己日日夜夜拼搏、耕耘的辛勤汗水，就因为老板的一句话，就要拱手让给他人。所以说，宁可做穷当家人，也不可做富伙计。不至于因为老板不高兴，弄得伙计两手空空，替他人做嫁衣，白忙乎一辈子。

他回到洗浴按摩城，坐在自己空荡荡的办公室，这里冷冷清清，已经今非昔比了。过去，他的办公室常常人满为患，狐朋狗友经常请他打折签单。想当初，那个整天躺在董事长高靠背椅上，把两只脚跷在办公桌上，专横跋扈、目空一切的神气，别提有多带劲儿了。可惜，这种日子已经一去不复返了。说得好听一点儿他仍然是洗浴按摩城的董事长，说得难听一点儿他实际上就是个守门的保安，守着这一堆破铜烂铁。为了省钱，自警察查封这里后，他把守门的保安都辞掉了。现在他吃饭喝水都成问题，要出去买。面临这种江河日下的状况，“七哥”不仅不同情反而还割去一块本属于他的一亩三分地，还说什么要他专心攻关，争取早日使洗浴按摩城重新开业。这根本就不可能！他已问过文政委，洗浴按摩城牵涉到余飞龙的案子，有他一半的股份，他的所有资产必须经法院评估后判决归谁。更何况，他自己的尾巴还攥在警察的手上，现在是取保候审阶段，随时随地听从警察的调查，还不知道刘莹莹会供出什么来，好在这里的毒品交易她不知情。应该不会出事，多亏小龙出手替自己杀掉了那个反水的莉莉。他想起这一幕，至今后怕。看来“七哥”已经开始对自己不信任了，或是因为警察的侦查视线已经盯上自己，所以，“七哥”有可能会把他像一枚无用的棋子一样扔给警察。“七哥”真会这么干吗？他不相信，但又不敢不相信。就在贾义为自己的前途命运仔细斟酌盘算时，他的对手文斌也在考虑要不要收网。

根据唐副局长的指示，文斌一直悄悄潜伏在樊桥庆身边，利用这层关系涉险侦查，经过这一段时间精心周密的侦查，他基本了解了这个所谓的“七哥”打着招商引资的幌子，披着商贾巨富的外衣，通过倒卖土地非法套取银行巨款，并涉嫌贩卖毒品、拐卖妇女、组织卖淫、非法聚赌等多种罪行。他作为一个特殊身份的侦查员，像一枚钉子插入敌人的内部。这件事刑侦支队任何人都不知道，在局里也仅有一把手和唐副局长知道，他直接受唐副局长的领导。为了工作方便，他怂恿“七哥”给他在公司安了一个副总经理的位置，表面上是为了多拿一份工资，实际上是为了出席高层管理人员会议，好涉及高层机密。所以外人看到他经常不上班，便衣出入高级会所。一时间，很多同志都对他有误解。为了麻痹不法分子，组织上故意给了他一个记大过纪律处分，并轮岗调到行政部门，由副政委改任副支队长排在最末位，说他整天吃吃喝喝，与富商勾肩搭背，过着腐化堕落的生活。

文斌心里的委屈虽然不为同志们理解，但是他都能忍受，只是樊桥庆最近对他越来越提防和猜疑。尤其是一些挺机密的会议，都不让他参加了，致使漏掉不少情报。他心里感到很为难，是继续加大侦查力度，还是立刻收网呢？他选择继续潜伏，尽管他深知深入隐蔽地侦查肯定会有危险，而且越是深入核心机密越是难查实。所以，现在就急急忙忙收网，恐怕时机还不成熟，目前自己手上所掌握的证据还不完整，绝不能半途而废。他下定决心继续侦查，哪怕粉身碎骨也要拿到樊桥庆的犯罪证据。他在想，为什么免掉贾义凤凰花园住宅小区项目经理职务这么大的事也没开会研究呢？事先没有任何征兆，是不是樊桥庆听到了什么风声？看来，铲除了余飞龙的黑恶势力这件事对樊桥庆造成了不小的震动。看来，他今后可要提防樊桥庆搞突然袭击。文斌万万没有料到，眼前应该提防的人不是樊桥庆而是他的妻子乔姗姗。

乔姗姗刚从学校把孩子接回家，心里就气不打一处来。这哪里像个家？老公整天在娱乐场所赌博泡妞，喝酒聊天。在家里面小孩儿不管，家务事不做。她每天晚上下班把小孩儿接回家，还要买菜做饭，洗衣服，搞卫生，一直忙到晚上十点，还要担心他的安危。他即便回来了也只是躲在书房上网瞎聊。自从那次在他单位大闹一场后，倒是没有对她动过粗，也没有骂过娘。彼此见面客客气气，互敬互让。但是两人除了睡觉在一块儿，碰面机会都很少。进屋倒在床上就打呼噜，说实话两人连正常的夫妻生活都没有。她生气归生气，小孩儿还得管。她照例把一天的事忙完，小孩儿也进屋睡觉去了。看看表，才九点半，她知道他不会这么快回家，就打开他的笔记本电脑不停地搜索，看看里面都有些什么肮脏的女人勾引他。遗憾的是，有些地方打不开，需要密码才能进去，能打开的都被删除得干干净净。老公毕竟是搞公安的，很难破解他设置的秘密，关机放弃她又有点儿不甘心，正在两难之际，听到房门钥匙的声音，她吓得赶紧把电脑关掉，匆忙中忘记了关电源。

文斌像往常一样，进屋就到书房，准备把一天的侦查记录在案，突然发现电脑有人动过，电源还没有拔掉。他为了防止泄密，除了用 U 盘复制了一份资料外，还将电脑设定了复杂的密码，一般人是打不开的。他第一反应就是乔姗姗，因为家里没有其他人。他怒气冲冲地离开书房，准备质问她为什么要随随便便动他的东西。进卧室一看，她正在换睡衣，上身赤裸，丰满、洁白的乳房袒露在眼前，猛然让他警醒：她是女人，而且是他的老婆。他抑制住瞬间泛起的冲动，掉头又重新回到书房工作。乔姗姗正在换内衣见老公突然闯进来，脸上立即泛红，而后见他又离去，气得她把身上的睡裙全扒光，赤身裸体地躺在床上。她心想人家哪里还愿意看你？他已经鬼迷心窍，整天痴迷电脑里面的狐狸精。文斌大意了，他低估了女人的好奇心，他做梦也没有料到妻子的好奇让他走上了绝路。

齐亮醒来时已躺在医院，神智慢慢清醒，他首先想到是特警李涛等人的安危，听闻噩耗，心情十分沉重。他热泪盈眶、感慨万千，想起抓捕徐信义、余飞龙父子的过程，都说明我们还是低估了余飞龙等违法分子的猖獗程度，致使我们的同志付出了血的代价。他侧头一看，身边的床位是空的，李一鸣大概先他一步醒来已经离开了。他如何躺得安心，一骨碌爬起来，正要出去，被进屋的护士发现了，又把他往床上按。

“哎呀！你怎么尽拉住我？隔壁床位的伤员，他不是也跑了。”

“他哪里跑了，他是去帮助寻找你们那位住院的女同事了。”

“啊！尚晴失踪了？是又要寻短见，还是……”齐亮瞪着大眼问道。

“既没自杀，也没失踪，这次却是跑去寺庙当尼姑了。”

“不可能。”齐亮不相信护士的话。

“我开始也不相信，但她留下的字条写得明明白白，而且不让家属和领导、同事们去找她。她心灰意冷，去意已决……”

齐亮听了护士的话一下子怔住了，一个那么坚强的女警察居然会舍弃一切遁入空门，若不是在心灵上遭受了巨大的打击，怎么会作出这样大的牺牲？他更没有心思在医院待下去了，趁护士一不留神溜出病房。

第四十二章 壮烈牺牲

贾义下班后回到硕大的别墅依然感觉非常孤独，这里除保姆外不见一个人影。过去整栋屋子里高朋满座、宾客盈门，天天吆喝声不断。如今，他们像害怕遇见“SARS”一样，个个跑得比兔子还快，唯恐避之不及。贾义现在才真正体会到世态炎凉。真应了那句话，穷居闹市无人问，富在深山有远亲。他这个时候才想起肖婷。自从两人闹了矛盾后，肖婷赌气回自己住处独居，一晃已经有好些时日了。掐指算来，她肚子里的孩子已经有八九个月了，不知道她们母子现在生活得怎样了？电话也不来一个。对，给她来个“突然袭击”，查查岗，看看她在家里做什么。

肖婷最近总感觉身子不适，这个小家伙时刻在里面调皮捣蛋，弄得她肚子一阵一阵地疼痛，非常容易疲倦。她作为一个妇产科医生当然知道这是正常的孕期反应，不必太惊慌，多加休息就是了。所以这几天，她都请假在家休息。上午她熬了一点儿山药炖排骨汤，中午没有吃完，午睡后，她打算热一下再把它喝掉。汤热好后，刚刚盛好一碗放在桌上，就听见敲门声。她以为又是保险推销员上门来推销保险，往“猫眼”一瞄。

“怎么是他?”她赶紧打开大门。

齐亮手里拎着一只已经去毛宰杀好的母鸡满头大汗地进来，连声道：“不好意思，打扰你休息了，你先把这只鸡放进冰箱，我已经把它整干净，只要……”

“你怎么知道我在家?”肖婷对他的突然造访深感意外，一时间不知如何应对。

“你身子不方便，不要忙着招呼我，我坐坐就走。我到医院找过你，他们说你请假在家。”

“你是不是来问尚晴的病情还有什么其他更好的办法?”

齐亮见她猜到他的来意，也就不客气了，干脆直奔主题。

肖婷直言道：“按现有的技术水平，我们医院没有更好的办法。其他大城市，像北京、上海的大医院或许有办法。我听说你姐姐不是从医院拿了尚晴的病历去北京协和医院问询吗?”

“有这回事？我还不知道，等我回去问问她。”

“你也不要太心急，不到万不得已我们不会动手术。”

“问题是她现在的情绪很不稳定，昨天她已偷偷离开医院，留下一个字条说是到寺庙去做尼姑了。”

“啊！有这回事？那就难办……”

两人正在讨论尚晴的病情，正讨论得非常投入，又听到敲门声。

肖婷对着“猫眼”一看，是他？又很吃惊。她一边让他进门换鞋，一边在心里嘀咕道：今天是什么日子，要么一个不来，要么两个都来。

齐亮对进门的贾义点点头，算是打过招呼，就起身告辞了。

贾义进门就板着个脸，对于在屋里与齐亮不期而遇心里非常恼火，但当着齐亮的面他又不敢发作，因为心里多少有些怵这个刑侦大队大队长。待齐亮离开，他就开始讥讽嘲笑，指桑骂槐。大意是：他的突然查岗坏了肖婷的“好事”，错过了一次观摩“西门庆与潘金莲偷情”的绝佳时机。

肖婷只好躲在卧室不理他，任由他骂骂咧咧，一个人仰卧在床上，偷偷地痛哭，感叹自己的命运为什么这么苦。

外面客厅手机铃响，是他的电话。肖婷止住哭泣，竖耳聆听。他压低嗓音，仍然传出断断续续的声音："什么……电脑里有……警察的日记……还有我的名字……上了警察的黑名单……"

肖婷又从关着门的门缝里看到他仍然在打电话，不过，这次不是接听，而是拨通一个叫"七哥"的人的电话。嗓音依然很低，但一个孕妇的听觉异常灵敏，尤其是她还将耳朵紧贴着门缝，断断续续的电话内容把她吓了一大跳。

肖婷见他打完电话，就假装睡觉。贾义见她已经睡了，叫了几声她的名字，见没有反应，以为她真睡着了，就独自出去办事了。

肖婷待他走后，故意等了十几分钟，没见人影，就起身把大门反锁，然后进到里屋打电话给齐亮，向他报告所听到的一切。

原来乔姗姗等文斌上班去了，把家里的笔记本电脑悄悄带到外面修电脑的小摊点，用高价收买修电脑的师傅，让他想办法打开里面的密码。修理工见到她就知道来了一个"冤大头"，故意吊起她的胃口，经过一番讨价还价，终于答应帮她把里面的密码打开。经过一番努力，修理工终于解开被锁的密码，两人看了里面的内容都大吃一惊。乔姗姗方才明白老公并没有在外面有艳遇，也根本没有什么"狐狸精"迷倒他，而是在工作，而且是在干最危险的侦查工作。她至此十分后悔自己的莽撞，也感到十分害怕，一时不知如何收场。她赶紧把电脑关掉，并一再嘱咐修理工不得泄密，不能跟任何人讲这件事，并要他赌咒发誓，然后匆匆把电脑带回家装作没事一样。她在心里不停地祷告，但愿老天爷保佑，这件事情就这样平平安安过去，就像什么事情也没发生一样。但是，事情就是这样，往往事与愿违。修理工等她离开后，知道发财的机会来了。他见警察日记里面有贾义的名字，记得他曾是洗浴按摩城的董事长，原来自己找过他签单，他没买账，只是拿了一张名片给他，说是有事可以找他。他是那么大的老板，自己一直没有机会巴结他，看来现在机会来了。他找到那张已经发黄的名片，按上面的电话号码打了几次，好不容易才拨通。

齐亮接到肖婷的电话马上意识到文斌可能已经暴露了，他几乎是在

第一时间打电话给文斌，可惜已经晚了。对方手机已经关机，他立刻打电话向唐副局长汇报此事。

唐副局长也同意他的判断，为了全面摸清情况，他指示齐亮立刻打电话给乔珊珊，让她带着指认修理工，即刻对其实行拘留突审，如果情况核实清楚后，可伺机探访樊桥庆，先敲打他一下，看看他有什么反应，同时他让李一鸣带人抓捕贾义。这里自己再派大量人员想办法查找失联的文斌副支队长。

樊桥庆正在玩牌，摸了一手好牌兴致格外高涨。不料，手机铃声响起，让他十分心烦，不接，过了一阵，又响。他与手下曾经私下约好，如有紧急情况，一定会有特殊号码，这次正是。他皱皱眉，极不耐烦地起身，拿着手机进里屋接听。一小时后，他又重新回屋，再也没心情打牌，叫大家立刻散了。他在等贾义的行动结果，并想着如何采取补救措施。

贾义出门后就打电话约文斌一道去樊桥庆处开紧急会议，他把文斌、周明接上车，就吩咐他们把手机关掉。

文斌今天像往常一样，在支队点了一个卯后，就到凤凰花园住宅小区售楼开发部溜达溜达。他发现樊桥庆的活动重心，自从洗浴按摩城关闭后，已开始转移到这里，而周明也渐渐取代贾义的位置，成为樊桥庆的得力助手。难道他们听到什么风声已经收手不干？不可能，根据他的侦查，像樊桥庆这种贪得无厌的大毒枭，绝不会轻易收手，很可能已另觅他所。那么它在哪里呢？他来到经理办公室，周明倒是很客气，见他突然莅临，立刻拿出他的拿手好戏，为他烧制功夫茶。很快浓浓的茶香味弥漫整个客厅，周明像魔术师似的把摆好的几只小茶杯不停地来回用茶水涮了几遍，然后倒出一杯已沏好的茶，递给文斌："你尝尝看。"

文斌接过不足一口的茶水，一仰颈脖，一股浓浓的清香味沁入心田。

"味道如何？"周明对自己的茶艺颇为自信，但在客人面前仍然礼貌地问道。

"嗯，味道不错，不过略欠火候。茶是好茶，就是烧制时间稍稍短点儿。"文斌毫不掩饰对主人的客观评价。

周明闻听后大吃一惊，不禁对这位警官刮目相看。他还是第一次碰到对手，看得出对方也是经常出入茶道的品茶高手。他立刻改换一种语气，连声道："惭愧惭愧，想不到仁兄也是内行，一语中的。我真有点儿班门弄斧了。"

"九哥言重了，其实，我只是个门外汉，倒是九哥才是茶道高手。"

"不知仁兄今天如何有闲工夫光临寒舍，莫非也想投资房产？或是对本公司的业务感兴趣？"他想你是警察我是贼，咱们井水不犯河水，我这里会有什么东西让你感兴趣的呢？

"不不，九哥你千万不要误会，我只是随便走走，瞎溜达。过去，你知道，我常去洗浴按摩城逍遥快活，如今，它被停业整顿，岂不是断了我的乐趣，所以我只能无目的地瞎转悠。"

"哎呀，你不早说，亏你还是七哥的好兄弟，他在羊心湖会所有更好的娱乐休闲好去处，你不会不知道吧？"他奇怪地问道。

"哦，那里我知道，不过感觉在市郊，路挺远的，跑一趟不方便。"他故意让对方知道自己早已知晓此事。

"现在风声这么紧，谁还敢大张旗鼓地搞黄、赌、毒，只能在偏僻的地方……"他忽然感觉自己多嘴，立刻收住话题。

"嗨，要不怎么说七哥深谋远虑，考虑问题就是周到呢。听说你这里还有'小产权房'卖？"他装作漫不经心地转换话题。

"你会瞧得上我们的'小产权房'，那可是没有房产证的？"他不禁奇怪地问道。

"我只不过是替我的一个亲戚问问。"

"原来是这样。"他终于明白他的来意。

文斌见对方没有下文，以为他不肯："既然让九哥为难，那我就不打扰你了。"说着就准备起身离开。

不料对方想了想，凑到他耳旁低声说道："如果换作他人，我确实不能帮忙，但你是七哥的红人，我岂会不给面子？这里正好有一套南北通透的七十平方米左右的两室一厅。"

"那不是廉租房吗？"

"对，正是廉租房的标准，不过不是真正意义上的'廉租房'。"

“此话怎么讲，难道这里面还有什么玄机?”

“这你就不知道吧? 所谓，三十六行，行行里面有学问。如果真的把‘廉租房’出售，政府这一关过不了，如果完全按市里的要求把房子建好后都交给政府统一分配，那我们还赚什么? 我们可能连汤都喝不上，只够付银行利息的。”

“那你还能有第三种办法?”

“怎么没有，只能踩点儿‘红线’，打点儿‘擦边球’，减少绿化面积，缩小容积率，缩小房屋行距，把节省的地盖成小产权房出售……”

“那房管部门、质监部门、城市规划部门、土地部门等有关部门不会干预?”

“这里面的水深了去了，肯定要检查、要干预，但检查、干预的是‘人’啊！法律制度是死的，人是活的。他们经过我们的‘攻关’、‘洗脑’以及各种‘特种服务’，哪里还会揭我们的短、拆我们的台……”

文斌听罢恍然大悟，方才明白樊桥庆和余飞龙当初为几十亩地争得鸡飞狗跳，完全是因为里面有着巨大的利益空间。嗯，这一趟总算没有白来，是时候离开了。他正打算离开，手机响了，是贾义的电话。

接完电话，他起身告辞，说是有急事要离开。周明起身送他，刚下楼，也接到了电话，通完电话对文斌说：“七哥让我们一块儿去他那儿开紧急会议，等下贾义会来接我们。”两人又重新回到周明的办公室等贾义的车来接他们。

因为周明也接到了贾义打来的开会电话，所以，文斌根本没有怀疑樊桥庆会有什么异常举动，使他丧失了警惕性掉入樊桥庆布下的陷阱。在等贾义的那一刻，他还不忘记把刚才与周明谈话的录音偷偷地发送给唐副局长，这也是他最后一次把情报传递给自己的同志。

车子果然开到羊心湖会所，文斌进去后发现里面的布局精巧得有如迷宫。这里的老板已经易主，重新装修后尽显奢华之气。文斌没想到这里已经成为樊桥庆的新巢穴。

“哎呀呀，大热天的还让兄弟们大老远跑一趟，对不起，对不起。”樊桥庆今天显得特别客气，早早地站在屋外等候他的兄弟。

文斌一看这架势，就知道樊桥庆今天肯定有大戏要唱，大幕才刚刚揭开，锣鼓开场，好戏还在后面。他悄悄转动戴在无名指上的“金戒指”，不过他发现樊桥庆那双犀利的大眼一直死死地盯住自己，仿佛要把自己的内心深处窥探得一清二楚。他有点儿发怵，本能地回头观望，见屋门已经紧闭，一个彪形大汉跨立站在门边。此时，他方才警觉，感觉屋里的气氛似乎不对劲儿，隐约有一股血腥味。他心里直打鼓，莫非今天真是鸿门宴?

文斌一进屋，就发现屋里桌上早已摆好一桌子的美味佳肴。不是说要召开紧急会议吗？樊桥庆见大家有疑虑，赶紧解释，说是到了吃饭时间还是先吃饭再谈工作，立刻招呼大家入席。他先在上座坐好，打开桌上的白酒，率先倒了满满一杯，然后吩咐手下把各自面前的杯子倒满。不等他们反应，已经一杯酒下肚。放下杯子，习惯性地用手摸了一下嘴唇，大声喊道：“还不快上菜?”

手下人立刻从外面端了一大盆热气腾腾的狗肉上桌。

哇，好香！虽然盆中肉很香，但大家为“七哥”大热天吃狗肉而不解。

“七哥”仿佛明白大家的心思，又喝了一杯酒，不紧不慢地解释道：“我今天很生气，一条我养了十多年的狗，竟然背着主子跑到外面去找伴侣，拉它进来却死活不肯，我一气之下把它宰了……”

此刻，大家才注意到那条一直不离樊桥庆左右的大黄狗已经成为桌上的盘中餐。

桌上就餐的人，个个正襟危坐、噤若寒蝉。大家都在猜测，不知“七哥”下面要拿谁开刀。

果然，没过多久，就见分晓。“七哥”再次倒满杯中酒，一仰脖，又是一干而尽，然后，把杯子狠狠地砸向地面。

“砰”的一声，杯子被摔得粉碎。屋子里的人再次吓得目瞪口呆，个个揣测“七哥”为什么发这么大的火。

樊乔庆把眼睛对着餐桌上的人扫了一遍，最后把目光停留在周明身上。周明见“七哥”用犀利的眼神盯住自己，脸上的汗水黄豆般渗出，全身发抖，一时不知如何应对。

樊桥庆把目光收起，转脸一笑，在他肩上拍了拍：“老九，你不要害怕，我相信你。如果不相信你，就不会把‘项目经理’的位置交给你坐……”

周明这才收起一颗悬着的心，屁股挪动了两下，发现内裤已经湿透了。

樊桥庆又把目光放在贾义身上，足足停了一分钟。贾义倒是很坦然，因为屋内仅有他知道樊桥庆在“演戏”。他得配合樊桥庆把这出戏演完，演真，演足，演像。

樊桥庆再次把目光收起，拍拍贾义的肩膀，嘿嘿一笑，道：“还是老八沉得住气，不愧是老江湖。”

樊桥庆说完夸赞的话语，随即把目光落在文斌身上。文斌想这只老狐狸又在玩什么鬼把戏，是在试探，还是……没等他细想，樊桥庆哈哈大笑，拍拍文斌的肩膀夸赞道：“文老弟，你不愧是受过专业训练的职业警察，遇事沉着冷静，我虽在江湖闯荡多年都自愧不如。”

说完，他指示手下重新拿过一只酒杯把酒倒满，而后凶相毕露、破口大骂：“你们当中有个‘猪’，整日里吃我的，喝我的，却出卖老子！我还他妈的像个傻子一样，好吃好喝好玩，把他像菩萨一样天天供着。老子今天不宰了他，我就不姓樊！”说完把杯中的酒往文斌脸上一浇，跟着一拳打过去。

文斌听到樊桥庆像狮子一样怒吼，心里想肯定是哪里出了差错，自己有可能已经暴露身份。情急之下，他立刻把戴在无名指上的戒指拔下扔掉，但为时已晚，一杯白酒迎面浇来，还没等他反应过来就被重拳一击，立刻眼冒金花，身子往后一仰重重地摔倒在地上。几个早已站在身后的彪形大汉一拥而上大打出手，不一会儿，文斌就只有出气没有进气了。

贾义望着躺在地上奄奄一息的文斌，上前踢了一脚，请示道：“七哥，把他毙了，还是活埋?”

“慢着，没有这么便宜，不能让他就这么痛痛快快地死掉！先把他拖下去，等老子心情好的时候，再拿他的头去祭奠我那只心爱的大黄狗。”他恶狠狠地道，把擦嘴的餐巾纸扔在文斌身上，怒气冲冲地离开了屋子。

第四十三章 直捣老巢

齐亮按照唐副局长的指示精神，由乔姗姗领着找到了那个电脑修理工，之后把他带到审讯室进行审讯。

“你私下破解别人的电脑密码，知不知道这是犯罪?”

“我不认为这是犯罪。首先，是电脑的主人自己送上门，再三要求我这么做的，又不是我跑到他家里强行破解的电脑密码。她付钱，我做生意，错在哪里？其次，电脑里面的内容我也不知道是什么，我只是把它打开而已，所以我不明白你们为什么要把我抓到这里来？警察同志，我只是个做小生意的人，养家糊口都困难，没有什么油水可捞，请你们尽快把我放了，我家里人还在等我回去做饭。”

“没想到，你一个电脑修理工说起话来居然滴水不漏。不错，你是应顾客的要求破解了电脑中的密码。问题的关键是，你采用了不正当的手段复制了电脑中的秘密情报。你的违法犯罪行为，将有可能导致我们的同志处于极端危险之中。你说，应不应该把你请到这里来呢?”

“警察同志，我冤枉。只是无意中瞄了一眼电脑里的内容，怎么可能会有其他想法？更何况女顾客一直在我身边，我哪里有机会‘复制’你所说的情报？你不相信可以去问问那个女顾客。”

齐亮笑了笑，“你真把我们警察当猴耍了？看样子，你这个家伙是不见棺材不掉泪，你看看这是什么？”他拿出一只 U 盘放在他面前，“这是从你家搜到的，你用 U 盘‘复制’。”他又拿出一袋摇头丸放在他面前，“看看这是什么？这也是在你家搜到的。还需要我多说吗？”

电脑修理工像泄了气的皮球瘫坐在椅子上。过后，在齐亮和童云清的威慑下，他老老实实地交代了他的犯罪事实。

审讯过后，齐亮很为文斌的危险处境担忧，他对自己过去对文副支队长的种种误会而内疚万分。他更是对乔姗姗的愚蠢之举而愤慨。他没想到一个受过高等教育的机关干部，竟然对自己的老公如此不信任，做出如此冲动而莽撞的行为，将一个专心事业的好警察、好老公陷入危险境地。所以说“疑心病”往往会使一个聪明的女人变得愚昧无知，甚而做出许多荒唐事，到头来害人害己。

齐亮交代童云清继续审讯，尽量掌握更多犯罪证据。他赶紧向唐副局长汇报。

到了唐局办公室，发现里面早已坐满了一屋子的人，除了他们支队的李一鸣政委、尚支队长外，还有缉毒支队支队长、政委、副支队长，经侦支队支队长、政委、副支队长，以及情报、网监、技侦、治安等部门的有关领导。

唐副局长已经连续几天没有好好睡觉了，但依然打起精神，清了清嗓子说道：“受副市长、公安局党委书记、局长杜剑的委托，召集大家临时开一个紧急会议，主要是因为我们的一个同志处于极端危险之中，我们应该想尽办法……”

原来文斌副支队长受组织委派，长期潜伏在犯罪团伙的心脏，忍受被同志、被家人误解的种种委屈，一直在向缉毒支队、经侦支队的同志提供情报，收集到大量樊桥庆、贾义、周二苟的犯罪证据。齐亮这才了解文斌这些年长期伪装自己的身份的难处。他在下面急得要命，巴不得会议立刻结束。他在为文斌的生命担心，因为到目前为止，没有他的任何信息。李政委奉唐副局长之命去抓捕贾义也落空了。贾义很有可能已经潜逃。

会议终于结束，等其他领导离开，唐副局长又把他们支队的四个领导留下。尚奇汇报了尚晴出家一事，请示该怎么办。

唐副局长说：“尚晴是我局一位很优秀的女侦查员，出了这种事对她是个考验，时间是最好的良药，她的辞职报告我暂时压下来了。她出家一事要绝对保密，对外就说她仍在住院治疗……”

夜，死一般寂静。

凌晨两点，刑侦支队大院站满了荷枪实弹、整装待发的刑警。根据安排，今晚全市“统一行动”，缉毒支队、治安支队重点检查全市娱乐场所，由各分、县、局、派出所协助排查重点人口及楼堂馆所；经侦支队重点搜查凤凰花园住宅小区售楼开发中心；特警、交警、巡警负责对机场、车站、码头、火车站等公共场所进行检查，并对各治安卡点武装堵卡、盘查；刑侦支队的任务是直捣樊桥庆的老巢——羊心湖会所。

刑侦支队参加“统一行动”的队伍由李一鸣政委、马立彪副支队长、齐亮大队长率领，尚奇留在支队指挥中心指挥，并负责与市局联络，负责全面调度。

齐亮坐在车上心急火燎，恨不得马上飞到目的地。他担心文彬的安危，根据情报中心提供的情报，文斌最后上了贾义的车，从路面监控画面发现，他的汽车应该是驶向羊心湖会所。

赶到目的地，当地派出所早已布控，人员只准进不准出。羊心湖派出所黄所长见他们到来，没有多余的客套话，立刻向他们介绍外围侦查的情况。从晚上八点开始，一接到市局通知，就在市局指挥中心统一调度下对方圆几公里实行封锁，对闲杂人员、可疑车辆进出进行盘查、登记，到目前为止，仅扣留几个吸毒、嫖娼、卖淫的嫌疑人员，没有发现与文斌副支队长有关联的信息。

李一鸣听完介绍，立刻把队伍分成两队，一队由齐亮带领直插会所屋里，重点搜查室内娱乐场所、餐饮、KTV 包房等；另一队他亲自率领，沿会所小路前进，重点搜查屋外、森林、草坪、湖面、湿地等，还有屋外健身娱乐场所。派出所民警依然在外围配合。

齐亮进去后立即把队伍分开，两人一个战斗小组分散搜查。他和他的助手童云清检查了几间喝茶、餐饮包房，发现这里的包房与众不同，都带卧室和卫生间。这种将包房变相改成宾馆的形式明显违规。这样做的目的，就是为了方便照顾特殊“顾客”进行肮脏的交易，可以肯定这里隐藏着某种见不得阳光的地下活动。他们仔仔细细搜查了很多地方，仍然没有找到他们所希望见到的人。

齐亮有些着急，根据“天网工程”的路面监控显示贾义的汽车确实进了这里，为什么没有发现任何踪迹呢？他来到羁押服务员、保安员、工作人员的房间，男女老少有一百多人，如果一一甄别至少要到天亮，可能都不一定能完成。他正为此事犯愁。他拿出文斌的照片让屋子里的人仔细辨认，看看有谁见过这个人。

李一鸣也在为没有找到贾义的汽车而着急。他找到保安负责人，拿出贾义的牌照号码询问。对方回答，下午三点贾义的黑色奥迪车已更换一副套牌牌照出去了，车上好像只有他一个人。也就是说贾义有可能听到风声已经潜逃。他拿出文斌的照片询问保安是否见过，他摇摇头说从没有见过，其他保安也说没有见过。他暗暗思量，保安没有理由撒谎，难道是我们的侦查方向错了？

经过一番辨认，齐亮心里终于松了一口气。有一个服务员说，她昨天上午十一点多钟曾经见过文斌，但仅仅是一个照面。他从外面进洗手间，她从里面出来，两人擦肩而过。因为是陌生顾客，她多看了他一眼，而他也特别回头留意她的眼神。虽然是偶然相遇，且仅仅数秒钟，但印象很深刻，他是那种见一面就让人很难忘记的人。齐亮由此可以判断他们来这里搜寻文斌完全对路。他马上叫童云清去把这里的经理叫来询问。过了一会儿，一个穿着笔挺西服、白白净净、瘦瘦高高、戴着一副金丝眼镜的男子被童云清押着走进来。

齐亮示意他坐下，然后递给他一支烟，并为他点着火，然后拿出文斌的照片给他辨认。他接过照片，凑到镜片前仔细瞧，摇摇头说不认识，也没有见过。齐亮说：“你不要急着回答，好好想想。如果没想出来，那就到牢里面去想，一直等你想到为止。怎么样，想清楚了没有？”那个模样斯斯文文的经理这才明白，自己一两句话是不可能打发走眼前的警官的，就信誓旦旦地说："我确实不认识这个人，如果真知道一定会跟你们说。"齐亮冷笑一声："看来，我们这么多人深更半夜跑到这里来是发神经病了。我老实告诉你，今晚我就是在这里挖地三尺，也要活要见人、死要见尸！"齐亮一把把他嘴上正抽的烟夺过掐灭，并狠狠地踩了一脚。对方望着他突如其来的举动，吓得浑身筛糠，无所适从。

这时童云清跑来在他耳旁小声嘀咕几句，他对着经理道："你现在把我带到你们的储藏室去。"

经理一听，顿时吓得脸色惨白，黄豆般大小的汗珠不停地流淌，他突然扑通一声跪在齐亮面前，连声说："警察兄弟，真不关我的事，是七哥与贾老弟亲自出手干的，我只不过……"

齐亮气得一脚把他踢了个嘴啃泥，打断他的话语："你这个帮凶还在啰唆个啥？还不快带我们去！"

齐亮示意两名警察一左一右架着他，迅速找到会所的地下储藏室。它在主楼下面，距离地面有几十米深。走进里面才发现室内别有洞天，眼界豁然开朗：洗浴按摩喷水池、健身房、干蒸室、小型家庭影院、豪华办公室、高档会客室、超大卧室、书房、餐厅、厨房等，一应俱全。

齐亮惊叹于地下室内规模之宏大、设备之齐全。这哪里是地下储藏室，简直比星级宾馆的设施都有过之而无不及。

齐亮一行，在经理的指引下来到干蒸室，终于找到了已经奄奄一息的文斌。他看到战友们一个个失声痛哭围在身边，愉快地露出胜利的笑脸，安详地闭上眼睛。齐亮紧紧抱住文斌副支队长渐渐冷去的身躯，哽咽落泪，痛不欲生……

在场的全体警察一起脱帽，向这位永远活在大家心中的英雄致敬！默哀！心里一遍遍默念，祝他一路好走……

唐副局长得知实情后，心里万分难受，禁不住热泪盈眶，义愤填膺。他脱下警帽，一个人在办公室，翻开文斌的档案，默默致哀。

第四十四章　遇害托孤

贾义拎着一个行李箱，从别墅的地下车库走出来。他本想开车，但转念一想，车牌已挂了号，开出去，马路上的交警很快就会发现，不如搭计程车更安全。虽然这里打车难，但不容易被警察盯上。果然，出门走了很长一段路，才搭到计程车。他看看表，这个时候赶到机场，应该能够赶上去北京的飞机，再从那里转机到哈尔滨。计程车走了两个多小时才到机场。还好晚上十点还有一趟去北京的飞机，他用堂兄贾金的身份证买了票，换了登机牌，估计还有两个多小时，检票处才会开门验票，他坐在候机大楼椅子上打着瞌睡等待上飞机。一转眼他在这座城市已经待了半年多，现在要离开还真有点儿舍不得，毕竟在这里留下了他辛勤的汗水，开发了几个楼盘，为“七哥”赚下一笔不菲的财富。如今自己依然两手空空，仅留下这只行李箱跟随左右，这是半年多他辛辛苦苦积攒下来的一点点积蓄，大约五百万，存进银联卡放在里面，以后又要过漂泊流浪的日子。还不知道什么时候是个头，他仰天长叹，心事重重地坐在那里候机。哪知过了一小时后，外面电闪雷鸣，暴雨倾盆，他担心飞机走不了了。果然，广播里传出话务员的声音，飞机晚点，改在明天早上起飞。妈的，净耽误老子的事，还不如坐火车，他心里骂道。这时机场服务员来叫候机的乘客，如有需要可安排住宿。他想想这个时候没有地方可去，不如随乘客一道住下来，正准备动身，转念一想，不对，如果就这样过去，万一有情况跑都跑不掉，为安全起见还是独往独来比较牢靠。他打定主意，先把行李寄存然后再做打算。这深更半夜，究竟到哪里去打发一夜呢？他突然想到了肖婷，说实话他还是有点儿想念她的，如果不是齐亮这个王八蛋跟她有一腿，说不定他会把她也带走。谁知越是不想想她，脑海里越是浮现肖婷纯真、美丽、可爱的影子，他压抑不住思念，做出了错误的选择。

谁也不会料到贾义在这个时候会冒着被抓的巨大风险重返肖婷家，好在李一鸣已事先安排便衣在她家蹲坑守候。

贾义在肖婷的住宅小区大约几百米处下了计程车，然后鬼鬼祟祟地围着小区转了几圈，没发现异常，趁小区地下车库门岗保安打瞌睡之际偷偷溜进小区院子里面。他用进门磁卡刷卡进入电梯，而后上到十八楼，到1801室掏钥匙开门。谁知，捅了几下，打不开，难道换了锁芯，还是里面上了保险？这女人不会背着我，真在里面偷汉子吧？贾义一时心急脑热，没有细想，将危险置之脑外，拿出看家本领，用细铁丝钻进猫眼轻轻拨动几下，门被打开一条缝，他一溜烟挤进黑洞洞的屋内。

这一切均在小区监视民警的掌控之中。信息很快传到市局指挥中心，唐副局长亲自坐镇指挥，命令正在赶去的李一鸣、齐亮等人要特别注意在拘捕过程中保证肖医生母子的平安，宁可让其在逃窜的路上抓捕，也要注意保护孕妇的安全。为了不惊动犯罪嫌疑人，执行抓捕任务的警察没有大张旗鼓地坐车，而是一个一个地躬身悄无声息地潜入住宅小区，静候指挥中心的命令。

孕妇也许特别容易疲倦，肖婷今天睡得特别沉，特别深，特别香。她在梦中陪伴孩子在游乐场玩碰碰车，在海边嬉水，在湿地捡鸟蛋，在时代广场放风筝；站在身旁的是孩子的爸爸，一会儿是赵文华威武雄壮的模样，一会儿是齐亮英俊潇洒的形象，一会儿是贾义阴险狡诈的容貌……朦朦胧胧地，她感觉一个男人睡在身边，在抚摸她隆起的肚子。

她感觉很热，他帮她把睡裙脱下。她有点儿害羞，裸睡对她来说虽然不是第一次，但当着孩子的面她真有些羞愧……

肖婷醒来了，原来是一场梦，却又像是真的。黑暗中，她发现自己赤身裸体、一丝不挂地躺在床上，下体湿乎乎的。她起身，想开灯看看究竟。她的手被人按住了，终于发现一个熟悉的身影站在床头边。是他？已经换了锁，他怎么进来的？他紧紧地抱住她赤裸的上身，低下头亲吻那高耸的乳房。她心底泛起一股厌恶与愤恨。她企图反抗，但身子沉，无法甩开他。为了孩子，她只能任由他糟践、侮辱，眼泪噗噗地掉下来。他发泄完穿好衣服正欲离开，肖婷一把拉住他："我劝你看在孩子的份儿上，还是去自首吧。"

"你都知道了？是不是你那个野汉子告诉你的？"贾义恶狠狠地说道。

肖婷气愤地说："你不要侮辱他，若要人不知除非己莫为，你干了多少坏事你自己心里清楚，现在摆在你面前的唯一出路就是投案自首。"肖婷本来懒得理他，但想想看在他是孩子爹的份儿上，希望能够挽救他。

无奈他不仅听不进肖婷的好言劝慰，反而认为是齐亮怂恿她这么做的，一时嫉妒心起，突生杀机。他固执地认为肚子里的孩子有可能是齐亮的种，如果他就这么不明不白地匆匆离开，岂不是成全了这一对狗男女？不行，不能就这么便宜了他们。想到这里，贾义立刻像疯狗一样冲进厨房找到一把菜刀，气势汹汹地扑过来。

肖婷穿好衣服，一看情况不对，马上把卧室门反锁，打开电灯，推开窗户，大声呼喊："救命！"

下面早已埋伏好的警察闻讯，迅速进入电梯间，直奔十八楼，开始采取营救人质的行动。

贾义拿着菜刀已经完全丧失理智，像一个疯子一样一边用刀狂砍屋门，一边用脚不停地踹门。肖婷在屋里吓得浑身颤抖，不停地尖叫："救命！"

齐亮冲在前头，电梯刚上十八楼，他就冲到门前，拼尽全力一脚踢开房门。

但为时已晚，只见贾义一手抱着瑟瑟发抖的肖婷的脖颈，一手拿着菜刀锋利的刀口顶着孕妇隆起的肚皮，肖婷两手死死抱住那只握刀的手不让他砍下来。

齐亮见状，举枪对准他，大喝一声："不许动！快把刀放下！否则，就要你的狗命！"

贾义见冲进来一屋子的警察，都举枪对准他，知道难以逃脱，但他依然负隅顽抗，恶狠狠地威胁道："如果你们再靠近，我就让大人、小孩儿一块儿完蛋，我死也拉两个人垫背，多少还赚一个。"

李一鸣走上前赶紧说道："你要冷静，想想这样做对你有什么好处？她肚子里的孩子好歹也是你的后代，难道他还没有出生，你就对他有仇？再说肖医生平时对你也不错，你难道狠心置她于死地，就不怕遭天谴吗？"

"她肚子里的孩子不是我的种，跟我半毛钱关系都没有，我用不着可怜她。"

"有没有关系，你说了不算，你如果怀疑，以后可以做 DNA 检查，现在请你把刀放下，不要伤及无辜。你这样做百害无一利。"李一鸣继续跟他讲道理，想稳住他的激动情绪，好争取时间让特警从窗外缉捕他。

贾义持着刀仍然不放手，凶神恶煞地说："我现在管不了那么多，你们如果要保全她们母子，必须答应我的条件。"

李一鸣见他开出条件，感觉有希望，就说："你先说说你的条件。"

贾义提出要派一辆车送他上飞机，在这之前要肖婷母子陪他上车，待没有危险后才放人。

齐亮听罢，说派车可以，但必须让他来做人质交换他们母子，因为孕妇经不起这种折腾。他看得出肖婷已经身心疲惫，几乎晕倒了，再拖下去有可能发生危险，必须当机立断。

对方见齐亮心疼肖婷，更是嫉妒他，坚持不肯放过她们母子。李一鸣也担心肖婷的身体状况，觉得不能再耽搁时间了，经请示唐副局长后，最终双方各让一步，决定由齐亮不带任何武器开车负责送贾义和肖婷母子上机场。

轿车很快开到楼下按了两下喇叭，李一鸣站在客厅窗口，用手指给贾义看，大意是：我们是守信用的，现在就看你的了。贾义让齐亮先下去开车，他叫屋内的警察都放下枪，退出屋外，全部下楼，屋内仅剩李一鸣一个人。然后他拿着菜刀逼着步履蹒跚的肖婷在前面带路，他以孕妇为屏障，挡住李一鸣的视线，紧贴着肖婷的身躯慢慢拖着走出屋外。李一鸣空手跟在后面，走到电梯口，门洞大开，里面没有人，因为电梯门窄，仅允许进一个人，齐亮赤手空拳地站在电梯口为他们按住电梯开关。贾义单手死死抱着已经累得大口喘气、脚步不稳的肖婷，另一只手高高举起菜刀对着她的头顶，一副得意忘形、目空一切的模样。他见电梯里面没有人，就松手推她笨重的身子先进去。肖婷的脚步刚踏进电梯，门很快关上，把站在身后的贾义那只拿刀的手被夹住了。说时迟那时快，一旁的齐亮不等贾义反应过来，一招霹雳拳朝他脑门狠狠一击，似泰山压顶般把贾义当场打晕。

电梯里面的肖婷因过度惊吓已经晕倒，并伴有大出血，被紧急送往医院抢救。医院急救室门口站满焦急等待的警察，肖婷进去抢救已经十多个小时了仍然不见任何消息，仅有一进一出的护士不停地忙前忙后。心急如焚的齐亮站在外面不停地来回踱步，祈求里面的母子平安。

手术室的门终于打开了，一个满头大汗的医生脸色阴沉地走出来，问道：“谁是齐亮？病人要见他最后一面……”

齐亮闻讯大惊失色，顾不得礼貌，应声接过护士递给他的消毒白色工作衣披上，由医生领着进了急救室。

他一进去就见肖婷呈昏迷状态躺在无影灯下的手术台上，他紧紧握住她的手，哽咽流泪。肖婷终于醒来，似回光返照，见到他面露微笑：“我能见到你很高兴……”她费了很大的劲才把话说完，又握住他的手贴在自己脸上，含泪嘱咐道：“无论如何请你帮我把孩子抚养成人，不要告诉他他的父亲是那样的人，让他长大后像你和老赵一样做一个好警察……”齐亮泪如泉涌，不停地点头答应。她又交代，她死后把眼角膜捐给需要的残疾人，并把她的骨灰一半洒在江河，一半与赵文华合葬在一起，墓碑上刻上赵文华之妻肖婷……

齐亮伤心欲绝，泣不成声，握住那只渐渐冰凉的手紧紧贴在自己脸上。

吴方这几天的日子也很难过，省委巡视组已经下到G市，天天找领导干部谈话。他也被找去谈过几次话，根据他打听到的内幕消息，主要是因为他与黑社会头目余飞龙、不法商人樊桥庆走得太近。现在他们相继出事，一个自杀身亡，一个至今被警方追捕。有些事情一旦出了，自己就是有十张嘴都讲不清。好在当初听了齐亮的忠告，把那三十万美金偷偷打进了市委纪检部门的廉政账户。否则，他还真是说不清楚了。这些情况他都一一跟省委巡视组的同志交代清楚了。现在回想一下，自己并没有收受他们的贿赂，也仅仅是吃了几顿饭、喝了几杯酒，不过好像收过几幅字画，得过几件景德镇的瓷器。他准备回去看看是不是名贵的收藏品，不要被他们贿赂了自己还蒙在鼓里。这个时候才想到去“甄别”是不是太晚了？他抱着侥幸心理回去检查那几样东西。但是到了家把那几样东西找出来仔细一看，他大惊失色，几乎都是文物古董。显而易见，送给副市长的东西，肯定价格不菲。看来自己还真是大意了，如今是跳进黄河也洗不清了，只能是听天由命。

其实睡在他身旁的齐虹翻来覆去更难受，她做梦也没有想到自己一家人的命运会与樊桥庆这个老流氓捆绑在一起。她回想起与之交往的经过犹如噩梦一般，真是不堪回首……

那是一天下午，她上完课在学校食堂吃了中饭，打算到哪个地方做做脸部保养，反正下午没有什么事。她正在考虑上哪家美容院，打开包翻出一大沓消费金卡，似乎都不太满意，因为那些地方人多嘴杂。她不愿跟那些庸俗的小市民、阔二奶、富佳丽坐在一起按摩保养，不是问东问西，就是打听谁家的隐私。正在她犹豫不决时，手机响了，她一接听，一个娘娘腔的声音传出来：“齐教授，中午好！我是羊心湖会所的丁经理，打扰你了。上午我一直在跟你联系，不知什么原因联系不上，我们樊总裁非常想请你吃顿午餐，不知有空儿没有？”

她脑海里立刻浮现出丁经理那斯斯文文的模样。她陪同老吴参加羊心湖会所的接待宴认识了丁经理，对方跑前跑后为她服务得特别周到，给她留下了好印象。在公开场合，她虽然不喜欢颐指气使，吆喝人家做这做那，但依然喜欢别人围着她转。比如刚才，丁经理就没有像其他人一样称呼她为市长夫人，或是齐太太、齐小姐，那些俗不可耐的称呼让人听了肉麻，简直像出入风月场所的舞女一样。她也不喜欢别人称她为市长夫人，好像她二十四小时都是生活在市长的光环下。

“哦，是小丁呀，不好意思，上午我在上课，把手机关了。我已经吃过午饭，请你转告樊总裁，谢谢他的邀请。”本来这种经理、老总的电话，她一般不会接，只是经常在枕边听老吴提及这个樊总裁对他的工作支持很大，上次吃饭印象也很不错，人家还亲自送了一幅很名贵的字画给他们。所以，这次也不大好意思不给人家面子，不接电话。

“那你吃过饭有什么安排？不如到我们会所做做皮肤保健，我们那里的技术水平可是全市顶尖的。”

“谢谢你的好意，我真不想麻烦樊总裁。”

“不麻烦，樊总裁的车子已经停在校门口了，我现在就到你办公室去接你。”

“不用，不用，既然你们樊总裁那么客气，我还是自己下来吧。”过去对于这种盛情邀请，她一般都会拒绝，那天也许是鬼迷心窍，也许是真跟他有缘？

齐虹没想到樊总裁会亲自坐“大奔”来接她，其实樊桥庆坐在他的奔驰车里已经在校门口足足等了她一个上午了。皇天不负有心人，终于把市长夫人请到了。樊桥庆等这一天，等了几个月了。

车子驶入神秘的羊心湖会所。齐虹上次来这里吃饭，因为是晚上，又是跟老吴一起来的，车子一直开到餐厅门口，所以对这里的环境没有细看。这次她发现这里的建筑风格虽然外面看起来自然朴实，里面却尽显豪华，这很对她的口味。

走进主楼，只见餐厅的餐桌上摆满了时令蔬鲜。主人盛情邀请，一再恳请她喝一两杯红酒，说是喝了红酒再做保健对皮肤好。好像确实如此，那天下午她感觉皮肤保养的效果非常好，而且这里服务员的技术水平比市里的星级美容店都技高一筹。就这样，樊总裁打着保健按摩需要长期坚持才有疗效的幌子，又说吃食堂不卫生、少营养，一再恳请相邀，让她下次一定要再来，并在这里吃午饭。她经不起诱惑答应下次来，后来基本形成了惯例，每周一、三、五上午上完课，樊总裁就在校门口亲自用车接她。中午就在会所由樊总裁作陪进餐，整个一下午就在这里做保健。有时候，如果老吴出差或者有应酬、开会很晚回家，她干脆连晚饭都在这里打发。吃完晚饭，会在一起玩玩牌、唱唱歌、跳跳舞、娱乐娱乐，而且樊总裁每一次都亲自开车接送她。就这样一来二去，齐虹与樊总裁日久生情。一天他们照例吃完晚饭，先玩牌，后开始唱歌、跳舞。那天齐虹多喝了几杯，跳舞跳得浑身燥热，在樊总裁的提议下来到地下游泳池。他没有注意到她在更衣室里换衣服，打开门只见齐虹一丝不挂连浴巾都没有披。出现在他眼前的是一具完美的女性胴体，丰满的胸部，粉红白皙的肌肤上附着细小的水珠。她身上并非毫无赘肉，但那微量的脂肪却使曲线显得更加柔美。樊桥庆几乎忘了呼吸，虽然只有短短几秒钟，那胴体却深深地烙在他眼里。齐虹的反应颇为镇静，她不慌不忙，没有显出丝毫不悦。让齐虹没有想到的是，这个身高一米八的北方汉子游泳竟然游得这么专业。也就是在那一晚，她彻底被这个长得高大魁梧、肌肉健壮的成熟男人所俘虏。那一晚，齐虹第一次没有回家睡觉。

齐虹起初还为自己对丈夫的不忠而深感内疚，慢慢发现自己已经深深坠入情网不能自拔。过去是每周一、三、五去会所做保养，现在是几乎每天都去。反正老吴每天也是有她不多，没她不少，早出晚归，根本不会在意她的行踪。女人三十如狼，四十如虎。她正是这把年纪，每天都有生理需要，弄得樊桥庆这么健壮的北方汉子都有点儿吃不消，就开始躲她。谁知躲得了初一躲不过十五，她真正缠起人来还真让人受不了。毕竟她是市长夫人，樊桥庆也拿她没办法，不敢过分慢待她。后来，他想出了一个拒绝她纠缠的理由，说这里毕竟是公共场所，你作为一个市长夫人成天出入会所影响不好。齐虹想想觉得有道理，她确实不应该经常出入会所，过去樊桥庆追她时会每天派车接送，现在厌倦她了故意以种种理由躲她，所以得想个一劳永逸的办法。你还别说，偷汉子的女人胆子特别大。她把家里长期空着的为出国留学归来的儿子准备的别墅，拿给樊桥庆住，好方便她进出与他同居。齐虹对樊桥庆的感情逐渐变得疯狂，甚至想去医院“下环”，为他生一个男孩儿，想到要与老吴离婚。好在一心利用她的樊桥庆及时制止了她的疯狂之举，打消了她这种愚蠢的念头。

出事以后，樊桥庆考虑再三，觉得越是危险的地方越安全。他把自己的藏身之处选择在仅有他们二人知道的地方——芦岭别墅。

女人善变一点儿都不假，一直以来爱他爱得死去活来的齐虹转眼就对他不冷不热了。如果不是他以有吴市长受贿的证据相要挟，恐怕她早就把他扫地出门了。齐虹原本以为自己爱上了一个事业有成、正直善良的富商总裁，谁知道这一切都是泡影，没想到他竟然是警察通缉的嫌犯，竟然是威胁自己一家人生命的刽子手！她痛恨自己的愚昧无知、轻佻淫荡，把一个好端端的家葬送在自己手里，成了一个活生生的图慕虚荣、腐化堕落的反面教材。

唐副局长感到很奇怪，市局采取统一行动已经几天了，对樊桥庆展开持续搜捕均无果，机场、车站、码头都不见他的踪影。从目前所掌握的情报分析，这个樊桥庆还没有离开我市，因为兄弟省市的警察也在通缉他。他在国内的所有财产均遭查封，法院和银行正在对他所贷的款进行核查，显然他已经资不抵债，根本无法偿还银行的巨额贷款，他的银联卡也被冻结。没有钱他是怎么生存的，这是唐副局长百思不得其解的问题。

其实李一鸣也在思考同类问题，在抓捕过程中，不仅樊桥庆漏网，而且连周明也不知去向。经过几天的提审，贾义承认他是杀害文斌副支队长的帮凶之一，但对于樊桥庆和周明躲藏在哪儿他一无所知。从审讯实况录像看，他不像在撒谎，连命案都敢承认是自己所为的人，不可能再有所保留，更何况樊桥庆已经抛弃了他，他不会愚蠢到为不信任他的主子守口如瓶。那么只有一种可能，樊桥庆隐藏在一个他的同伙与我们都没有掌握的地方。

第四十五章　伤好归队

遥望西山，天江挂绿水，秀出青山万寿宫。

万寿宫是为了纪念许真君而修建的一座宫殿，坐落于距G市西南三十公里的西山脚下。道教认为除了凡人居住的世界外，还有神仙的处所三十六洞天和七十二福地。许真君栖身修炼的西山则为第四十福地。因他在此仙逝，故又称“飞升福地”。明正德十五年1520年，皇帝题额《妙济万寿宫》对宫内建筑做了重大修葺。至清代增建关帝阁、万寿宫门，这时是万寿宫的极盛时期，占地三万一千平方米。宫门之内，正殿琉璃为瓦，重檐画栋，金碧辉煌，气势宏伟。

尚晴独自一人站在高高的西山山峰上，置身于绿树丛林之中，感觉自己那颗沉甸甸的心回归到这大自然当中显得何其渺小……

尚晴在下山的路上，看着树，看着花，脑海中渐渐地呈现出刚刚看到的各路神仙，憨态可掬。他们笑看世间人生的千姿百态，笑看天地间千灵万物百般变化，而宇宙间种种奥妙莫过于“自然”二字。人生一世不过是沧海一粟，各种是是非非犹如浮云轻雾，转瞬间匆匆而逝。笑谈一生，或起或跌，平常对待；心有信念，或风或雨，坚持不懈。把得自然，顺其自然，返得自然，这也许就是人生的真谛！

尚晴感觉这一趟赴万寿宫敬香颇有收获，净化了心灵，解开了压抑心中多日的郁结，浑身舒畅轻松许多，仿佛又变回过去那个有信念、有追求的人民警察。

人就是这样，一旦把事情想开、想透，智慧和勇力又重新回到她身上。这不，尚晴正要挤上公交车，突然发现了一个熟悉的身影。她马上跳下车，四处张望，只见一个戴着草帽的“农民”钻进了马路边的葡萄园。她没有多想，跟着那个“目标”进了葡萄园。葡萄园内一串串熟透了的葡萄挂满葡萄架，飘来一阵阵甜甜的果香味。尚晴无心观赏果园的美景，睁着锐利的双眼寻找“目标”，不久就发现他混迹于一群采摘葡萄的果林工人当中。她赶过去，站在距离一群人几米处，突然大喝一声：“周二苟，举起手来！不许动！”正在剪葡萄的工人被突如其来的喊声惊呆了，放下手上的活儿，个个瞪大眼睛看着她。

尚晴气势威严地走上前去，一把拽住一个草帽压得低低的把脸部都遮盖住的“工人”，从人群中把他拉出来。吓得灰头土脸的周二苟见身份被揭穿，扑通一声跪在地上不停地叩头求饶。

尚晴发现被通缉的周二苟因为到处躲避搜捕已经形同流浪汉，相貌相当猥琐可怜，不禁心底泛出一股怜悯之情，松开拽住他的手，让他自己爬起来。

狡猾的周二苟见身边的女警已经完全放松警惕，突然抱住她的双腿用力一拉。尚晴遭到突然袭击，仰面倒地，眼冒金星。他拿起剪葡萄的剪子，对准躺在地上的女警穷凶极恶地狠狠扎下去。就在这千钧一发之际，躺在地上的尚晴没有丝毫犹豫，两手紧紧抓住扎下来的剪子，不等他再有反应，对准其下身裤裆狠命一脚。周二苟痛得松开握剪刀的手，捂住下身，蹲在地上“嗷嗷”直叫唤。这一回，尚晴可没有让他逮住任何机会，一个鲤鱼打挺翻身立起来，将他牢牢制住。周围的工人看到刚刚发生的“女警抓逃犯”的精彩一幕，纷纷鼓掌，交口称赞。

时间过得真快，转眼一晃就到了岁末。又是一个晴朗的上午，唐副局长刚刚上班，办公室就有人敲门。

“报告！”

“进来。”

唐副局长抬头见到走进办公室英姿飒爽、穿一身新制服的女警官尚晴时，高兴万分，紧紧握住她的手，上下一打量，点点头，不停地夸赞：“简直像换了一个人！”他问：“这次去北京看病治疗一个多月，身体恢复得怎样？”尚晴回答：“非常好，身体完全康复。现在回局里向你报到，销假，申请恢复工作。”

唐副局长告诉她回来得正好，局里正在为迎接新的一年到来，按照省厅统一部署，准备全面进行“清网行动”，抓捕流窜各地的漏网逃犯，你们支队的首要任务就是把罪大恶极的逃犯樊桥庆抓捕归案。提前向你透露一个好消息，组织上已经决定，让你担任刑侦支队重案大队副大队长。齐亮已经是刑侦支队副支队长兼重案大队大队长。尚晴表示，一定会继续努力工作，绝不辜负组织上的关心和爱护，保证完成“清网行动”中的抓捕任务，给党和人民一个满意的交代。

尚晴从唐副局长办公室出来后，就急急忙忙赶到敬老院。她一直惦记着一件事，那就是照顾好阿彪的母亲。这次去北京看病临行前，她除了叮嘱陈院长要特别关照好老人外，还一再交代齐亮有空儿一定来这里探望老人家。她是个很守承诺的人，既然答应了阿彪，获救后一定会把他的母亲作为自己的母亲对待。所谓君子一诺千金，她是个人民警察，更要兑现诺言，讲究诚信。还好，老人家吃了她从北京带来的点心，可能蛮对她的胃口，乐得嘴都合不拢。出来时她在陈娟的办公室坐了一会儿，把给李娟带来的点心交到她手上，让她代为转交。尚晴对陈娟说，她得好好感谢这位小姑娘，如果不是她的鼓励，可能她不会有勇气活到今天。尚晴婉言谢绝了陈院长留她吃午饭的好意，离开了敬老院。

其实她无论是为公还是为私，都很想多跟陈娟聊聊，虽然她人在北京治病，但也听闻了李政委有可能与陈娟复婚。陈娟实际上是个很不错的人，做了很多助人为乐的事，人也长得很漂亮，就是个性太要强了。她和李一鸣都是工作狂，两人事业心都很强，把心思全扑在了工作上，生了小孩儿后由于家庭琐事双方产生了矛盾，遗憾的是他们把离婚作为解决家庭矛盾的办法。所以，离婚的男女双方，说不准谁对谁错。这不，她又着急想见到齐虹。

齐虹对她来说不仅是未来的亲姐姐，而且是她的恩人。如果这次不是她的周到安排，她根本不可能到北京协和医院住院治疗，也因此而保住了子宫。但是她着急去看她，并不是因为要去答谢她，而是因为从电话交谈中她发现齐虹最近的情绪非常低落，而且听说正在跟吴市长闹离婚。她得去做做她的思想工作。

在学校教师办公室终于见到了齐虹，乍一见面把尚晴吓了一大跳，她没想到才一个多月不见，对方瘦得形销骨立，完全像变了一个人。为了方便谈话，尚晴也没客气，随齐虹来到一家离学校不远处的茶餐厅，点了两份例饭，要了两杯咖啡，边吃边谈。谈话进行了三个多小时，直等到服务员再三催促，她们才依依不舍地离开。尚晴没想到齐虹的思想包袱远比她想象的要严重得多。她们虽然谈了很久，也谈得很投机，但一接触到实质性的问题，齐虹就转移话题，或者干脆避而不谈。毕竟她和齐虹还没有熟到无话不谈的地步，更何况还涉及齐虹的个人隐私，人家不主动提出来尚晴不好紧追不放。两人分手后，她才想到，是时候去看看最想见的人了。

这次她从北京治病回来，故意没有通知齐亮去机场接机，也没有跟哥哥嫂嫂打招呼，而是直接坐地铁回家。因为是早上，家里的人各忙各的，上班的上班，上课的上课，都不在家。她就先到局里跟唐副局长报到销假，一直忙到现在。她想，齐亮这个时候应该还在支队上班，她打算从明天开始正式上班，所以，今天就不去支队了。她去菜市场买了点儿菜，打算亲手做顿丰盛的饭菜犒劳犒劳久未见面的齐亮，准备给他一个惊喜，好在齐亮原来屋里的钥匙她还留着。

然而，一进屋，她就改变了主意，离开了他家。

原来齐亮屋里多了一张小孩儿睡的摇床，旁边摆满了婴幼儿玩具和尿不湿纸巾，餐厅桌上摆着各种奶瓶和几袋进口奶粉，厨房冰箱里也是小孩儿吃的乳制品，尤其让尚晴不能接受的是，齐亮的书房桌上摆着肖婷的遗像。

尚晴并不是小心眼儿，更不会蠢到跟死人争风吃醋。说实话，她当初听到肖婷因生产大出血去世的噩耗，也深感惋惜和难过，同时也为肖婷感到不值。一个主任医师，受过良好的教育，竟然会被一个不法商人蒙蔽，结果落得这样的悲剧。孩子的父亲据说已经判了无期，要在监狱坐一辈子的大牢，照理小孩儿应该进孤儿院，可她却在临死前把小孩儿托付给齐亮，这算什么？难道那个小孩儿真的与齐亮有血缘关系？如果真是这样，那我应该怎么办？

尚晴刚刚回来，就遇到难以解开的心结，真不知道该如何处理。好在她已经经历了这么多事情，不像过去那样容易感情冲动，也不会轻易责难他人。

到了家，一进家门，哥哥嫂嫂高兴极了，侄子更是高兴，一把抱住她的颈脖问长问短。嫂子接过她手上刚买的菜，直埋怨，为什么不早早通知他们去接她。尚晴看到他们，全身暖融融，才真正感觉到这才像个家。

齐亮这个时候却忙得手忙脚乱、焦头烂额。他下班后，第一件事就是把婴儿从托管的隔壁邻居胖大嫂家接回来，先要忙着对付他，又是泡奶粉，又是换尿布，一直要等到他吃饱喝足、安心睡觉，他才能停下手来考虑自己的晚餐。遇到这小家伙心情好，他可以轻轻松松睡一觉，如果他大哭大闹，那他一晚上就甭想睡觉了。

他掐指算算日子肖婷去世已经四十多天了，他应该去为她烧烧纸上上香。这小家伙长得一天比一天可爱，眼睛还会认人，只要他抱着就不哭。他要让她放心，并保佑孩子身体健康。他觉得应该为这个小家伙取个名字。叫什么呢？明天他得到坟上去征求肖婷的意思。另外他感到奇怪，照理说，尚晴也应该出院回 G 市了，怎么不见她的电话？而且，她曾在电话中透露姐姐正在跟姐夫闹离婚，究竟是怎么回事？局里今天已经召开动员大会，即将进行“清网行动”大会战，这是部里的统一安排，看来又要忙一阵了。齐亮就是这样躺在床上不停地清理着思路，渐渐因疲倦而慢慢睡去。

第四十六章　堕入陷阱

吴方和齐虹走出婚姻登记处，双方总算透了一口气，在门口，两人作了最后一次拥抱，平心静气地分手，然后各自离开。他们的离婚也许是世界上最平静、最没有矛盾的离婚，其实双方都在为对方考虑。

齐虹等吴方的轿车离开，眼泪噗噗直掉，心里别提有多难过了。吴方虽然不是个称职的丈夫，但生活作风肯定没问题。老吴每天除睡觉外，就是埋头于分管的城建这一块工作。而自己则鬼迷心窍，堕入不法奸商的圈套。为了不至于连累他和小孩儿，她特意提出离婚。只有这样做似乎才对得起老吴，毕竟是自己出轨在先，对他也算是一种公平。

同样吴方坐在车上也在想，最近巡视组的领导多次找他谈话，说是他性格虽然高调张扬，但负面传闻较少，接近他的人对其评价仍然不薄，认为他属于想干事且敢干事的官员。但是也收到了许多上访信件，说他政商关系密切，与余飞龙、樊桥庆等过从甚密。罗毛毛的家属闹得很厉害，多次上访，认为开发商拆迁补偿不公平，才导致罗毛毛铤而走险。再加上余飞龙、樊桥庆两个不法商人相继出事，一个自杀身亡，一个畏罪潜逃。丢下的烂摊子，欠银行一屁股的债，都没有办法收拾。而自己与他们来往比较密切，加上中央现在反腐浪潮一浪高过一浪，为了不影响齐虹和孩子今后的生活，他考虑再三决定离婚较为妥当。

樊桥庆躲在齐虹的别墅已经有一个多月了，齐虹差不多一两周来一次，来了就为他带点儿新鲜蔬菜和水果或是本市的报纸。他知道这样躲下去也不是长久的办法，也难保这个臭娘们儿不出卖他。如果不是他以掌握吴方受贿证据相要挟，她也不会提供别墅将其窝藏这么久。他也试着出去过几次，主要是为了透透气，但一见到警察就心里发毛，吓得赶紧溜回别墅。他从报纸、电视中发现，G 市好像加大了打击犯罪的力度，新闻里老是在播不是这个被捕就是那个被抓，违法犯罪分子就像过街老鼠人人喊打！看得出来全国都一样，哪个地方都没有自己的藏身之处。早知有今日就应该早做打算，跑到国外去。正当他唉声叹气慨叹自己的命运不济时，齐虹开门进来了，手上拎着一个瓦罐，看样子是汤。今天她怎么这么有情意，特意为我炖了一砂钵鸡汤，揭开盖，喷香扑鼻，垂涎欲滴，看起来非常不错。齐虹马上到厨房洗好碗筷为他盛汤。生性多疑的樊桥庆，见齐虹平时来这里都是板着个脸，极不情愿地为他服务，没想到她这次这么主动，还买鸡给他吃，会不会这里面有什么猫腻儿？他挡住齐虹递过来的鸡汤，提议再拿一副碗筷来，两人都喝。齐虹怔了一下，稍稍犹豫，还是返身到厨房，再添了一副碗筷，又盛了一碗，放在桌上，然后看着他。樊桥庆没有马上喝鸡汤，而是一把抱住齐虹，眼睛直勾勾地盯着她看，企望看出什么名堂。然而，她一副楚楚可怜的模样，望着他，任由他的手在她身上乱摸。樊桥庆看看找不出什么可疑的地方，松开他的脏手正准备放过她，打算把鸡汤喝了，突然，悬挂在客厅门梁上笼子里养的“八哥”叫了一声。他立刻有了主意，用筷子夹了一丝鸡肉，先喂它吃，不到一分钟，“八哥”全身抽搐，毙命在鸟笼里。他大惊失色，马上变脸，恶狠狠地骂道：“你这个娼妇，竟敢下药想毒死我！看我不好好教训你！”他飞起一脚把餐桌掀翻，瓦罐打碎，鸡汤洒满一地。跟着一把揪住正欲逃跑的齐虹的头发，把她的头撞向墙壁。齐虹发出一声尖叫，晕死过去。

齐亮万万没想到姐姐会深陷泥泞，误入樊桥庆这个不法商人布下的圈套。他据羊心湖会所的丁经理交代，樊桥庆出事前，齐虹经常出入羊心湖会所做保养，而且每次都是樊桥庆接送，并且有时会在那里吃饭，甚至待到很晚才回家。调查了多名服务员，也印证了他的交代，姐姐与樊桥庆关系不一般。过去一直担心姐夫会被这些不法奸商拉拢腐蚀，所以在关键时刻，不惜与姐夫闹翻，向他陈清利害关系，还好，现在看来他倒没有什么大的问题，没想到，姐姐却出了状况。经过他这几天的调查，樊桥庆十之八九仍然隐藏在本市，而且齐虹很有可能知道他的窝藏据点。所以前几天，他特意找姐姐谈话，极其严肃地提醒她要把知道的情况向警察反映，并暗示她要想清楚这里面的利害关系。那还是他第一次用这种公事公办的口吻与姐姐谈话。过去因为工作关系，他仅仅负责盯着余飞龙，对樊桥庆不太熟悉，他的一举一动，一直是文斌副支队长负责监视跟踪。如果文斌在世就好办了。这几天唐副局长把文斌留下的情报资料转交给他，他才开始接手这个案子。他仔细研究这个樊桥庆的所作所为，发现他做事情表面大大咧咧实则非常精细，而且工于心计。从他来 G 市不久，就与姐夫关系非同一般，本市大大小小的官员都想与之交朋友，就说明他的能量不小，手段不差，无怪乎连余飞龙这样心狠手辣的角色都没有斗赢他。

当然，他怎么也不会料到自己的姐姐已经被这个樊桥庆俘虏，被迫成了他的窝藏犯。今天眼皮一直在不停地跳，好像在预测会有什么事情发生。下午他意外收到姐姐发来的手机信息，让他打开她的邮箱，里面有一封写给他的信件。他立刻在办公室打开电脑，进入姐姐的邮箱。

弟弟：

姐姐十分悲痛地告诉你一个惊人的消息，那就是我已经被樊桥庆这个畜生所糟蹋，所侮辱，所欺骗。自从你和我谈话后，对我的触动很大，这才意识到自己已经走上了犯罪的道路，成为了他的帮凶和走卒。我现在如同行尸走肉一般，准备与他生死一搏。也许，你看到这封信时我已经与他同归于尽……

他再也坐不住了，立刻到李政委办公室向他报告事情的经过。为了保密，他仅仅让李一鸣政委读了那封信的内容。李一鸣意识到事情的严重性，两人商量后，向唐副局长汇报。经研究，考虑到齐虹的安全和作为副市长夫人所产生的影响，他们决定引蛇出洞，秘密逮捕。

齐虹晕死过去醒来已经是后半夜了，她恨自己为什么没有毒死樊桥庆，本来计划好与之同归于尽，没想到一只“八哥”坏了自己的事。自从与老吴离婚后，她就在考虑如何杀死樊桥庆这只凶狠的豺狼，凭力气她肯定不是他的对手，凭智谋她也占不到优势，只有下毒，才是较好的办法。在动手前，她给齐亮发了一个电子邮件，虽然没有明说，以弟弟的聪明才智应该猜测得到她的处境。无奈，计划还是被识破了，看来是天意。现在不要说杀他，连自身的安全都难保。手脚被捆，怎么行动?

樊桥庆并不想把齐虹杀掉，留着这张王牌，还可以跟警察讨价还价。更何况，自己藏在这里，吃喝还需要她的配合。他在考虑如何打消她与自己作对的念头。他走过去，抱住齐虹，放在宽大的床上，不停地亲吻，并解开捆着的绳索，慢慢把她的衣服解开，希望用性欲来唤醒对方的爱意。这一招儿还真管用。齐虹被他感染，不一会儿，她就激情澎湃，两人仿佛又重新回到过去相爱的时刻。樊桥庆暗暗窃喜，以为达到了目的。心想女人善变，刚才还毒如蛇蝎，转眼就柔情似水。岂知，齐虹是将计就计。原来男女都在演戏，想置对方于死地。

殊不知，警察也悄悄逼近，将别墅团团围住。

很快到了天亮，樊桥庆想洗个澡，谁知停水、停电了。齐虹也穿好了衣服，问坐在客厅的他怎么不洗漱。他回答水、电都停了。齐虹说，打电话问问物业管理处什么时候来水、来电。说完就拨通电话，物管回答，这两天电路检修，停水、停电，需要等待四十八小时，昨晚已通知住户把水蓄好，如果住户需要用水可以到物管处提消防水应急。樊桥庆查看语音留言，物管昨晚确实提醒住户储存好生活用水。齐虹问：“怎么办?总不能就这么不漱口，不洗脸，全身黏糊糊、脏兮兮地瞎等。等会儿还要到外面去买点儿吃的，不如我到物管处提两桶水先洗脸、漱口、擦洗身子对付一下?”她用征询的目光看着他。他想想也只能这么办了，点点头。

齐虹得到他的允许，找到可以盛水的桶子、水壶，正打算出门，樊桥庆突然抓住她的手，开玩笑地说：“你不会就这样一去不复返了吧?”齐虹闻言，在他脸上一吻，极其甜蜜地道：“亲爱的，你放心，我如何舍得离开你。”樊桥庆见她双目含情，脸上毫无做作之意，即刻放心，松手让她去提水。聪明人往往也会有犯糊涂的时候，他望着她开门离去的背影，又后悔刚才的疏忽，不应该放她去。他现在只能祈求上帝保佑，自己没有做错决定。

还好，齐虹没有失约。他从别墅楼上阳台看到齐虹拎着装满水的水桶、水壶，后面跟着吃力地提着两桶水的保安，一前一后走过来。樊桥庆赶紧躲进屋内，齐虹让保安把水放在门口，连声道谢，待保安离开院子后，自己再掏钥匙开门。她把水桶、水壶先放到客厅，再返身去提放在门口的另外两桶水。樊桥庆重新站在阳台看到保安离去，以为平安无事才轻松下楼。

樊桥庆刚下楼就被贴着墙根趁齐虹开门溜进屋内的齐亮一把拽住衣领，岂料樊桥庆也非弱手，临急突变，一个金蝉脱壳将睡衣脱掉，上身赤膊，气势汹汹地与齐亮在客厅打起了对手拳。齐亮难得遇上拳击高手，把枪放回枪套，赤手空拳沉着应战，上手即拿出看家本领，一招雷霆出击，猛击对方眉心。樊桥庆头一偏，躲过拳锋，随即左手格挡，右手回击。齐亮推掌迎送，化解对方攻击，不等反应，又是一波更凶猛的攻击，只见他飞起右腿直指对方裤裆。樊桥庆连连后退避其锋芒，方知今日遇上劲敌，不敢懈怠，全力以赴，舍命一搏。他趁齐亮躲过他的蛟龙出海，瞅准空当，拿出他的撒手锏，一招巨蟒扫地，如秋风扫落叶，把齐亮打倒在地，跟着又是一记泰山压顶，一米八的身躯全力压下。说时迟那时快，地上的齐亮，一个躺地滚躲过这招十分凶险的攻击。但这次齐亮没有再给他机会，以其人之道还治其人之身，从地上腾空背跃，全身压下，不等其喘息，果断地把他双手铐住，将其逮捕归案。至此，潜逃一个多月的罪大恶极杀害文斌的首犯终于落入法网，等待他的将是极刑。齐虹也因提供窝藏据点协助逃犯窝藏，被警察逮捕。齐亮本以为“清网行动”首战告捷，总算可以透口气了，岂知等待他的是更严峻的考验。

第四十七章　闺蜜设陷

一周后，齐亮陪同葛律师到看守所探望姐姐，看着大滴的泪水从姐姐的脸颊上滑落，他心里非常难过。他恨不得紧紧抱住她，安慰这个心灵深处已经百孔千疮的姐姐。但当着葛律师的面他不能这么做，他还有更重要的事情要问她。齐虹见到弟弟后伤心得痛哭流涕，心里更是像扎针一般难受，千言万语一时不知从何说起。齐亮把从家里带来的换洗衣物交给姐姐，见她脸色苍白、面容消瘦，心中感慨万分，一个好端端的大学教授被葬送了大好前途，真是可惜又可恨。姐姐再三交代不要把她的事告诉在国外留学的儿子，齐亮知道姐姐还在盼望吴方来看她，他不敢把实情告诉她，吴方据说也被省纪委“双规”，如今是泥菩萨过河自身难保。他只能叮嘱看守所的警察，希望能特别关照她。他和律师同时问了姐姐几个问题，叮嘱她配合警方、主动交代问题争取宽大处理。

齐亮看完姐姐回到家，准备到隔壁邻居胖婶家把肖婷的孩子接回来。他一般是这样，平时上班就把小孩儿托付给已经退休的胖婶照看。刚下电梯，就碰到了尚晴，他一愣，手里拿着尿不湿还挺尴尬，只好先请她进屋坐。

尚晴自从北京治病回来，就一直没有上他家来过。在支队上班时，她正好借调到市局搞“群众路线教育实践活动”，二人很少见面，他也没有主动打过电话，因为这段时间为了抓捕樊桥庆他确实太忙了，回到家还要照顾一个月大小的婴儿，连睡觉都要忙里偷闲。哪里有时间去想尚晴，所以这次见面反倒显得很生疏。她一进屋，就发现屋里依然如旧，像刚开始从北京回来看到的那样，不过更加杂乱无章，像个垃圾场。一个大男人带着刚满月的小孩儿可想而知。不过她现在不像当初那样生气了，这些日子她慢慢地想开了。毕竟齐亮与肖婷是有感情基础的，如果不是他姐姐从中作梗，大概这间屋子里的主人应该是她。她也是死里逃生过来的人，知道生命的可贵，何必因为一个小孩儿而影响他们之间的感情。不过这样说并不代表她完全不生齐亮的气。为什么她回来这么多天，他连问候的电话都没有来过？她看到家里乱糟糟的模样心里忽然明白，也许他太累了。她进屋二话没说，把门关上，突然抱住呆呆地站在门口的齐亮。齐亮被尚晴的热情所感染，手紧紧地搂住她的小蛮腰，把她紧紧地抱到怀里。两人亲热完毕，和好如初。尚晴吩咐他去接亮亮，她来帮他整理屋子。

齐亮回来后眼前豁然一亮，乱糟糟的房间被收拾得井井有条。他感慨屋里有个女人就是不一样，好像阳光又重新照进屋子里，什么都变得温馨可爱，连空气都清新气爽、让人怀恋。尚晴接过亮亮，不停地逗他玩，原来齐亮已经为小孩儿取名叫肖亮，小名亮亮。此时此刻齐亮方才有回家的感觉。

已近午饭时刻，尚晴把小孩儿交还到他手上，说自己到外面去买点儿熟菜。她刚刚离开，齐亮就接到市局通知，召开紧急会议。他只能给尚晴打电话，不必买菜做饭了，让她回家帮带带孩子就行。等他开完会，再从外面捎带两个便当来吃就行。尚晴急忙赶回来，接替他照看小孩儿的任务。谁知，齐亮走后，亮亮不停地哭闹，起初还以为他饿了，或是要换尿布，尚晴百般哄他也无济于事。急得她满头大汗，无计可施，不得不给齐亮打电话求救。齐亮打电话把胖大婶叫来救急，哄了半天，才把小家伙安顿好睡觉，尚晴的一颗心这才落下。此时，齐亮也开完会回家。尚晴这才明白，齐亮平时照应一个小孩儿确实不容易，吃了不少苦，长此以往肯定会把身体拖垮，不如自己马上搬过来住，相互间还有个照应，再加上胖大嫂，以三个人的力量应该可以把亮亮带大。她把自己的想法在吃饭时跟他提出，齐亮极力赞成她搬过来住。尚晴问什么事情让市局急着召开紧急会议，齐亮说贾义把一个看守警察打伤越狱出逃。尚晴说，不是听说他被判无期徒刑，怎么让他跑掉了？详细情况不太清楚，今天的会议只是说他和一个同监狱的囚犯一道作案，两人都跑掉了。尚晴立刻提醒道，贾义有可能来找亮亮，要他多加当心。这几天齐亮苦苦思索一个问题，姐姐为什么会中樊桥庆的奸计落入他事先设计好的圈套。这里面肯定有帮凶。姐姐在哪所大学教书，什么时间有空儿，她的喜好，他怎么全部掌握得一清二楚？而且据姐姐交代，樊桥庆躲藏在别墅，她一般很长时间去一次，难道他真耐得住寂寞，真的靠吃几包方便面打发日子？尚晴听他这样一说，也感觉这里面有疑点。二人边吃饭边分析，如抽丝剥茧般越分析越透彻。很快二人放下筷子，几乎异口同声，一起指向齐虹的“闺蜜”。

尚奇听说妹妹要搬到齐亮家里去住特别高兴，原以为尚晴经历过这么一次生死考验，回来又与齐亮闹矛盾，恐怕要许久才会谈婚论嫁，没想到妹妹这么快就与齐亮和好如初，甚至打算下个星期就去领证。他赶紧把妻子叫来，商讨该如何为妹妹准备嫁妆。妻子不同意就这么简简单单地把小姑子嫁过去，她怕别人说闲话，说他们就这么一个妹妹，何况还吃了那么大的苦，就这样草率嫁过去，恐怕对不起死去的爹娘。得挑个好日子，按本市的风俗习惯，风风光光地摆几十桌酒，让亲朋好友到时聚一聚，不说大操大办，至少要办个像样的婚礼。尚奇感觉妻子说得有道理，找来尚晴商量，谁知她死活不肯这么做，因为她已经成了本市的“新闻人物”、小报猎奇的“明星”，她不想让自己再次暴露在众目睽睽之下，成为别人街谈巷议的对象，还是低调点儿好。哥嫂拗不过她的倔强，只能依她。

齐亮判断得不错，齐虹之所以掉进樊桥庆的陷阱，正是因为她的同窗好友——袁冰艳助纣为虐。其实一直以来，袁冰艳十分嫉妒她这位从小学到高中的同窗，她读的大学比她好，工作比她棒，尤其让她嫉恨的是对方找的老公又帅气社会地位又高。所以当她跌入樊桥庆的怀抱，樊桥庆问她有什么法子可以接近本市的高官时，她就把齐虹推荐给樊桥庆，并帮着出谋划策，奉献了不少鬼点子。她几次在齐虹喝的红酒中偷偷下春药，致使齐虹失去理智。袁冰艳甚至根据樊桥庆的授意偷偷录制齐虹与樊桥庆的性爱录像，并以此作为胁迫齐虹的筹码，把齐虹逼入绝境。齐虹为了家庭的稳固，为了吴方的面子，不得不为樊桥庆提供避难场所。樊桥庆躲在别墅里，袁冰艳经常与他幽会，替他采购食物，烧茶做饭，以填补他的寂寞。直到齐虹有一次突然光临别墅，半夜遇见他们赤身裸体地搂抱在一起才大梦初醒。遗憾的是，齐虹虽然怨恨这个“闺蜜”，但更恨自己的愚蠢，所以她把这些丑事深埋心底，一直羞于跟别人提起，更不可能跟齐亮、跟律师吐露半点儿。

这下可害苦了齐亮。他不得不重新翻开审理樊桥庆的案卷，期望从这里面找出蛛丝马迹。好在家里有了尚晴这个贤内助，他可以腾出更多的精力来仔细研究樊桥庆的生活规律。他决心再次提审丁经理，他应该多多少少知道袁冰艳的隐私。

齐亮从丁经理的口供中大致摸清了袁冰艳设计陷害齐虹的犯罪事实，也就是说齐虹也是受害者之一。他把案情事实汇报给唐副局长，提出申请逮捕袁冰艳。晚上齐亮带着尚晴、童云清去袁冰艳家执行抓捕任务，到她家才发现人去楼空，连屋里的家具电器都已搬得空空如也。据邻居反映上周她们一家全部搬走了。打电话到单位，得到答复是袁冰艳上个月已经辞职不干了，看来她早有准备，已经畏罪潜逃。齐亮这才意识到，他们动手晚了。

但法网恢恢疏而不漏，他们采取网上通缉来设法补救，因为全国都在进行“清网行动”。这一招果然管用，很快就有了结果。山东铁路公安将袁冰艳抓获，她购买的公寓楼正是位于铁路沿线兴建的一座精致漂亮的三层建筑。原来樊桥庆得势时她就为自己留了退路，利用樊桥庆在铁路的关系买了一块地，悄悄盖起了别墅。齐亮派尚晴和童云清赴山东将其押解回 G 市。很快落入法网的袁冰艳在监狱里如实招供了如何设计陷害齐虹的犯罪事实。

将近年末，市局政工人员都忙于各种总结评比，李一鸣也不例外。

他作为政委，首先要考虑本年度支队立功受奖的名单，过去这些工作都是刘政委牵头做的。他根据市局给他们支队的嘉奖名单，首先考虑牺牲的同志和光荣负伤的民警以及他们的家属，这是惯例。然后再考虑本年度侦破大案要案的有功人员，重点放在一线民警上。他一一在心里默念了几遍名单，今年个人的大奖首推应该让文斌获取，他光荣牺牲，无疑要报一等功；至于集体大奖，显而易见，重案大队一马当先，应该获取中层单位集体一等奖。为了公平起见，不可能大小奖项都落得一个人头上，那么按照惯例，获得集体奖项的人员，不可能再重复得个人嘉奖，这样齐亮和尚晴虽然今年做了很多工作，贡献也比较突出，但却没有一个个人嘉奖。齐亮倒好办，对尚晴实在是不公平，毕竟她付出了很大的代价。他正为此而犹豫不决，难以决断。马立标走进来，向他请示今年基层报功人员名单，马立标分管刑科所和后勤保障处，属于二线人员。历年嘉奖名额都向一线倾斜，所以，二线人员意见很大，要立一个三等功都很难。而在一线的人员不要说三等功就是二等功，甚至一等功都有可能拿到。只要侦破一个震惊全国或是非常有影响的大案、要案，拿大奖是十拿九稳。其实，要侦破一个大案、要案，必须依靠一个团队的力量，缺少哪个环节都不行。同样刑科所的技术人员、后勤保障处的服务人员也很辛苦，每天任劳任怨，所做的工作一点儿也不比一线人员少。李政委回答马副支队长，我正在为此事烦恼，不知如何分配名额，你来得正好，咱们商量商量看看怎么搞好这次年终总结评比工作，做到既能够鼓励先进，奖励那些想干事、能干事在工作中有作为的侦查员，又能够批评教育那些整日无所事事还在后面说三道四地混日子的人。

第四十八章　正邪较量

贾义根本没想到同监室关押的竟然是他的山东老乡——黄疤子，对方因犯拐卖人口罪被判无期徒刑。黄疤子比他早几年关进来，对监狱里的一切都摸得一清二楚。他正在密谋如何逃出去。两人狼狈为奸，终于找到了动手的机会。

已是凌晨两点，上晚班的警察按惯例查铺。黄疤子知道这个时候在监控室值班的警察正在打瞌睡。他等值班巡查的警察的手电筒光亮快照到他们监房时，他一推贾义，贾义就“哎哟、哎哟”不停地叫唤。值班警察用手电筒照照里面，发现他们一个捂住肚子在地上打滚，另一个吓得拼命叫救命。情急之下，值班警察一时疏忽大意，来不及细想就打开监房门探头想看看究竟。谁知，监房门一打开，事先早已准备好的黄疤子就用沉重的铁管砸向狱警的头部，瞬间，狱警头破血流倒地晕死过去。他们急忙掏出他的钥匙，解开脚镣手铐，并扒下狱警的制服换上。二人又潜入监控室，果然，值班警察正趴在桌上睡觉。他们依然拿起事先预备好的铁管砸向熟睡的值班警察，并脱下他的制服换上，而后装扮成巡逻值更的警察大摇大摆地走出监狱。坐在沙发上打瞌睡的门卫也睡得迷迷糊糊，隐隐约约看到两个穿制服的民警离开了监狱大门，他们也没有说什么。

他们出来后仓皇逃命，按照事先安排好的计划，决定分头行动。一个往南，一个往北。贾义对本市地理位置非常熟悉，他知道凭两条腿根本不可能跑出警察的搜捕，立刻偷了一辆摩托车往东边方向奔去，在天亮前很快逃离监狱地界，趁着上班高峰期还未来临就溜进静悄悄的居民院内，躲进一个旧相好家里。

天色已经大亮，黄疤子因为不熟悉地形转了半天也没有跑出多少公里，就在他累得气喘吁吁，躲进农民囤积的稻草堆想歇口气时，一队队的公安、武警、狱警牵着警犬尾随而来，很快他们就发现了目标，把他抓捕归案。但对贾义的追捕却始终落空。

齐亮和尚晴把亮亮放到胖大嫂家，开着保险公司赔来的新车，两人早早来到支队上班。快到新年了，也没有接什么新案，大家就把手头上的积案拿出来整理，争取尽快结案呈报检察院。尚晴今天上班也和往日一样，打开网页查看每日警情。她手头上已经没有什么积案需要办理了，该报捕的已经报捕，该结案的已经结案。她正准备把年终总结修改一下，明天还要作述职报告。突然，手机响了，是胖大嫂打来的，肯定是亮亮有什么事。她急忙接听电话，话筒里传出胖大嫂非常急迫的声音，原来真是亮亮出事了。他上午吃过奶后就开始发高烧，现在依然高烧不退，烧到 39 度多。胖大嫂打齐亮的电话，他不接，只好打她的电话。尚晴急忙叫她赶紧打计程车送医院，她在医院门口等她。尚晴知道齐亮跟哥哥在一起开会，就给尚奇打电话，让他转告齐亮，会议结束后，立刻赶到医院来。她也请假打的士赶到医院，正好遇到胖大嫂抱着亮亮在医院门口下计程车。她们立刻挂儿科急诊，经过医生检查是急性肺炎，需住院治疗。尚晴去交钱办理住院手续，亮亮被胖大嫂抱着在门诊打退烧针。事情竟然有那么巧，打针的护士李佳正好是贾义的旧情人。她认识尚晴，而且知道她是警察。尚晴曾经在娱乐场所查处过她，因为她长得颇有姿色，下班后晚上她会去娱乐场所赚取外快，并且与贾义有一腿。这次贾义从监狱跑出来，就躲藏在她家。

李佳下班后已经是晚上十点了，她和往常一样，带两份夜宵给贾义当作明天一天的饭。窝藏贾义对她来讲是一件很危险的事，但是她住的这套二室一厅的房子是当初贾义为她买的。她很害怕，但她不敢去报警，一则怕贾义的凶狠，二则怕警察没收房子。

回家后她把在医院遇到尚晴带小孩儿打针的事当作街头新闻说给贾义听，谁知他却多长了一个心眼儿，问清楚小孩儿的真实姓名后，他估计那个生病的小孩儿有可能就是肖婷的孩子。他问李佳什么时候当晚班，李佳回答除夕。他心里突然有了一个主意，决定除夕这一天晚上行动，争取给齐亮送一个新年大礼。

亮亮得肺炎住院，可把齐亮、尚晴累坏了，他们二人加上胖大嫂三个人像车轱辘轮流转在医院陪护，好在尚晴的大嫂帮着送饭，单位也没有很多事情。亮亮连续输了几天液后，高烧终于退下，病情开始好转。小孩儿的病来得快，去得也很快。除夕这一天，亮亮烧退后，精神好得很，也不睡觉，不停地玩耍。胖大嫂主动提出让齐亮和尚晴回去过一个团圆年，她在医院守候。齐亮是因为第一次在妻子家过年，心情高兴的他和尚奇都多喝了几杯，所以，吃完年饭，他竟然躺在沙发上打起了呼噜。尚晴帮大嫂收拾完碗筷后，用保温盒装了几个饺子，亲自送到医院给看护亮亮的胖大嫂吃。来到病房后，她发现胖大嫂躺在病床上打瞌睡，身边的亮亮不见了。尚晴着急地问道：“亮亮到哪里去了?”胖大嫂立刻慌了，她说：“刚才还好好地躺在身边，怎么转眼就不见了?”因为是过年，同病房的小孩儿出院的出院，回家过年的回家过年，仅剩亮亮一个小孩儿在病房。尚晴一听急忙问值班的护士，两个值班护士均说没有看见。尚晴、胖大嫂和医生、护士每一间病房都查找一遍，依然不见亮亮的踪影。尚晴意识到了问题的严重性，立刻打电话报警和通知家里的齐亮。待齐亮与尚奇急急忙忙赶到时，派出所110出警的警察已经先期赶到正在进行现场调查。尚晴不停地安慰在一旁哭泣的胖大嫂。

齐亮问过胖大嫂的情况后，觉得她应该没有什么问题，如果她有问题，就不会选择在今天作案。他又问当夜班的护士，两个值班护士当中，其中有一个嫌疑最大，那就是长相漂亮、年长的护士。她说没有离开值班室，但没有人可以见证。值班医生的疑点也不大，她查过病房后一直与另一个护士在值班室看春晚。现在唯一的办法只有等医院保卫科协同派出所调看医院监控录像，查看犯罪嫌疑人。

从监控录像看，那个女护士确实没有撒谎，她一直待在值班室没有离开，只是趴在桌上睡觉，基本可以排除嫌疑。另外从监控画面可以看到一个男子偷偷溜进病房把亮亮从床上抱走，而且这个男子行动特别，穿的是医生的白大褂，戴口罩、戴白帽，但举止不像医生，走路蹑手蹑脚、东张西望，生怕别人看见，但时间掐得很准，因为当时正在播春晚，人们的注意力全部集中在电视屏幕上，没有谁会注意一个陌生人偷偷溜进病房把小孩儿偷走。从监控画面中看不清这个作案人的面部特征。据医院保卫科反映，医院过去曾经发生过偷小孩儿的案件，但这几年都没有发生过。

齐亮多次看监控录像，坚持认为医院里面一定有“内奸”，理由是为什么作案的人那么熟悉地形，而且一上来就直奔亮亮所在的病房，作案的动机和目标指向都非常明确，看不出半点儿犹豫和徘徊。可见原先一定踩过点或是医院里的人提供了情报，致使作案人能够顺利得逞。不过由于此案归当地派出所立案调查，他无权插手，只能干着急。

回到家，他们三人心里非常难过。尚晴和胖大嫂一直眼泪不断，尤其是齐亮，这么多天与小家伙朝夕相处，在内心早已经把他视为己出，没有半点儿生分。一个活生生的小宝贝，一下子就无影无踪，对他的打击非常之大。他关进书房，一个人傻呆呆地坐在书桌前发愣。他抱住肖婷的遗像，眼泪哗哗地流下，感觉自己辜负了肖婷的重托，不应该离开亮亮的左右，自己回去过什么年，把一个孩子扔给别人照看，如果肖婷在世绝不会这么做。他懊悔万分，一时不能自已，真不知道该如何跟去世的肖婷交代。尚晴为他泡了一杯茶送进书房，见他这样，心里别提有多难过了。经过这些天照看亮亮，她心里也早已把过去的芥蒂放下，慢慢开始接受这小家伙，并且很喜欢他。客观地说，根据北京医生的建议，她最近几年根本不能怀孕，而亮亮的存在恰恰填补了她和齐亮这几年没有小孩儿的遗憾。她进到书房，提醒齐亮现在还不是难过的时候，应该抓紧时间想办法找到亮亮。齐亮感觉她的话有道理，立刻克制住伤心欲绝的悲观情绪，将心中的怀疑分析给尚晴听。尚晴也同意他的观点，建议与其坐等派出所的调查结果，不如自己动手干。她把他们的打算说给哥哥听，尚奇虽然不支持他们这么做，但完全理解他们着急的心情，权当做一回糊涂人，睁一只眼闭一只眼，为他们开绿灯。

齐亮、尚晴回到支队办公室，打开电脑，查看医院可疑人员的背景资料。首先查那天晚上当班的医生和护士，很快一个很重要的嫌疑对象浮出水面。李佳，女，三十二岁未婚，曾在洗浴按摩城卖淫被治安拘留十五天。此人显然跟洗浴按摩城的老板熟识。尚晴隐约想起这个人曾在自己手上被处理过。会不会是她为了报复，实行内外勾结，采取了极端手段？当务之急，依然是找她询问情况，看看有什么疑点。

因为是大年初一，医院行政人员都放假了，他们赶到医院时找不到院长，只能在保卫科值班人员的陪同下找到值班护士长，询问李佳是否在上班。据他们科里的人反映，昨天她上晚班，今天应该在家休息。没有人认识她家。根据支队收集到的资料显示的家庭住址，他们找了一遍毫无结果，那是好几年前登记的家庭住址。而且从调查中发现她的疑点越来越大，她在本市就是单身一人，她的老家在湖南，父母兄弟姐妹都在湖南，她孤身一人，搞不清楚为什么会一个人在这里独居。而且人也长得不差，为什么到现在都未婚？这里面到底有什么隐情？齐亮和尚晴带着一系列疑问又回到支队办公室，开始反复分析比较，如果硬是要把她与亮亮的失踪联系起来，那只能有一个原因，那就是贾义出现了。他们二人几乎异口同声地说出自己的猜测和推理。

他们立即与派出所联系，询问他们调查的结果，答案令齐亮十分恼火，说是过年期间拿不出这么多警力调查此事，他们现在都忙于节日值班巡逻，110的接警案件调查只能等年后才安排警力调查。齐亮不等对方说完，气得把电话挂了。他和尚晴商量，现在只有重新依靠医院保卫科协助调查，毕竟小孩儿丢失他们医院也有责任，所以，他们让尚奇依靠私人关系打了一个电话给他们院长，让保卫科负责协助他们的调查，好在院长比较通情达理，马上与保卫科联系，让他们科长加班加点协助刑侦支队办案。在他们单位保卫科长的协助下，先找到了李佳的电话，打电话叫她来医院保卫科接受调查。谁知，电话通了半天也不见她接电话，齐亮只好问医院有谁知道她住在哪里。经过努力，找到唯一跟她要好的护士长，问清了她的家庭住址。此时已近晚上，他们同保卫科的同志一道在那名护士长的引导下来到李佳的住所。这是一栋只有八层的小高层，地理位置优越，环境优雅，如果没有熟人指点还真不容易找到。

他们一行人在居委会主任的指引下，找到李佳居住的住所，她住在顶层偏西头。齐亮和尚晴注意观察了一下，她家虽然在八楼当顶晒，却是唯一能够爬上平台的住户，其他住户要上屋顶平台必须经过她家门口，而她又在家门口楼梯下加了一道铁门。看不出这个女人还蛮有心计，齐亮感叹道。

他们来到她家门口，护士长敲了半天的门也不见动静，打她的手机，电话关机，没有钥匙开不了门，他们进不去。因为没有立案，他们不可能强制破门进入。商量了半天，还是尚晴有办法，她出了一个主意，可以让他们保卫科的人请示院领导，以保卫科的名义出面商请急开锁师傅把门打开，大家都觉得这个办法好。又请居委会的主任帮忙，到附近请了一个急开锁的师傅开门，七弄八弄终于把那两道门打开了。

进到李佳居所后，把灯打开，所有的人都被屋里场景吓了一跳。客厅地上躺着李佳赤裸的尸体，卫生间浴缸里泡着肖亮的尸体，房间被翻得非常凌乱，一股浓浓的血腥味让人倒胃翻肠。齐亮顾不得伤心难过，急忙让众人退出房间，保护好案发现场。尚晴打电话给 110 报警，同时打电话给唐副局长，申请刑侦支队把此案接过来参与侦破此案。唐副局长听了情况汇报后非常重视，同意采纳他们的意见，要求刑侦支队全力以赴，尽早破案。不一会儿，尚奇和李一鸣、马立标赶到案发现场，对李佳的居所进行现场勘查。

种种迹象表明，此案最大作案嫌疑人就是越狱的贾义。在李佳的住处已经提取到贾义的指纹痕迹和他的足迹，后来法医也在李佳的阴道里提取到贾义的精液。唐副局长当即签发拘捕令，在全市范围全力搜捕重大越狱杀人犯贾义。

贾义也没有想到事情会弄成这样。除夕晚上，他背着李佳到医院把亮亮偷走。其实，他在偷小孩儿时李佳已经发现了，但她没有及时制止，而是听任他完成丑恶的勾当。但当警察找她调查时，她有些害怕了，回去后责怪贾义没有跟她商量就采取偷小孩儿的愚蠢行动，导致警察把注意力对准她。贾义则不这么认为，他心里一直不能原谅肖婷背着他与齐亮藕断丝连，甚至一直认为孩子是齐亮的。如今看到他们一家人其乐无穷，贾义就心生恨意，自己一个越狱逃犯早晚会被抓，他不可能长期窝在这里像龟孙子一样苟延残喘，势必拼个鱼死网破方才解恨。哪知他把这些心里的牢骚话坦露给李佳听，却遭到她的恶言讽刺挖苦，说是他自己想找死路不要拖累她。贾义听得无名火起，心想你这个臭女人当初吃我的拿我的，算计了我多少钱财？如今自己遭大难，虎落平阳被犬欺。她不仅不跟我一条心，反而嫌弃我，说不定明天她真会去报案让警察来抓我，女人善变这是一条铁律。不行，我得趁早收拾她，免得后患无穷。打定主意后，贾义趁李佳熟睡之际，掐死了她。他又把一直在哭闹搞得他心烦意乱的亮亮淹死在浴缸里。把两件事干完后，看着一丝不挂地躺在地上的李佳的尸体，他又有些后悔。但想想，既然做了，就没什么害怕的，干脆一不做二不休，把齐亮和他的老婆一块儿给做了。他打算把原来藏在别墅附近大树下的双管猎枪取出来，趁着过年把他们一家人全部杀光。

齐亮、尚晴从墓地回来了，他们把亮亮安葬在肖婷墓地的隔壁。齐亮躲进书房手捧肖婷的遗像泪流满面，哭着请她原谅自己没有照顾好亮亮。这时尚晴走进来，问他是否把亮亮的玩具、睡床等物品一起搬到肖婷原来住的房子，她主要担心齐亮睹物思人，怕他以后见了这些东西会更加伤心难过。齐亮明白她的用意，就把亮亮的照片和肖婷的照片放在一起，与亮亮原先用过的所有物品一起统统装进一个箱子里，然后他独自开车把这些东西送到了肖婷住的房子。这套房子根据肖婷的遗嘱，以后应该归亮亮继承，他作为监护人暂时替他保管，如今人去楼空，他只能独自坐在屋里看着照片缅怀故人。也许是由于悲痛过度，也许是由于一天太过疲劳，伤心之余，他渐渐躺在沙发上睡着了。

在睡梦中，他梦见肖婷抱着亮亮与他一起在公园游乐场，玩荡秋千、坐小火车……

贾义没想到世界上竟然有这么巧的事，想谁，谁就来。玄关锁一响，他就吓得钻进厨房，拿了把水果刀藏在门后。这些天他一直躲在肖婷家，白天睡觉，晚上出来吃饭，吃完后带些夜宵当早点。因为这屋里死了人，邻居们纷纷避让，白天走路都离远着点儿，更不要说晚上了。黑洞洞的空房，没有人去理会。刚才齐亮一个人进屋，扛着一个大箱子，仅仅开了客厅一盏灯，根本不会想到有人在里面。当然主要是亮亮的去世给了他巨大的打击，让他疏忽大意了。

贾义藏在厨房门后见半天都没有动静，以为齐亮已经走了，就蹑手蹑脚地走出来。他见客厅灯没关，又吓得躲回厨房，待了一会儿，见还是没有动静，以为忘记关灯了，又踮起脚尖屏住呼吸挪到客厅，结果把他吓了一跳，只见齐亮居然躺在沙发上打起了呼噜。这可真是天赐良机，可以把大仇报了。他拿着水果刀正想冲过去刺他，却见齐亮怀里抱着肖婷的遗像。遗像中的肖婷一双仇恨的眼睛直愣愣地盯着贾义，像着魔一般把他吓了一跳。贾义不禁手脚发软，心底害怕，无力举刀。他害怕自己不是齐亮的对手，原来听肖婷说过齐亮会武功，万一这一刀没有把他刺死，岂不是暴露了自己。想想还是暂时不要招惹这个“煞星”为好，等拿到猎枪再来制伏他也不迟。就在他犹豫彷徨之际，电话铃声响起，吓得他再次躲进厨房。齐亮醒来打开手机，是尚晴打来的，催促他尽快回家，不要太过悲伤。齐亮放下电话，就关灯离开了屋子。刚才虚惊一场，把贾义吓出了一身冷汗，死神再次与他擦肩而过。他庆幸自己这次没有莽撞，明白这里终究不是久留之地，好运不可能常伴左右，该是离开的时候了。

他鬼鬼祟祟地溜出肖婷的住房，很快来到对面大街上的一个加油站，爬上一辆过境的外地车辆，准备逃离G市。也是事有凑巧，齐亮开车从肖婷家里出来也在这里加油。他加完油后，打开车门正准备上车，突然见一个影子在他对面货车上一闪就不见了，脑海里即刻闪现一个念头，大概小偷又想偷车上的东西。他好心提醒货车司机，可要当心车上的东西，他好像发现货车车厢上爬上一个人，不是小偷就是搭乘便车的流浪汉。他不想多管闲事，上车后，发动引擎，把车灯打开，刚要驶离，就听见司机师傅拽住车上的“小偷”，大声斥责：“你这么大的人了，怎么爬上车，干这偷鸡摸狗的事！”

齐亮也是出于好奇，抱着想看“热闹”的心情，把车驶近靠在货车车厢旁，把车窗摇下，探出脑袋，还真想瞧个究竟，只见货车司机与那个戴草帽的“小偷”拉拉扯扯，把他从车上拽下来。谁知，“小偷”突然发飙，抬手一拳打在司机师傅的胸部，个头高大的司机立刻火冒三丈，不甘示弱，挥手还了他一拳。二人马上你来我往厮打起来，齐亮一看情形不对，赶紧下车想劝架主持公道。谁知打架渐落下风的“小偷”突然拔出随时携带的水果刀向货车司机捅过去，立刻被挺身而出的齐亮抓住手腕。用力一拧，刀具脱手，另一只手把持刀行凶的“小偷”遮住脸部的草帽揭开，双方都一愣，不等齐亮反应过来，贾义一拳打中他的鼻梁骨，转身就跑。眼冒金花的齐亮哪里吃过这样的亏，勃然大怒，甩开大脚就追，心想这下你就是上天入地，老子也要把你抓捕归案。两人在人烟稀少的大街展开长跑逐鹿，贾义岂是齐亮的对手，他心虚胆怯，两脚越跑越软；齐亮心高气昂，越跑越有劲，为了替肖婷和亮亮报仇，他不惜搏命也要抓住血债累累的逃犯。两人就这样憋足了一口气跑了七八公里，累得贾义浑身散架、口吐白沫、趴在地上只有出气没有进气，而齐亮也累得倒在地上，勉强拿出手铐，跌跌撞撞爬到他身边，将其擒获。